KB085426

변경

9

변경

이문열 대하소설

RHK
알에이치코리아

3부 떠도는 자들의 노래

9

1968년 9월

광산 지역이어서 그런지 길바닥부터 색깔이 달랐다. 포장 안 된 도로는 흙이라기보다는 거무스레한 재 같은 것으로 덮여 있었고 그 가운데 자동차 타이어로 다져진 곳은 잘 찍어 낸 연탄 표면처럼 까맣고 매끈했다. 도시의 연탄 공장 정문을 들어서는 느낌이었다.

그들이 타고 있는 승용차는 일제 코로나에서 이름만 국산으로 바꾼 새나라였는데 한물간 논다니 얼굴 가꾸듯 날마다 닦고 칠해 껍질은 아직 번지르르했다. 하지만 일본에서 들여온 지 이미 대여섯 해가 지난 데다 그중 몇 해는 택시로 굴러 속은 골병이 들 대로 든 고물이었다. 그런 차가 그토록 기세 좋게 언덕을 오를 수 있는 것은 아무래도 솜씨 좋은 운전사 덕분인 듯했다.

언덕을 내려가면서 더해진 자동차의 속도 때문인지 뒤 차창으로 검은 연기 같은 먼지가 따라오는 게 보였다. 그 먼지를 막기 위해 차창을 모두 닫자 이내 차 안이 후텁지근해졌다. 며칠 전 역전 광장에서 가출한 시골 처녀를 후려 하룻밤 데리고 잔 일을 벌써 한 시간째 떠벌리고 있는 대동(《대동일보》 주재 기자)에게 진력났는지 날치가 문득 운전사의 어깨를 치며 말했다.

"야, 강 군아. 너 청송(靑松) 산골에서 아다라시(처녀) 따먹던 얘기 좀 해 봐라. 뭐가 좀 화끈한 게 있어야지. 대동 저 새끼 얘기는 도무지 간지럽고 느끼해서 말이야."

"어이구, 형님도 뭘 그런 얘기를……."

강 군이 나이를 짐작할 수 없는 얼굴에 느물느물한 웃음을 지으며 그렇게 말끝을 흐렸다. 그냥 두면 하루 종일 입을 열지 않아 곰이라고 불리는 그였지만 묻는 말에 대답을 않는 법도 없었다. 날치가 그런 강 군을 한 번 더 쑤석거렸다.

"너 거기서 한 달에 평균 서너 건은 올렸다고 했지? 그거 다 너 믿고 택시 타는 여자 승객들을 해먹은 거야?"

그러자 명훈도 강 군의 이력에 대해 들은 게 떠올랐다. 군대에서 운전을 배워 나온 그는 논밭 팔아 낡아 빠진 시발 자동차 한 대를 장만하고 시골 면에서 택시 영업을 했다. 그러면서 밤이나 으슥한 곳에서 혼자 타는 여자 손님을 상습으로 욕보이다가 들통 나 수배받는 중이라는 게 잇뽕 형의 귀띔이었다. 아무래도 스물 대여섯은 넘어 보이는데 아이에게나 어른에게나 강 군이라 불리며 월급도 제대로 못 받고 운전을 하고 있는 것 역시 그 약점 때문인 듯했다.

"손님이 아이라도(아니어도) 내 차 한 분(번) 태아(태워) 주고 나도 지 배 한 분(번) 타는 수가 있니더."

강 군이 느물느물한 웃음을 애써 감추며 말문을 열기 시작했다. 날치가 잇따른 물음으로 얘기를 끌어냈다.

"어느 미친년이 고물 시발택시 한 번 타고 그걸 대 줘? 너 쌩 후라이(거짓말) 까는 거 아냐?"

"모두 다는 아이지만 심심찮을 만큼은 그런 미친갱이들도 있디더."

"그래도 그런 미친년들을 어떻게 알아봐?"

"다 아는 수가 있니더. 차를 몰고 신작로로 가다 보믄 아무 볼일도 없으믄서 백지로(공연히) 큰길가를 이래저래 댕기는 기집아들이 있는데, 그중에서도 걸음걸이가 벌씨로 수상무리하고……."

"수상하면 수상하지, 수상무리한 건 또 뭐야? 그래, 그다음은?"

"차 속도를 늦춫고 크락숑(클랙슨)을 한 번 눌러 보믄 그기 맥준지 오줌인지 대충 알게 되니더. 고개 폭 숙이고 지 길(제 갈 길)만 솔방솔방 가는 거는 하마(벌써) 틀렸고오…… 그런데 고중에 해딱 돌아보는 기집아들이 있는데 그때는 거반 일이 되는 거씨더. 그 옆에 차를 실 갖다 붙이고 타라 카믄 그런 것들은 열에 아홉은 달랑 올라타이께는요. 또 그래 내 차에 올라탄 거는 하마 이까리(고삐) 잡힌 소시더. 내사 말로 꼬우든 동(꾀든지) 힘으로 조지든 동 간에

지는 내 한 배 안 받고는 못 튀니더.”

“굼벵이 굼불 재주(꿈틀거리는 재주) 있다 카디 곰 같은 기 용한 걸 다 아네. 씨팔, 나도 한 매끼(몫) 잡으믄 코로나나 한 대 빼 가주고 그 재미나 쫌 봐야 되겠다.”

날치가 말허리를 끊어 머쓱해 있던 대동 박 기자도 드디어 흥미를 느꼈는지 얘기에 끼어들었다.

“얀마, 그게 아무나 되는 줄 알아? 너같이 입만 가지고 설치는 놈에게는 다 그림의 떡이야. 강 군 이야기나 더 들어보라고.”

날치가 박 기자에게 그런 핀잔을 주고 다시 강 군에게로 말머리를 돌렸다.

“손님들은 보나마나 힘으로 덮쳤을 건데 그게 잘돼? 그리고 네 말대로 한 달에 서너 건이라면 2년에 수십 건이 넘는데 어떻게 뒤탈이 없었어?”

“지가 안 죽을라 카믄 어예겠니껴? 지가 죽자꼬 삐덩거리믄 나도 설건드리 낭패 보는 것보다 참말로 죽이는 수밖에 없고오……. 글치만 그거 지키자꼬 쎄(혀) 깨물고 죽는 그런 기집아는 하나도 없디더. 그래서 어예튼 동 한 분 먹었뿌믄 그마이씨더. 기집들이라 카는 거는 처자고 새댁이고 그거 한 분 대주고 나믄 입 딱 닫아 뿌래요. 내가 떠들고 댕기거나 두 분(번) 세 분 찾아가 찝적거리지 않는 것만도 고마워하는 눈치더라꼬요.”

“그런데, 이번에는 왜 고발당했어?”

“에이, 그 얘기 그거는 벌씨로 들어 놓고…….”

"아냐, 난 못 들었어. 어쩌다 들통 난 거야?"

시치미는 떼고 있어도 날치는 알면서 묻는 것 같았다. 강 군이 잠시 망설이는 눈치더니 다시 띄엄띄엄 입을 열었다.

"그날은 참 재수가 없는 날이랬다꼬요. 초저녁에 지서 차석(次席)이 하도 부탁을 해싸 오밤중에 영장(시체)을 실꼬 — 무신(무슨) 변사체라 카든강 — 무창재[嶺]를 넘어가는데 아, 내리막길에서 뒷자석에 기대 둔 시체가 운전석으로 터억 안 자빠지니껴? 시껍을 하고(깜짝 놀라) 차를 세워 영장을 고정시킬라 카이 끈가리(끈)가 있어야제. 어예 어예(어찌 어찌) 산비알(비탈)에 칡기(칡) 한 줄을 걸어 영장을 뒷좌석에 묶고…… 겨우 재를 넘어갔니더. 그레고 빈 차로 다시 돌아오는 길인데 한 열한 시쯤 됐이까. 신촌국민학교 앞을 쪼매 지내는데, 누가 길가에서 손을 들더라꼬요……."

강 군은 말수가 적고 말하는 게 느릴 뿐이지 결코 입담이 없는 사람은 아니었다. 날치도 그 재미에 이미 들은 얘기를 또 시키는 것 같았고, 명훈도 어느새 그 색다른 경험에 귀를 기울이고 있었다.

"보이, 국민학교 여선생이라. 재작년인강 사범학교 졸업하고 새로 왔다 카든데 키가 솔짝하고 쌘다구(얼굴)도 핼간(해말쑥한) 게 어룸한(어리숙한) 사나 하나는 만판(넉넉히) 자아(잡아)먹을 만하디더. 안 그래도 언제 한분 내 차 안 타나 카고 있는데 이기 얼매나 짠지 뻐스 아이믄 진안까지 20리도 타박타박 걸어가는 독종이라…… 그런데 일이 될라 카이 그런지 바로 고기(고것이) 그 오밤중에 차를 세우고 진안까지 나가자 안 카이겨?"

"사설 빼고 따먹은 얘기로 곧장 들어가."

"그라지요 뭐. 멀리 갈 것도 없고 월전 갱변(강변)에 차를 세우고 고장이 났으이 내리라 캤제요. 거 왜 있잖느껴, 월전서 진안 가는 데 있는 10리 쪽(똑)바른 그 길 말이씨더. 그 시간 되믄 어예다가 지나가는 도라꾸(트럭) 말고는 어리백이(어리친) 개새끼 한 마리 안 댕기는 데라꼬요. 그런데 고 딸아(계집애)가 참말로 여시(여우)라. 그런 내한테 무신 기척을 느꼈는지 그새 와싱톤(운동화) 끈 꼭 쪼우고(죄고) 있다가 차에서 내리자마자 신작로로 쪼르르 내빼더라꼬요. 학교서 아아들하고 맨날 쪼치바리(달리기)를 해 싸 그런지 얼매나 재바르든 동……."

"사설 빼라 카이. 그래, 우째 됐노?"

박 기자가 다시 끼어들었다. 강 군의 얘기에 완연히 빨려 들어 얼굴에는 조급해하는 표정까지 떠올랐다.

"따라갈라 카이 잘못하믄 띠윘뿌(놓쳐 버리)겠더라꼬요. 그때 얼핏 보이 희끔한 달빛에 맞춤한 돌삐(돌멩이) 하나가 눈에 띄더라. 그래 그걸 조(주워) 가지껏(힘대로) 용을 쓰고 던져 뿌랬디, 어디를 맞았는 동 에코, 카미 폭삭 주저앉더라꼬요. 가 보이 옆구리를 안고 살살 기고 있는데 우째이껴? 하마 벌리 놓은 일이고 그래서 갱변 뚝 아래로 끌고 갔니더."

얘기가 그쯤에 이르자 이제는 아무도 강 군을 방해하는 사람이 없었다. 강 군도 어딘가 그걸 즐기는 듯 한참 뜸을 들였다가 다시 말을 이었다.

"그런데 우째 된 셈인지 이기 끌리가민서도 끽소리 않는 기라요. 나중에 들으이 내 돌삐에 갈빗대가 두 대나 금이 가 꼬무자꾸(꼼짝) 못할 지경이었다 카디더마는 내가 그걸 어예 아니껴? 하기사 왜 그런 동 끽소리 없는 게 기분 나빠 그만 치아 뿌까 싶기는 했디더. 글치만 그때 내가 그 사정 알았다 칸들 어예겠니껴? 하마 일은 벌이 났고(벌여 놨고) 일 여물게 안 매조지믄(매듭지으면) 내가 죽을 판이이, 남의 사정 일일이 다 봐줄 수도 없는 게고…… 스카트도 안 벗기고 대강 빤스만 내라 따까마시(닦아 먹다의 일본식 속어)해 뿄지 뭐. 그래고 잘 서지도 못하는 걸 진안 정류장 앞에 내라 주고 왔는데 암만 캐도 기분이 이상터라꼬요. 당하고 나믄 울든강, 뭐라꼬 사설을 늘어놓든강, 패악을 부리든강 하기 십상인데 숨소리 하나 내지 않고 진안까지 가는 것도 글코, 차에서 내라 줄 때 날 빤히 쳐다보는 눈길도 글코…… 그래서 그날 밤은 집에 안 들어가고 내 잘 댕기는 술집 건네방에서 잤는데……"

"결국 그 여선생이 고소한 거야?"

중요한 대목이 지나가서인지 그제야 박 기자가 끼어들었다.

"글타 카이요. 참말로 독한 기집아라. 지만 입 다물믄 그거야 한강에 배 지나간 자국 아이껴? 그런데 아이, 뻔히 지 신세 조지는 줄 알민서도 그 밤으로 진안지서에 쪼르르 달리가 말캉 찔렀뿄다 카이요. 몬땐(못된) 기집아, 내도 내지만 지는 또 어예 되는강 보자. 내한테 따먹힌 거 동네방네 신문 방송 소문 다 나고 장히 좋은 데 시집갈따. 막말로 신세 조지믄 내 혼차 조지나……."

거기서 강 군은 정말로 성이 나는지 뒷자리에서도 들릴 만큼 씩씩거렸다. 그런데 그 씩씩거림이 오히려 그동안 마비되어 있던 명훈의 분별력을 서서히 일깨웠다.

이게 무지인가, 악인가. 죄의식이라고는 조금도 느끼는 기색이 없는 강 군의 말투가 그런 의문을 일으켰다. 캄캄한 밤 혹은 숲 속에서 성폭행을 당하면서 느꼈을 시골 여자들의 공포와 고통, 그러나 그들의 몸과 마음에 깊고 오래 남을 상처에는 아무런 관심이 없다. 반성이나 참회는커녕 가만히 당하고 있지 않은 피해자에게 원한까지 품고 있다. 재미있게만 듣고 있는 나머지의 표정에서도 비난보다는 오히려 묘한 부러움 같은 것까지 엿보인다. 그런데 이 강 군은 충직하기 그지없는 우리 협회(協會)의 운전사이고 나머지는 손발이 잘 맞는 내 동료들이다…….

그런 명훈의 의식을 한 번 더 자극하듯 조수석 유리창 위편에 걸린 팻말이 눈에 들어왔다. 신문으로 치면 2단 통 크기의 흰 종이 바탕에는 '안동기자협회'란 붉은 글씨가 위협적으로 씌어 있었다. 거의 무보수나 다름없는 일간지의 안동 주재 기자 서넛을 웃기로 삼고 애초부터 무보수인 지방지와 경제지의 지국 기자들 여남은 명이 모여 만든 협회였다. 하지만 회원의 태반이 사기나 공갈·협박의 전과가 있어 내막을 아는 이들에게는 '안동전과자협회'란 빈정거림을 듣기도 했다.

까닭 모르게 한심한 기분이 든 명훈은 다시 자동차 보닛 위로

길쭉하게 솟아 있는 강철 깃봉과 거기 매달린 깃발 쪽에 눈길을 주었다. 잔뜩 허세를 부려 금빛 수술을 두른 삼각형 깃발로, 검은 바탕에 '한국여론조사소'란 글자가 역시 금빛 실로 수놓여 있었다. 그 깃발도 명훈에게 이렇다 할 위로가 되지 못했다. 5·16 혁명 주체 세력과 가깝다는 장성 출신의 실력가가 조직한 이 나라 최초의 전국적인 여론조사 단체였지만 워낙이 그 실체가 공허했다.

"너 미국 갤럽 여론조사소란 거 들어봤지? 그거 대단하다던데 이제 여기서도 시작된 거야. 두고 봐. 이 조사소 끗발, 앞으로 시시한 신문 빰칠 테니."

무슨 냄새를 맡았는지 여론조사소란 게 일반에게 제대로 알려지기도 전에 연줄을 대 그 지부(支部)를 따 온 잇뽕 형은 그런 큰소리와 함께 큼직한 사무실을 새로 얻고 조사원을 다섯이나 뽑았다. 그리고 경제지 지국 무보수 기자를 권할 때와는 달리 그중에 한 자리를 큰 선심이나 쓰듯 상납 조건도 걸지 않고 명훈에게 내주었다.

명훈에게는 무엇보다도 그게 아무런 법적인 근거가 없는 사설 단체라는 게 못 미더웠다. 거기다가 자체의 보도기관을 갖지 못한 것도 어떤 한계를 예감케 했지만 처지가 워낙 이것저것 가릴 형편이 못 되었다. 도망이라도 치는 심경으로 안동에 온 지 벌써 한 달이 가까워 옛정에 의지한 식객 노릇도 어려워진 그 무렵이었다.

강 군의 얘기가 끝난 뒤에도 한참이나 그 일을 곱씹으며 시시덕거리던 날치가 힐끗 명훈을 돌아보았다. 언제부터인가 조용히 생각에 젖어 있는 명훈이 은근히 마음에 걸렸던 것 같았다.

"불알 냄새 나는 사내 새끼들만 태우고 먼 길 가자니 정말 지루하네. 형법으로야 강간이고 파렴치범이지만 시간 죽이는 데는 아다라시 따먹는 얘기보다 더 나은 것도 없다니까."

어두운 상념에 빠진 명훈의 표정을 자기들이 시시덕거리고 있는 화제를 못마땅해하는 것으로 읽은 날치가 그렇게 변명 비슷하게 말해 놓고 문득 심각한 표정을 지었다. 이제부터라도 언론인다운 잡담을 하겠다는 신호 같았다.

"근데 말이야, 통혁당(統革黨) 사건 그거 어떻게 생각해? 작년 동백림(東伯林) 사건같이 김형욱이가 또 한 건 크게 엮은 거 아냐?"

그런데 잇뽕 형에게서 산 경제지 무보수 기자로서의 몇 년이 그를 어떻게 단련하고 길러 냈는지 그런 날치의 물음이 조금도 어색하지 않았다. 통일역 주변을 떠돌던 똘마니에서 소매치기 기술자로 출발한 날치였다. 그 뒤 서울로 올라가 뒷골목을 기웃거리다가 탈영병에 특수 강도로 관록을 키워 그 악명 높은 국토개발단 지대장 이력까지 보탠 뒤에 안동 뒷골목으로 돌아왔으나 아무리 사이비라도 언론인 행세를 하기에는 무리해 보였다.

"응?"

갑작스러운 날치의 물음에 명훈이 얼른 대답을 못 하고 있는데 박 기자가 그거라면 자기가 다 안다는 듯 나섰다.

"어예 되기는 뭐가 어예 돼? 숭악한 빨갱이들이 또 뭔 수작 꾸미다가 도로맥이(도루묵) 엮이듯이 줄줄이 엮인 게지. 동백림 간첩

단 사건도 글코…….”

“아이고 저것도 기자라고…… 대동, 너는 눈도 귀도 없어? 동백림 사건 재판하는 거 한번 자세히 들여다봐. 우리끼리니까 하는 얘기지만 그게 어디 재판이야? 그리고 외국 기자들은 또 왜 그리 몰려들어? 진짜 간첩 잡아 재판하는 거라면 즈이들이 무슨 일로 눈에 불을 켜고 난리냐고. 독일 정부의 항의도 만만찮은 모양이던데.”

“저게 또(도)도 개도 모르는 게…… 야, 니도 일마 인제 지식인 하고 싶나? 돼도 않은 거 이꾸저꾸(여기저기, 이것저것) 딜따(들여다) 봐 쌌디 뭐든지 색안경 쓰고 삐딱하게 보고 뻔한 것도 배배 꼬며 말하고…… 동백림 재판 이상하기는 뭐가 이상하노? 빨갱이들 말 잘하는 거하고 양코배기들 싱거운 거 인제 아나? 간첩 글마들 이왕 죽을 몸, 머리에 든 먹물 풀어 할 소리 안 할 소리 마구 씨부려 대는 게 억시기 신기하든 게제(가 봐). 또 양놈들 그거 저어 나라 깜둥이 한테는 훨씬 더 숭악한 짓 해 쌌면서도 남의 나라에 뭔 일 쪼매 있다 카믄 민주다 인권이다 캐 쌌며 달라들어 떠들어 대는 거 억시기 대단해 비던(보이든) 게제.”

지역 분실(分室) 하급 정보원이라도 좋으니 중앙정보부에 몸 한번 담아 보는 게 소원인 사람답게 대동 박 기자가 그렇게 열을 올렸다. 다름 아닌 간첩단 사건이라 명훈은 어차피 자신이 개입할 논쟁이 못 된다 싶어 그런 둘을 가만히 보고만 있었다. 워낙 엄청난 주제라 날치도 자신은 없지만 그래도 돈으로 산 시골 농고 졸업장 가지고 세상 일은 혼자 다 아는 척 떠드는 박 기자에게만은 지기 싫다는 듯 뻗댔다.

"그럼 무슨 간첩이 그래? 맨 박사·석사에 이름깨나 날리는 예술가들이고 그 아래랬자 일류대 출신의 독일 유학생들이잖아? 그 사람들이 뭐가 아쉬워 간첩질 하겠어? 말이 그렇지 독일 유학 가는 거 그거 아무나 하는 거야? 광부로 가는 것도 돈 쓰고 빽 쓰고 난리들이었는데."

"그러이 더 죽일 놈들이제. 여다서 좋은 거 다 해 먹다가 운 좋아 독일까지 유학 가 놓고 거다 가서는 다시 김일성이하고 붙어먹어? 내 같으면 입이 열 개라도 할 말이 없겠다. 그래고 날치 니 택도 모리면서 언론 함부로 하지 마래이. 여기는 우리끼리이 일없지만은 까딱하믄 매가지(모가지)가 열이라도 못 남아난다꼬.

니 김형욱이, 김형욱이 캐 싸며(해 가며) 중정부장(中情部長) 이름을 누구 집 똥개 부르드키 하지만 그것도 참말로 조심해야 된데이. 김형욱이 그 사람 그거 무서븐 사람이라꼬. 천하의 김종필이를 누가 날린 줄 아나?"

말이 그렇게 흘러가면 논리는 끝날 수밖에 없었다. 박 기자가 워낙 입에 거품을 물고 나서자 날치도 은근히 뒤가 켕기는 듯했다.

"아이고, 여기 중앙정보부 안동 분실장님 뜨셨네. 예, 알겠슴다, 나으리. 어리석은 백성이 배배 꼬인 지식인들 말만 듣고 함부로 언론했으니 그저 너그러이 보아주옵소서."

날치가 그렇게 빈정대면서도 꼬리를 사리자 정작 문제가 된 통혁당 사건은 제대로 얘기돼 보지도 못하고 흐지부지되었다. 잠시 휴전 말이 오가는 월남전이며 한창 건설 중인 경부고속도로에 얼마 안 남은 '박 대통령 51회 생신' 따위가 화제를 채웠다. 기세가 오른 박 기자는 거기서도 정부 대변인이라도 되는 것처럼 친정부적인 결말로 김을 뺐다.

"보래이, 너 아무리 언론 밥 먹는다꼬 해도 그래믄 안 된데이. 월남전하고 고려 군사가 몽골족 앞잽이로 일본 쳐들어간 거하고 어예 견주겠노? 월남전 덕에 국군 몇 개 사단이 신예 장비로 무장하게 된 줄 아나? 그래고 월남 경기라 카는 거는 또 어예고? 고속도로도 글타. 야당 그눔아들 개코도 모르미 반대해 쌌는데 그기 바로 좆도 모르는 게 탱자, 탱자 카는 게따. 대통령도 닥쳐올 산업화 시대의 대동맥이라 안 카드나. 두고 보라꼬. 지금 반대해 쌌는 놈들 나중에 부끄러븐 날 안 오는강. 그래고 박 대통령 51회 생신 얘긴데 그걸 신문에 쪼매 크게 다랐(뤘)다꼬 뭐 그리 말이 많노? 다같이 국가원순데 김일성이는 그리 요란빽적지근하게 생일잔치 해도 되고 왜 우리 박 대통령은 안 되노? 대통령 생신을 개보름 쇠듯(쇠듯) 해야 꼭 민주주의라?"

그러자 마음껏 쩷고 까부는 데 재미가 있는 정치 얘기는 시들해질 수밖에 없었다. 게다가 비둘기 마음은 콩밭에 있다고 아무래도 그들 마음속의 관심사는 그날 해야 할 일이라 화제는 곧 그리로 돌아갔다.

"그런데 말이야, 수금이 제대로 될까. 두더지처럼 땅굴 속에서

석탄이나 파 먹는 것들이라 여론조사소 같은 신규 업종을 통 알
아줄 것 같지 않단 말이야."

목적지가 가까워서인지 날치가 새삼 걱정스러운 표정으로 말
했다. 이번에도 박 기자가 이미 버릇된 허풍스러운 목소리로 받
았다.

"까짓 거, 안 되든 광부들 여론이라 카며 사항(私坑: 개인 경영 광
산) 비리 있는 대로 캐내 중앙지에 확 날리 삐리지 뭐."

"우리가 날린다고 중앙지가 받아 주기나 하겠어? 그리고 사항
임금 체불, 안전사고 어제오늘 새로운 일이야? 거기다가 무식한
놈 용감하다고, 본사 기자가 내려와 찡(신분증) 내밀어도 눈 한번
깜짝 않는 곰 같은 놈들이 들도 보도 못한 여론조사소 지부 찡
을 먹어 주까?"

"그래믄 내 기자증도 안 있나? 기자증하고 여론조사원증 야리
끼리로(번갈아) 내밀어 양수겸장으로 후리치는데 지깐 놈들이 어
쩔 거로? 추석을 앞두고 있으이 글마들도 떡값으로 쪼매쓱은 각
오하고 있을 께고……."

"그럼 이렇게 하지. 네 말대로 처음부터 양수겸장으로 치고 드
는 거야. 명훈이와 나는 바로 갱으로 내려가 광부들 잡고 여론조
사하는 척하며 겁줄 테니 박 기자는 사무실로 쳐들어가 기자로서
탄광 비리 취재를 시작하라고."

날치는 그렇게 말해 놓고 비로소 명훈이 명목상의 조장임을 의
식한 듯 뒤를 돌아보며 동의를 구했다.

"어때, 이 반장. 그게 낫지 않겠어?"

그 말에 명훈은 음울한 기분에서 퍼뜩 깨나며 건성으로 대답
했다.

"그게 좋겠지. 하지만……."

"하지만, 뭐야?"

그런 쪽으로 머리를 쓰는 데는 언제나 명훈에게 한 팔 접어 주
는 날치가 기대하는 눈길로 물었다. 명훈은 질문을 받고서야 떠
오른 생각을 마치 오랫동안 가다듬어 온 계획인 양 신중하게 말
했다.

"무턱대고 겁만 준다고 될 일이 아냐. 가려운 곳을 긁어 주어 지
갑을 열게 하는 수도 있지. 사람이란 게 워낙 감정의 동물 아냐?
저 죽을 줄 뻔히 알면서 뻗대기도 하지만 기분 나면 별거 아닌 말
한마디에 주머니 끈을 푸는 게 또한 사람이라고."

"하긴 그렇지. 아다마(머리) 쓰는 일은 너한테 맡기라고 잇뽕 형
이 네게 조장을 시킨 것 같은데…… 그렇지만 그 자식들 가려운
곳이 어딜까?"

명훈은 그런 날치를 두고 박 기자에게 눈길을 돌리며 넌지시
물었다.

"박 기자는 여러 번 탄광을 훑은 걸로 아는데, 그 사람들 사업
상 가장 아쉬워하는 게 뭐요?"

그러자 박 기자가 한참이나 머리를 기웃거리다가 자신없는 말
투로 대답했다.

"글쎄, 몇 번 탄광을 털어먹기는 했지만 그게 언제나 뻔한 건수라……. 약점 잡고 찾아가서 몇 푼 얻어 쓴 것밖에 없으이. 하기사 몇 마디 조들은(주워들은) 거는 있제. 석탄 파내는 것도 나라 산업을 돕는 게이(것이니) 길 닦는 데라든가 비싼 장비 구입할 때는 나라에서 쪼매쓱 도와줬으믄 하는 게 있고오, 되지도 않은 게 까끄럽기(까다롭기)만 한 안전 규정 좀 풀어 줬(줬)으믄 하는 것도 있었고오……."

"그거 다 써먹을 수 있겠군. 그리고 그 사람들 군침 흘리는 이권이나 부대사업 같은 건 없었소?"

"잘은 모리겠지만 사항(私坑) 글마들은 조건 좋은 석공(石公: 대한석탄공사) 하청은 니 네 없이 탐내는 눈치드마는."

"석공 하청?"

"석공이라꼬 탄광을 야지미리(모두) 직영하는 거는 아인 갑데. 탄맥이 있어도 이런저런 까당(까닭)으로 하청을 주는 모양인데 그 하청 한 건 잘 받으믄 노 나는(큰몫 잡는) 모양이더라꼬. 석공에서 나라 규정대로 나오는 자재, 굴 안 무너질 정도로만 쓰고 빼돌리믄 그 재미만도 개얀은(괜찮은) 데다 인건비 차액도 입 댈 만한 갑데. 탄맥 실하고 탄질 좋은 게 걸리믄 가망가망이(가만가만히) 연탄 공장에 탄 빼돌리는 재미도 있는 눈치라."

그때 자동차가 갑자기 속력을 줄였다. 명훈이 앞을 보니 저만치 길이 갈라지는 곳에 석탄 가루를 뒤집어쓴 팻말 하나가 눈에 들어왔다. '백산탄좌 용현 현장 사무소 8Km'란 글씨가 멀리서도 알아볼 만했다. 그곳이 바로 그들의 첫 목적지였다.

자동차는 곧 팻말이 지시하는 길로 접어들었다. 거기서부터는 사도(私道)인지 길이 좁고 거칠어졌다. 심하게 흔들리는 차체에 몸을 맡긴 채 잠시 생각에 잠겨 있던 명훈은 현장 사무소 건물을 뚜렷이 알아볼 만한 곳에 이르러서야 일행의 행동 지침을 정리했다.

"이렇게 하지. 권 기자(날치)는 김 요원과 강 기사 데리고 곧장 갱으로 내려가 여론조사에 들어가라고. 처음부터 공갈칠 생각은 말고 그저 광부들 편에서 애로 사항을 청취하는 척하란 말이야. 강 기사는 보조로 머릿수만 더하고 그저 옆에서 어리대기만 하면 되는 거고. 현장 사무소의 먹물들은 박 기자와 내가 잡는다. 박 기자는 전처럼 약점 될 만한 것부터 물고 늘어지고, 나는 여론조사소 팀장으로 박 기자를 말리는 척하면서 저것들이 가려워하는 곳을 슬슬 긁어 보는 거야."

"그놈아들이 어떤 놈들인데 그래 어르고 등친다고 잘 넘어갈라? 그리고 여론조사소란 게 있다는 것도 아는 사람이 많잖은데 미련하기로는 쇠(소)보다 더한 놈들한테 먹히들라?"

처음에는 큰소리치던 박 기자가 새삼 걱정스럽다는 표정으로 명훈을 돌아봤다. 명훈에게 기자의 이력이 없다는 게 아무래도 못 미더운 모양이었다. 그럴 때는 무엇보다도 자신 있는 태도가 중요하다는 걸 아는 명훈은 과장스러운 말투로 그를 안심시켰다.

"그래 봤자 탄가루나 마시는 두더지들이지. 거기다가 우리 여론조사소가 널리 알려지지 않은 게 오히려 유리할 수도 있어. 대통령의 밀명(密命)으로 특별 조직된 민의(民意) 수렴 기관 행세를 할 수도 있으니까. 공연히 떨 것들 없다고. 정히 미련스럽게 굴면 정말로 확 조져 버리는 수가 없는 것도 아냐."

백산탄좌는 사항으로는 규모가 좀 큰 곳인지 현장 사무소는 시멘트 블록으로 반듯하게 지어진 건물이었고, 집기며 인원도 명훈의 상상보다는 갖춰진 규모였다. 제법 가꿔진 현장 사무소 마당에 차를 세운 그들은 목 깃 세운 장닭처럼 있는 대로 허세를 부리며 사무실 안으로 밀고 들어갔다. 대여섯 앉아 있던 사무 직원들이 그 기세에 눌려 긴장한 표정으로 그들을 맞아들였다. 그러나 현장 사무소장인 듯한 사내만은 달랐다.

"어디서 나오신 분들이슈?"

조수석 유리창에 붙은 위협적인 플라스틱 팻말이나 범퍼 귀퉁이에 꽂힌 삼엄한 깃발을 뻔히 보면서도 그렇게 묻는 품이 벌써 예사내기가 아니었다. 아무것도 모르는 척하며 신분증 제시를 요구하는 셈이었다. 명훈이 가만히 살펴보니 나이는 마흔에 가까워도 떡 벌어진 어깨나 화살 꽂힌 심장을 새긴 팔뚝의 문신 같은 것들이 젊었을 때 한가락 했음 직한 느낌을 주었다. 박 기자는 그럴 때 나긋나긋하게 신분증 내미는 걸 가장 못 참아했다. 어떻게든 여기서부터 기선을 제압해야 한다는 듯이 갑자기 위압적인 태도를 지었다.

"나《대동일보》박 기자요. 취재할 게 있어 왔시다. 저분들은 여론조사소 중앙 본부에서 파견된 요원들이고."

박 기자가 한껏 턱을 끌어당기고 짐짓 무겁게 가라앉은 목소리로 그렇게 신분을 밝혔다. 그러나 효과는 별로 없어 보였다.

"신문이라면 지난번 우리 낙반(落盤) 사고 벌써 나발 불 대로 다 불었고…… 그런데 여론조사소는 또 뭐요?"

"이 양반이 학가산(안동 지방의 큰 산 이름. 여기서는 깊은 산골을 말함) 밑에 사나? 아이, 요새 한창 전국적으로 끗발 날리는 한국여론조사소도 몰라? 신문은 그래도 인정사정이나 있지만은 여다 걸리믄 바로 간다꼬, 바로 가. 난다 긴다 하는 놈들도 여론조사소 떴다 카믄 벌벌 기는데……."

박 기자가 잘 물어 주었다는 듯 그렇게 허풍을 쳤다. 하지만 사무소장은 아무래도 그 방면으로는 산전수전 다 겪은 사람 같았다. 조금도 움츠러드는 기색이 없이 박 기자를 쳐다보다가 느릿느릿 받았다.

"나도 신문 보고 라디오 듣지만 그런 대단한 조사소라고는 통 들어 본 적이 없는데…… 어쨌든 여론조사라면 사람 많은 도회지에서나 할 일이지, 이 깊은 산골 탄광에 무슨 일로 왔소?"

"허, 이 양반 보래이. 무식한 놈이 용감하다 카디 참말로 글네. 이거 말이라, 이 여론조사소, 이기 얼매나……."

박 기자가 목에 핏대를 세우며 여론조사소를 설명하려 했으나 말이 워낙 먹혀 들지 않아서인지 얼른 뒤를 잇지 못했다. 상대가 모르쇠로 나오는 데는 날치도 뾰족한 수가 없는지 입술만 핥고 있었다. 일이 되어 가는 꼴을 말없이 살피고 있던 명훈이 나섰다.

"박 기자, 그만하쇼. 저쪽이 알아주건 말건 우리 일에는 별 상관없으니까. 서로 제 할 일 하면 되는 거요."

그렇게 대범하게 말해 놓고 상대에 맞게 여론조사소의 위력을 과장할 말을 고르는데 갑자기 바깥이 술렁거리며 직원 몇이 일어나 출입구 쪽으로 달려 나갔다. 명훈이 창밖을 보니 마당에 새로운 승용차 한 대가 세워져 있고 누군가 신사복 차림 하나가 잰걸음으로 출입구를 들어서고 있었다.

출입구에 이른 직원들이 공손히 머리를 숙이고 사무소장도 황급히 달려가는 것으로 보아 업주인 듯했다. 이제 슬슬 시작해 볼까, 하는 기분으로 입을 열려다 갑자기 상대를 잃어버린 명훈은 잠시 그 새로운 변화를 살펴보기로 했다.

"사장이 왔는가 베. 하기사 지도 추석이 가까우이 현장을 한번 딜따(들여다)보기는 해야겠제. 차라리 잘됐다. 조 뺀질뺀질한 현장소장 놈보다는 퍼석한 사장을 바로 잡는 게 쉬울 께라."

박 기자가 그렇게 말하고는 그새 사무실로 들어서는 업주 앞으로 어슬렁어슬렁 다가갔다.

"아이고, 사장님이십니까? 마침 잘 오셨습니다."

그러는 박 기자의 목소리는 공손하기 그지없었지만 주머니에 찔러 넣은 손이나 건들거리는 어깨는 영락없는 시골 깡패였다. 웃는 얼굴에 침 못 뱉겠다는 듯 업주가 불쾌감을 숨기느라 어정쩡해진 표정으로 손을 내밀며 물었다.

"누구시더라……?"

《대동일보》박 기잡니다. 선성(善聲)은 많이 들었습니다."

박 기자가 제법 문자까지 쓰며 늘 하는 방식으로 다가들었다. 그러자 업주의 표정이 알아보게 굳어졌다. 그도 그런 쪽으로는 단련이 된 사람 같았다. 갑자기 거칠어진 말투로 사무소장을 불렀다.

"이봐, 남 총무. 여기 또 무슨 사고 났어?"

"아닙니다, 사고 없습니다."

회사 내에서는 총무라는 직급으로 사무소장 일을 맡기는 모양이었다.

총무가 굽신대며 그렇게 대답해 놓고는 못마땅하다는 눈치로 명훈 일행을 돌아보았다. 너희들 때문에 애매한 사람이 욕을 먹게 됐다는 뜻 같았다.

"그럼 왜 기자들이 떼거지로 몰려들어?"

"모두 다 기자가 아닙니다. 나머지는 여론조사손가 하는 데서 왔다는데요."

"여론조사소? 그건 또 뭐야?"

"저도 잘 모르겠는데요. 그래서 지금 묻고 있는 중입니다."

그때 명훈이 나섰다. 그동안의 관찰로 업주의 성향을 대강 파악하고 나름으로 그에게 다가갈 방향을 잡은 뒤였다.

"인사드리겠습니다. 한국여론조사소 파견 조사원 이명훈입니다. 저희 조사소는 여론 수렴 기구로서 아직 창립된 지 얼마 안 돼 널리 알려지지는 않았습니다만 고위층의 특명으로 조직된 관변 단체로 아시면 크게 틀리지 않을 겁니다. 저희 총재님은 예비역 중장 김성도 장군이시고 고문 이사님들도 이름을 대면 하나같이 아실 만한 분들이십니다. 저희 여론조사의 결과는 각 매스컴에서도 중요하게 취급하지만 무엇보다도 고위층의 국정(國政) 운영에 반영된다는 점에서 각별한 의의를 가지고 있습니다."

거기서 고위층은 박정희 대통령을 슬쩍 에둘러 가리키는 말이었다. 마당에 세워 둔 자가용이나 풍기는 분위기로 봐서 업주는 탄광에서 잔뼈가 굵은 사람 같지 않았다. 곧 죽어도 자신은 사업가라고 우기고, 실제로는 탄광에 손을 대고는 있지만 본질은 돈 될 만한 일이면 무엇에든 돈부터 질러 놓고 보는 물주(物主)쯤으로 짐작되었다. 이번에도 탄광이 돈이 된다는 주변 사람들의 말만 믿고 승률 높은 노름에 밑천이라도 대는 심경으로 일을 벌인 듯했다.

그런 사람들이 대개 특혜나 이권 좋아하고, 그래서 권력에 약한 점을 이용할 속셈으로 명훈은 여론조사소의 기능과 힘을 특히 그쪽으로 부각시켰다. 짐작대로 효과가 있었다. 몇 마디 하기도 전에 말을 받는 업주의 목소리가 알아듣게 누그러졌다.

"그러고 보니 들은 것도 같군. 그런데 이 궁벽한 탄광에는 무슨 일로 오셨소?"

"광부들은 이 나라 산업의 역군들입니다. 그들의 사기를 진작시키기 위해 문제점과 애로 사항을 알아보라는 게 중앙의 지신데, 고위층으로부터 별도의 엄명이 있었는지 그 어느 때보다 진실에 근접한 조사를 강조하고 있습니다. 그래서 석공으로 가는 길에 여기부터 둘러보게 된 겁니다. 사항의 광부도 엄연히 광부인 만큼 그들의 문제점과 애로 사항도 파악해야 되니까요. 말하자면 이곳이 사항 중에서 표본조사의 대상이 된 걸로 아시면 됩니다."

여론조사원의 일을 해 보기로 한 뒤 중앙에서 내려온 유인물이나 여기저기서 주워들은 몇 마디로 준비랍시고 하기는 했지만 너무도 술술 말이 나오는 데는 명훈 자신도 은근히 감탄스러울 지경이었다. 더구나 예정에도 없던 석공에 표본조사까지 들먹인 것이 효과를 배가시켰다.

"저희가 석공 직영 광업소하고야 비교가 됩니까? 그래도 사항 중에는 광부들에게 해 준다고 해 주는 편입니다만……."

업주가 그러면서 자리를 권했다. 그러나 말만으로는 한계가 있었다. 무언가 확실한 약점을 잡지 않고서는 그의 단단히 옭아맨 주머니 끈을 풀게 할 수 없을 것 같았다.

"그럼, 우리 요원들의 조사를 허락해 주시겠습니까? 어이, 김 요원, 강 요원. 여기 직원들 협조 받아 현장조사 시작해. 갱으로 내려가게 되거든 안전 유의하고."

명훈이 그렇게 지시하자 업주도 다시 긴장한 표정이 되고 총무는 드러나게 눈길이 실쭉해졌다. 그때 박 기자가 끼어들어 사태를 더욱 악화시켰다.

"나도 추석 앞두고 밥값은 해야 안 되겠나? 임금 체불이든 동 안전 설비 미비든 동 1단짜리 기사라도 한 줄 건져야제. 자, 함 가 볼까?"

그러자 업주가 완연히 험해진 눈길로 총무를 쏘아보았고, 총무는 그 눈길에 찔리기라도 한 듯 펄쩍 뛰며 그들을 가로막았다.

"이거 왜들 이러슈? 추석 대목이라 하루 3교대도 강행군인데 가긴 어딜 가요? 작업 방해도 작업 방해지만 위험해서라도 갱 내에는 들어갈 수 없어요. 다음에 오슈, 다음에."

"취재를 거부하는 걸로 보아 참말로 뭔 일이 있는 모양이네. 기자 10년에 내미(냄새) 맡는 데는 똥파리 아이가? 보자, 이기 무신 냄새꼬?"

박 기자가 그렇게 걸고 들자 분위기는 한층 험악해졌다.

"무슨 말을 그리 하슈? 우리는 다만 업무 방해가 싫단 말이오. 여기도 사람 있으니까 머릿수로 밀고 들 생각은 말고……."

총무가 그러면서 주먹을 불끈 쥐는 게 필요하다면 곧장 실력 행사에라도 들어갈 것 같은 태세였다. 전에도 더러 그런 일을 겪어 단련이 된 탓인지 직원 몇도 언제든 가세할 수 있게 일손을 놓고 이쪽 눈치만을 살피고 있었다.

명훈은 이번에는 냉정한 계산에서가 아니라 타고난 감각으로 박 기자를 억눌러 험악해진 분위기를 진정시켰다.

"박 기자, 관둬. 신문 기사란 게 남의 약점만 들춰내는 건 아니잖아? 좋은 얘기도 얼마든지 기삿거리가 될 수 있다고. 그리고 우리 요원들도 저편에서 원치 않는다면 갱에는 들어가지 말고 교대 시간을 기다려 여론조사 들어가지. 보아하니 추석 대목 앞두고 석탄 한 삽이라도 더 캐자고 열심들인데 생산에 방해가 되어서야 쓰나? 그건 이 나라 산업화 정책에도 역행하는 짓이야."

박 기자와 명훈은 말을 트고 지내는 사이가 아니었다. 날치 역시 배운 게 없어 가끔씩 밀리기는 하지만 명훈의 지시를 받는 입장은 아니었다. 강 군을 빼고는 모두 명훈의 일방적인 지시에 조금은 의아한 표정이었다. 그러나 드러내 놓고 반발하지 않는 것은 그동안 명훈이 보인 그 방면의 순발력에 대한 믿음 때문인 듯했다.

"소장님, 흥분하지 말고 이리 와 앉으시죠. 여러 사람 거느리고 험한 일 하다 보면 이런 일도 있고 저런 일도 있게 마련입니다. 그 중에는 업체에 이롭지도 않고 해롭지도 않을 기삿거리도 있을 텐데 그런 거나 몇 개 들려주시죠. 아무리 개인 탄광이라지만 언론과 맞붙어 이로울 것도 없고……."

명훈은 총무를 소장으로 올려 부르며 그렇게 달래 놓고 업주를 향했다.

"사장님, 사장님께서는 업주 입장에서 저희에게 몇 말씀 해 주십쇼. 탄광이란 게 광부만으로 되는 건 아니니까 업주는 업주대로 문제점과 애로 사항이 있지 않겠습니까? 저희 보고가 얼마나 힘이 되어 드릴 수 있을지는 모르지만 고위층에서 특별히 국정에 반영한다는 언질이 있었다고 하니 이 기회에 믿고 한번 말씀해 보십쇼."

그러자 먼저 업주의 얼굴이 알아보게 풀렸다. 그와 함께 총무의 표정도 원래대로 돌아갔다.

"총무, 아까 이분이 말한 그런 기삿거리라면 우리도 있잖아? 거 왜 지난여름 폐에 석탄 먼지가 잔뜩 껴서 죽었다던가 하는 영감

말이야. 우리 광부들이 십시일반으로 거둬 온 돈에다 내가 좀 보태 유가족에게 20만 원이나 전해 줬잖았어? 그거 얼마나 눈물겨운 인정담이야? 저 먹고살기에도 바쁜 세상에, 더구나 가진 것도 없는 광부들이······."

잠시 후 소장에게 그런 지시를 내린 사장이 명훈 쪽으로 의자를 당겼다.

"그렇죠. 여론조사라면 광부들뿐만 아니라 우리 업주들 여론도 알아야지. 외 손바닥으로 소리가 납니까? 또 어떤 일은 광부들의 문제점과 애로 사항인 동시에 업주들의 문제점이고 애로 사항이기도 하지요. 아니 어쩌면 모든 게 서로 맞물려 있다고 보는 게 옳을 겁니다."

그렇게 자리가 풀리면 일이 반은 된 것이나 다름없었다. 그걸 잘 아는 박 기자와 날치는 그제야 각본에도 없는 명훈의 주도권을 인정한다는 표정으로 각자에게 주어진 역할을 받아들였다.

아마도 그 업주는 제 힘으로 한 재산을 모은 사람인 듯했다. 고생도 많고 경험도 많아선지 할 말도 많고 말하기도 좋아했다. 거기다가 여론조사가 탄광과 관련된 이권을 따내는 데 유리한 근거로 작용할 수도 있다는 명훈의 암시에 넘어가 한번 말문이 터지자 오히려 명훈이 말허리를 끊고 일어나야 할 만큼 길게 끌었다.

"사실 원탄값이 너무 박해요. 하기야 원탄값 오르면 구공탄값이 오르고 그게 또 물가에 영향을 미치니까 당국에서도 어려움이 많겠지만······ 우리라고 규정대로 동발[坑木] 넣고 자재 쓰면 좋다는 거 왜 모르겠습니까? 하지만 그러다 보면 남는 게 없어 갱도 걷어내야 할 판이니 뻔히 알면서도 무리들을 하는 거지. 광부들도 그래요. 목구멍이 포도청이라 우리가 규정대로 하다가 자기들 밥줄 끊어지는 것보다는 다소간 위험하더라도 어떻든 탄광이 돌아가 주기를 바랄 겁니다. 그걸 이해해 주셔야지."

그런 하소연에서 제법 정책 건의 같은 것도 있었다.

"도로 같은 것도 지원이 절실해요. 아까 보셨지요? 지방도에서 여기까지 20리는 우리가 닦은 사돈데 바위 깨고 흙 깎아 길 닦는 데 들어간 돈만 해도 엄청나요. 그런 거라도 사회간접자본 확충이란 측면에서 정부가 맡아 주면 큰 힘이 될 텐데. 길이란 어차피 한번 닦아 두면 누군가 쓰게 되어 있으니까. 하지만 정부는 나 몰라라 업주에게만 그 비용을 전가하니 채산 악화로 이어질 수밖에 없어요. 게다가 지방도라고 있는 것도 제대로 쓰려면 장마 때마다 제 돈 들여 도자(불도저) 대야 할 판이니……."

그렇게 이어지는 업주의 얘기는 끝이 없었다. 명훈이 메모하는 척하며 곁눈질하니 박 기자도, 날치도 하품을 하며 기다리는 판이었다. 박 기자는 소장에게서 인정 미담 한 토막을 받아 적었고 날치는 강 군과 함께 마침 교대하고 나오는 갑반 광부들 몇을 잡아 여론조사랍시고 한참을 설친 뒤였다. 명훈이 적당한 때를 보아 자리를 털고 일어났다.

"좋은 말씀 많이 들었습니다. 여러 가지로 참고가 될 것 같습니다. 저희들은 갈 길이 바빠서 이만……."

"아 참, 석공 광업소에 가시는 길이라 했지. 이거 어쩌나? 귀한 손님들 오셨는데 차 한잔 변변히 대접하지 못했으니……."

업주가 그러면서 눈짓으로 총무를 부르는 게 더 구차한 절차 없이 일이 잘 풀릴 것 같았다. 명훈은 자신의 직감을 믿기로 하고 쓸데없는 머뭇거림 없이 사무실을 나왔다.

"어이, 어찌 된 거야? 챙길 거 챙겼어?"

조바심이 난 날치가 사무실을 나오기도 전에 명훈을 다그쳤다. 내내 명훈과 같이 있었던 박 기자도 알 수 없다는 듯 볼멘소리를 했다.

"이 형 구찌빤찌(말주먹이란 뜻의 일본어와 영어 합작 조어) 세다는 거는 잘 알지마는 어예 된 건 동 알다가도 모리겠네. 손도 한 분(번) 안 내밀어 보고 그양 털고 일라서믄 어째노?"

"상대가 점잔을 빼니 우리도 한번 그래 보는 거야. 정 안 되면 권 기자(날치) 네가 한 번 더 수고해야지, 별수 있어?"

그러는데 총무가 뭔가를 움켜쥔 주먹으로 뒤따라왔다.

"이거 우리 사장님이 주신 건데 받아 두슈. 먼 길 왔는데 맨입으로 보내면 손님 대접하는 도리가 아니란 말씀이셨소."

그러면서 내미는 걸 보니 제법 두툼한 봉투였다. 눈치 없이 봉투를 보고 반색하는 박 기자를 눈빛으로 말리며 명훈이 난감하다는 듯 말했다.

"이거 이러면 안 되는데, 어쨌든 사장님의 호의니 마다할 수도 없고. 어이, 강 요원, 자네가 받아 둬. 기름값에나 보태 쓰지 뭐. 어쨌든 사장님께 고맙다고 전해 주십쇼."

그러고는 봉투를 거들떠보지도 않고 차에 올랐다.

"강 군아, 그거 일(이리) 내 봐라. 얼매로? 얼매나 들었노?"

차에 오르기 바쁘게 조급을 떨던 박 기자가 사무소 정문을 나서기 바쁘게 강 군의 봉투를 빼앗더니 속을 털어 보고 만족한 듯 말했다.

"하이고, 글마 그거 기마에(호기) 한번 크게 썼네. 시퍼런 천 원짜리가 이거 몇 장이고? 한 3만 원 되는가 베. 참말로 여론조사소 이거 뭐가 되기는 될 모양이따."

하지만 출발이 좋았다고 다 좋은 것은 아니었다. 다음에 찾아간 곳은 당장 임금 체불로 허덕이는 영세 업체여서 그런지 명훈의 단수 높은 접근도 박 기자와 날치의 마구잡이 공갈도 전혀 먹혀 들지 않았다.

"아이고, 들고 패든 동 터줏든 동(터뜨리든지) 마음대로 하소. 낼모레가 추석인데 간조(품삯)도 못 주게 생깄구마는 무신 속 씨끄러븐 소리껴? 육군(여태껏) 해 오던 일이고 여다 밥줄 달고 있는 많은 입에 거무줄 치까 봐 어예어예 끌고 가고는 있니더마는 탄광이라 카믄 이제 덧정(미련) 없니더."

"참말로 언성시럽니더(끔찍합니다). 울고 싶은 놈 귀때기 때리기로 한번 시원하게 터자 주소. 신문 방송에 크게 한 방 맞디라도 그 길이(그길로) 이놈의 탄광 문 닫을 수 있으믄 도로시(오히려) 속 시원할시더."

업주가 직접 나서서 그렇게 미련을 대는 데는 어찌해 볼 길이 없었다. 박 기자와 날치가 오뉴월 문둥이 이 벼르듯 별러 대다가 겨우 먹살잡이나 면하고 쫓겨났을 뿐이었다.

그다음에 찾아간 탄광에서도 사정은 비슷했다. 하청(석공에서 하청받아 석탄을 캐는 탄광)이라는 말에 명훈이 나서서 석공을 팔아 구슬러 보기도 하고 박 기자가 하청에 으레 있게 마련인 비리들을 들먹이며 겁을 주기도 했지만 소 같은 총무는 꿈쩍도 않았다.

"비리, 비리 하지만 정말로 큰 비리 잡고 싶거든 직영(直營) 가서 알아보슈. 덩치가 커도 여기보다는 크고 껀수가 많아도 여기보다는 많을 테니. 문둥이 콧구멍에서 마늘을 빼 먹지…… 게다가 지금은 사장님도 안 계시고, 계신다 해도 신문 방송 겁내 벌벌 떨 분도 아니고오……."

그러다가 마침 트럭에 실려 나가는 동발(갱목)이 빼돌리는 자재임을 박 기자가 눈치채고 말 그대로의 협박 공갈로 나가서야 겨우 만 원을 뜯어냈다.

돈이 안 될수록 시비만 길어 그 탄광에서 나오니 벌써 날이 저물어 오고 있었다. 원래의 계획은 한 군데를 더 들르기로 되어 있었으나 탄광이란 게 대개 산중에 있어 그대로 하기는 어려웠다. 밤중에 험한 산길을 못 미더운 자동차로 오르내리는 일도 그렇거니와 무장 공비도 아직은 겁이 났다. 비록 삼척이나 울진과는 몇백 리 떨어진 내륙이라고는 해도 백여 명의 무장 공비가 침투해 동해안 일대가 발칵 뒤집힌 지 얼마 안 되는 때라 소백산맥으로 이어지는 산길은 아직 마음 놓을 곳이 못 되었다.

그 바람에 일정 하나를 취소한 그들은 가까운 주막 거리에서 소주를 곁들인 라면으로 저녁을 때운 뒤 영주로 나가 잤다.

"개보름 쉬듯 한다 카디, 이거 이래 가주고 추석 제대로 쇨 수 있을라? 잘못하믄 자동차 가시끼리(임대)값도 안 나올따. 어디 한 껀 왕창 뜯어내는 수가 없을라?"

아침에 여관을 나서면서 박 기자가 풀 죽은 목소리로 걱정했다. 날치가 그답지 않게 머리를 굴려 명훈에게 제안했다.

"씨팔, 이왕 후라이 까고 돈 뜯으려면 그 후라이가 먹혀들 큼지막한 데로 찾아가야 하는 거 아냐? 어제 하청 총무 그 새끼 말이 맞아. 여기서 가장 가까운 석공 직영이 어디야? 보지가 커야 애도 크다고, 물어도 덩치 큰 놈을 물어야지 임금도 못 줘 헐떡이는 쫄때기들 잡고 어루고 엿 멕여 봐야 뭐가 나오겠어? 어제도 봐. 결국은 자가용이라도 번듯한 거 끌고 다니는 놈한테 우리 말이 가장 잘 먹혀들지 않았어?"

그러자 박 기자가 기세를 되살리며 맞장구를 치고 나섰다.

"이 형 구찌빠찌 믿고 하는 소리기는 하지만은 그것도 수는 수라. 수께줄(스케줄)이고 뭐고 다 치았뿌고 바로 문경으로 넘어가 보자꼬. 여다는 하마 석탄도 끝물이라 석공은 벌씨로 싸 말아 떠나고 백날 돌아 봤자 어제 같은 찌시래기(찌끄러기)들 뿐(뿐)이라. 글치만 문경·점촌 쪽은 안죽도 한참은 더 파 먹을 만한 모양이더라꼬. 석공 직영 광업소가 거다는 많이 남았다 카이께는. 더군다나

요새는 낙하산 인사라꼬. 군대 뿌시래기들이 정치 줄 타고 광업소장이다, 뭐다 턱턱 내리온다 카는데, 글마들 그거 어떻노? 그러매이(그런 종류)들일수록 광산에 대해서는 좆도 모리면서 윗사람 눈치 살피는 데는 선수라. 언제 더 좋은 데 안 불러 주나, 카미 기다리는 처지이 말썽 시러븐 일은 얼살(몹시 겁내고 싫어함)일 수밖에. 그러이 그러매이들 홀치기가 인생 대꾸보꾸 겪을 대로 겪어 빤지라울(닳일) 대로 빤지라워진 꺼저리(거적때기) 총무들 홀치기보다 훨씬 쉬울 꺼라꼬."

"그뿐만 아냐. 돈은 시커먼 탄광에만 있는 게 아닌 모양이더라고. 문경에는 시멘트 만지는 놈들이 탄 캐는 놈들보다 더 기름기 돈다는 말도 들은 것 같아. 거기도 쳐들어가 보자고. 이 대한민국에 털어 먼지 안 나는 놈 어디 있어? 석탄이든 시멘트든 땅에서 파내기는 마찬가지니까 달래든지 겁주든지 하여튼 부딪쳐 보는 거야."

날치가 다시 그런 제안을 보태었다. 명훈도 듣고 보니 그럴듯해 그들의 목적지는 그 자리에서 바뀌었다.

결과는 그들의 예상보다 훨씬 좋았다. 곧바로 석공 직영 광업소로 찾아간 그들은 예비역 준장 출신의 광업소장에게서 큰 힘 들이지 않고 5만 원을 울궈 냈다. 무엇보다도 '각하 특명'과 '국정 운영에 반영'된다는 말이 번듯한 중앙 부서로 불려 올라가는 게 소원인 광업소장의 얼을 빼놓은 듯했다.

소장의 전화 통보로 여론조사가 아니라 민정 시찰 격으로 돌게 된 소속 항(갱)에서도 짭짤한 재미를 보았다. 이름이 같아 항이지 규모는 어지간한 개인 탄광만 하다 보니 그곳 관리자들도 가만있지 않아 그날 하루 석공 직영에서 거둔 것만도 10만 원을 넘겼다.

다음 날 돌아본 시멘트 쪽에서도 소득이 나쁘지는 않았다. 캥기는 구석이 있어서인지 경기가 좋아서인지 점심 전에 들른 두어 곳에서 5만 원을 만들 수 있었다. 그리고 지나가는 길에 들른 잘나가는 사항이 다시 2만 원을 보태 주어 전날만은 못해도 하루 벌이로는 괜찮은 셈이었다.

추석이 이틀 뒤로 다가와 있지 않았더라면 그들은 예정에도 없는 단양을 거쳐 경북을 벗어났을지도 모를 일이었다. 그 사흘 동안에 본 재미와 특별히 지부 표시가 없는 여론조사소의 조사원 신분증이 그들의 배짱을 길러 준 까닭이었다. 그러나 내일모레가 추석이어서 가 봤자 사람이 있을 것 같지 않아 그만치서 돌아서기로 했다.

"방구(방귀) 길들자 보리 양석 떨어진다 카디, 우리가 그 짝일세. 인제 겨우 해 먹을 만하다 싶으이……."

못내 아쉬워하는 박 기자를 달래 점촌으로 나오니 어느새 날이 어두워져 오고 있었다. 읍내로 들어가는 길목의 한 식당에서 저녁을 시키고 기다리는데 안채에서 질펀한 노랫소리가 들려왔다. 밖은 식당이라도 안채는 색싯집인 듯했다. 먼저 나온 소주를 홀짝이던 날치가 은근한 목소리로 말했다.

"어이, 이 반장. 우리도 여기서 한판 벌이고 가지. 경비 조로 한

3만 원만 제치면 우리 모두 짝짝 달라붙는 겐자꼬(특별한 여자 성기를 가리키는 일본어 속어. 죄다, 홀치다의 뜻이 있다 함)로 객고도 풀 수 있을걸……."

"맞다. 지부장님이 우리 댕긴 데 일일이 찾아댕기미 얼매씩 뜯깄나꼬 물어보겠나, 어예겠노? 우리도 그만 품은 했고오. 고마 우리 여다서 한 뭉티기 꺼내 몸 한분 풀고 가시더. 월급날 되믄 개도 천 원짜리 물고 댕긴다는 데가 여기 점촌 아이껴? 물 좋은 데 고기 몰리드키 돈 많은 데 이쁜 기집아들 몰리는 거는 당연한 게고. 어떠이껴? 그래 안 될리껴?"

박 기자도 반색을 하며 날치를 거들고 나섰다. 그런 의논에 끼어들 처지가 못 되어 그렇지 강 군도 속으로는 그리 되기를 바라는 눈치 같았다. 그렇지만 명훈은 달랐다. 술과 여자 모두 그립지 않은 것은 아니었으나 그런 식으로 즐기고 싶지는 않았다. 거기다가 이번이 자신의 책임 아래 이루어진 여론조사소의 첫 출진이란 점도 되도록이면 그 성과를 온전히 보존하고 싶게 했다. 당분간은 싫어도 그 여론조사소에 의탁하지 않을 수 없는 처지이기 때문이었다.

"길게 봅시다. 추석 대목에 차량 한 대와 사람 다섯이 붙어 겨우 20만 원이오. 이 정도로는 지부장님(잇뽕 형)의 욕심에 안 찰걸. 그걸 또 삥땅 쳐 해롱대다가 괜히 먹피 보지 말고 그냥 곱게 돌아가요. 술이야 안동 돌아가서 사 달라면 되는 거고. 그리고 또 늦더라도 오늘 안에 돌아가야 내일 추석 단대목 기관장들 촌지라도 몇 푼 거둘 수 있지 않겠어요?"

그렇게 둘을 달랜 뒤 밤길을 재촉해 안동으로 돌아갔다.

밤길인 데다 도중에 타이어가 터져 갈아 끼우느라 늦어진 그들이 안동에 이른 것은 밤 열한 시가 넘어서였다. 아무도 없는 사무실에서 불쾌한 얼굴로 기다리고 있던 잇뽕 형이 그들을 보고 성급하게 물었다.

"너희들은 어떻게 됐어? 잘 먹혀들어 가?"

명훈은 간략한 결과 보고와 함께 그동안의 경비 빼고 24만 원이 든 봉투를 잇뽕에게 내밀었다. 불쾌하던 잇뽕의 얼굴이 일시에 환해졌다. 말은 없어도 만족한 기색이었다.

"보자. 차 밑으로 한 3만 원은 갈라 줘야 하고, 강 군 저 새끼도 돈 만 원은 줘야겠지. 그리고오 사무실 유지비와 적립금으로도 한 5만 원은 제쳐 두는 게 좋겠고……."

그 자리에서 봉투를 연 잇뽕은 시원스럽게 돈을 갈랐다. 그리고 남은 돈을 자신까지 넣어 다섯 몫으로 나누었는지 한 사람에게 3만 원씩을 돌렸다. 그에게도 한몫을 주어야 한다고 생각들은 하고 있었지만 아무래도 떼 내는 게 너무 지나쳐 보였다. 조심은 하면서도 그냥 보아 넘길 수는 없다는 듯 박 기자가 퉁명스레 물었다.

"적립금은 또 뭐이껴?"

"1년 365일이 언제나 추석 단대목일 것 같아? 너희들 벌이가 없을 때도 먹고는 살아야 할 거 아냐? 그런 때를 위해 형편 좋을 때 조금씩 모아 두는 게 적립금이야. 왜, 그때그때 싹 쓸어 분빠이

(분배)하는 걸 원칙으로 해? 그리고 벌이 없을 때는 손가락 빨고 앉았거나 너희들 기본급은 내가 흙 파서 줘?"

잇뽕이 갑자기 날카로워진 눈매로 박 기자를 노려보며 차게 반문했다. '3대 일간지 주재 기자보다 더 많은 기본급'의 내막이 비로소 밝혀진 셈이었다.

하지만 그 바닥에서는 중대한 항명으로 칠 수도 있는 박 기자의 반발에도 불구하고 잇뽕 형의 기분이 그리 많이 상한 것 같지는 않았다. 곧 깊은 한숨과 함께 하소연 같은 설명이 이어졌다.

"2조 정가하고 권가가 얼마 벌어 오고 얼마 가져간지 알아? 겨우 7만 원밖에 못 해 온 주제에 술에 취해 해롱대는 게 마음 같아서는 그대로 아고(턱) 돌려 내쫓고 싶더라고. 하지만 어떻게 해? 그래도 한솥밥 먹는 정으로 2만 원씩 줘서 보냈어. 적립금 떼기는커녕 운전사 긴 자가용 사흘 대절비도 내 돈 보태야 하게 생겼단 말이야. 그리고, 아무리 요새 돈이라고 하지만 3만 원 그거 적은 돈 아니야. 조금 더 보태면 소가 한 마리라고. 추석이 낼모레고 그만한 실적이라도 올렸으니까 나눠 주는 거야."

그 말에 눈치 빠른 날치가 날름 올라탔다.

"맞아, 대동 저 새끼 평생 무보수 기자로 푼돈이나 뜯어먹고 살다 보니 뭘 알아야지. 얀마, 이 돈 이거 우리가 거뒀다고 전부 우리 돈인 줄 알아? 이건 어디까지나 여론조사소 안동지부의 공금이라고. 형님이 몽땅 적립금으로 쓸어 넣어도 할 말이 없는 거야. 너 그러고도 언론 밥 먹는 놈이라고 할 수 있어? 그러고도 언론인이라고 행세할 수 있는 거야, 엉?"

그렇게 박 기자를 몰아세워 놓고 들큰한 목소리로 잇뽕 형에게 눌어붙었다.

"형님, 너무 마음 쓰지 마세요. 저 새끼 괜히 한번 해 본 소리예요. 제가 뛰어 봤자 부처님 손바닥 안이지, 어디서 감히 형님이 하신 결정에…… 더구나 나 같은 놈도 끽소리 없이 형님 울타리 안에 엎드려 있는데. 글나저나 형님, 술이나 한잔 사슈. 잘했건 못했건 개시란 게 있는 거 아뇨? 아까 점촌서 술 한잔 제대로 빨고 올까 했는데 명훈이 저 새끼가 꼴에 조장이라고 얼마나 병신 급수를 올리는지. 소주 한잔 걸치는 것도 안주는 손가락만 빨았시다."

회사(소매치기)를 걷어치우면서 잇뽕 형에게 의지할 게 더 많아진 탓인지 그런 날치의 말투는 거의 아첨에 가까웠다. 잇뽕 형은 돈보다는 자신의 안목이 어느 정도 들어맞았다는 데 마음이 풀어진 듯했다. 다른 조가 형편없는 성과로 돌아와 맥이 빠져 있는데 명훈의 조가 돌아와 자신이 새로 벌인 사업의 전망을 확인시켜 준 셈이었기 때문이다. 박 기자의 은근한 반발에 그 유명한 잇뽕(한 방)을 먹이는 대신 설명을 하는 참을성이 생긴 것도 그 때문이었을 것이다.

"그래? 좋아, 그럼 내 한잔 사지. 좀 늦었지만 대흥장으로 가자고. 통금 되면 까짓 거, 거기서 엎어지지 뭐."

잇뽕은 아무 일도 없었던 사람처럼 호쾌한 목소리로 날치의 말을 받고 앞장을 섰다.

대흥장에 가서도 잇뽕 형의 그런 기분은 이어졌다. 평소의 그답지 않은 호기로 술과 안주를 시키고 색시들까지 사람 수대로 불러들였다. 특히 명훈에게는 개선장군을 맞는 제왕처럼이나 은근했다.

그날 명훈도 한동안은 개선장군처럼 흥겨웠다. 날치와 박 기자가 과장하고 윤색해 되씹는 무용담과 거기 감탄해 거듭 내미는 잇뽕 형의 술잔을 받으며 묘한 성취감까지 느껴 보기도 했다. 하지만 술이 오르면서 제 딴은 명훈을 치켜세운다고 한 잇뽕 형의 말이 한 바가지의 찬물처럼 다시 잠들어 가던 명훈의 의식을 깨워 놓았다.

"역시 너는 그 방면으로 타고난 놈이야. 이번에 저 비리비리한 새끼들만 보냈다면 틀림없이 정가하고 권가 꼴 났을 거라고. 도대체 아다마(머리)가 돌아야 뭘 해 먹지. 더구나 여론조사소 같은 신규 업종을……. 말은 제주도로 보내고 사람은 서울로 보내랬다고, 야쿠자 물을 먹어도 서울 가서 먹어야 뭐가 제대로 돌아간다니까."

그렇게 칭찬처럼 시작한 말은 이내 은근한 나무람으로 바뀌었다.

"거 봐, 내 뭐랬어? 송충이는 솔잎을 먹고 살아야 한다고, 진작부터 너는 이 바닥에 자리 잡았어야 할 놈이었어. 개척? 상록수? 꿈은 좋지. 그렇지만 어찌 됐어? 3년 죽도록 고생만 하고 겨우 돈 50만 원 거머쥐었지. 그것도 네가 그동안 피땀 흘린 값이 아니라 선산 팔아먹은 것에 지나지 않아. 너는 결국 고향 땅에서는 얻을

게 아무것도 없는 놈이었다고. 아니, 농촌은 이미 우리에게 아무것도 줄 수가 없어. 그래도 좋아. 그때라도 내 말대로 이 안동에다 집이나 한 채 번듯하게 장만하고 무보수라도 기자 자리 하나 차고 앉았으면 깨를 볶았지. 대도시와, 네 말마따나 양지바른 삶이란 것도 네게는 가망 없는 꿈이었어. 넉넉한 돈도 내세울 만한 기술도 없이 시작하는 도회지의 삶…… 기껏해야 유식한 것들이 말하는 그 도시 빈민으로 끝장나게 되어 있는 꿈이라고. 나는 네가 번듯한 회사에 취직했다는 말을 들었을 때도 실제 네가 무얼 하는지 짐작했고, 장사한다고 다시 여길 오락가락할 때도 네게 무슨 일이 일어나고 있는지 다 알고 있었어. 그건 결국 몇 푼 되지도 않는 네 밑천을 까먹는 과정에 지나지 않는다는 걸 말이야. 그리고 '빵꾸 랩'인가 — 자동차 다이야(타이어)와 쥬부(튜브) 사이에 넣어 빵꾸 안 나게 한다는 그 무슨 약 대리점, 그게 네게 마지막 한 방이 됐지. 말이 좋아 큰 회사 지점이고 지사장이었지만 그때 나는 네 명함만 보고도 네가 형편없는 유령 업체의 사기에 걸려든 줄 알아보았어. 세상에 20만 원 보증금 넣고 한 달에 5만 원 수입 보장되는 그런 장사가 어딨어?"

그런 잇뽕의 말은 얼얼하게 취해 오는 명훈의 머릿속을 날카롭게 헤집고 들었다. 그리고 잇따른 환경처럼 실패로 이어진 지난 3년을 짧은 시간 동안에 떠올리게 했다.

개간지를 팔아 만든 50만 원은 그들 일가가 도시 중산층으로 편입되기에 넉넉할 만한 자본으로서의 기능은 못 해도 일반적으로 '뿌리 뽑힌 삶'으로 분류되는 이농과는 구별시켜 주었다. 서울로 올라간 그들 일가는 단칸방과 당장 필요한 살림살이를 장만하고 남은 40만 원을 친척이 경영하는 보세 가공 회사에 넣었다. 미더운 만큼 당시로는 헐한 편인 월 4부 이자로 빌려 준 것인데 그래도 매달 나오는 돈이 1만 6천 원이었다.

거기다가 명훈이 그 회사에 일자리를 얻게 되자 그들 일가는 갑자기 부자가 된 기분이었다. 옥경이를 중학교에 편입시키고 인철이를 찾아와 대학을 시킨다 해도 이자만으로 넉넉히 생활이 되고 명훈의 벌이는 그대로 저축이 될 수 있었다. 그대로 간다면 집칸 장만해 서울에 뿌리를 내리는 일도 머지않을 것 같았다.

하지만 그들 일가의 단꿈은 겨우 석 달 만에 끝나고 말았다. 번지르르한 겉보기와는 달리 친척 회사는 넉 달째부터 월급이 밀리기 시작했고 빌려 준 돈의 이자도 제때 나오지 않았다. 그제야 놀란 명훈이 알아보니 회사의 상태는 이미 부도 직전이었다.

명훈이 위협 반 애원 반으로 나서고 먼 일가붙이인 사장도 크게 선심을 써서 돌려받은 돈이 겨우 30만 원…… 그리고 그때부터 무슨 예정된 순서처럼 내리막길이 이어졌다. 이름난 고추 산지인 고향에서 고추 장사를 해 본다고 나섰다가 몇 달 만에 다시 10만 원을 줄이고 '펑크 랩' 대리점에서 마지막 20만 원을 사기당하고 말았다.

"하지만 늦지 않았어. 거 왜 국민학교 교과서에도 나오잖아? 달 가스라 카든강…… 밖에서 잃은 것을 안에서 도로 찾자고…… 너도 서울서 잃은 걸 여기서 방까이(만회)하는 거야. 너는 할 수 있어. 이 여론조사소, 틀림없이 유망한 신규 업종이야. 우리 같이 잘 키워 보자고."

잇뽕은 격려하듯 그렇게 보탰으나 명훈의 머릿속을 떠도는 것은 속절없는 탄식이었다. 결국 돌아오고 말았구나. 다시 제자리로, 다시 제자리로…….

길 위의 혼

해가 지면서 바람 끝이 한결 매서워졌다. 계절로는 아직 늦가을 이고 바람은 습기를 머금은 바닷바람이었지만 드러난 살은 견뎌 내기 어려울 만큼 따끔거렸다. 조금 전까지만 해도 까닭 모르게 코끝을 찡하게 하던 고운 저녁놀도 더는 눈에 들어오지 않았다.

인철은 검은 물 들인 야전잠바의 깃을 세우면서 사방을 둘러보 았다. 벌써 한 시간 전에 지나온 작은 포구가 아득히 돌아보일 뿐 인가는 전혀 눈에 띄지 않았다.

'차라리 저 포구에서 잘 곳을 찾을 걸 그랬구나.'

인철은 갑자기 난감한 기분이 되어 푸념처럼 그렇게 중얼거렸 다. 실은 거기서도 그런 생각을 하지 않은 것은 아니었다. 그러나 그곳은 주막이 있는 포구인 데다 아직 해가 남아 있어 구걸하는 티를 내지 않고 돈 안 드는 잠자리를 얻기에는 마땅치 못했다. 절박하지 않은 때에 잠자리를 구하면 사람들은 열에 아홉 주막을 알려 주고 돌아서 버릴 것이기 때문이었다.

거기다가 며칠 걸어 본 가늠으로는 20리를 넘기지 않고 마을이 나타날 것 같았다. 포구보다 농촌 마을의 인심이 후하다는 것도 인철이 무리해 길을 떠나게 한 원인이 되었다. 그래서 저물 무렵 작은 농촌 마을에서 잘 곳과 먹을 것을 구해 본다는 게 아무래도 일이 잘못된 듯했다.

다시 한 시간은 좋게 걸었고 해도 졌는데 마을은커녕 외딴집한 채 눈에 들어오지 않았다.

'늦었지만 이제라도 돌아갈까.'

인철은 무거운 발길을 멈추고 저녁 안개 속에 희미해지는 포구를 돌아보며 잠시 망설였다. 앞길이 줄곧 바닷가의 야산을 끼고 뻗어 있어 더욱 그랬는지도 모를 일이었다. 바라는 농촌 마을이 나오려면 넓건 좁건 들이 먼저 펼쳐져야 하는데 눈앞에 보이는 것은 바닷바람에 헐벗은 바위산의 노을 진 실루엣뿐이었다.

인철은 지도를 꺼내 자신의 위치를 확인해 보았다. 수첩 뒤에 곁들여진 조악한 지도로는 자신이 하서(河西)라는 곳과 감포(甘浦)라는 포구 사이에 서 있으리라는 짐작 말고 더 알 수 있는 게 없었다. 걸음을 멈추어서인지 더 매섭게 느껴지는 추위는 그사이에도 한층 급하게 인철의 결단을 재촉했다.

'돌아간다 해도 한 시간은 넘게 걸어야 한다. 그럴 바에야 차라

리 앞으로 나가 보자. 어차피 걸어야 한다면 알 수 없는 쪽에 기대를 걸어 보자.'

이윽고 인철은 그렇게 마음을 정하고 어느새 저물어 오는 바위산 그늘 쪽으로 걸음을 떼어 놓았다. 잠시나마 걸음을 멈춘 것이 마비되어 있던 감각들을 살려 내 다리는 굵은 쇠뭉치를 단 듯 무겁고 부르튼 발바닥은 다시 쓰려 왔다. 하지만 옷 속을 헤집고 드는 추위가 매서운 채찍처럼 그를 몰아세웠다.

한동안 인철은 한 발 한 발 내딛기가 괴로운 길을 걸어야 했다. 그러나 그 고통 속에서도 어디가 어딘지도 잘 모를 길을 헤매고 있다는 자각은 스무 살의 상상력을 다시 작동시켜 그럴 때 있을 수 있는 온갖 구원의 양태들을 머릿속에 그려 냈다. 바닷가 별장을 찾아가는 자가용으로부터 흔히 시골 사람들이 막차라고 부르는 마지막 버스며 화물 트럭에 이르기까지, 온갖 탈것이 그를 걷는 괴로움에서 구해 주는 상상을 하고 거기에 탄 사람들과의 예사 아닌 만남에 가슴 두근거리기조차 했다.

하지만 그가 걷고 있는 길은 이미 오래전에 세상으로부터 버림받기라도 한 듯 자전거 한 대 지나가지 않았다.

나는 실러의 잠수부처럼
끝 모를 여정(旅情)의 심연을 자맥질하였네.

휘황했던 전설은 멸망당하고

사어(死語)로 된 비명(碑銘)만 스산스럽던 곳,

따뜻이 손잡아 줄 왕녀도 없고

이데아의 광휘도 마침내 이르지 못하는 곳을.

인철의 젊은 날 노트에는 그런 설익은 시구가 남아 있는데, 여정을 그렇게 노래하게 된 데는 아마도 그날의 혹독했던 체험이 한몫을 했을 것이다.

고통도 피로도 극단의 정도에 이르면 축복 같은 마비가 온다. 인철의 무거운 다리나 부르튼 발바닥도 얼마 걷지 않아 이전의 무감각을 회복했다. 그리고 그 무감각은 점차 온몸으로 번져 나가 마침내는 의식 전체를 마비시켜 갔다.

"아인잠카이트 이스트 마이네 하이마트(고독은 나의 고향이다.). 아인잠카이트 이스트……."

인철이 앞뒤 없는 상상마저 놓치기 전에 마지막으로 떠올린 것은 엉뚱하게도 그런 독일어 구절이었다. 그 무렵 제2외국어로 선택해 열을 올리던 독일어와 한때 깊이 빠져들었던 니체의 무의식적인 결합인데, 그 뒤 몇 시간 인철은 그 구절을 무슨 주문처럼 웅얼거리며 조용하고 어두운 바닷가 국도를 거역 못 할 본능에 이끌리는 한 마리 지친 짐승처럼 무턱대고 따라갔다.

바람하고 아이는 해만 지면 잔다는 말이 있지만, 그날 그 바닷가를 불어 가던 바람은 그렇지 못했다. 밤이 깊을수록 기승을 더해 그 추위는 인철의 감각과 의식을 한층 두텁게 마비시켰다. 나중에는 자신이 어디서 무엇을 하고 있는지조차 알지 못할 지경이었다.

그렇게 얼마를 걸었을까, 갑자기 마비된 감각과 의식을 뚫고 들려오는 날카로운 외침이 있었다.

"정지!"

그러나 소리는 겨우 머리에 전달되어도 뜻이 얼른 떠오르지 않았다. 그래서 멍하니 걸음을 내딛는데 다시 철커덕하는 쇳소리와 함께 한층 높은 외침이 들렸다.

"손들엇!"

그 외침보다도 심상치 않은 쇳소리가 퍼뜩 인철의 의식을 깨웠다. 저것은 소총을 조작하는 소리다. 실탄을 장전하는 소리는 아닐지라도 위협적인 의도를 드러내고 있다. 아무래도 걸음을 멈추고 손을 들어야겠다…….

"뒤로 돌앗!"

다시 어둠 속의 외침이 들리고 인철은 비로소 손을 들었다. 그러자 플래시가 켜지며 같은 목소리가 물었다.

"누구냐?"

강한 플래시 빛이 시각을 자극해서인지 인철의 오관이 일시에 마비에서 깨어났다. 그러나 추위에 굳은 입으로는 제대로 대답을 할 수 없었다.

"저어, 이, 이인철, 아니 지, 지나가던…….”

그때 플래시로 인철의 행색을 확인한 상대방이 다소 긴장이 풀어진 소리로 명령했다. 소지품이라고는 주머니에 든 지갑과 수첩밖에 없는 게 상대를 안심시킨 듯했다.

"앞서 가. 저기 불빛 있는 데로."

목소리와 함께 플래시가 번쩍하는 곳을 보니 멀지 않은 곳에 빤한 불빛이 보였다. 인철이 못 본 것인지 등화관제가 철저히 되어 알아보지 못했는지 인철에게는 갑자기 나타난 것처럼 느껴지는 불빛이었다. 인철은 목소리가 시키는 대로 앞장서서 걸었다. 그새 온전히 회복된 청각으로 헤어 보니 뒤따르는 발소리가 여럿이었다.

불빛이 있는 곳은 길가에 지어진 향군(향토예비군) 초소였다. 그 며칠 걷는 동안 인철은 흙담을 쌓고 짚으로 이엉을 이은 한 평 남짓의 초소와 껍질만 벗긴 소나무로 얽은 조잡한 도로 차단기를 곳곳에서 보았다. 연초 서울을 발칵 뒤집어 놓았던 북한 124군부대 특공조의 청와대 기습 기도에다, 그 여름 삼척과 울진에 대규모로 침투한 무장 공비 때문에 강화된 향토예비군 초소였다. 그러나 군사 시설로는 별로 실감을 느끼지 못했는데 밤 깊고 외진 곳에서 그렇게 만나니 꽤나 섬뜩한 위협으로 다가들었다.

"안으로 들어가!"

인철이 등 뒤의 명령에 따라 안으로 들어가니 램프 불 아래 얼룩덜룩한 예비군복을 입은 청년 하나가 총을 겨눈 채 인철을 맞았다. 바깥의 요란스러운 수하 소리에 잔뜩 긴장해 기다리고 있던 듯했다. 그러나 인철은 그에게보다는 초소 안을 훈훈하게 데우고 있는 난로에 먼저 눈이 갔다. 깨진 몸통을 진흙으로 때운 것이었지만 제법 연통까지 갖춘 배불뚝이 난로였다.

인철을 뒤따라 들어온 것은 전투복을 입은 경찰이었다. 나이는 스물대여섯이나 되었을까, 푸른빛이 돌 만큼 흰 얼굴이 몹시 피로해 보였다. 그러나 환한 램프 불빛 아래 완연히 드러난 인철의 행색으로 이제 대강은 알 만하다는 듯 긴장한 표정은 없었다.

"학생이야? 학생 같군. 신분증 내놔 봐."

아직 그럴 철이 아닌데도 불기에 기갈이 든 사람처럼 난로를 싸안듯 다가드는 인철을 한동안 말없이 보고 있던 전경이 사무적인 목소리로 물었다. 무장 공비가 아닌 줄은 알지만 그래도 조사할 것은 조사해 봐야겠다는 표정이었다.

인철은 지난 3년 신분 확인이 있을 때마다 느껴야 했던 애매함과 당혹스러움을 다시 느꼈다. 학업을 포기하지 않았다는 점에서 그는 틀림없이 학생이었지만, 학적이 없다는 점에서는 학생으로 자처할 수 없는 게 그의 처지였다.

그러나 그런 경우 학생이 아무래도 가장 유리한 신분 같아 버텨 보기로 했다.

"네, 지금…… 재수 중입니다."

"그럼 정확히는 학생이 아니잖아. 주민증 없어?"

인철은 그 말에 지갑을 꺼내 주민등록증을 내주었다. 지난 8월에야 지급받은 새 주민등록증이었다. 짙은 눈썹을 찌푸려 그렇잖아도 좁아 뵈는 미간을 더욱 좁게 만들면서 주민등록증을 들여다

본 전경이 다시 물었다.

"이 밖에 다른 신분증은 없어?"

그때야 인철은 문득 학원 수강증을 생각해 냈다. 달이 지난 것이기는 하지만 학생 신분을 인정받는 데는 도움이 될 것 같았다.

"학원 수강증이 있습니다. 대입 학원요."

인철은 새삼 버리지 않기를 잘했다고 생각하면서 지갑 주머니에 들어 있던 지난달 수강증을 꺼냈다. 무심코 꺼내 주다 보니 지난달 치 단과반 수강표 석 장이 한꺼번에 전경에게 넘겨졌다.

"이건 뭐야? 사진도 없고…… 신분증이 못 되잖아?"

학원 수강증을 받아 든 전경이 그렇게 중얼거리며 한 장씩 훑어보다가 고개를 갸웃하며 다시 물었다.

"무슨 학원 수강증이 이래? 수학, 수학, 수학, 맨 수학뿐이네."

"수학 점수가 좀 모자라서…… 몇 달째 수학만 집중적으로 듣다 보니……."

마음의 상처가 건드려져서인지 희미하게나마 감정을 회복한 인철이 별로 달갑지 않은 기분으로 까닭을 설명했다. 그런 인철의 기분에는 아랑곳없이 전경이 다시 물었다.

"그런데 재수생이 여기는 웬일이야? 지금 한창 입시 준비 단대목일 텐데 이런 시간에 무엇 때문에?"

그때쯤에야 온전히 긴장이 풀렸는지 전경을 뒤따라오던 예비군 둘도 카빈 소총을 내려놓으며 전경의 신문에 끼어들었다.

"아닌 밤에 홍두깨라고, 학생이 이 오밤중에 걸어서 어딜 가노?

비척거리는 거 보이 잘 걷지도 몬하는 모양이드마는."

"참말로 깜짝 놀랬데이. 나는 무장 공비 한 놈 잡는가 싶어 가슴이 두 근 반 서 근 반 하더라 카이."

예비군복에 무장을 하고 있어도 말투에 별로 악의가 느껴지지 않는 것이 가까운 마을에서 소집된 순박한 청년들 같았다.

"조용히 해요! 아직 조사가 끝나지 않았어."

전경이 만만찮은 성깔을 내비치며 그들을 나무라 놓고 다시 인철을 향했다.

"그래, 어딜 가는 길이야?"

전경의 그 같은 물음에 인철은 당황했다. 내가 어디로 가고 있는가. 내가 어디로 가고 있는가. 잠깐 넋을 놓고 인철은 스스로에게 물었다. 불기에 언 몸과 함께 마비돼 있던 의식도 녹았는지 대답이 막막한 그 물음에 자신도 모르게 볼이 화끈 달아올랐다. 그러나 쓸데없는 머뭇거림으로 공연한 의심을 살 필요는 없었다.

"집으로, 집으로 가는 길입니다."

"집? 집이 어딘데?"

"주민등록 본적지대룝니다."

"재수한다면서 입시가 얼마 남지 않았는데 갑자기 시골 집에는 왜?"

거기서 인철은 다시 대답이 궁해졌다. 인철이 머뭇거리자 전경이 한층 날카로운 눈매로 따지고 들었다.

"또 집으로 간다면 당연히 기차나 버스를 타고 갈 일이지 이

쪽으로는 왜 왔어? 보자. 현주소가 부산 직할시고 집이 경북 안동 쪽이라면 여기는 그리로 가는 철길도 없고 버스 노선도 아니잖아.”

그래도 인철은 학생 신분에 숨어 간단하게 그 신문을 넘어가려 했다. 하지만 그런 생각이 일을 더 복잡하게 만들었다.

“몇 달째 학비가 오지 않아서…….”

“그렇다고 지금 같은 세상에 사오백 리를 걸어갈 생각을 한단 말야? 더구나 입시가 바쁜 재수생이…….”

전경의 눈매가 더 날카로워졌다. 하지만 인철로서는 이미 내친 김이었다.

되씹기조차 울적한 그 여행의 동기를 이제 와서 털어놓을 기분은 결코 아니었다. 거기다가 자신이 특별히 경찰을 겁내야 할 까닭이 없다는 것도 인철의 오기를 돋우었다.

“그거야 제 맘 아니겠어요? 기차나 버스를 타지 않고 여행하면 안 된다는 법이 있는 것도 아니고…….”

“어, 이 사람 말하는 것 좀 봐. 아무래도 지서로 연행해 신원 조회라도 의뢰해 봐야겠는데.”

다분히 위협적인 말이었지만 인철은 별로 움츠러들지 않았다. 집에서 가출 신고라도 했으면 조금은 귀찮아지겠지만 그럴 리는 없었다. 비록 발신인 주소를 쓰지는 않아도 지난 3년 어머니가 걱정하지 않을 만큼은 안부 편지를 내 온 그였다.

“좋습니다. 필요하다면 그러시죠. 하지만 지서가 어딘지 몰라도 지금은 다리가 아파 꼼짝할 수가 없어요. 어디서 저녁도 좀 먹어야겠고."

인철이 그렇게 나오자 전경은 무언가를 가늠하듯 잠시 말없이 인철을 살폈다. 인철의 말투가 다소 건방지게 들릴 수도 있었으나 그 때문에 기분 상해하는 것 같지는 않았다.

"이봐요, 김득배 씨. 지금 구판장에 가면 라면이라도 끓여 먹을 수 있을까?"

전경이 무슨 생각을 했는지 예비군 중에 하나를 돌아보며 물었다. 물음을 받은 예비군이 고개를 설레설레 내저으며 대답했다.

"어려울 꺼로요. 하마 열한 시가 넘었는데 그 할매가 안 자까요? 뚜드리 깨아 까자(과자) 쪼가리나 산다믄 모리까."

열한 시가 넘었다는 말에 인철은 흠칫했다. 그렇다면 자신은 다섯 시간 넘게 밤길을 걸은 셈이었다. 도대체 얼마나 먼 길을 걸었으며 여기는 어디쯤일까? 그런 생각이 들자 자신의 처지도 잊고 불쑥 물었다.

"여기가 어딥니까?"

"아이, 그럼 어디가 어딘 줄도 모리고 걸어 댕긴단 말인교? 이 오밤중에?"

예비군 셋 중에 성마르고 말하기 좋아해 뵈는 청년 하나가 인철의 말을 받았다. 작은 눈에 예사롭지 않은 호기심이 반짝거렸다.

"해 질 무렵에 물틴가 물친가 하는 어촌을 지난 것 같은데……"

"물티를 말하는 갑구마는. 거다라른 여다서 한 30리 되나? 그런데 거다서 여꺼정 오는데 이르코롬 시간이 걸렸단 말이오? 걸은 게 아이라 기왔구만, 기왔어. 학생 어디 아프요?"

"아픈 게 아니라 피곤했던 거요. 자신이 걷고 있다는 것도 잊어버릴 만큼."

그때 전경이 갑자기 끼어들어 인철을 대신했다. 목소리가 한결 차분해진 게 이제 인철의 정체에 대해서는 대강 가늠이 선다는 눈치였다.

유년 시절 이래로 인철은 경찰을 편견에 가까운 경계심과 두려움으로 대해 왔다. 자신의 기억이나 경험에서가 아니라 그들을 무식하고 잔인한 집단으로만 이해해 온 어머니와 할머니로부터 비롯된 선입견 때문이었다. 자라면서 많이 완화되기는 했지만 그날 밤 그 전경을 대하는 인철의 의식 밑바닥에도 그런 선입견은 여전히 깔려 있었다. 그런데 자신을 대신하는 전경의 말투에서 풍기는 무언가 지적인 분위기가 묘한 혼란을 주었다. 아픈 게 아니라 피곤했던 거요…….

"글치만 그거 요상하네. 요새 난데없는 김삿갓이도 아이고…… 이 치운 밤길을 그래 혼차(혼자) 걸어야 할 까당(까닭)이 있을까."

그때껏 말없이 보고만 있던 나머지 예비군도 알 수 없다는 듯 고개를 저었다. 잠시 무언가를 망설이던 전경이 가장 나이 들어 뵈는 예비군에게 지시 조로 말했다.

"이봐요, 김득배 씨. 교대가 한 시죠? 그때까지 조원들과 여기 경계 좀 맡아 주쇼."

"최 순경님은 어디 갈라고요?"

"이 사람 우선 뭣 좀 먹여야겠어. 다음 교대조가 오기 전에 돌아올 테니 경계 철저히 해요."

그리고 인철에게로 돌아서며 한결 누그러진 목소리로 말했다.

"힘들더라도 나와 함께 가지. 여기서 그리 멀지 않아."

그의 태도가 그같이 급변한 까닭은 알 수 없었으나 적어도 악의가 아니라는 것에는 확신이 서 인철은 말없이 따라나섰다.

인철이 너무 지쳐 그랬는지 전경의 말과는 달리 길은 꽤 멀었다. 동그란 플래시 불빛을 따라 한 십 분이나 걸었을까, 갑자기 길 한편으로 호롱불 켜진 창이 몇 보이는 작은 마을이 나타났다. 전경이 동구 쪽의 한 초가로 인철을 안내하더니 희미한 불빛이 새어 나오는 거적문을 열었다. 유리 낀 초롱불이 걸려 있는 거적문 안쪽은 농가 별채에 거적을 달아 낸 듯한 부엌이었다.

"이봐, 자?"

전경이 방문을 두드리며 나직한 목소리로 누군가를 깨웠다.

"에? 예?"

안에서 잠에 취한 여자의 목소리가 들려왔다.

"일어났으면 이불 좀 걷지. 손님이 있어."

전경은 방 안의 여자에게 그렇게 말해 놓고 부엌 안을 두리번거렸다. 그러다가 구석에 있는 양은 대야를 찾아 들고는 윤기 나게 닦은 작은 무쇠솥 뚜껑을 열었다. 김이 나는 걸로 보아 안에는 더운물이 있는 것 같았다.

"이인철 씨던가. 이 물을 퍼서 발이라도 씻지. 너무 뜨거우면 저기 바께쓰에 찬물이 있어. 씻고 나면 한결 나을 거야."

전경은 그러면서 양은 대야를 인철에게 건네 주고 방 안으로 들어갔다. 이제는 서 있기가 힘들 정도로 지쳐 있었으나 김이 오르는 더운물은 인철에게 큰 유혹이었다. 시키는 대로 대야에 물을 퍼낸 뒤 한쪽 부뚜막에 앉아 목 자른 군화를 벗었다.

인철은 악취를 느낄 겨를도 없이 때에 절어 뻣뻣한 양말을 말아 군화 속에 밀어 넣고 더운물에 발을 담갔다. 좀 뜨거운 느낌이었으나 굳이 몸을 움직여 찬물을 타야 할 만큼은 아니었다. 그동안 방 안에서는 뭐라고 웅얼웅얼 불평하는 여자의 목소리와 그걸 단속하는 전경의 나직한 목소리가 오갔으나 인철은 별로 의식하지 못했다.

"발 다 씻었으면 물기 닦고."

이윽고 전경이 방문을 열고 깨끗한 타월을 내밀며 말했다. 발을 씻는다기보다는 더운물에 발을 담근 채 망연히 주무르고 있던 인철은 그 말에 다시 정신이 들었다. 시키는 대로 발을 닦고 방 안으로 들어서며 잠자다가 반갑잖은 손님을 맞게 된 안주인에게 그제야 예의를 차렸다.

"밤늦게 귀찮게 해 드려 죄송합니다."

"머, 개얀심더. 그쪽으로 들따(들여다) 앉으시소."

전경이 어떻게 구슬렸는지 그렇게 받는 여자의 얼굴이 예상보다는 부드러웠다. 전경과 동갑이거나 더 나이가 들어 뵈는 순박한 시골 새댁의 얼굴이었다. 저녁에 먹고 밀어 둔 것이 있었던 듯 방 안에는 벌써 밥상이 차려져 있었다.

"아무래도 집밖에는 달리 밥 먹을 곳이 없을 것 같아서. 시장하실 텐데 찬밥이라도 남은 거 좀 드쇼."

검문 때와는 달리 전경이 말까지 올려 가며 호의를 드러냈다. 여자가 덩달아 인심을 냈다.

"하필 오늘따라 찬밥이 쪼매 남아서. 우선 잡숫고 있으믄 라면 끓십니더."

그러고 보니 윗목의 석유곤로에는 작은 냄비가 올려져 있었다. 파란 불꽃이 냄비 바닥을 널름거리며 감싸고 있는 게 그을음이 나지 않는 한도에서 심지를 최대로 올린 듯했다. 밥을 보자 그때껏 추상적이었던 시장기가 절실한 고통처럼 인철의 위장을 자극했다. 김치와 된장찌개, 그리고 멸치 볶음과 무생채가 전부였지만 인철에게는 그 어떤 잔칫상보다 더 눈부셨다.

"국이 없어서 어쩌나. 숭늉이라도 마셔 가며 드쇼. 체하겠어. 라면도 끓으려면 아직 멀었고."

허겁지겁 밥을 먹는 인철을 걱정스럽게 보며 전경이 그런 주의를 주었다. 그러나 인철은 밥을 다 먹을 때까지 그런 인정에 대꾸할 여유가 없었다.

"보이, 라면 너무 퍼주울(퍼질) 필요도 없겠구마는. 즐기(서둘러) 떠 드릴 테이 덜 퍼졌디라도 꼭꼭 썹어 자시이소. 알라들은 생라

면도 잘만 빠사(부수어) 먹드라마는."

여자가 그러면서 서둘러 퍼 준 라면을 국물 한 방울 남기지 않고 다 먹은 뒤에야 시장기에 내몰려 잠시 제 구실을 못 하던 인철의 의식이 제자리로 돌아왔다.

"정말 잘 먹었습니다. 무어라 감사를 드려야 할지."

인철은 그렇게 고마움을 나타내고 비로소 방 안을 둘러보았다. 벽 한 면을 'Sweet Home'이란 영자(英字)와 몇 송이 장미를 수놓은 횃댓보가 덮고 있는 것이며 그 무렵 새로 나와 한창 인기 있는 알루미늄 옷 궤짝과 그 위에 아직 박스째 쌓여 있는 집기 세트가 전형적인 신혼 살림방이었다. 말쑥하고 앳된 전경의 얼굴도 아직은 새신랑다운 데가 있었다. 그러나 새댁치고는 너무 퍼져 있는 여자의 몸매와 이불에 싸여 잠든 채 아랫목에 밀쳐져 있는 젖먹이가 왠지 그 방과 어울리지 않는 느낌을 주었다.

살피다 보니 신혼방에 어울리지 않는 것은 하나 더 있었다. 램프 그늘 쪽으로 놓여 있는 앉은뱅이책상과 책꽂이였다. 둘 다 낡아 둘 중 누군가가 결혼 전부터 쓰던 것인 듯했는데, 특히 인철의 눈길을 끈 것은 책꽂이에 꽂힌 책들이었다. 그늘져 어두운데도 제목의 글씨가 커서인지 먼저 『1966년도 대비 대학 입시문제집』을 알아볼 수 있었고, 이어 『영어 정해』 『수 1의 완성』 『정통 국어』 같은 입시 참고서들이 나란히 꽂혀 있었다. 모두가 인철도 가지고 있는 책들이었다.

저 책들의 임자는 누구일까. 대강 짐작이 가면서도 인철이 속으로 그렇게 묻고 있는데 마치 그 물음을 들은 듯이나 그 입시 참고서들의 임자가 스스로 나섰다.

"저것들 치워 버리랬는데 왜 아직도 그냥 됐어? 내일이라도 당장 내다 버려, 누굴 줘 버리든지."

인철의 눈길이 그쪽에 멈춘 것을 알아본 전경이 갑작스러운 짜증으로 아내를 나무랐다. 단순한 짜증이 아니라 목소리가 예사롭지 않게 날 서 있었다. 그런데도 여자는 미욱스럽게 느껴질 만큼 태평스러운 목소리로 받았다.

"인순이 아빠, 또 와 그래예? 집에 책이 있는 게 어딘데? 하마 방 안이 얼매나 유식해 빈다꼬. 그런데 멀라꼬 돈 주고 산 책 자꾸 갖다 내삐리라 캐 싸예?"

"꼴난 대학 입시 참고서 몇 권 가지고 크게 유식해 뵈겠다. 잔소리 말고 갖다 버리라면 갖다 버려!"

"참말로 왜 저꾸 샀는지 모리겠네. 내가 멀 보고 순사한테 반해 시집온지 압니꺼? 바로 저 책이라예. 저 책 보고 있는 모양, 세상에 없이 좋드라마는 어예 다시 딜따볼 생각은 않고……."

"기집자식 주렁주렁 달고 대학은 무슨 대학이야? 정말 못 알아듣겠어?"

기어이 전경이 목소리를 높였다. 그제야 여자가 겁먹은 눈길로 움츠러들었다.

"알았심더, 알았다꼬예. 엿장수 오믄 엿이라도 바꿋지 뭐……."

전경은 첫인상처럼 한번 성깔을 내면 매서운 데가 있는 사람 같았다. 그러나 인철에게는 그런 그가 매섭기보다는 애처롭게 느껴졌다. 왠지 자신이 보고 있는 것이 그의 상처 같아 얼른 눈길을 다른 곳으로 돌렸다.

"이제 일어나지. 방이 좁고 어린애가 있어 재워 줄 수는 없고, 나가자고."

전경이 갑자기 몸을 일으키면서 말했다. 무엇에 심사가 틀어졌는지 말투가 다시 해라로 돌아가 있었다. 그러나 인철은 무슨 죄지은 사람처럼 그런 변화에 아무런 불쾌감도 느끼지 못하고 그를 따라나섰다.

전경은 인철을 데리고 마을 안쪽 다시 한 군데 불빛이 빠안한 집으로 안내했다. 고맙게도 잘 곳을 마련해 줄 작정인 듯했다. 전경은 찬바람 이는 걸음걸이로 말없이 앞서 걷고 있었지만 인철은 그런 그에게서 오히려 따뜻한 정을 느꼈다. 더운물에 발을 담그고 주무른 데다 저녁을 얻어먹으며 쉰 덕분인지 이제는 걷기도 그리 힘들지 않았다.

따라가면서 보니 불이 꺼져 있어 그렇지 마을은 처음 느낀 것보다 훨씬 커 보였다. 어둠 속이지만 어림잡아 스무 집은 넘을 것 같았다. 하기야 전경이 배치된 향군 초소가 실효 있게 운영될 만한 예비군 병력 자원을 가졌다는 점으로도 그만한 크기는 진작부터 예상할 수도 있었다. 초저녁 무인지경을 걸어온 듯한 느낌도 길가에 마을이 전혀 없어서가 아니라 지난여름 동해안 산간 지역에 나타난 무장 공비 때문에 아직까지 잘 지켜지고 있는 등화관

제 때문이었던 듯했다.

전경이 인철을 데려간 곳은 마을의 4H 회관이었다. 돌내골 시절 인철에게도 추억이 남은 4H 운동이 한창 활발하던 시절 정부 보조로 지어진 여남은 평의 블록 집인데, 회의실로 쓰는 장방에서 불빛과 함께 두런두런 얘깃소리가 새 나오고 있었다. 돌내골 시절 인철의 기억에 있는 정경이었다.

"어? 아직 교대들 안 했어요? 시간 넘었잖아?"

방문을 연 전경이 나무람 섞인 목소리로 물었다. 예비군복을 입은 청년 네댓 명이 둘러앉아 화투를 치고 있다가 그중의 하나가 넉살 좋게 받았다.

"이 판 끝내고 일어설 낍니더. 촌에 뭐 시계가 있나, 라디오가 불어 주나, 쪼매이 늦어 보이 어땁니꺼?"

"이 냥반들 안 되겠어. 예비군도 군인이야. 초소 근무도 작전이고, 교대 시간이 십오 분이나 넘었는데 정말 영창 가고 싶어서 이래요? 어서 일어나요!"

전경이 자신보다 나이 들어 보이는 예비군들에게 반말까지 섞어 목소리를 높였다. 그제야 예비군 셋이 화투판을 덮고 일어났다.

"에헤이, 최 순경 때메 본전 찾기 다 틀렸네. 가랑비에 옷 젖는 줄 모른다꼬. 보자, 이거 얼매나 터졌노? 10원짜리 동전 내기에 잃은 게 하마 3백 원도 넘는가 베."

그렇게 우스개로 얼버무리기는 해도 지시를 가볍게 여기는 눈치들은 아니었다. 그들을 끌어내듯 한 전경이 남은 한 사람을 보고 물었다.

"김상철 씨하고 정문기 씨는 어떻게 된 겁니까?"

"문기 형님은 집에 제사가 들어 늦는다 캤고예, 상철이 글마는 우째 됐는지 모르겠심더. 교대 시간 전에는 오겠지예."

다음 교대조 중에 하나인 듯한 예비군이 그렇게 대답하자 전경이 지시하듯 말했다.

"여기 이 학생 좀 재워 보내요. 마땅히 재울 데가 없어 데려왔으니까 군불이라도 한 번 더 지펴 하룻밤 자고 갈 수 있도록 해 주쇼."

"학생이라꼬예? 누군데 이 오밤중에……."

"그건 내가 다 조사했으니까 더 따질 거 없고, 이 마을에 든 손님이라 생각하고 욕 안 먹도록 해요."

전경은 그렇게 말해 놓고 인철을 돌아보았다.

"여기서 자고 내일 떠나. 그리고 앞으로는 밤길 너무 늦어지지 않도록 하고. 이곳은 그래도 남쪽으로 떨어져 좀 느슨하지만 울진 쪽으로 올라가면 아직도 경비가 심할 거야. 예비군이라도 실탄 근무라고."

그러고는 할 일을 마친 사람처럼 돌아섰다. 인철은 전경의 그런 태도가 당황스러울 만큼 뜻밖이었다. 겉으로는 냉정해도 은연중에 흐르는 따뜻한 정과 그 신혼 방에서 풍기는 묘한 분위기가 인철에게 어떤 기대를 걸게 한 때문이었다. 이를테면 호젓이 마주앉아 자신의 곡절 있는 삶을 털어놓고 인철이 떠도는 사연을 이해하며 들어줄 말 상대로.

"저……"

앞뒤 없는 아쉬움을 이기지 못한 인철이 머뭇거리며 전경을 불러세웠다. 바깥으로 두어 발짝 옮기던 그가 걸음을 멈추고 물었다.

"무슨 일이야? 뭐, 더 필요한 거 있어?"

인철의 주관적인 기대를 단번에 흩어 버릴 만큼 사무적인 목소리였다.

"아니, 그저…… 오늘 정말 고맙습니다."

인철은 그러면서 꾸벅 고개를 숙였다. 그런 인철을 가만히 바라보던 전경이 조금 감정을 회복한 목소리로 말했다.

"살다 보면 떠돌게 되는 수가 있지. 그러나 떠돎 그 자체에 빠져들지는 마. 그러다가 때를 놓치면 일생을 떠돌게 돼."

그러고는 돌아서서 마당을 나가 버렸다. 초소 근무를 하면서 그 무렵 흔했던 무전여행자들에게서 느낀 감정을 전하는 것일 수도 있지만 인철에게는 그의 말이 웬지 삶에 대한 깊숙한 통찰에서 우러난 잠언처럼 들렸다.

방황하지 마라, 때가 온다. 아아, 방황하지 마라, 때가 온다…….

"보소, 거 뭐 합니꺼? 하룻밤 자고 갈라 카믄 일로 들어오소. 날 치운데 문 열어 놓고 기다리누마는……"

인철이 어디선가 읽은 듯한 구절을 망연히 속으로 되뇌고 있는

데 방 안의 청년이 그렇게 재촉했다.

"아, 네. 그럼 실례하겠습니다."

인철은 그러면서 신을 벗기 위해 방문 앞 툇마루에 걸터앉았다. 열려 있는 방문으로 매캐한 담배 연기가 아직도 빠져나오고 있었다.

"학생이라 카디, 이거는 뭐…… 그래, 어디서 와 어디로 가능교?"

방 안으로 들어서는 인철의 차림을 보고 방 안의 청년이 노골적으로 불신과 경멸을 드러냈다. 무엇 때문인가 비뚤어진 콧대가 그대로 그의 비뚤어진 성격을 드러내 보이는 듯했다.

"네, 부산서 출발했는데 차를 놓쳐서 그만……."

그들에게 구구한 설명을 해 줄 기분이 아니라 인철은 대강 그렇게 둘러댔다.

"지금 방학도 아닌데 학생이 와 이리 떠댕기노. 그래, 저녁은 묵었는교?"

"대학 입학시험 준비를 하고 있는데 일이 있어서…… 저녁은 저분 댁에서 먹었고요."

인철은 은근히 기분이 상했지만 묻는 말에 그렇게 대답하고 눈짓으로 최 순경이 사라진 어둠 쪽을 가리켰다. 그런데도 상대는 계속 뻬딱하게 나왔다.

"최 순경 지가 대학에 포원이 졌으이 아무나 대학 얘기만 하믄 인심을 쓰는가 베. 고 못된 소가지에 웬일로 저녁을 다 멕이고 잘

방까지 구해 주노?"

그렇게 인철의 말을 받아 놓고는 빈정거림을 더해 오갈 데 없는 거지 취급을 했다.

"나는 참말로 사람들 성미를 모르겠더라 카이. 무전여행 그거 뭔 재미로 하는가 몰라. 지 돈 없이 얻어먹고 댕기믄 그기 바로 빌어먹는 긴데. 오이 누가 반갑다 카나, 가이 누가 좋다 카나…… 우째튼 여 와서 잘라 카믄 저짝에 아무 데나 자리 잡으소. 여기저기 끼여 자다 보믄 이는 오죽할라. 내사 여기서 두어 시간 눈 붙이다 가믄 되지마는 딴 사람들 이 오를까 바(옳을까 봐) 걱정이구마는."

그때만 해도 인철은 밖에서 얼어 죽는 일이 있어도 그 방에서 자고 싶지는 않았다. 따끔하게 한마디 쏘아 주고 방을 나가려는데 툇마루에 무얼 놓는 소리와 함께 방문이 열렸다. 램프 불빛 아래 얼굴을 드러낸 것은 나이가 좀 들어 뵈는 예비군이었다.

"상철이 글마 그거 아직 안 왔는가 베. 이거 좀 받아라."

그가 그러면서 신문지로 덮인 커다란 쟁반 하나를 내밀었다. 비뚤어진 콧대가 사람이 달라지기라도 한 듯 달려 나가 그걸 받자 나이 든 예비군은 신발 끈이라도 푸는지 다시 툇마루에 주저앉았다. 방 안으로 들어선 그가 비로소 인철을 알아보고 흠칫하며 물었다.

"손님이 있었네. 낯선 양반이구마는. 누고?"

"몰라예. 최 순경이 데리고 와 재우라 카이 재우는 깁니더."

"최 순경이? 그라믄 최 순경네 손님이가?"

"그거는 아인 같고예. 아매 이리저리 떠댕기는 사람인 갑는데 최 순경이 인심 쫌 낸 모양입니다. 저그 집에 델꼬 가 저녁까지 멕이가 델꼬 왔으이께는. 그란데 행임, 이기 뭐십니꺼?"

"뭐시기는 뭐시라. 제사 음복이제. 너그들 속 출출할 거 같애 찌짐(부침개) 쪼가리하고 톰배기(상어 고기) 몇 개 조 담아 가주고 왔다. 소주 한 빙하고."

그 말로 미루어 나이 든 예비군은 좀 전에 비뚤어진 콧대가 문기 형님이라고 부르던 그 사람인 것 같았다.

"햐, 이거는 음복이 아이라 그냥 오이(온전히) 한 상이네, 한 상. 거다가 쏘주까지. 이거 먹고 근무 나가믄 새벽까지 든든하겠구마는……."

비뚤어진 콧대가 신문지를 걷고 쟁반을 들여다보며 그렇게 감탄했다. 그러다가 다시 인철을 의식한 듯 한마디 퉁명스럽게 건넸다.

"뭐 하는교? 자든지 안 하고, 거 삘쭈미 서서."

한밤의 뜻 아니한 성찬에 인철이 끼어드는 걸 처음부터 차단하려는 의도 같았다. 그 말에 인철도 더는 참지 못하고 말없이 방을 나와 신발을 찾았다. 나이 든 예비군이 그런 인철을 따라 나오듯 하며 물었다.

"아이, 학생 어딜 갈라꼬?"

"제가 여기 있는 걸 못마땅하게 여기시는 것 같아서…… 달리 잘 만한 곳을 찾아보지요. 아니면 내처 걷든가."

인철이 애써 감정을 억누르며 그렇게 대답하자 금세 사태를 알아차린 나이 든 예비군이 비뚤어진 콧대를 나무랐다.

"절마 저거 성질하고는…… 니 일마 그래는 거 아이다이. 포수도 품 안으로 날아드는 새는 안 쏜다는데. 니 뭐 우쨌노? 저 양반한테 뭐라 캤노?"

"뭐라 카기는요? 거다 자라 캤는데."

"니 성질 내 모리나? 뻔하다. 오죽했으믄 이 밤에 다시 길 떠날라 카겠나?"

나이 든 예비군이 비뚤어진 콧대를 한층 엄하게 나무라 놓고 인철의 팔을 잡았다.

"들어가입시더. 절마가 원래 말을 막하는 놈이라서. 글치만 속은 안 그렇심더. 하마 열두 시가 넘었는데 어딜 갈라꼬요. 고마 여기서 자고 내일 떠나이소."

홧김에 자리를 차고 일어나기는 했으나 나이 든 예비군이 그렇게 나오자 인철의 마음은 약해졌다. 워낙 길을 떠나기에는 지쳐 있는 몸이고 무리한 시간이었다. 그때 다시 그 예비군의 나이에 걸맞은 사려가 인철에게 결정적인 구실을 주었다.

"그라고 이 집 이거 절마(저놈)가 있으라 마라 칼 권리도 없는 집이라. 나라 보조로 세운 4H 회관이니께는. 백지로 고생하지 말고 고마 여다서 하룻밤 새우고 가소."

인철이 자존심 상하지 않고도 그 방에 묵어가기에 넉넉한 논리였다. 하지만 그냥 주저앉기가 멋쩍어 쏘아붙이듯 한마디를 보됐다.

"하긴 그렇군요. 동네가 다 제 집이라 똥개가 짖는 것은 아니니까. 그럼 여기서 몇 시간 눈 붙이고 떠날 테니 두 분은 절 없는 사람으로 치십쇼."

그러고는 방 한구석으로 가 거침없이 팔베개를 하고 누웠다. 비뚤어진 콧대의 눈길이 일순 실쭉해졌으나 인철의 말꼬리를 잡고 시비를 걸어올 만큼은 아니었다. 못 들은 척 젓가락을 들며 딴전을 피웠다.

"상철이 글마 어디 가 자빠져 있니라꼬 안죽도 안 오노? 음식 다 식는다마는. 마, 우리끼리 한 병 까고 마입시더."

그런 그를 나이 든 예비군이 다시 나무랐다.

"바라, 그런 게 아이다이. 음식 끝에 마음 상한다꼬, 어예 사람을 옆에 놔뚜고 우리끼리 먹노? 저 학생도 불러라."

그러자 비뚤어진 콧대가 마지못해 인철을 보고 소리쳤다.

"보소, 학생. 아직 자지는 않을 끼고, 일로 오소. 뭣 때메 맘 상했는지는 몰따마는, 촌 인심 먹는 거에는 안죽 그리 안 야박하다꼬."

"전 방금 저녁 먹었으니까 두 분이나 드십쇼."

인철은 팔베개를 풀지 않은 채 그렇게 사양했다. 이번에도 나이 든 예비군이 나서서 억지로 인철을 일으켰다.

"그래도 안 글타꼬. 보소, 학생. 쏘주라도 한잔 걸치고 자소. 일마한테 감정 있으믄 그것도 풀고……."

그러면서 팔을 끄는 데는 더 마다할 수 없었다. 애써 마음을 풀고 음식 머리에 앉았다. 비뚤어진 콧대도 생각이 얕고 말을 함부로 해서 그렇지 성품이 모진 사람 같지는 않았다. 조금 전 인철의 독기 어린 응수는 까맣게 잊은 듯 음식에만 정신을 팔았다.

"햐, 이거 제사라도 큰 제사였던가 베. 웃기까지 갖춘 어물을 썼던 걸 보이. 술도 이거 온병 아잉교? 그것도 막소주가 아이라 45도짜리 금복일세."

"퇴주(退酒) 가지고 올라 카이 좀 그래서 오다가 구판장 할매 뚜드러 깨았다."

아직 술을 살 수 있는 곳이 있다는 말에 인철이 자존심을 세울 기회를 잡았다.

"구판장이 어딥니까? 여기서 멀어요?"

"멀다 칼 꺼사 없지만 그건 왜 묻는교?"

"그냥 얻어먹기 뭣 해서 술이라도 한 병 더 살까 하고……."

"그거라면 됐소, 고마. 나는 음복 마신 게 있으이 둘이 노나 먹는데 45도 한 병이면 잘 밤에 어지간할 꺼구만. 우리는 근무도 나가야 하고."

나이 든 예비군이 그렇게 말려 결국 술은 사지 못했지만 자리는 한결 자연스러워졌다.

그의 말대로 45도나 되는 독한 소주여서인지 두어 잔 얻어 마셨는데 인철은 벌써 술이 올랐다. 식곤증으로 온몸이 나른해지면서 머릿속에 피어오르던 안개가 말끔히 걷히고 그 속에서 잠들어

가던 감각과 정서 들이 차츰 깨어났다. 허기지고 추위에 떨던 한 마리 외로운 짐승에서 문득 인간으로 되돌아온 기분까지 들었다.

나이 든 예비군은 음복이 과했던지 겉으로 보기보다 많이 취해 있었다. 방 안의 따뜻한 공기만으로 술잔을 받기도 전에 얼굴이 벌겋게 달아올랐다. 비뚤어진 콧대도 술은 별로 세지 못한 듯 두 잔을 넘기면서 벌써 말이 많아지기 시작했다. 주로 '할 만큼 해 보았다'는 '객지 생활' 경험담이었다. 그의 성격이 시골 사람 같지 않게 모난 것은 바로 그 객지 생활 탓으로 짐작되었다.

인철은 한동안 그런 그들을 상대로 시답잖은 세상살이를 주고받았다. 집을 나와 떠돌면서 사람들과 사귀는 데는 시답잖은 얘기일수록 정성 들여 들어주는 게 가장 효과적이란 걸 인철은 진작부터 터득하고 있었다.

하지만 그날 밤 인철을 느닷없이 사로잡은 슬픔과 외로움의 정서는 오래 그들의 얘기를 들어줄 수 없게 했다. 짜르르한 술기운이 머리를 적셔 오면서 인철의 생각은 차츰 자신에게로만 모아졌다. 콧대 비뚤어진 예비군이 입대 전 도시를 떠돌면서 겪었다는 고생은 이미 한가하게 들을 남의 얘기가 아니었다.

유치한 것으로만 들어 온 유행가 가사가 실은 가장 절실하게 삶을 노래하고 있음을 처음으로 깨달은 것도 그날 밤이었다. 절반은 유행가 가사를 섞어 그들이 말하는 나그네 설움과 타향살이의 고달픔은 그 어떤 위대한 책들보다 진실하고 감동적이었다. 거기다가 불쑥 떠오른 전경의 마지막 말이 겹치자 더는 의례적인 맞장구로 그 자리를 견뎌 낼 수 없었다.

"저는 이만 자겠습니다. 몹시 피곤하군요……."

때마침 들어온 상철이란 예비군이 주의를 딴 곳으로 돌리는 것을 기회 삼아 인철은 그들의 술자리에서 벗어났다. 술과 음식이 다하고 근무 시간이 가까워서인지 그들도 그런 인철을 굳이 잡지는 않았다.

인철은 다시 원래의 자리로 돌아가 팔베개를 하고 누웠다. 그리고 까닭 모를 비감으로 눈가를 적시며 한동안 울적한 상념에 젖었다. 정연한 회상이나 자기 성찰이라기보다는 과거 어떤 순간의 토막 진 재현에 가까운 상념이었다. 하지만 워낙 지쳐서인지 그런 상념도 오래가지는 못했다.

인철이 어느 정도 냉정을 회복해 자신을 되돌아보기 시작한 것은 밤새 한 나그네가 되어 끝없이 떠도는 꿈을 꾸다 깨어난 그다음 날 새벽이었다. 꿈속에서 가는 길마다 눈비가 뿌렸던 것은 식어 가는 방구들로 떨어지는 방 안의 기온이 무의식에 반영된 것이었으리라. 실제 그의 잠을 깨운 것도 팔다리를 펴고 누워서는 견뎌 낼 수 없는 추위였다.

심지를 한껏 낮춘 램프 불빛 아래 돌아보니 방 안에는 아무도 없었다. 인철과 술잔을 나눈 교대조 외에 한 조가 더 있는 것으로 들었는데 그들도 벌써 근무를 나간 모양이었다. 시계를 보니 벌써 새벽 여섯 시에 가까웠다.

무엇보다도 추위를 못 견딘 인철은 먼저 아궁이를 찾았다. 땔감이 있으니 불을 한 부엌 더 지피고 자라고 한 전경의 말이 퍼뜩 떠오른 까닭이었다. 그러나 아궁이 곁에 쌓여 있는 것은 제대로 짜개놓지 않은 잡목 등걸이었고 불쏘시개도 없었다. 거기다가 바람막이조차 없는 아궁이라 그곳의 추위가 더 견딜 수 없었다.

다시 방 안으로 쫓겨 들어온 인철은 무엇이든 몸을 감싸는 데 도움이 될 만한 것들을 찾아보았다. 모두들 야간 근무에 대비해 두껍게 껴입고 와서 잠깐씩 눈 붙이다 가는 곳이라 그런지 헌 이불 한 채 눈에 띄지 않았다. 방 안에 있는 유일한 것은 화투판 받침으로 쓰는 군용 담요 한 조각뿐이었다.

다급한 인철은 그 담요를 펴 보았다. 얼마나 낡았는지 램프 불빛이 아른아른 새 들어올 정도였는데 그나마 반 토막이었다. 하지만 몸을 한껏 웅크린 채 그거라도 덮어쓰니 한결 추위가 진정되었다.

인철이 스스로를 돌아보기 시작한 것은 그래서 몸의 떨림이 멎고 마음도 조금 여유를 되찾은 뒤였다. 그는 되도록 감상을 떨어버리고 왜 자신이 거기까지 왔는가를 차분히 되돌아보았다. 그때는 울적함이나 외로움도 사치로만 느껴졌다.

벌써 3년에 가까운가. 그해 연말 달포 남짓 부산을 떠돌던 인철이 처음으로 자리 잡은 헌책방에서 느꼈던 자족감(自足感)은 그리 오래가지 못했다. 겨울이 가고 신학기가 되면서 기연(奇緣) 같았던 책방 주인과 인철의 만남은 고용주와 피고용인의 오래된 갈등으로 변질되기 시작했다.

그 갈등의 불씨는 인철의 책 읽기였다. 일반적으로 호인이란 소리를 들을 만한 주인이지만 왠지 인철의 책 읽기에는 진작부터 못마땅한 기색을 보여 왔다.

"너 공부는 정말로 때려치운 거야? 시간 나면 네 말마따나 검정고시라도 준비하는 것이 옳지 않아?"

처음에는 그렇게 온당한 배려같이 시작한 간섭이었다. 그러나 신학기가 되어 인철의 책에 대한 몰입이 실제적인 피해로 나타나면서 노골적인 고용주의 불만으로 드러났다.

"맨날 소설 나부랭이에 정신이 빠져 있으니 제대로 되는 게 있어야지. 계산을 제대로 하나, 책 도둑놈들이 집어 가니 알아차리기를 하나. 이제부터 내 눈앞에서는 책 읽지 마. 갈 데 없는 녀석을 붙여 줬더니 이거야 원……."

하지만 파국은 엉뚱한 곳에서 왔다. 이듬해 신학기로 접어든 4월 초순 어느 날이었다. 밤이 늦어 책방 주인은 돌아가고 인철이 가게 문을 닫으려는데 어떤 남자가 책 보따리를 들고 찾아왔다. 헌책방의 일반적인 고객들과는 달리 마흔은 넘어 보이는 사람이었다.

"주인은 안 계시냐?"

그는 인철만 있는 걸 보고 약간 실망한 표정이 되어 물었다. 그때는 헌책을 사고파는 요령을 어느 정도 익힌 인철이라 그의 실망한 표정이 은근히 자존심을 건드렸다.

"책 파실 거면 이리 내 보세요. 제가 사 드리죠."

인철이 오래된 책방 점원 티를 내며 그의 책 보따리를 받아 들었다. 그러나 왠지 그 손님은 책 보따리를 놓지 않고 뭔가를 망설이는 눈치였다.

"이 책 안 파실 거예요?"

인철이 다시 한 번 다그치자 사내는 마지못해 책 보따리를 놓으면서도 여전히 걱정스러운 표정으로 말했다.

"네가 살 수 있는 책이 아닌데……."

보자기를 풀어 보니 나온 것은 4×6배판 크기의 두꺼운 책 여섯 권이었는데, 흑갈색 비로드 천으로 잘 장정된 게 한눈에도 우리 나라에서 나온 책이 아님을 알 수 있었다.

"소화(昭和) 12년판 전집인데 핵심들은 몇 권 빠져 있어."

사내가 얼른 알아듣기 힘든 말로 더듬더듬 책을 설명했다. 인철은 사내의 말을 무시하고 제목을 훑어보았다. 일본 책이었으나 총서(叢書) 제목이 한자(漢字)로 되어 있어 무슨 내용인지는 대강 알아볼 수 있었다. 『사회주의 사상 전집 6』. 그걸 보자 그때까지만 해도 사회주의와 공산주의를 동의어로 알고 있던 인철은 일순 긴장했다. 오래 잊고 있던 원죄를 상기시키는 제목이었다. 이어 보다 큰 활자로 된 제목이 들어왔다. 『무정부주의 선언』. 저자는 일본어로 되어 있어 알 수 없었다. 다음 책은 『자본 재축적론』. 그리고 『근대 과학과 아나키즘』, 『영구 혁명론』. 자세히 보니 저자의 이름들이 영자(英字)로 병기돼 있어 알 수 있었다. 프루동, 바쿠닌, 크로포트킨, 로자 룩셈부르크, 트로츠키…….

"왜, 알 만한 책들이야? 사 줄 수 있겠어?"

어마어마한 책의 제목들과 저자의 이름들에 마비되어 멍하니 책을 바라보고 있는 인철에게서 어떤 희망을 느꼈는지 사내가 은근하게 물어 왔다. 원래의 인철이라면 그 책들을 알아본 순간 불에 덴 듯 내던지고 말았을 것이다. 길지 않은 교육 과정이었지만 국가가 되풀이 주입한 반공 이데올로기에다 어머니의 과장된 경험이 의식 깊이 심어 준 경원과 공포 탓이었다.

그런데 그날은 이상했다. 그것도 성장의 징표일까, 갑자기 아버지의 삶을 결정한 그 사상이 저항 못 할 호기심으로 그를 사로잡는 것이었다. 마르크스나 레닌은 빠져 있지만 어쨌든 젊은 아버지를 매혹시킨 사상들이다. 아버지를 부인하게 되더라도 알고 부인하자. 이 책들은 남한 사회에서는 두 번 다시 만나기 어려울 것이다. 아직은 일본어를 모르지만 배우면 된다. 사자. 사 두자.

"아저씨, 이거 얼마나 받으실 거예요?"

인철은 뛰는 가슴을 억누르며 차분히 물었다. 사내가 반색을 하며 받았다.

"이 책, 정말로 네가 사 줄 거냐?"

"원래 사서는 안 되지만…… 값이 맞으면요."

인철은 자기도 모르게 주인아저씨의 흉내를 내며 흥정에 들어갔다. 사내는 무엇 때문인가 돈에 몹시 쫓기고 있는 눈치였다. 그러나 그 책들에 대한 애착도 만만치 않아 헌책방으로는 큰돈인 2천 원을 요구했다. 곁눈으로 보아 온 대로라면 반드시 무리한 요구도 아니었다. 그러나 실제로 인철에게는 그만한 돈이 없었다. 주인아저씨가 간 뒤에 판『동아전과』한 권과 대입 참고서 두 권 값으로 5백 원 남짓에다 며칠 전 잡비로 받은 돈이 좀 남아 천 원을 채우기도 바빴다.

"그럼 어렵겠네요. 값이 안 맞아서. 주인아저씨는 보나마나 안 살 거지만 제가 어떻게 사 보려고 했는데."

"네가?"

사내가 잠시 아연한 눈으로 인철을 보다가 아무래도 좋다는 듯 물었다.

"그래, 얼마면 살 수 있겠니?"

"툭툭 털어도 천 원이 크게 넘지 않을 거예요."

거기서 사내는 한동안 망설였다. 그러나 아무래도 돈이 급한 모양이었다.

"좋아, 그럼 그거라도 내놔."

그리고 인철에게서 빼앗듯 천 원을 받아 돌아서다가 다짐처럼 덧붙였다.

"무엇 때문에 샀는지는 모르지만 조심해서 간수해. 이 땅에서는 다시 찾기 어려운 귀한 책이야."

다음 날 주인아저씨가 점포에 나올 때까지 인철은 적잖이 고민했다. 간밤 자신의 독단으로 사들인 책에 대해 사실대로 알리는가 마는가를 두고 한 고민이었다. 인철이 그 사실을 알리고 싶지 않은 까닭은 책의 내용에 있었다. 집권과 함께 한층 강화된 군사정부의 반공 이데올로기는 인철을 주눅 들게 하기에 넉넉했다.

하지만 알리지 않을 수도 없는 일이었다. 허섭쓰레기 같은 책한 권이 없어져도 금세 알아채는 주인아저씨라 그가 퇴근한 뒤의매상을 감추기는 어려웠다. 그걸 써 버린 일은 어떻게든 해명되어야 했는데, 인철에게는 달리 둘러댈 만한 구실이 없었다. 또 적당한 구실을 둘러댄다 해도 평소 돈 문제에서는 맺고 끊는 데가 있는 주인아저씨를 설득할 수 있을 것 같지 않았다.

그런데 일은 인철이 오래 고민할 필요 없이 진행되었다. 그날따라 평소보다 삼십 분을 일찍 온 주인아저씨가 좌판과 서가를 한차례 쓰윽 훑어보더니 지나가는 말처럼 물었다.

"어제 나 돌아간 뒤에 매상 더 없었어?"

"네, 그게 저……."

아직도 마음을 정하지 못한 인철이 그렇게 머뭇거리는데 그가다시 없어진 책을 정확하게 집어냈다.

"흠, 어제 산 『동아전과』가 안 보이는데. 보자, 저기 대입 쪽에도두어 권 안 보이는 책이 있고."

그렇게 되면 어쩌는 수가 없었다.

"네, 『삼위일체』와 『수 1의 완성』도 팔렸어요."

인철이 마지못해 그렇게 대답하자 무언가 이상한 낌새를 느낀주인아저씨가 전에 없이 손까지 벌리며 말했다.

"값은 제대로 받았겠지. 돈 이리 내놔."

"그게 실은……."

그때까지만 해도 인철은 적당한 유용의 구실을 둘러댈 생각이었다. 그러나 주인아저씨는 단호했다.

"뭐야? 무슨 일 있어?"

그러면서 찌푸리는 얼굴이 벌써 그 어떤 구실이 있어도 받아들일 수 없다는 신호 같았다. 인철이 제풀에 놀라 한쪽 구석 헌책 더미 뒤에 감춰 두었던 책 보따리를 꺼냈다.

"이걸 사느라고…… 제 잡비도 보태서."

"그게 뭔데? 무슨 책이야?"

주인아저씨가 그렇게 물으면서 보자기를 풀더니 인철이 알아볼 만큼 낯빛이 변했다.

"이거 언제 어떤 간나래 가져완? 뉘기야? 어떤 새끼야?"

"어젯밤 열한 시쯤에…… 좀 나이 드신 남자분이……."

"신분 확인했어?"

형식적으로 헌책을 살 때는 신분을 확인하는 절차가 있었다. 그러나 평소에는 그런 걸 따지는 법이 없었는데 그날은 그러지 않은 게 무슨 큰 죄라도 되는 것처럼 따져 물었다. 그 바람에 인철의 목소리는 더욱 기어들었다.

"그건 저…… 못 했습니다."

"하긴, 고 빨갱이 새끼래, 지도 둑을(죽을) 짓이야 않갔디. 네깐 게 묻는다고 주소 성명 찌익찌익 바로 대가서(댔겠어)?"

주인아저씨가 갑자기 냉소적이 되어 중얼거렸다. 그제야 인철은 흥분한 그가 이북 사투리를 쓰고 있음을 알아차리고 필연적인 연상처럼 서북(西北)청년단과 그들을 얘기하며 몸서리치던 어머니를 떠올렸다. 그와 함께 주인아저씨의 내부에 숨어 있던 끔찍한 괴물을 갑자기 발견한 느낌이었다.

"기런데, 너 말이야……."

무엇 때문인가 한참을 말없이 있던 주인아저씨가 정말로 무슨 끔찍한 괴물처럼 험악한 눈빛으로 인철을 노려보며 물었다.

"너 저 책 왜 산(샀어)? 너 저 책 알안? 일본말 알안?"

"아뇨, 그냥 책이 너무 번듯하고……."

"기래서 장사될 것 같아 샀다 이 말이디? 제 돈까지 털어 넣어…… 기리고 깊숙이 감춰? 도대체 너 뉘기야? 어디서 뭐 하다 이리루 완?"

그렇게 시작된 주인아저씨의 심문은 그로부터 한참 더 계속되었다. 그 물음이 하도 집요해 인철은 문득 사상과 관련된 자신의 이력과 성분을 모두 털어놓아 버릴까 하는 생각마저 들었다. 그러나 까닭 모를 자존심이 그를 강하게 버티게 했다. 왠지 모든 걸 털어놓는 것은 아버지를 팔아넘기는 것과 같다는 기분이었다.

마침내는 주인아저씨도 인철에게서 더 들을 게 없음을 알아차린 듯했다.

갑자기 물음을 멈추고 한동안 깊은 생각에 잠겼다. 이윽고 그가 조금 가라앉은 목소리로 말했다.

"알겠어. 어쨌든 너와 나의 인연은 이것으로 끝이야. 여기서 당장 나가. 내 손으로 끌고 가 경찰에 넘기기 전에. 이것도 다섯 달 한솥밥 먹은 정 덕인 줄 알아."

어휘와 억양도 어느새 표준말로 돌아와 있었다. 알 수 없는 자존심으로 버텨 오던 인철이었으나 일이 그렇게 엄중해지자 덜컥 겁이 났다. 급한 마음으로 어떻게든 사태를 완화시켜 보려 했으나 소용없었다. 인철이 몇 마디 하기도 전에 주인아저씨가 주머니에서 5백원짜리 몇 장을 꺼냈다.

"너 삼팔따라지란 말 들어 봤어? 내가 바로 삼팔따라지야. 하마 20년이 가깝고, 나도 여기서 그럭저럭 발붙이고 살게는 되었지만 걔들은 용서 못 해. 내 땅 내 집 빼앗고 부모 형제까지 해친 그놈들 말이야. 그 악질 빨갱이 새끼들…… 설령 그게 한때의 호기심이라 하더라도 너를 용서할 기분이 아니구나. 나를 이해해 다오. 잘 가라."

주인아저씨는 무슨 뒤집을 수 없는 선고처럼 그렇게 말해 놓고 돌아서더니 인철이 가방을 싸 그 헌책방을 나갈 때까지 눈길 한 번 주지 않았다.

그다음 서너 달은 이른바 '고달픈 방랑기'였다. 뒷날 인철이 곧잘 과장되게 추억한 삶의 밑바닥 경험이라는 것은 기실 그 짧은 기간에 집중된 고난의 기억에 지나지 않았다.

헌책방을 나온 인철이 얼마간 몸담았던 곳은 서면 쪽의 공사장이었다. 무슨 보세공장을 짓는다고 했는데 일손이 달렸던지 인철의 어린 나이를 눈감아 주었다. 어른들과 나란히 일당 3백 원이나 되는 노가다 판에 끼게 된 것은 행운이었으나 막일에 익지 못한 인철의 몸으로 오래 버티기에는 무리였다. 겨우 보름을 버티다가 제 발로 물러나고 말았다.

다음이 화교가 경영하는 중국집 배달원. 달덩이같이 훤한 얼굴에 웃음이 헤프던 그 집 딸 외에는 마음에 드는 곳이 하나도 없는 일자리였다. 당장 거리에 쓰러질 지경이라면 모를까, 이래저래 몇천 원의 돈을 수중에 가진 인철에게는 음식 배달통을 들고 사람이 북적거리는 광복동 거리를 헤집고 다녀야 하는 게 견딜 수 없었다.

다음은 토성동에 있던 어떤 낙화가(烙畵家)의 점포에서 조수로 일했다. 주인은 40대 털보였는데 여러 가지로 인상적인 사람이었다. 술고래였지만 불에 달군 인두로 나무를 지져 그리는 그림 솜씨가 일품이었다. 사상 문제로 15년을 살고 출소한 지 얼마 안 된다는 말이 있었고, 그래서인지 마흔을 넘긴 그 나이에 아직 홀몸이었다. 나중에 인철이 쓴 어떤 중편에 소설적으로 변용되어 나온다.

하지만 그곳 역시 오래 있을 곳은 못 되었다. 두 달도 안 돼 인철에게 낙화가의 조수로서는 아무런 가능성도 없음이 판명되었고, 점포 일꾼으로서도 그리 소용되지 않음이 명백해졌다. 그 낙화가의 수입이 일정치 않아 월급이 없다시피 한 것도 그 일자리의 약점이었다.

인철이 몸담고 있는 낙화 공방(工房)은 큰 한의원의 부속 건물에 세 들어 있었다. 따라서 공방 뒷문으로 나가면 바로 그 한의원의 약재 창고로 연결됐는데, 그게 인철에게 새로운 일자리를 마련해 주는 계기가 되었다.

막 여름으로 접어들기 시작한 어느 날 오후 한가해진 인철은 별생각 없이 그 약재 창고에 들르게 되었다. 두어 달 이웃하고 살아 그곳에 있는 사람들과 낯은 익었지만 말을 트고 지낸 적이 없는 사이였다. 그러나 그들이 오래 친해 온 사람처럼 맞아들여 그날부터 인철은 틈이 나면 가끔씩 그 창고로 놀러 가게 되었다.

그 창고에서 일하는 사람은 통상 셋이었다. 장씨 아저씨라고 불리는 중년 하나와 김 군이라고 불리는 청년, 그리고 창호라는 인철 또래의 까까머리였는데, 한눈에 보아도 찌든 도회의 하층민은 아니었다. 인철의 짐작이지만, 나이 차이는 져도 모두가 하나같이 이제 막 도시로 편입되어 아직 전원(田園)의 풋풋함을 잃지 않은 사람들 같았다.

컴컴한 창고 안에서 그들이 하루 종일 하는 일은 본채 한의원에서 쓰이는 약재를 손질하는 일이었다. 부술 것은 부수고 자를 것은 자르고 찔 것은 쪄서 일정한 무게를 달아 놓으면 본채 조제실에서 가져가 의원이 내린 화제(和劑)대로 약을 지었다.

처음 인철을 놀라게 한 것은 그들 세 사람이 온종일 바삐 손본 약재를 그날그날 소모해 대는 그 한의원의 엄청난 번성이었다.

부산뿐만 아니라 멀리 전라도에서까지 환자가 찾아들며 한 번 진료를 받기 위해서는 사흘, 나흘을 기다려야 한다는 것이 도무지 믿기지 않았다. 경리가 둘인데 한의원의 하루 입금만도 부산에서 좋은 집 한 채 값인 백만 원이 넘으리라는 추정이 있을 정도였다.

그 한의원의 그런 믿지 못할 번성은 원장의 신화에 바탕하고 있었다. 그는 일제시대 만주를 떠돌던 실향민의 후예였다. 열여섯에 한 집의 가장이 되어 어린 동생들과 어머니를 돌보아야 했는데, 의원이 되기 이전에도 이미 입지적인 인물이었다. 정미소의 용인(庸人)으로 들어가 정미소의 주인이 되고, 서른이 되었을 때는 이미 봉천(奉天)에서도 알아주는 곡물상이 되어 관동군(關東軍)에 대두(大豆)를 군납할 정도였다고 한다.

그가 의술과 기연을 맺게 된 것은 나이 서른여섯이 넘어서였다. 어디까지 믿어야 될지 모르지만 난데없이 독립운동에 투신한 그가 일제의 사주를 받은 마적에게 습격당해 '인체 3백 6십 마디가 다 부러지고 이미 심맥이 끊겼을 때' 그를 구해 준 중국인 의원이 그의 스승이 되었다. 그리고 동양적인 사승(師承) 관계에 따르게 마련인 여러 진진한 얘기 끝에 중국인 제자들을 물리치고 스승의 비방(秘方)들을 모두 전수받았다고 한다.

나중에 인철도 그 효능을 목격하게 되지만 원장에게는 실로 비방이라고 할 만한 약화제가 몇 있었다. 맹장염과 늑막염·축농증·폐결핵·위궤양이 특효를 보는데, 특히 양의(洋醫)에서는 외과적인 치료밖에 없다고 믿는 맹장염과 축농증을 탕제(湯劑)로 다스리는 게 사람들을 놀라게 했다. 이미 맹장이 터져 심한 복막염으로 병원에서 포기한 환자가 실려 와 사흘 만에 제 발로 걸어 나간 적도 있었다고 한다.

그 약재 창고에서 일하는 사람들은 모두가 원장의 고향 친지들이었다. 장씨 아저씨는 만주에서 함께 고생하던 사람의 동생이었고, 김 군은 그의 집안 조카뻘이었으며, 까까머리 창호 역시 동향을 인연으로 그곳에서 일하며 야간 고등학교를 다니고 있었다.

인철은 그중에서도 특히 창호와 친해졌다. 창호의 순하고 인정많은 성격에 끌리기도 했지만 저녁마다 말끔하게 교복으로 갈아입고 등교하는 모습이 부러워서이기도 했을 것이다. 그리하여 인철이 그들과 친하며 그 한의원의 이런저런 사정들을 알게 되는 사이 그의 처지도 그들에게 알려졌다.

그러던 어느 날이었다. 창호가 일부러 인철을 찾아와 낙화방 밖으로 불러내더니 물었다.

"야, 니 일하는 데 옮기고 싶다 캤제?"

"그랬지. 근데 왜?"

"니, 우리 창고에서 일하는 게 어떻노?"

그 말을 듣자 인철의 가슴은 뛰기 시작했다. 감히 바라지는 못했으나 인철은 창호의 일자리를 부러워해 왔다. 비록 하루 종일 컴컴한 창고 안에서 약초나 써는 일이었지만 거기에는 안정된 숙식과 적지 않은 월급이 있었다. 거기다가 아침 여덟 시부터 저녁

다섯 시까지라는 근무 시간은 나머지 시간의 자유로운 활용 가능성을 의미했다.

실은 그 무렵 인철은 은근히 초조해하고 있었다. 벌써 집을 떠난 지 1년이 가까워지고 있었으나 애초에 목적했던 학업은 여전히 내팽개쳐진 채였다. 책방에서뿐만 아니라 그때껏 일한 모든 곳이 정시(定時)의 일터가 아니어서 규칙적인 학업은 엄두를 낼 수 없었다.

지금 있는 낙화 공방도 그랬다. 주인이 모질게 인철을 부려서가 아니라 일이 정한 시간을 낼 수 없게 했다. 아직 독립적인 작품으로는 팔리지 않고 조잡한 목제 기념품의 장식, 또는 고급한 가구의 문짝 정도로나 수요가 있는 낙화라 일거리가 대중없었다. 어떤 때는 며칠이고 할 일이 없다가, 어떤 때는 밤새워 기일을 맞춰야 했다.

"그걸 네가 맘대로 할 수 있어?"

마음은 간절하지만 얼른 믿기지 않아 인철이 그렇게 묻자 창호가 자신 있게 대답했다.

"그거는 아이지만 되는 길은 있다. 이따가 장씨 아저씨 찾아가 함 말해 봐라. 영구 형님이 조제실로 올라가게 되어 어차피 사람 하나 구해야 된다. 장씨 아저씨도 니 싫어하는 눈치 아이고."

인철이 공부에 다시 마음을 쏟게 된 것은 그렇게 일자리를 바꾼 뒤였다. 창호는 인철에게 자신과 같이 야간 고등학교에 편입하기를 권했다. 정식으로 전학을 하면 2년이나 늦어지는 셈이 되니

변두리 신설 학교에 얼마간 내고 3학년에 편입해 입시 준비를 따로 하라는 말이었다.

인철도 처음에는 그 말에 귀가 솔깃했으나 알아보니 그것도 쉽지 않았다. 형들의 시대와는 달리 그사이 우리 사회도 안정되어 그런 근거 없는 편입은 이미 할 수가 없었다. 결국은 어떻게든 학력을 위조하거나 인철로서는 엄두도 못 낼 고액을 치르고 부정하게 편입하는 길뿐이었다.

그 때문에 인철은 다시 검정고시 쪽으로 눈을 돌렸다. 학원에 나가 실력을 쌓아 검정고시를 통해 떳떳하게 진학하는 길이었다. 그 1년 정규의 학교 수업은 받지 못했으나 어쨌든 책을 손에서 놓고 지낸 것은 아니라는 점도 인철의 자신에 보탬이 되었다.

하지만 일이 생각처럼 쉽지만은 않았다. 이듬해 가을의 첫 번째 시험 때는 운이 좋았는지 고입 검정고시 때처럼 수학 한 과목을 남기고 나머지를 모두 합격해 기세를 올렸다. 그러나 다음 여섯 달 대입 학원에서 그토록 고심해 수학을 준비했는데도 떨어지자 인철은 갑작스러운 위기감에 빠졌다. 고입 검정고시 때와는 비교도 안 될 위기감이었다. 이제는 영악하고 날랜 또래들을 영영 따라잡을 수 없게 되었다는 뜻인가. 그게 어디서건 나의 시대를 앞서 이끌고 열어 간다는 자랑과 자부는 아이 시절의 개꿈으로 끝나 버릴 것인가.

그해 5월부터 다섯 달은 인철이 그런 위기감에 가위 눌려 보낸 세월이었다. 그는 남는 시간을 모두 수학에 투입해 학원에서 수학만 하루 다섯 시간씩 들었다. 그러다 보니 몇 종류 안 되는 수학 참고서를 되풀이 듣게 되는 꼴이 되어 나중에는 해법을 깨우쳐서가 아니라 외워서 답을 쓰는 식이 되었다.

사실 이번에 대입 검정 후반기 시험을 치를 때만 해도 인철은 최소 합격점은 자신했다. 그러나 발표를 기다리는 동안 실수의 의심은 불안으로 변하고 불안은 다시 고뇌로 깊어 갔다. 이번에 떨어지면 또래보다 세 해가 늦어지게 된다는 점이 더욱 그를 다급하게 했는지도 모를 일이었다.

그러다가 발표를 열흘 앞두고 인철은 더 견디지 못해 길을 떠났다. 이번에 또 떨어지면 이대로 길 위에서 이 삶을 마치리라, 그렇게 스스로 다짐하면서.

하지만 인철은 길 떠난 지 일주일도 안 된 그 새벽 발길을 다시 부산으로 돌렸다. 그 시험의 결과가 어떠하든 부산은 이미 떠나야 할 땅이 되어 있었고, 그 출발을 위해서는 정리할 일도 많았다.

세상 끝에서

'올 때가 되었는데······.'

영희는 난로가 꺼져 썰렁한 마루에서 열린 대문께를 바라보면서 홀로 중얼거렸다. 손님과 외박 나간 아가씨가 돌아오는 시간은 어느 정도 일정했다.

더군다나 상대인 손님의 습벽을 잘 알고 있는 영희가 계산한 시간이고 보면 딱 맞아떨어질 법한데도 오 양은 예상보다 반 시간 이상 늦어지고 있었다.

바깥은 눈이라도 머금은 듯 흐린 날씨였다. 눈이 오면 첫눈이 될 것이라는 생각이 들었으나 이미 가슴 설렘 같은 것은 남아 있지 않았다. 지금 그녀의 마음을 사로잡고 있는 것은 다만 오래잖아 돌아올 오 양과 그녀와 치러야 할 한바탕의 악전고투뿐이었다.

'하기야 그 미친 인간 변덕을 어떻게 점쳐……'

이윽고 갑작스러운 한기를 느낀 영희가 그렇게 중얼거리며 돌아섰다. 손님들이 주는 술을 눈치 없이 받아 마신 탓에 아직 세상 모르고 곯아떨어져 있는 정 양이 독차지하고 있는 안방으로 들어가 뜨뜻한 아랫목에 몸이라도 지지며 느긋하게 기다릴 심산이었다. 그런데 바로 그때 대문께에서 인기척이 났다. 영희가 돌아보니 오 양이 그 특유의 치켜든 얼굴과 달랑거리는 걸음걸이로 대문께에 들어서고 있었다.

"아유, 아무리 영업집이라지만 이렇게 대문을 활짝 열어 놓아도 되는 거야?"

오 양은 그렇게 코맹맹이 소리를 하다가 문득 영희를 보고 호들갑 섞어 말을 붙였다.

"아이, 깜짝이야. 진 마담 언니, 거기서 뭐 해요? 꼭 귀신 만난 기분이네."

"응, 그래. 바로 널 기다리고 있었다."

영희가 속으로는 한껏 입술을 사리물면서도 겉으로는 그렇게 태연히 말을 받았다.

"절요? 아니, 절 왜요?"

오 양은 여전히 해죽거리는 표정이었으나 어딘가 움찔하는 데가 있었다. 거기서 한 번 더 전의(戰意)를 가다듬은 영희는 몇 번이고 점검해 둔 집 안의 상황을 다시 점검했다. 주인 마담은 식모와 함께 시장을 보러 나갔고, 아가씨들도 목욕이나 저마다의 볼일로 집을 비우는 시간이었다. 있다면 오후 다섯 시까지는 벼락이 떨어져도 일어나지 못할 정도로 숙취가 심한 정 양뿐이었다.

"몰라 물어? 너 좀 이리 따라와. 좋게 말할 때."

영희는 위압적으로 그렇게 말해 놓고 앞장서서 안방에서 가장 먼 별실 쪽으로 오 양을 유인했다. 페더급인가 밴텀급인가 챔피언 후보를 데려와 허세를 부리던 권투 코치의 충고를 충실히 따르고 있는 셈이었다. 게임에는 홈그라운드의 이점이 있게 마련이라던.

"진 언니, 왜 그래요? 정말 뭐야? 사람 궁금해 미치겠네."

오 양이 수다스레 물어 대면서도 마다 않고 따라왔다. 그녀도 나름으로는 전의를 다지고 있는지도 모른다는 생각이 들었으나 영희는 애써 무시했다. 별실은 그 아침 영희가 이미 보아 둔 대로 술병과 안주 접시들만 겨우 내갔을 뿐 더럽혀진 상보와 흩어진 방석은 간밤에 어질러진 그대로였다.

"이리 와, 가까이 앉아!"

상석 자리의 방석을 바로해 앉으며 영희가 목소리에 한껏 위엄을 실었다. 지난 10년 도회의 밑바닥을 헤매며 그녀가 익힌 것들 중에는 뒷골목 건달들의 허세도 들어 있었다. 오 양의 얼굴에 비로소 긴장의 빛이 돌았다.

"마담 언니, 왜 이래요? 나 겁나잖아?"

그래도 오 양은 몸에 밴 교태를 버리지 못하고 여전히 코맹맹이 소리를 하며 영희 곁으로 다가앉았다.

"야, 김점순! 너 화류계 생활 몇 년 했어?"

영희는 기습적으로 오 양의 본명을 부르면서도 목소리는 한껏 내리깔았다.

군사혁명 이후 수그러들었다지만 요정에서는 아직도 심심찮게 깡패들의 세계를 구경할 수 있었다. 영희는 지금 거기서 본 것을 그대로 응용하고 있는 중이었다. 목소리는 차분하게 깔아도 두 눈에는 한껏 힘을 주었다.

"그건 왜 물어요? 나도 할 만큼은 했다고요."

오 양도 마침내는 사태를 알아차린 듯 코맹맹이 소리를 거두고 맞받았다.

"그래애? 그런 년이 화류계 의리도 몰라?"

"화류계 의리는 왜 찾아요? 내가 뭘 어쨌다고……."

"너 어젯밤 누구하고 외박 나갔어?"

"우리 사이에 그건 또 왜 물어요? 이왕 벌인 영업, 누구하고 나가면 어때서……."

"물을 이유가 있으니 묻는 거야. 누구하고 나갔어?"

그러자 오 양은 더욱 거침없이 전의를 드러냈다.

"우리 마담 언니니까 대답은 해 드리죠. 영동 강 사장하고 나갔어요."

"영동 강 사장이 누구야?"

"누군긴 누구예요? 배추 장수지. 아니, 갑자기 땅값 올라 간이 부은 배추 농사꾼이지……. 언니 정말 몰라서 묻는 거예요?"

"그걸 묻는 게 아냐. 강억만이 그 사람 누구야?"

"억만인지 엉망인지 나는 그 사람 돈 많은 배추 장수라는 거밖에 몰라요."

"너 정말 자꾸 오리발 내밀래? 너 여기 온 지 몇 달 됐어?"

"참 별걸 다 묻네. 그건 나보다 날 데려온 언니가 더 잘 알잖아요? 월급 두 달 받았으니 두 달이지 뭐."

"그런 년이 강억만 씨와 내가 어떤 사이란 걸 몰라?"

"아, 그거? 그깟 거 가지고 화류계 의리 찾고 어쩌고 하셨어요? 몇 번 같이 외박한 사이죠, 아마. 그래, 그게 어쨌다는 거예요? 두 분이 결혼을 약속한 사이라도 되나요?"

이건 용서할 수 없다. 영희는 그런 기분이 들어 두 손에 가만히 힘을 모았다. 그러나 목소리는 여전히 차분했다.

"그래? 그럼 우리 사이를 잘 몰랐단 말이지?"

"누구하고 한두 번 외박했다고 다 의리 찾다 보면 우리 장사 어디 가서 해요? 화류계 드나드는 놈 그놈이 그놈이고 여기서 떡 장사하는 년 선배 아니면 후배지. 화류계 물 먹을 만큼 먹었다는 언니가 아직 그 이치도 몰랐수? 장사 어디 손님 얼굴 보고 해요? 언니거나 내 거나 다 팔려고 내놓은 물건, 값만 맞으면 아무한테나 파는 거지……"

오 양은 앳돼 보이는 겉보기보다는 그 바닥에서 오래 굴러먹은 티를 부풀려 낼 줄 알았다. 그러나 그 자신감이 오히려 허점이 되었다. 강하게 나와 영희의 기를 꺾어 놓으려는 것도 햇내기가 세우기에는 어려운 작전이었지만 영희가 냉정하게 적용하고 있는 남자들 세계의 폭력 원리를 당할 수는 없었다.

"애가 생각보다는 무서운 애네……."

년에서 애로 말을 올리고 목소리는 한층 차분했으나 그때 이미 한껏 힘을 모아 있던 영희의 두 손이 오 양의 길게 기른 생머리를 휘어잡았다. 잘 들어간 선방은 당수 초단을 잡는다, 영희는 그런 깡패들의 경구를 떠올리며 있는 힘을 다해 오 양을 패대기쳤다.

오 양은 그제야 자신의 실수를 깨닫고 두 손을 내뻗어 보았으나, 영희는 이미 거기에 대해서도 준비가 있었다. 아직 펼쳐져 있는 상을 이용하는 것이었다. 갑작스러운 공격으로 내던져지듯 뒤집힌 오 양의 머리를 상 안으로 밀어 넣고 벽 쪽으로 몰아붙이니 오 양의 두 손이 영희의 머리칼에 닿을 수가 없었다.

그다음부터는 영희의 일방적인 공격이었다. 원래도 영희는 여자로서는 특출 나다 할 만큼 근골에 힘이 있었다. 거기다가 가슴까지 상 안으로 밀려 들어가 두 팔이 뒤로 깍지 끼워진 채 영희의 두 무릎에 짓눌려 버린 상대를 새벽부터 다져 온 전의로 공격하는 것이니 위력적일 수밖에 없었다. 얼마 안 돼 오 양은 저항은커녕 버둥거림조차 멈추었다.

맞장까기(일 대 일 싸움)에도 시야게(마감)가 있지. 시야게 잘못하면 잘 들어간 선방도 비겁한 꼼수가 되고 말아. 권투에는 파이널 블로라는 것이 있어. 마지막 한 방 말이야. 되잖은 인정으로 그거 아끼다가 다 이긴 시합 날린다고. 영희는 술상 머리에서 주워들은 남자들의 비정한 승부 요령을 실전에 응용했다.

"야, 너 눈깔 크게 뜨고 여기 똑똑히 봐!"

그새 말투까지 잔인한 주먹 세계의 흉내를 낸 영희의 손에는 미장원용 면도칼이 들려 있었다. 미장원에서나 이발소에서는 심상히 보다가도 흉기로 둔갑하면 유별나게 위협적인 게 그 면도칼이다.

영희가 들고 있는 면도칼은 무허가 미장원을 경영하던 시절의 영업용 집기 중 하나였다. 창현의 배신을 안 다음 날 영희는 다른 집기들은 중고품을 취급하는 재료상에 모두 헐값으로 처분하면서도 그것만은 남겼다. 배신자를 난자하든지 자신의 동맥을 자르든지 어쨌든 쓸모가 있을 것 같아서였다. 어쩌면 모니카에게서 들은 깡철의 표독스러움이 어떤 암시로 작용했는지도 모를 일이었다. 그런데 그때는 전혀 쓰지 못하고 이제 3년이나 지난 후에 전혀 예상하지 못한 용도로 쓰게 된 셈이었다. 영희는 이 별실을 자신의 싸움터로 정하면서 미리 방석 밑에 그 면도칼을 숨겨 두고 있었다.

"으? 으어!"

상 밑에서 끌려 나올 때까지도 눈을 감고 있던 오 양이 눈을 떴다가 코앞에 바짝 다가와 있는 칼날을 보고 그런 비명을 질렀다. 상기돼 있던 얼굴이 일시에 희게 질리며 이를 덜덜거리기 시작했다.

그동안 영희의 일방적인 공격이었다고는 하지만 여자의 주먹에는 아무래도 한계가 있었다. 갑자기 공격을 당하고 눈 깜짝할 순간에 상 밑에 끼어 고스란히 맞고는 있었어도 오 양에게는 아직 반격할 힘이 남아 있었다. 어떻게든 불리한 상황에서 벗어나기만을 기다리는데 영희의 면도칼 칼날이 끔찍한 빛을 뿜으며 코앞에 다가든 것이었다.

"어, 언니, 진 마담 언니, 왜, 왜 이래요? 자, 잘못했어요."

이어 그렇게 더듬거리는 오 양에게서는 이미 반격의 의사를 찾아볼 수 없었다. 놀라움과 공포만이 부들거리는 몸의 떨림으로 전해 올 뿐이었다. 그제야 영희는 오 양을 옥죄고 있던 팔과 다리의 힘을 풀었다. 그리고 한 차례 숨을 고른 뒤에 차갑게 말했다.

"너, 고 반반한 낯짝 이 칼에 개가죽 나고 나도 손목 동맥 자르는 거 볼래? 아니면 곱게 내 말 듣고 물러날래?"

영희는 그러면서 금세 그어 댈 듯 칼날을 더욱 오 양의 눈 가까이 갖다 댔다. 눈은 크게 뜨고 있어도 오 양은 이미 제정신이 아닌 듯했다.

"그, 그게 무슨 말씀이세요?"

그러는 그녀의 바지 아랫도리가 물기에 젖고 있었다.

"나 이영희, 벼랑 끝에 서 있는 여자야. 여기서 한 발 더 물러나면 이제 끝이라고. 그런데 네가 왜 밀어? 왜 날 죽이려고 그래?"

"제가 어, 언제……."

"너도 알지? 내 나이 하마 내일모레면 서른이야. 이 바닥에서는 환갑 진갑 다 지난 끝물이지. 이쯤에서 적당히 눌러앉을 자리를 찾지 못하면 내 인생 뻔할 뻔 자야. 그래, 겨우 한구석 보아 두었다 싶은데, 네가 초를 쳐?"

영희는 강조의 효과를 높이기 위해 거기서 잠시 말을 멈추었다. 그 짧은 침묵을 참지 못하고 오 양이 다급하게 물었다.

"그럼, 정말 강 사장하고……?"

"그래, 나 그 자식 이름같이 엉망인 줄 잘 알아. 병신인 주제에 놀기는 좋아해서 오나가나 봉이지. 지금은 잘나가지만 싹수라고 는 눈곱만큼도 없는 놈이라는 것도 알고."

"……."

"사업한답시고 아비 배추밭 판 돈 훔쳐 내 계집 치마폭에 갖다 버린 지가 벌써 1년이 넘는다고. 아직 말죽거리 쪽으로 배 밭도 있고 역삼동에도 논마지기 남아 있기는 하지만 거기까지 손 내밀 수는 없을걸. 무지렁이 농투성이라고는 하지만 그 아비 깐깐한 영감이야. 지금까지 참은 것도 용하다 싶어. 게다가 억만이 그 새끼 나이도 나보단 한 살 어리지."

"그런데 왜?"

"그러니까야. 이미 꼬일 대로 꼬인 화류계 팔자, 가정 가지고 살려면 강억만이도 오히려 과분하지. 그래도 본성은 순해 보이니까 잘 길들이면 내 팔자까지 펴 볼 수도 있고. 그래서 공들인 지 하마 1년이야."

"……."

"이제 네가 한 짓이 무언지 알겠어? 화류계 의리란 말뜻 알겠느냐고?"

이때부터 영희의 말투는 차츰 호소의 여운을 띠어 갔다. 그 역시 이른바 '시야게'의 일부였다. 폭력을 폭력으로만 끝내서는 안 된다. 승리를 담보하는 것은 감성적이든 이성적이든 상대방의 심리적인 동의를 받아 내는 일이다. 대략 정리하면 그런 이치가 될 것이다.

영희의 말이 거기에까지 이르자 오 양의 표정에 또 다른 변화가 일어났다. 속속들이 뉘우친다는 그런 것은 아니지만 적어도 영희에게 미안하다는 기분은 든 것 같았다.

"저는 별 뜻 없이……."

이윽고 오 양이 그렇게 변명조로 나오는 걸 보고 영희는 이제 칼을 거둘 때라 판단했다. 면도칼을 거두어 조용히 칼날을 접고 오 양에게서 물러앉았다. 그리고 긴 한숨과 함께 탄식처럼 덧붙였다.

"하긴 나 같은 게 그래도 죽지 못하고 헛꿈을 꾸는지 모르지. 따뜻한 목욕탕에 들어가 이 칼로 손목이나 한번 스윽 그으면 그만인데……."

그러고 나니 정말로 눈물이 솟았다. 원래 각본에 없던 일이었다. 갑자기 약하게 보여 공격을 유발할 우려가 없는 것은 아니지만 오 양을 감정적으로 설득해 앙심 품지 않고 물러나게 하는 데는 해로울 것도 없다 싶어 영희는 굳이 눈물을 감추려 들지 않았다.

그 바닥 아이들이 대개 그렇듯이 오 양도 그리 모진 성품은 못 되었다. 반격 따위는 전혀 걱정하지 않아도 될 만큼 영희의 감정에 동화된 표정이었다. 조금 더 가면 영희를 따라 눈물까지 흘릴 것 같았다. 너도 한 많고 설움 많은 화류계 갑자생(동갑내기, 혹은 같은 처지)이로구나 ─. 영희는 그런 생각이 들자 갑자기 자신이 너무 심했다는 자책까지 일었다.

하지만 영희는 자신이 매듭지어야 할 일의 중요성을 상기하고 마음을 다졌다. 그녀에게는 아직 남아 있는 연출이 하나 더 있었다. 영희는 그걸 위해 그 바닥 여자들이 들으면 함께 슬퍼해 주지 않고는 못 배길 넋두리를 한참이나 더 풀어놓았다.

"이 방에 무슨 일 있어? 뭐야? 언니들이네……."

그때쯤에야 겨우 그 방의 심상치 않은 낌새를 느꼈는지 안방에 곯아떨어져 있던 정 양이 문을 열고 물었다. 숙취로 황폐한 느낌을 주는 얼굴에 두 눈은 크게 열려 있었으나 사물을 제대로 분별하고 있는 것 같지는 않았다. 영희는 그녀의 출현을 장면 전환의 계기로 삼았다.

"아니야, 아무 일도 없어. 들어가 자."

그렇게 정 양을 돌려보내고 미리 준비한 것을 꺼내 오 양 앞에 내밀었다.

"이것 받아."

"……?"

"5만 원이야. 네 월급 선불에 내 정성을 보탠 돈이야. 조금이라도 날 불쌍히 여긴다면 아무 소리 말고 받아 줘."

폭력과 위협에서 완전히 벗어난 데다 돈까지 보자 오 양에게도 계산이 되살아나는 듯했다. 잠깐 무언가를 생각하다가 빠안히 영희를 쳐다보며 물었다.

"당장 짐 싸 떠나란 말이군요."

"그래, 너를 위해서야. 아니, 너와 내가 피바다로 끝장 보는 게 싫어서 그래. 그 인간이 또 찾아와 집적거리면 마음 약한 네가 어떡하겠어?"

거기서 다시 영희의 목소리에는 차분하지만 위협의 어조가 실렸다. 오 양이 깜빡 잊었던 악몽을 되살린 사람처럼 움찔했다. 그리고 더 생각할 것도 없다는 듯 몸을 일으켰다.

"알겠어요. 주인 마담하고 소개소 뒤처리는 언니가 해 줘요. 달 안 채우고 뜬 거."

그러고는 안방으로 돌아가 가방을 챙겼다. 좀 전의 드잡이질로 구겨지고 찢긴 외출복을 갈아입고 밖에 나와 있던 옷가지를 거둬 넣는 게 전부였다. 그녀가 가방을 챙겨 방을 나서는 데까지는 십 분이 채 걸리지 않았다.

"이거 갖고 가."

영희가 그런 그녀의 가방에 좀 전의 봉투를 찔러 넣었다. 오 양도 굳이 마다하지는 않았다. 그러다 돈을 보니 생각난다는 듯 핸드백에서 3천 원을 꺼내 영희에게 내밀며 말했다.

"이따가 유 양 돌아오거든 천 원 돌려줘요. 야메(암시장) 화장품 아줌마한테 7백 원 있고, 일수 남은 것도 대신 넣어 주세요. 이 돈이면 다 될 거예요."

그리고 미련 없이 돌아서는 데서 그런 종류의 떠남에 이골이 난, 술집 색시로서의 짧지 않은 이력을 짐작할 수 있었다.

주인 마담이 식모 아줌마와 함께 장을 봐 돌아온 것은 그로부터 오래잖아서였다. 영희가 큰일을 치르고 난 뒤의 허탈감으로 정양 곁에 멍하니 누워 있는데 문을 열고 들어선 마담이 혀를 끌끌 차며 말했다.

"잘한다. 해가 살살이 퍼지도록 늘어져서…… 딴 애들은 아직도 안 돌아왔어?"

"오 양만 돌아왔다가……."

괴로운 듯 몸을 일으킨 영희가 짐짓 힘없는 목소리로 그렇게 말을 흐렸다.

"그년 어제 외박 나갔잖아? 그래, 왔다가 또 어딜 갔어?"

"짐 싸 나갔어요."

"뭐? 짐 싸 나가? 아직 달 안 찼잖아?"

"월급 안 받겠대요. 소개소(직업소개소) 선금도 다 깠고, 빌린 돈에 외상값까지 다 쳐 주며 깔끔을 떨고 나가던데요."

영희는 되도록 감정을 넣지 않으려고 애쓰며 여전히 힘없는 목소리로 대답했다. 주인 마담이 그래도 알 수 없다는 표정으로 말했다.

"그년 그거 봉을 물어도 크게 문 모양이네. 그렇지만 나도 안 보고……."

그러다가 갑자기 영희를 살피며 목소리를 높였다.

"오 양 엊저녁에 강 사장하고 나갔는데, 그럼 강 사장한테 간 거 아냐?"

"거기까진 얘기 안 했어요. 하여튼······."

영희는 억지로 울음을 참는 사람처럼 그렇게 말끝을 흐렸다. 주인 마담의 목소리가 더욱 높아졌다.

"강억만이 그 새끼 정말 엉망이네. 진 마담 아니면 못 산다고 뻔질나게 여길 드나든 게 언제야? 그런데 바로 네 밑에 있는 오 양을 빼내 가?"

"화류계 사랑 다 그런 거 아니겠어요?"

영희는 울음 섞어 그렇게 대답하고 손으로 눈을 가렸다. 눈물이 나오지 않을 것 같아서였으나, 생각보다 쉽게 눈물이 났다.

"하긴 엊저녁 그년 외박을 내보는 게 아니었는데······ 아무리 돈 주면 몸 파는 색도가(色都家)라지만 그래도 그 의리는 있어야 하는데."

그제야 영희가 우는 까닭을 알아차렸다는 듯 주인 마담이 뒤늦은 자책을 했다. 영희가 더욱 처량한 어조로 받았다.

"요새 세상에 그런 게 어딨어요? 손님이 왕이잖아요?"

"왕 좋아하네. 손님도 손님 나름이지, 여기 드나드는 것들 그게 어디 왕이야? 순 개새끼들이지. 억만이 그 새끼 이걸······."

"그분 너무 욕하지 마세요. 난 그분 원망하지 않아요."

그러자 다시 주인 마담이 끌끌 혀를 찼다.

"으이구, 여기 춘향이 났구나. 하지만 이 도령이 딴 기생첩부터 먼저 들었던 소리는 못 들었다. 앓느니 죽는다고, 그렇게 늘어져 있으니 오 양 그년하고 사생결단이라도 낼 것이지. 뭐 네가 화류계 10년이라고? 앞집 진돗개가 들어도 웃겠다."

"화류계에도 순정은 있는 법이에요."

영희는 그렇게 강하게 받아 놓고 어떤 알 수 없는 결의를 보여 주듯 지그시 입술을 사리물었다. 영희가 짜 놓고 있는 또 다른 연출을 알 리 없는 주인 마담은 그런 영희를 더욱 기막혀했다.

"진 마담, 정신 차려. 나이가 몇이야? 나이가 몇인데 아직 순정 타령이야? 혹시 나한테 경력 속인 거 아냐?"

이 여자를 속이기는 힘들겠구나. 차라리 바로 털어놓고 도와달 라고 할까. 거기서 영희는 잠시 망설였으나 처음 의도대로 밀고 나 가기로 했다. 그런 말은 귀에 들어오지도 않는다는 것처럼 슬며시 눈을 감았다가 맥없이 쓰러지듯 다시 정 양 곁에 누웠다.

주인 마담은 그제야 일이 심상찮다고 보았는지 영희 곁에 앉 아 어르고 다독이기 시작했다. 민 양과 허 양이 목욕탕에서 때맞 추어 돌아오지 않았더라면 그날 영희는 주인 마담이 화류계 20 년에 만났던 그 숱한 남자들을 그녀의 얘기 속에서 모두 만나야 했을 것이다.

민 양과 허 양에 이어 무슨 일인가로 아침 일찍부터 외출했던 장 양이 돌아오고 식모 아줌마가 점심상을 내오면서 요정 만화장 (萬花莊)은 차츰 일상을 회복했다.

그러나 그동안에도 영희는 줄곧 그녀가 정한 방향으로 그들의 주의를 끌려고 노력했다. 점심도 거르고 외진 방에 누워 무슨 일만 있으면 사람들이 그리로 찾아오게 하는 것이었는데, 그때마다 상심한 나머지 무언가 저지를 것 같은 인상을 주기 위해 있는 연기력을 다했다.

영희가 양면 괘지에다 강억만에게 남기는 마지막 편지를 쓰기 시작한 것은 그날 오후 두 시 무렵이었다. 미리 생각해 둔 문안이 있었지만 막상 쓰려 하니 마음 같지 않았다. 원래 영희에게는 약간의 글솜씨가 있었다. 그런데 그 솜씨를 감추고 강남에 있는 시골하고도 따라지 중학교를 간신히 졸업한 강억만을 감동시킬 글을 쓰자니 여간 힘들지 않았다.

내 진정 사랑했던 당신, 억만 씨! 억만 씨가 이 편지를 읽을 때쯤 이 한 많고 슬픔 많은 영아의 혼은 쓸쓸한 황천길을 걷고 있을 거예요. 믿고 사랑했던 님으로부터 버림받은 여인의 갈 곳이 죽음의 세계 말고 그 어디에 있겠어요!! 하지만 나는 억만 씨를 원망하지 않아요. 천애고아로 외롭게 자라 거친 세파에 내던져진 이 몸을 그만큼이라도 사랑해 준 분은 오직 억만 씨밖에 없었어요. 기억나세요? 지난봄 창경원 밤 사쿠라 밑에서 제 손을 꼬옥 잡으면서 저와 결혼해 저를 세상에서 가장 행복한 여자로 만들어 주겠다고 하신 말. 그날 이후 저는 벌써 이 세상에서 천국을 살고 있었답니다. 저는 억만 씨를 이해해요. 사랑은 주는 거라 했잖아요! 오 양은 저보다 예쁘고 나이도 어리죠. 저보다 훨씬 억만 씨를 행복하게 해 줄 거예요. 그러니 진정으로 억만 씨를 사랑한다면 제가 당연히 양보해야죠! 안녕히 계세요. 부디 오 양과 행복하세요!! 할 말은 태산 같으나 이게 억만 씨에게 쓰는 마지막 편지라 생각하니 피눈물이 앞을 가려 더 써 나갈 수가 없네요. 마음 변한 님을 두고 안녕, 안녕, 세상이여, 아안녕.

1968년 11월 9일
당신의 영아가 최후의 독배를 앞두고

그렇게 자신도 쓴웃음이 도는 유서를 마치고 시계를 보니 시침은 벌써 오후 세 시를 넘어가고 있었다.

영희는 편지를 정성껏 접어 미리 준비한 흰 봉투에 넣었다. 그리고 또한 미리 준비해 둔 약봉지를 꺼냄으로써 그날의 마지막 처절한 싸움을 준비했다.

자기와의 싸움, 자신의 목숨을 담보로 하는 싸움, 그러나 궁극적으로는 이 가혹한 세상에 번성하며 살아남기 위한 싸움이었다.

영희가 꺼낸 약봉지에는 여남은 알의 세코날이 들어 있었다. 음독이 발견될 때까지 필요할 것으로 예측되는 시간과 자신의 현재 건강 상태를 고려해 죽음의 결의를 충분히 드러내면서도 치명적이지는 않을 것으로 계산한 양이었다. 영희는 자신의 계산이 맞는가를 동네 약사에게 직접 확인해 보기까지 했다.

"몸이 건강하고 빨리 발견됐다면 그 정도로 죽는 일은 결코 없을 겁니다. 위장은 좀 상하겠지요."

영희가 음독한 친구를 걱정하는 척하며 묻자 젊은 약사는 그렇게 안심시켜 주었다.

영희가 있는 방은 겉보기에는 그 집에서 가장 외진 방이었다. 그러나 실제로 세면대와 화장실이 있는 별채로 가는 길목이어서 무슨 일이 있으면 가장 먼저 사람들 눈에 띄는 방이었다. 거기다가 그때까지 주욱 집 안 사람들에게 미리 심어 둔 인상도 있었다. 그들은 영희가 신음하는 걸 보면 실연을 비관해 음독한 것임을 단번에 알아차릴 것이다.

영희의 건강도 그 어느 때보다 좋았다. 창현의 배신 뒤로도 남자야 여럿 더 겪었지만 다시는 유산 같은 것으로 건강을 해친 일은 없었다. 거기다가 새끼 마담으로 물러나 앉은 뒤로는 색시 때처럼 과음하게 되는 경우도 줄었다.

하지만 막상 약을 꺼내 놓고 보니 왠지 으스스했다. 자신이 세코날에 약한 특이체질일 수도 있고 일이 꼬이려면 너무 늦어 버릴 때까지 사람들 눈에 띄지 않을 수도 있었다. 그래서 죽는다면 정말 견딜 수 없는 일이었다.

그때 대문께가 수런거렸다. 하꼬비(출퇴근하는 기생) 아가씨들이 출근을 시작한 모양이었다. 더 망설일 시간이 없었다.

'그게 내 팔자라면 하는 수 없지. 하긴 이 세상 쓴맛 이만하면 볼 만큼 보았어. 구태여 미련 품을 일도 없다.'

이윽고 영희는 그렇게 중얼거리며 약을 입에 털어 넣고 물을 마셨다. 한꺼번에 다 넘어가지 않아 세 번에 나누어도 목구멍이 얼얼

하고 배가 불렀다. 문득 눈물을 치솟게 하는 비감이 일었으나 한편으로는 왠지 마음이 편안해졌다.

'이렇게 끝나는 것도 나쁘지는 않겠구나……'

영희는 그런 생각까지 하며 차츰 혼몽한 꿈속으로 빠져 들어갔다. 이상하게도 처음 한동안은 밝고 즐거웠던 삶의 한때들이 토막져 나타났다. 어린 볼에 비벼 대던 아버지의 꺼칠한 턱수염, 혜화동의 옛집, 할머니의 자애로운 부름, 안동에서 오빠 명훈 덕분에 몇 년 만에 다시 교복을 입게 되었을 때, 형배와의 첫 키스, 창현과 즐거웠던 한때…… 그러다가 고통이 시작되면서 사납고 어지러운 꿈들이 시작되었다.

영희의 음독이 사람들에게 알려진 것은 아마도 그 사납고 어지러운 꿈속에서였을 것이다. 정작 영희에게 이발사용 면도칼의 위력을 알려 준 음험한 얼굴의 변태, 섬뜩한 그 칼날의 위협에 밤새도록 짐승 같은 짓을 강요받고 있는데 누군가의 호들갑스러운 비명이 들렸다. 이어 사람들이 몰려드는 기척과 몸이 떠메어져 가는 느낌, 병원 특유의 소독약 냄새……

영희가 의식을 되찾은 것은 고통스러우면서도 역겨운 위세척 과정의 끝머리쯤이었다. 그러나 영희는 여전히 눈을 감은 채 의식을 잃고 있는 시늉을 냈다. 아직은 깨어날 때가 아니었다. 목표로 삼고 있는 강억만이 병실에 나타날 때까지 영희는 사경(死境)을 헤매는 가여운 순정의 여인이어야 했다.

"이상하다, 이만하면 깨어날 때가 됐는데……."

응급처치를 마친 뒤 영희의 팔에 링거액을 찔러 넣던 중년 의사가 고개를 갸웃거리며 혼잣말처럼 중얼거렸다.

기다리던 강억만이 병실에 나타난 것은 그로부터 반 시간쯤 뒤였다. 민 양만 남아 병실이 조용해졌는가 싶더니 복도 쪽에서 어지러운 발소리가 나고 누군가 황급히 뛰어들었다.

"진 마담, 아니 영희, 영희. 이게 무슨 짓이야? 흐흑, 이게 무슨 짓이냐고?"

그러면서 얼굴을 비비며 우는 억만은 마치 처음으로 주역을 맡은 삼류 배우 같았다. 과잉 연기로는 그를 찾아온 듯한 민 양도 지지 않았다.

"강 사장, 보셨죠? 이제 어쩌실 거예요? 착하고 예쁜 우리 언니를 이 꼴로 만들어 놓고 혼자 행복해지실 것 같아요? 오 양, 그 쌍년 어디 있어요?"

"아니라니까, 아침에 헤어진 뒤로 코빼기도 못 봤어. 지가 꼬리를 치니까 그냥 재미로 한 번 데리고 잔 걸 가지고 진 마담이 오해한 거야. 내가 왜 영희를 두고 흐흑……."

둘이서 그렇게 서투른 연기 대결 같은 입씨름을 벌이는데 억만이 나타났다는 말을 듣고 뒤쫓아 온 듯한 주인 마담이 다시 병실로 뛰어들었다. 연기라면 주인 마담이 더욱 일품이었다. 다짜고짜로 억만의 멱살을 거머쥐었는지 억만이 캑캑거리는 소리에 이어 거품 문 주인 마담의 악다구니가 들렸다.

"이눔, 강억만이 너 이럴 수 있어? 앞길이 구만리 같은 청춘, 파리 목숨같이 끊어 놔도 되는 거야? 애 살려 내. 친동기보다 아끼던 애야. 애 죽으면 나도 그냥 못 있어."

그렇게 영희의 가슴을 찡하게 만드는가 하면,

"애 물건이 어때서? 그거 좋다고 밤낮으로 빨고 핥고 할 때는 언제고, 오 양 그년 거기는 금테라도 둘렀든?"

으로 시작되는 듣기 민망한 쌍욕도 있었다. 그러다가 난데없이 억만의 이름을 가지고 시비를 벌일 때는 하마터면 웃음을 터뜨릴 뻔하였다.

"저걸 새끼라고 내지른 에미가 불쌍하다. 뭐 억만이? 억만금 벌라고 억만이? 에라, 이 나쁜 놈아, 지옥에나 억만 번 가거라. 매나 억만 대 맞고 뒈져라."

거기다가 민 양이 다시 의리를 발휘해 중구난방으로 끼어드니 병실은 한동안 여자들의 악다구니 소리로 시끄러웠다. 간호원이 달려오고 의사가 달려왔으나 소용없었다. 눈을 뜨고 보지는 못해도 마음 약한 억만은 반나마 넋이 빠져 주인 마담에게 멱살을 내맡긴 채 숨만 헉헉거리고 있음에 분명했다.

저 인간 너무 몰아대서는 안 되는데, 한편으로는 슬슬 추어올려 좋은 답을 끌어내야 하는데…… 이쯤에서 눈을 뜨고 말릴까. 영희는 은근히 조바심이 났으나 결말도 보기 전에 털고 일어날 수는 없었다. 그런데 여자들의 악다구니를 못 견딘 억만이 먼저 백기를 들었다.

"빙모님, 아니 처형. 제가 변심한 게 아니라니까요. 영희 깨어나면 결혼하면 되지 않습니까? 결혼할게요. 까짓 거, 여기서 날 잡읍시다."

그러자 먼저 주인 마담이 그 말에 매달리듯 다짐했다.

"정말이야? 너 정말로 우리 진 마담하고 결혼할 거지? 나중에 오리발 내밀면 너는 죽어. 나 이래 봬도 야쿠자 동네 발 넓은 여자야. 명동 신상사(申上士)하고도 오라버님 동생하며 지낸 사이라고. 너 같은 거 하나쯤은 쥐도 새도 모르게 없애 버릴 수 있어."

그 길로 보아 처음부터 과장된 듯하던 그녀의 악다구니에는 그런 대답을 끌어내기 위한 의도가 깔려 있었음에 분명했다. 민 양도 잽싸게 그 결혼을 기정사실화했다.

"그럼 이제부터는 제게 형부가 되겠네요. 형부, 앞으로는 제발 맘 변하지 말아요. 우리 언니 제발 행복하게 해 주세요."

"물론이지. 그러고말고."

억만이 그렇게 넙죽넙죽 받자 병실의 악다구니는 거짓말처럼 끝났다. 주인 마담과 민 양은 할 일을 끝냈다는 듯 다시 저녁 장사로 돌아가고 잠시 방 안을 서성거리던 억만도 무슨 일인가로 병실을 나갔다. 그러자 처음부터 그 광경을 지켜보고 있던 간호원이 가만히 영희의 어깨를 찔렀다.

"이제 그만 눈뜨세요. 깨어나신 거 알고 있어요. 일 다 잘 끝났잖아요?"

돌아가는 길

.

"이게 누구야? 거, 저, 인철이 아냐?"

책방 아저씨는 금세 인철을 알아보았다. 우리 나이로 열아홉에서 스물하나까지의 한 해 남짓은 외모가 크게 변하는 시기가 아니어서 그런 듯했다. 다시 찾아온 게 두 해 전 인철에게 품었던 의심을 풀어 주었는지 그의 표정에도 경계하거나 못마땅해하는 그늘은 없었다.

"네, 그동안 잘 지내셨습니까?"

"나야 뭐, 그저. 그럭저럭……. 그래, 넌 그동안 어디 있었어?"

"부산에 있었습니다. 이 집 저 집……. 하지만 이제 떠나게 돼서."

인철은 그러면서 들고 있던 책 보따리를 슬며시 좌판 위에 놓왔다. 버스 정류장에서 거기까지 오는데도 어깨가 뻐근할 정도의 무게였다. 그걸 보자 헌책방 주인으로서의 근성이 발동했는지 책방 아저씨가 물었다.

"근데, 그건 뭐냐? 책이냐?"

"네, 실은 그 때문에 왔습니다."

그러자 아저씨가 익숙한 솜씨로 보따리를 펴 한눈에 보기 좋게 책을 펼쳤다. 고등학교 교과서 대부분과 낡은 기초 참고서 여남은 권이었다.

"뭐야? 또 고등학교 책들이구나. 어떻게 된 거냐?"

"이젠 필요 없어져서요. 들고 다니자니 짐만 되고……."

"그럼 그 뒤 다시 공부를 시작했고…… 이제 정말로 집어치우는 거냐?"

"그게 아니라 이 책들이 필요 없어진 겁니다. 지금부터 본격적인 대입 준비를 해야 되니까요."

"하지만 예비시험이 아직 남았잖아? 올해 새로 시행되는 시험이라 모두 긴장들 하는 모양이던데. 그걸 치르자면 이 책들 모두 필요한 거 아니냐?"

주로 입학시험 참고서를 취급하다 보니 입시 제도에는 누구보다 밝은 책방 아저씨였다. 인철에게는 그게 자랑하는 기색 없이 자신의 성취를 알려 줄 수 있는 기회가 되었다.

"이건 검정고시 준비할 때 쓰던 책들입니다. 괜찮은 대학엘 가려면 아직까지 이런 책에 매달려 있어서는 안 되죠."

"오호, 그래? 그럼 결국 해냈군. 하기야 책은 지독하게 읽어 대더니…… 모든 책은 서로 통하나 보지. 어쨌든 축하한다. 보자아."

그러면서 책방 아저씨는 인철이 싸 가지고 간 책들을 뒤적였다. 책값을 가늠하는 것 같았다.

"꼭 돈 때문에 가져온 건 아닙니다. 버리자니 아깝고 들고 다니자니 짐 되고 해서……."

"아까 떠난다고 한 것 같은데 어딜 가려고?"

"집으로 돌아가려고요. 남은 두어 달은 본고사 준비에 힘을 모아야지요."

"집? 집이 없다고 하지 않았어?"

"나를 공부시켜 줄 집이 없었다는 뜻이죠. 하지만 시험 때까지 두어 달 잠재우고 먹여 줄 집은 있습니다. 다른 건 내가 다 준비해서 돌아가니까요."

그때까지도 인철은 집이 돌내골에 있음을 굳게 믿고 있었다. 무슨 치기에선지 발신인 주소를 쓰지 않아 답장은 받지 못했지만 적어도 석 달에 한 번은 안부 편지를 내 온 그였다. 그렇게 말해 놓고 나니 불현듯 집과 식구들이 그리워졌다. 하지만 책방 아저씨는 그런 인철의 감상에는 무관심했다. 어느새 책방 주인으로 돌아가 사무적으로 말했다.

"몇 달 데리고 있었던 정으로 여비를 주는 셈치면 모를까, 돈 될 만한 책은 아니군. 교과서는 입시 제도 따라 모두 바뀌었고."

그러다가 갑자기 무얼 생각했는지 인철의 얼굴을 가만히 바라보았다. 좋은 생각이 있지만 말하기가 망설여진다는 그런 표정이었다.

"너 그때 그 책 기억해?"

"네?"

인철이 얼른 알아듣지 못해 그렇게 되물었다. 거기서 다시 한 번 머뭇거리던 책방 아저씨가 이내 마음을 굳힌 듯 말했다.

"네가 나가기 전에 사 둔 책 말이야. 너를 내보낸 뒤 차분하게 목록을 훑어보니 그렇게 펄펄 뛸 책들은 아니었어. 거기다가 그 책들 살 때 네 잡비도 좀 넣었다며?"

"아, 네. 그랬습니다만……."

그제야 인철은 책방 아저씨가 말하는 책이 어떤 것인가를 알아들었다.

그 헌책방을 떠난 뒤의 날들이 하도 힘들고 괴로워선지 그때의 그 강한 인상에도 불구하고 스스로 생각하기에도 이상하리만치 까맣게 잊고 있던 책들이었다.

"그 책들을 아직도 보관하고 있는데…… 찾는 사람도 없고 그렇다고 경찰서에 갖다 주기에는 성가시고 해서. 그걸 주면 어떨까? 무엇 때문인지 모르지만 네가 그 책들에 예사 아닌 애착을 품었던 걸로 기억되는데."

그 말을 듣자 인철은 새삼 그 책을 살 때가 떠오르며 가슴이 뛰었다. 하지만 동시에 완고한 반공주의자로서의 책방 주인이 상기되어 은근히 경계심도 일었다. 인철이 반가움을 내색하지 못한 것은 그 때문이었을 것이다.

"실은 그 사상이 몹시 궁금합니다. 아버지 때문에 애증도 깊고…… 그 책들을 제게 주신다면 대학에 가 틈이 나는 대로 일본어도 배울 겸 한번 훑어보고 싶습니다만 좀 위험하지 않을까요?"

"위험한 걸 알고 있으면 돼. 그럼 그걸 가져가."

그러면서 책방 아저씨는 상품 가치가 없어 함부로 쌓아 둔 헌책 더미 속에 감춰져 있던 그 책들을 찾아 주었다. 인철로서는 그 도시에서의 마지막 날에 참으로 묘한 선물을 받은 셈이었다.

인철이 약재 창고로 돌아오자 등교 준비를 하고 있던 창호가 인철의 책 보따리를 가리키며 말했다.

"와 그양 가지고 왔노? 헌책방에서 안 살라 카드나?"

"아니, 다른 책으로 바꿔 왔다."

"딴 책으로, 무슨 책?"

그 무렵 인철이 하는 일은 무엇이든 존경 섞인 호기심으로 바라보던 창호라 등교가 바쁘지 않았다면 이번에도 덤벼들어 그 책 보따리를 펴 보았을 것이다. 창호는 그의 방식대로 그해 다시 줄만 서고 등록금만 내면 받아 주는 신설 대학 야간부에 적을 두고 있었다. 그런데 그날은 일찍 첫 강의가 있는지 오후 다섯 시도 안 되었는데 서둘러 약재 창고를 빠져나갔다.

"책은 갔다 와서 봐야겠다. 오늘은 일찍 돌아올 테이(테니) 우리 이별주나 한잔하자. 열 시까지는 여다 돌아와 있거래이."

인철은 잘됐다 싶어 그 책들을 얼른 구석방으로 가져갔다. 약재 창고 한구석에 판자로 칸막이를 한 방으로, 인철이 지난 2년 간 창호와 함께 거처로 삼아 온 방이었다. 인철이 쓰던 책상 아래 에는 이미 싸 둔 인철의 짐이 있었다. 크고 작은 두 개의 가방이었 다. 하나는 주로 책들이 들어 있는 질긴 천으로 된 작은 가방이었 고, 다른 하나는 헌 옷가지와 자질구레한 소지품이 든 비닐로 된 큰 여행 가방이었다.

인철은 가져온 책들을 헌 옷가지 속에 넣고, 다시 한 번 가방 을 여몄다. 잘못하여 부실한 가방이 터져도 그 책들이 그대로 쏟 아지는 일은 없게 하기 위함이었다. 장씨가 뜻밖의 전갈을 가지고 인철을 찾아온 것은 인철이 크고 작은 두 개의 가방을 제자리에 밀어 넣고 있을 때였다.

"인철이 니 여다 있었구나. 쪼매 있다가 여섯 시 진료 끝나거든 막바로 원장실에 가 봐라. 원장님이 닐로(너를) 보자 하신다."

"원장님이 절요?"

워낙 없었던 일이라 인철은 자신도 모르게 장씨 아저씨의 말을 되풀이해 물었다. 2년 넘게 한집에 있어도 구름 위에 있는 것처럼 먼빛으로만 올려보아 온 원장님이었다.

"나쁜 일은 아인 갑드라. 지금부터 준비하고 있다가 여섯 시 되 거든 바로 원장실로 가거라. 아이, 함부래(미리) 진료실에 가 있다 가 진찰 끝나는 대로 따라나서거래이."

인철이 그 부름을 걱정하는 걸로 안 장씨가 그렇게 안심시켰다. 창호에게만 귀띔하고 무단으로 일주일이나 약재 창고를 비웠다가 돌아왔을 때만 해도 장씨의 눈길은 곱지 않았다. 그러나 창호의 허풍으로 무언가 어려운 시험에 인철이 합격했으며, 또 곧 그곳을 떠난다는 것이 갑작스러운 도회 편입으로 긴장해 까다롭고 심술궂어진 그 시골 출신 중늙은이의 심사를 풀어 준 듯했다.

"알겠습니다. 그러죠."

전에 없던 일이라 잠시 의아했던 인철이었으나 생각해 보니 그럴 수도 있겠다 싶었다. 원장이 이 집에서 아무리 높은 사람이고 나는 구석진 약재 창고에서 약초나 써는 하찮은 일이나 했다고는 하지만 그래도 자기 밑에서 2년간이나 일하던 사람이 아닌가. 이제 떠난다니 몇 마디 객쩍은 덕담이라도 하려는 것이겠지, 인철은 원장이 부른 뜻을 그쯤으로 헤아렸다.

그런데 그날 원장실로 간 인철은 책방 아저씨에 이어 원장으로부터도 전혀 예상 못 한 큰 선물을 받았다.

"약재 창고 이 군입니다."

인철이 시간을 맞추어 원장실로 가자 문 앞에서 기다리던 황 서사(書士)가 인철을 방 안으로 밀어 넣으며 그렇게 큰 소리로 알렸다. 하루 종일 진료에 시달린 머리를 쉬게 하고 있는지 회전의자에 앉은 채 눈을 감고 있던 원장은 그 소리를 듣고도 한동안 눈을 뜨지 않았다. 몇 올 남지 않은 머리칼에 희고 둥근 얼굴이라 마치 참선(參禪) 중인 고승 같았다.

"약재 창고에 밤마다 늦도록 불이 켜져 있더니 자네였구먼."

이윽고 눈을 뜬 원장이 그렇게 말했다. 그 역시 인철에게는 무

슨 선문답처럼 들렸다. 무어라고 대답해야 될지 몰라 우물거리는
데 원장이 다시 말했다.

"손목을 내놔 봐."

인철이 얼떨떨한 기분으로 손목을 내밀자 원장이 가만히 맥을
짚었다. 눈을 지그시 감는 게 공을 들이는 진맥 같았다.

"상(相)만큼 좋은 근골을 타고났군. 오장육부가 고루 튼튼해. 오
랜 객지 생활로 허해진 기(氣)나 보(補)하면 되겠어."

다시 눈을 뜬 원장이 그렇게 느릿느릿 말하면서 책상 위에 비
치되어 있는 붓을 들어 처방전에 무언가를 썼다. 그리고 인철에게
슬며시 종이를 밀면서 남 얘기하듯 말했다.

"내려가다 이걸 조제실에 주고 약 한 재 지어 가. 내 집에 있는
동안 보살펴 주지 못한 무심함이 마음에 걸리는군."

그래 놓고 다시 느릿느릿 서랍을 열더니 미리 준비한 것인 듯
봉투 하나를 내밀었다.

"살이가 넉넉하다면 그 나이에 왜 어렵게 객지를 떠돌며 고학
을 했겠나. 성의로 몇 푼 넣었으니 유용하게 쓰게."

내미는 봉투를 보니 꽤나 두툼했다. 두 가지 모두가 전혀 기대
하지 못했던 것이라 인철은 고맙기에 앞서 당황스러웠다. 평소의
과묵함을 가진 자의 오만이나 비정함 정도로만 이해해 온 탓에
더욱 그랬는지도 모를 일이었다. 무어라 고마움의 뜻을 드러내야
할지 몰라 머뭇거리는데 원장이 빙글, 의자를 돌려 창밖을 향하
며 무뚝뚝하게 말했다.

"이제 가 봐. 조제실 아이들 퇴근하기 전에."

크고 느닷없는 감동은 사람을 마비시킨다. 그때껏 막연한 감동으로 굳어 있던 인철은 볼일 다 끝났다는 듯한 원장의 태도를 보고서야 겨우 몇 마디 할 말을 찾아냈다.

"고맙습니다. 베푸신 은혜 잊지 않겠습니다."

인철은 마치 틈을 타서 도망치는 사람의 변명처럼 그렇게 말하고 꾸벅 절을 한 뒤 원장실을 나왔다.

원장이 준 봉투 안에는 만 원이 들어 있었다. 그동안 인철은 먹고 자는 것 외에 월급 5천 원을 받는 것도 좋은 대우라고 만족해 왔다. 그걸로 책값과 학원비를 대고도 2년 동안에 따로 9천 원을 모아 입시 때까지의 밑천으로 삼으려는 그에게 한꺼번에 주어진 만 원은 엄청난 돈이 아닐 수 없었다.

거기다가 원장이 써 준 화제도 적잖아 인철을 감격시켰다. 조제실로 내려간 인철이 장 군에게 원장이 써 준 화제를 넘기자 그새 풍월을 읊게 된 장 군이 부러운 듯 말했다.

"우와, 참말로 놀랠 놀 자네. 이거는 보약이라도 특 A급이라. 보자, 녹용만 해도 두 냥이나 드가네. 내 여기 온 지 하마 5년이 다 돼 가지만 원장님이 직원 보약 지어 주는 거는 또 첨 본다. 니 어디를 그리 좋게 봤시꼬?"

그러면서 전에 없이 정을 베풀어 지어 준 약이 스무 첩이나 되었다. 2년이나 약재 창고에서 일한 덕분에 한약재의 귀천 정도는 구별할 수 있게 된 인철에게도 흔해 빠진 보약 같지는 않았다.

그로부터 한 20년 뒤 인철은 다시 그 한의원을 찾았다가 큰 빌딩이 들어서서 터도 알아볼 수 없을 만큼 옛 건물들이 자취 없이 사라져 버린 걸 보고 새삼 인생의 무상함을 느낀 적이 있다. 건물뿐만 아니라 그때 번성한 일가를 이루었던 사람들도 뿔뿔이 흩어져 간 뒤였다. 원장은 한 번의 이혼과 한 번의 상처(喪妻)로 도합 세 번 결혼했는데, 그 때문에 복잡해진 가계(家係)가 그같이 급속하게 쇠락한 원인이 되었다고 한다. 원장이 일흔여덟으로 세상을 떠났을 때 아직 마흔둘인 젊은 후처와 배다른 여러 자식의 상속 분쟁은 치열했다. 그리하여 한때 작은 그룹을 형성했을 정도로 여러 개의 기업체를 거느렸던 그 집안을 조각조각 나누고 사람들도 서로 간 곳을 알 수 없게 흩어져 버렸다는 게 인철이 들은 쓸쓸한 후문(後聞)이었다.

　저녁을 먹은 뒤 인철은 특별히 작별의 의식을 치른다는 기분도 없이 거리를 어슬렁거렸다. 지난 2년 남짓, 그곳에서 새로 알게 된 사람들과는 대강 작별 인사를 나눈 셈이었다. 낮에 헌책방을 찾은 데도 얼마간은 그런 의미가 있었고 밤 깊어 돌아올 창호와의 이별주는 그 마지막이 될 것이었다.

　원래 부산에는 인철이 전부터 알고 있던 사람들도 몇 있었다. 그중에서도 인철에게 가장 위로와 격려가 된 것은 용기와 재걸이었다. 둘 다 그곳에서 첫째 둘째를 다투는 명문 고등학교에 다니고 있는 국민학교 동창들로, 용기와는 졸업 뒤에도 줄곧 편지를 주고받아 왔고 재걸이도 인철이가 국민학교 때 친구로 특별히 꼽는 동아리 대여섯 명에 들어 있는 아이였다.

고생스러웠던 첫 1년 인철은 그 아이들과 거리에서 맞닥뜨릴까 겁냈다. 아무런 희망 없이 도회의 밑바닥을 헤매고 있는 자신의 모습을 보이고 싶지 않아서였다. 그러나 한의원에 자리를 잡고 공부를 다시 시작하게 되면서, 특히 수학을 빼고는 검정고시 전과목을 합격한 뒤부터는 스스로 찾아가 그들과 어울렸고 그들도 반갑게 인철을 맞아들였다.

인철에게는 부모의 보호 아래 순조롭게 자신의 길을 가고 있는 그 아이들이 부럽기 그지없었다. 그 아이들에게는 인철의 고단한 삶이 오히려 신선하고 모험적으로 비쳤을 것이다. 그리하여 인철은 그 아이들을 통해 명문 고교의 진학 지도를 간접적으로 전수받았고, 그들은 이미 성년처럼 살고 있는 인철을 통해 자신의 평온한 삶 속에서는 맛볼 수 없는 일탈과 긴장을 아울러 맛볼 수 있었다.

그러다가 이듬해 용기가 먼저 서울에 있는 명문 대학에 진학하고 그해 시험에 낙방해 재수를 하던 재걸이마저 그 여름 합격률 높은 학원 종합반에서 재수를 마무리하려고 서울로 가 버리자 인철은 다시 부산에 혼자 남겨졌다. 하지만 그 기간 다져진 그들의 우정은 그렇게 헤어진 뒤에도 끊임없는 격려와 입시 정보의 제공이란 형태로 이어졌다. 그리고 1968년 그해 재걸이 다시 용기가 있는 대학으로 진학한 뒤에도 그 같은 우정은 계속되었다. 지금 인철이 자신의 실력에 대한 아무런 검증도 없이 진학은 당연히 그들이 먼저 가 있는 대학으로 작정하고 있는 것도 엄밀한 의미에서는 그런 그들이 은연중에 주입한 강박관념에 가까웠다.

걷다 보니 무엇에 이끌렸는지 발길은 중앙동을 거쳐 용두산공원으로 향하고 있었다. 그곳이 부산에서 맞은 첫 아침 그가 들렀던 곳이라는 게 무의식중에 작용했는지도 모를 일이었다.

이미 저문 공원 가로등 아래서 도시의 야경을 보고 있으려니 문득 3년 전 처음 그 거리에 내릴 때의 막막함이 되살아나고, 그때 자신을 그리로 이끌었던 박달근의 모습이 떠올랐다. 헤어진 뒤 다시는 만나지 못했지만 영영 잊히지 않을 것 같은 길동무였다. 철저하게 조화되지 못한 그의 얼굴에 이어 그와 보낸 야릇한 감동의 하룻밤, 하루 낮이 기억 속에 선명히 되살아났다. 그러다가 그와의 마지막 약속에 기억이 미치자 인철은 새삼 가슴이 써늘해 왔다.

'그 뒤 그는 어떻게 되었을까. 그다음 달 첫 일요일 열두 시에 그는 정말 사십계단 밑으로 나왔을까.'

그때 한창 어렵게 거리를 떠돌고 있을 때라 인철은 까맣게 잊고 그 약속을 어겼지만, 기억났더라도 약속 장소로 나갔을지는 솔직히 의문이었다. 그런데 3년이 지난 지금 갑자기 그 같은 위약이 미안해졌다. 하지만 오래가지는 못할 감상이었다. 그 기묘한 길동무는 어차피 야간열차의 차창에 비치는 창백한 얼굴들처럼 인생에서 수없이 스쳐 가고 다시 보지 못할 그런 얼굴들 중의 하나

일 뿐이었다.

'이제 나는 돌아간다. 내 또래가 가치 있는 자기 형성(自己形成)을 위해 마지막 노력을 쏟고 있는 대학으로, 정예한 그들의 꿈으로. 주변인, 일탈자로서의 삶에 더 맛 들이지 마라. 그 가치 왜곡이나 과장과 자기 미화(自己美化)에 더는 귀기울이지 마라. 아직은 잘 모르지만 네가 가야 할 길은 밝고 정대(正大)해야 하며 더욱이 너는 그 행렬의 선두에 있어야 한다.'

인철은 애써 되살린 의욕을 북돋우며 감상에 빠지려는 스스로를 경계했다.

하지만 그러는 동안에도 상처처럼 되살아나는 것은 이번에 무사히 진학한다 해도 또래보다 2년이나 늦어 버린 학년이었다. 스물하나의 나이를 나는 아직도 한 주변인 또는 일탈자로 넘기고 있구나…… 인철은 자신도 모르게 공원 한구석에서 가스등을 밝히고 있는 포장마차 쪽으로 갔다. 우선은 상당히 먼 길을 걸은 데다 공원까지 상당한 오르막을 오른 끝이라 달았던 몸이 식으면서 느끼게 된 으스스함 탓이었다. 그러나 정작 그를 그리로 이끈 것은 의식 표면이 스스로를 격려하면 격려할수록 내면으로는 더 짙어가는 실패의 예감이었다고 보는 편이 옳았다. 인철은 계절이 초겨울이라서 그런지 유난히 허옇게 김이 서리는 어묵 국물과 양념으로 버무린 삶은 돼지 껍질을 안주로 대폿잔을 기울이기 시작했다.

방금 저녁 식사를 하고 온 사람 같지 않게 대포 석 잔을 거푸 마시자 머릿속이 천천히 술기운으로 젖어 왔다. 그러자 그를 음울하게 한 막연한 실패의 예감에 또 다른 어두운 감상이 더해졌다. 내일이면 그 도시를 떠나야 한다는 게 까닭 모를 비감으로 다가든 까닭이었다.

따져 보면 그곳을 떠나는 걸 인철이 특별히 슬퍼하거나 미련을 가질 일은 그리 없었다. 용기나 재걸이와 치기에 들떠 시시껄렁한 어른들의 타락을 흉내 내며 거리를 쏘다닌 몇몇 밤을 빼면 고단하고 암담하기 짝이 없던 나날이었다. 인철은 뒷날까지도 '노역의 낮'과 '슬픔의 밤'이란 말을 들으면 언제나 그 시절을 떠올렸다.

우리 나이로 열여덟 끄트머리에서 스물하나까지, 소년기에서 막 청년기로 접어드는 그 나이에 기대되는 가장 큰 축복은 아름다운 소녀와의 만남일 것이다. 그러나 인철에게는 그 부분이 그대로 비어 있었다. 다른 부분의 결핍이 그쪽으로 눈 돌릴 여유를 주지 않았을 뿐더러 그의 애매한 신분도 그런 추구를 어렵게 했다.

소년 소녀의 만남은 또래 집단 안에서 가장 쉽게 이루어진다. 그런데 현대의 또래 집단은 대개 학생이란 신분에 바탕해 이루어진다. 그 시대의 소년 소녀들은 대개 그 현대적 신분에서 서로간의 동질성을 확인한 뒤에야 또래로서 어울렸다.

인철은 이미 중등 교육이 대중화된 시대에 학생 신분을 잃음으로써 대부분이 거기에 속한 또래의 소녀들로부터 소외될 수밖에 없었다. 어른들처럼 기른 머리와 나날의 일에 편리하게 입은 옷만으로도 단발머리 여고생들에게는 이질감을 느끼기에 충분하였다.

길을 묻는 따위, 다른 필요에 의해 길을 막아섰을 때조차도 그녀들의 표정은 경계로 굳어지기 일쑤였다.

하기는 인철에게도 또래로서의 관심과 호감을 보여 주는 소녀들이 없었던 것은 아니었다. 헌책방에 있을 때 드나들던 식당에서 허드렛일을 돕던 식당 주인의 여동생이나 한의원 부근에 있던 미장원의 보조 미용사 같은 아가씨들이 그랬는데, 이번에는 인철의 별난 유적(流謫)의 기분이 그로 하여금 그녀들을 경원하게 만들었다. 아니야, 나는 비록 너희들 속으로 떨어졌지만 너희와는 달라. 나는 곧 나의 성채로 돌아갈 거야…….

하지만 양쪽 모두 인철의 예민한 자존심에 상처를 주기는 마찬가지였다. 그리하여 되풀이되는 그녀들과의 접촉으로 깊이 상처입은 인철의 자존심은 마침내 그녀들을 향한 마음의 문을 스스로 닫아걸게 만들었다. 정히 외롭거든 손이 아니라 앞발을 내밀어라 — 어디선가 읽은 경구 아닌 경구 귀절을 웅얼거리며. 인철의 그 같은 일종의 자폐 증상은 명혜에게도 그대로 적용되었다.

자신의 편력지로 수많은 도시 중에 부산을 고를 때 그의 의식 밑바닥에는 틀림없이 명혜를 향한 그리움과 열정이 깔려 있었다. 첫 1년 애써 명혜를 찾아보지 않은 것도 자존심이라기보다는 소년다운 수치심 때문이라는 편이 옳았다. 자신의 참담한 모습을 마음속의 소녀에게 보이고 싶지 않다는 순진한 결기였다.

하지만 그토록 오래, 열렬히 그리워해 왔으면서도, 그리고 한 도시에 살아 언제든 마음만 먹으면 찾아가 볼 수 있으면서도 인철이 끝내 명혜를 찾아보지 못한 것은 아무래도 앞서 말한 그 자폐 증상의 일부로 해석하는 길밖에 없다. 아니, 어떤 면에서는 오히려 명혜로 말미암아 그 자폐 증상이 굳어졌다고 보아야 한다.

실제로 인철은 떠돌이 생활이 어느 정도 자리가 잡히고 다시 공부를 시작하게 되면서 명혜를 찾아가는 대담한 상상에 빠져들곤 했다. 특히 공부에 제법 자신을 얻게 되면서부터 구체적인 계획까지 세워 보았다. 그때만 해도 명혜는 다른 여고생들과는 구분 지어져 있었다.

그러던 어느 날이었다. 막바지 입시 준비에 내몰리던 용기와 재걸이 과외 수업을 빼먹고 인철을 찾아와 셋은 밤늦도록 남포동 뒷골목을 돌며 술로 일상에서의 일탈을 즐겼다. 그러다가 통금이 다 돼서야 재걸의 하숙방으로 몰려가게 되었는데, 거기서 다시 소주잔을 나누던 중에 용기가 불쑥 말했다.

"명혜 그 가스나네 학교 말이라, 다음 토요일에 무용 발표횐가 뭔가 한다 카드라. 원래 그 방면으로 유명한 딴따라 학교지만 이번에는 장난이 아닌 갑데. 공연 장소가 딴 데도 아이고 바로 항도 극장이라. 극장 중에도 일류 개봉관이니 무대 빌리는 값만 해도 얼매나 비싸겠노?"

그래 놓고 은근히 인철의 눈치를 살폈다. 명혜란 이름 하나만으로 그동안에 마신 술의 취기가 싹 가시는 기분이었으나 인철은 짐짓 취한 척했다. 명혜를 향한 인철의 감정을 짐작하고 있는 용기의 말이라 오히려 관심을 드러내기가 쑥스러웠다.

　인철이 못 들은 척 딴전을 피우자 용기가 이래도냐는 듯이 화제의 중심을 명혜에게로 옮겼다.

　"그런데 명혜 그 가스나 말이라, 그기 바로 얼반(거의) 주인공인 모양이라. 두 시간 공연에 삼십 분이나 나와 춤춘다 카더라. 그것도 우리는 말로만 듣던 바로 그 발레라.「백조의 호수」에서 여기저기 빼내 모은 긴 갑던데(것 같던데). 가스나 그거 제법이제?"

　그러자 재걸이가 눈치 없이 말을 받았다.

　"그 가스나 춤 잘 추는 거 인제 알았나? 국민학교 때도 춤 카믄 김명혜 아이랬나? 학예회마다 거장을 추던 거(혼자 설쳐 대던 거) 늘 봐 와 놓고."

　"국민학교 학예회사 인물 빼고 집에 돈푼 있으믄 씨게(시켜) 주든 기고, 하지만 이번에는 그 따우 장난이 아이더라 카이. 프로그람에 나온 거로는 솔로가 두 번이나 있더라꼬. 뭐라 카드라? 그래, '오데트의 솔로'하고 '오딜의 솔로'라 카던데 고등학생이 그 두 개를 한꺼번에 하는 거는 여삿일(예삿일)이 아닌 모양이더라꼬. 거다가 그 프로그람 뒤에 붙은 명혜 그 가스나 수상 경력이 요란뻑적지근하데. 하마 1학년 때부터 이런저런 대회에 입상을 했고, 이번 여름에는 뭐라 카드라, 무슨 전국 콩쿠르에 1등까지 했다꼬 나와 있더라 카이. 우리한테는 맨날 그 가스나라도 저그들끼리는 알아주고, 또 저그 학교서는 대표 선순 갑더라."

　그러면서 주머니에서 제법 격식을 갖춰 만든 무용 발표의 프로

그램 한 장을 내밀었다. 인철을 위해 구해 온 것임에 틀림없건만 굳이 티는 내지 않았다.

처음 그 프로그램을 보고 용기가 말한 게 모두 사실이란 걸 확인한 인철은 잠시 아득한 기분이 들었다. 전혀 예상치 못한 새로운 거리가 자신과 명혜 사이에 끼어든 느낌 때문이었다. 모르는 사이에 너는 그리도 멀리 가 버렸구나. 그렇게도 높이 솟아올랐구나. 그날 인철이 아직 까까머리인 용기와 재걸이까지 토하게 할 만큼 술을 마셔 댄 것은 아마도 거기서 비롯된 감상 탓이었을 것이다.

하지만 이튿날 술이 깨면서부터 인철의 마음은 달라졌다. 명혜가 또 한 걸음 멀어진 듯한 느낌이 어떤 다급함으로 다가든 때문이었다. 더 멀어지기 전에, 이제 다시는 따라갈 수 없는 곳으로 사라지기 전에 내 마음을 전해야 한다. 지난 다섯 해 내가 얼마나 너를 사랑하고 그리워했는지를 알려야 한다…….

나중에 돌이켜 보니 조금은 잘못된 것 같기도 했지만 인철은 명혜와 만나는 날을 바로 그 무용 발표회 날로 잡았다. 중요 배역이라면 공연 뒤가 더 바쁠 수도 있었다. 그런데도 인철은 그때가 여러 사람이 모이는 날이라 자신도 자연스럽게 그녀에게 다가갈 수 있다는 것만 생각하고 그렇게 날을 잡았다.

발표회가 있던 날 장씨 아저씨에게서 하루를 얻은 인철은 아침부터 가슴 설레며 명혜를 만날 준비를 했다. 구두를 새로 사고 양복을 빌려 입고 이발을 해 발끝부터 머리 꼭대기까지 할 수 있는 한의 치장을 했다. 그런 다음 영화에서 본 대로 장미 한 다발을 사들고 발표회가 있는 극장으로 갔다.

극장에 도착할 때까지만 해도 인철은 오직 한 가지, 이제 곧 명혜를 만나게 된다는 생각으로 들떠 있었다. 괴로운 상상이 끼어들지 않는 것은 아니었으나 그것은 주체 못 할 흥분이었고 동시에 달콤한 도취이기도 했다. 설령 자신의 마음이 명혜에게 받아들여지지 않는다 해도 오래 품어 온 연모를 그녀에게 전하는 것만으로 그는 충분히 행복할 것 같았다.

그런데 저만치 극장이 보이는 큰길로 들어서는 순간 인철은 갑자기 정수리에 얼음물이라도 뒤집어쓴 사람처럼 그때까지의 흥분과 도취에서 깨어났다. 무엇보다도 극장 주변을 뒤덮다시피 한 교복의 물결 때문이었다. 부산의 모든 남녀 고등학생이 모여든 것이 아닌가 싶게 여러 종류의 교복이 뒤섞여 있었다.

이미 동복을 입기 시작한 철이라 교복의 대부분은 검은 색조였으나 인철에게는 그들이 한 무리의 백조처럼 보였다. 그러자 아마도 「백조의 호수」에서 비롯된 연상 탓이었겠지만 느닷없는 자각이 마음 깊은 곳의 상처를 할퀴며 탄식이 되어 흘러나왔다.

'아직도 나는 미운 오리 새끼일 뿐이다. 이곳은 내가 올 곳이 아니다……'

인철은 갑자기 몸이 굳은 사람처럼 멈춰 서서 멍하니 극장 주변을 살폈다. 하기는 다른 종류의 복장이 없는 것은 아니었다. 아니, 인철의 시각이 지나치게 그쪽으로 쏠린 탓에 과장되게 느껴서 그렇지 극장 주변에는 오히려 학생이 아닌 사람이 더 많았다.

하지만 그들도 인철이 섞여 들기에는 여러 가지 별난 징표를 가지고 있었다. 가장 많은 것은 출연자의 학부모들인 듯한 중년 남녀들로 그들의 격식을 갖춘 정장과 지긋한 태도는 인철이 끼어들 틈을 보이지 않았다. 인철보다 몇 살 위로 보이는 청년들도 몇 있었지만 그들도 금세 자신과는 구별되었다. 일과 눈치에 찌들지 않은 밝은 표정과 인철의 빌린 옷과는 맵시가 다를 수밖에 없는 양복은 그들이 대학생임을 어렵지 않게 짐작할 수 있도록 했다.

거기다가 인철을 결정적으로 돌아서게 한 것은 넘쳐 나는 꽃다발들이었다. 인철에게는 고심 끝의 선택이 그들에게는 상식이었는지 관람객의 절반은 꽃다발을 든 것 같았다. 그중에는 명혜를 위한 것도 있으리라는 짐작이 들자 인철은 갑자기 자신을 잃고 말았다.

'꽃다발을 줄 수 있는 사람도 따로 있구나. 내게는 아직 때가 아니다.'

이윽고 인철은 그렇게 중얼거리며 결연히 돌아섰다. 어쩌면 그 순간이 세상 모든 소녀를 향해 마음의 문을 닫는 순간이었는지도 모른다. 그 뒤 2년 남짓 인철은 그 또래에게는 거짓말로 들릴 만큼 자신의 내면으로만 움츠러들었고 결과적으로 그러한 자폐 상태는 그곳, 부산에서의 추억을 삭막하게 만들었다.

"총각이 초저녁부터 어북(제법) 마시네. 차라리 대포로 하지 말고 주전자로 하지, 그래."

인철이 네 번째로 대폿잔을 청하자 멍게를 장만하던 포장마차 주인이 그렇게 권했다. 그제야 인철은 실없이 취해 가고 있는 자신을 깨닫고 서둘러 자리를 털고 일어났다. 시계를 보니 벌써 아홉 시에 가까웠다.

인철은 용두산공원을 내려와 한의원으로 돌아갔다. 아직 창호가 돌아올 시간은 아니었지만 일없이 거리를 헤매기도 피로하고 지루해서였다. 그런데 약재 창고 문을 여니 창호가 먼저 돌아와 있었다.

"니 어디 갔드노? 나는 강의까지 두 시간 땡땡이치고 니하고 이별주 한잔할라꼬 벌써로 와 있었는데."

그렇게 말하는 품이 제 딴은 그날 저녁의 이별주에 단단히 의미를 주고 있는 것 같았다.

창호는 인철이 이제 이렇게 돌아갈 수 있게 해 준 좋은 일자리를 소개해 주었을 뿐만 아니라, 지난 2년 남짓 참으로 좋은 동료였다. 동갑내기인 데다, 하는 일도 꿈꾸는 것도 비슷해 경쟁심이나 시기가 끼어들 수도 있었으나, 인철은 한 번도 그 때문에 어려움을 겪은 적이 없었다. 인철이 스스로 너무 영악스럽지 않았는가를 반문해 볼 모든 종류의 다툼에서 창호는 언제나 양보하는 편이었다.

인철도 그런 창호를 좋아했다. 하지만 용기나 재걸이처럼 정신적인 친구로는 끝내 받아들이지 못했는데 그것은 아마도 그의 단순함과 지나친 무욕(無慾) 때문이었을 것이다. 그는 언제나 평범을 지향했고 거기에 이르면 더는 욕심을 부리지 않았다. 특히 지식과 정신적 성취 쪽에는 거의 무관심했는데 그게 그쪽으로는 거의 탐욕스러운 인철에게 늘 불만스러웠다. 그때의 인철에게는 정신적인 성장에 아무런 자극이나 격려가 되지 못하면 결코 친구가 될 수 없었다.

그날도 그랬다. 인철은 기꺼이 그를 따라나섰으나 그 이별의 의식은 영원히 우정을 이어 갈 친구 사이의 그것이라기보다는 오랜 직장 동료 혹은 끈끈한 정으로만 얽힌 피붙이들의 그것에 가까웠다. 그들은 거의 열두 시까지 지극히 평범하면서도 추상적인 격려와 축복을 주고받다가 함께 약재 창고로 돌아와 두 사람의 마지막 밤을 취기 어린 숙면으로 보냈다.

이튿날 자명종 소리에 깨어난 인철은 잠든 창호를 깨우지 않고 조용히 약재 창고를 빠져나왔다. 여섯 시가 넘었는데도 밖은 아직 새벽이었다. 인철은 한참이나 새벽 추위에 떤 뒤에야 빈 택시 한 대를 만나 본역으로 향했다.

이미 확인해 둔 대로 안동으로 가는 중앙선과 연계되는 열차는 일곱 시 반에 있었다. 가까운 식당에서 해장국으로 쓰린 속을 달랜 인철은 떠나는 자의 감회에 젖을 겨를도 없이 기차에 올랐다. 그리고 그다음은 숙취로 흐리멍덩한 예닐곱 시간이었다.

지난 3년간 인철의 마음 깊은 곳에 억눌려 있는 어머니와 형제 자매들에 대한 그리움이 과장된 감회로 되살아나기 시작한 것은 안동역에 내린 뒤였다. 기차가 연착하는 바람에 세 시 가까이 되어서야 안동에 도착한 인철은 늦은 점심을 때우기 위해 국숫집을 찾았다. 그런데 거기서 그곳 사람들이 '국시'라고 부르는, 콩가루 섞은 반죽을 밀어 발이 실낱같게 썬 칼국수와 좁쌀 섞인 밥한 공기를 받는 순간 울컥 눈물이 쏟아질 만큼 어머니를 향한 그리움을 느꼈다.

"이게 국시라 떡가래라? 국싯발이 똑 손가락만 하다. 대국 년인들 이걸 어예 음식이라고 먹을로?"

솜씨가 서툴러 칼국수를 굵게 썬 누나를 나무라던 어머니의 날카로운 목소리에 이어 자신의 솜씨를 자부하던 목소리가 귓가에 되살아났다.

"반죽을 얇게 밀어 잘게 썰믄 굵기가 미영(무명) 오리(올) 같으이라. 그만은 안 돼도 이만은(이만큼은) 돼야 국시 소리를 듣제."

그러자 어머니와 관련된 온갖 소리와 색깔과 냄새와 맛이 일시에 되살아나며 인철을 갑자기 급하게 만들었다. 원래 인철은 점심을 먹은 뒤 안동에서 느긋이 쉬다가 돌내골로 가는 네 시 반 막차를 탈 작정이었다. 서둘러 봤자 영양이나 영덕 가는 버스를 타고 월전이나 방천에 내려 돌내골까지 걸어 들어가는 길뿐인데 기껏해야 한 시간을 앞당길 정도였다.

그러나 한번 불 지펴진 어머니를 향한 그리움은 그 한 시간 정도의 더딤조차 못 견딜 것으로 만들었다. 형도 옥경이도 조금이라도 늑장을 부렸다가는 다시 못 보게 될 사람들처럼 급하게 그를 불렀다. 그 바람에 인철은 들이마시듯 국수 한 그릇을 비우고 이제는 합동 버스 정류장으로 이름을 바꾼 통일역으로 달려갔다.

합동 정류장에는 마침 출발하는 영양행 버스가 있었다. 인철은 하늘의 도움이라도 받은 것처럼 그 버스에 올랐으나 실은 그게 돌내골까지 백 2십 리 길을 헛걸음질하게 한 원인이 되었다. 돌내골로 가는 버스인 경우에는 누군가 고향 사람이 타고 있어 어머니와 형이 이미 그곳을 떠났음을 일러 주었을 것이기 때문이다.

버스에 오르고 나니 이제 그리움은 다시 만날 벅찬 감회로 바뀌었다. 인철로서는 처음으로 집을 떠나 늦었지만 나름대로는 뭔가를 이루고 돌아가는 길이라 평범한 귀향보다 감회가 클 수밖에 없었다. 그와 함께 떠나 있던 그 3년 한없이 궁금하면서도 굳이 듣기를 미뤄 왔던 집안 형편도 서슴없는 상상으로 가늠해 보았다.

'어머님은 지금 무얼 하고 계실까. 형님은, 옥경이는…… 그리고 개간지는 어떻게 됐을까. 벌써 개간한 지 6년이 되었으니 이제 땅은 많이 비옥해졌을 것이고 생산도 전 같지는 않을 것이다. 소작료만 받아도 우리 식구들이 살 만큼은 될지 모르지. 형님도 그리 되면 마음을 잡았을는지 모른다. 안동의 건달들과는 손을 끊고 건강하고 성실한 농부로 돌아와 있겠지. 옥경이도 중학교에 다니고 있을 것이다. 떠날 때 돌내골에 중학교가 생긴단 말이 있었으니 형편이 어려워도 거기는 보냈겠지.'

인철은 모든 궁금함을 자신에게 유리한 짐작으로만 채워 나가면서 차가 빨리 방천에 닿기만을 기다렸다. 마음이 급해지니 자리가 나도 앉을 마음이 나지 않았다. 도둑을 맞으려면 개도 짖지 않는다더니 그날이 그랬다. 아무리 문중이 해체되고 아는 사람들이 적어졌다지만 진안쯤에서는 인철에게 가족들의 소식을 알려줄 사람이 탈 만한데도 그날은 그렇지가 못했다. 그 바람에 네 시 반쯤 방천에 내렸을 때까지도 인철은 가족들이 이미 돌내골을 떠난 걸 알지 못했다.

11월 중순인 데다 사방 높은 산으로 막힌 산골이어서 그런지 벌써 해는 서산으로 뉘엿했다. 그러나 인철은 한 달 전과는 달리 서글픈 감회가 별로 없었다. 이제는 더 이상 떠돌이가 아니라 뚜렷하고도 달성이 가능한 목표를 가지고 집으로 돌아가는 귀향객이었다.

돌내골로 들어가는 길은 3년 전 떠나올 때나 큰 차이가 없었다. 길가 바위 중에 반반한 면이 있다 싶으면 어김없이 '반공'이나 '방첩' 따위가 흰 페인트로 씌어 있는 것도 그대로였고, 도벌과 남벌로 헐벗은 산도 그대로였다. 달라진 것이 있다면 전보다 잘 다듬어진 신작로 정도일까.

인철은 며칠 전에 자갈을 넣고 표면을 고른 듯한 그 신작로를 따라 뛰듯이 걷기 시작했다. 그러나 마음이 가볍다고 들고 있는 두 개의 여행 가방마저 가벼워지는 것은 아니었다. 그중에서도 책이 들어 있는 가방은 보기보다 무거워 인철은 얼마 걷기도 전에 가방을 바꿔 쥐지 않으면 안 되었다.

그래도 방천에서 두어 마장 되는 솔모롱이(소나무가 난 산모퉁이)

를 지날 때까지는 견딜 만했다. 3년 만에 집으로 돌아가는 급한 마음이 팔과 어깨에 더해지는 여행 가방의 무게를 덜어 주었다. 먼저 힘이 풀어지는 손아귀를 달래기 위해 짐만 좌우로 바꿔 쥐면 걸을 수는 있었다.

하지만 길을 반쯤 접게 되는 애치기(어린아이 무덤) 근처에 이르자 마침내 팔과 어깨의 버티는 힘도 한계를 드러냈다. 아무리 짐을 좌우로 바꿔 들어도 빠지는 듯한 팔과 내려앉는 어깨는 어쩔 수가 없었다. 특히 책이 든 여행 가방은 갈수록 물에 젖어 가는 솜 짐처럼 무게를 더해 왔다.

견디지 못한 인철은 애치기 곁 작은 바위에 가방을 내려놓고 쉬어 가려고 했다. 그때 애치기 곁 다복솔밭에서 누군가 때 이른 갈빗(솔가리)짐을 지고 나왔다. 부지런하기로 이름난 진규 아버지였다. 가을걷이가 끝나기 바쁘게 겨울 땔감을 장만하기 시작한 듯했다.

"아이고, 이게 누구로? 인철이 아이라? 니가 어예 여다 혼자 앉았노?"

그래 놓고 인철 곁에 놓인 여행 가방들을 보더니 지레짐작을 보탰다.

"보이, 어디 멀리서 오는가 베. 어디서 오는 길고?"

보지 못한 3년 사이에 진규 아버지는 많이 늙어 있었다. 인철이 돌내골을 떠날 무렵만 해도 말쑥한 중년이었는데, 이제는 허옇게 센 머리에 후줄근한 무명 한복이며, 목에 두른 삼베 수건 같은 것이 흔히 만나는 시골 영감 그대로였다. 그사이 무언가 말 못 할 풍상을 겪은 사람 같았다.

"안녕하십니까, 진규 아버님. 부산에서 오는 길입니다."

급히 일어난 인철이 꾸벅 절을 하며 그렇게 대답했다. 갈빗짐을 인철 곁에 부린 진규 아버지가 담배 쌈지를 꺼내며 받았다.

"부산에? 그럼 너어가 부산에 산단 말가? 집에는 다 편하시고?"

"네?"

인철이 영문을 몰라 그렇게 물었다. 담배 쌈지에서 잘게 썬 잎담배와 담배를 말기 좋게 오린 신문지를 꺼내 담배를 말던 진규 아버지가 어리둥절해 인철을 바라보았다. 전에는 값싼 '새마을'이라도 권련갑을 넣고 다녔는데 그새 막초(재배한 잎담배 자투리를 썬 것) 신세가 된 게 다시 한 번 그가 겪은 예사 아닌 풍상을 짐작하게 했으나 인철에게는 그런 것에 관심 둘 여유가 없었다.

"그럼 저희 집이 여기 없단 말입니까?"

"야가 뭔 소리를 하노? 너어 집 떠난 지 하마 재작년이따. 그라믄 니는 그동안 너어 집 소식도 모르고 지냈단 말가?"

그제야 진규 아버지도 일이 어떻게 되었는지 알겠다는 듯 그렇게 되물어 놓고 다시 혼잣말처럼 덧붙였다.

"그래믄, 그때 니가 오입(가출)갔다는 말, 그게 참말이었던 모양이쎄."

"아, 네. 그건……."

고향 쪽에서는 집을 나간다는 게 부끄러운 일이라 인철이 그렇게 우물거리는데 진규 아버지가 놀랍다는 눈길로 인철을 보며 물음을 쏟아 놓았다.

"그럼 어린 나이에 3년 동안이나 혼자 나가 살았단 말이제? 집이 어디로 갔는지 모릴 만큼 소식도 끊고……."

"아닙니다. 편지는 종종 냈습니다."

"그런데 왜 집이 여다 있는지 어디로 떠났는지도 모르노?"

"그건 제가 발신인, 아니 보내는 사람 주소를 안 써서……."

"그 참, 그럼 그동안 부산서는 뭐 했노?"

"공부했습니다. 대학엘 가려고."

"공부 참 별나게도 한다. 그래, 대학은 갔나?"

"이제 갑니다, 봄이면."

"장키(장하기)는 장타. 어예튼 혼자 나이에 집 나가 그마이 했으이."

진규 아버지는 그쯤에서 물음을 멈추고 담배를 비벼 끄며 일어났다.

"개간지에 가 봤자 낯선 사람뿐일 께고 우리 집에 가자. 장캉(된장하고) 밥캉(밥하고)이지만 내하고 저녁 먹고 흙 봉당이라도 내 집에서 자는 게라. 그래고 내일 두들 올라가서 알아보거라. 거다는 너어 일가 친척이 쌨으이(많으니) 누군강은 너어 집 소식 알겠제. 그 짐 여기 얹어라."

그러면서 인철이 말릴 틈도 없이 가방 두 개를 갈빗짐 위에 얹었다. 평생을 져 온 지게라 그런지 가방 두 개를 더 얹어도 가뿐히 일어서는 게 인철의 송구스러움을 한결 덜어 주었다.

진규 아버지가 겪었으리라고 짐작되는 풍상의 자취는 진규네 집에서도 진하게 느껴졌다. 우선 동네 사람들에게 비둘기 같다는 소리를 듣던 남매가 다 집에 없었고, 인철네가 개간을 시작할 무렵 새로 지어 부러움을 사던 여섯 칸 맞배집은 몇 년 내리 손을 보지 않았는지 폐가 같았다. 그중에 방 한 칸만을 빠끔하게 치워 늙은 내외가 기거하고 있는데, 그 어느 쪽에도 삶의 활기 같은 것은 찾아볼 수 없었다.

"진규 형은 어디 갔어요?"

진규 아버지의 재촉에 진규 어머니가 이른 저녁상을 보러 간 사이 인철이 슬며시 물어보았다. 아무리 내 코가 석 자라지만 모르는 척 넘길 수가 없어서였다. 감정을 잘 드러내지 않기로 소문난 진규 아버지가 갑자기 얼굴을 흐리며 담배 쌈지를 찾았다.

"그놈아 지금 관밥(관청에서 주는 밥) 먹고 있다."

"예? 그게 무슨 말씀입니까?"

인철은 짐작이 가면서도 짐짓 못 알아들은 척 물었다.

"군대 갔다가 그래 됐다. 부산 군수창인가 어디 있으면서 돈 잘 번다꼬 찔락거리고 댕길 때 하마 알아봤어야 하는 겐데. 그래다 가 말뚝 박고 웬 못된 기집아 만나 살림 채리디 군수품을 차떼기 로 실어 내다가…… 나라 물건 손댄 것도 죄가 중한데 탈영까지 했으이 지가 어예 배기노? 한 7년은 꼽다시(고스란히) 살아야 되는 모양이라."

"진옥이는요?"

원래 인철은 그쯤에서 묻기를 그만두려고 했으나 거기야 무슨 일 있으랴 싶어 진규의 여동생에 대해 물었다. 인철 또래의 참하고 순박한 시골 아가씨여서 어디 알맞은 곳에 시집이라도 갔으려니 했는데 그게 아니었다. 말똥같이 담배를 말아 허연 연기를 토해 내던 진규 아버지의 눈가가 금세 붉어졌다.

"그 기집아도 집 나간 지 하마 1년이 넘는다. 저 오래비 그 모양나, 우리 내외 땅 판 돈 싸 들고 천방지방 경황없이 뛰댕기는 사이 뭐가 잘못된 게라. 떠돌이 영화사 기도(木戶: 흥행업소 등의 문지기)하고 눈이 맞았다는 말도 있고, 깡패 같은 제재소 서기 따라갔다는 말도 있는데, 내사 뭐가 뭔지 모리겠다. 무소식이 희소식이라 카지마는 1년이 넘도록 편지 한 장 없다. 요새 같은 대명천지 밝은 세상에 이기 무신 일고?"

"아주 외고 댕기소, 외고 댕겨. 아아들 그래 된 게 뭐 큰 자랑 났니껴?"

그때 상을 들고 들어오던 진규 어머니가 그렇게 편잔을 주었다. 진규 아버지의 말처럼 '장캉 밥캉'은 아니었지만 손님에게 후한 촌 인심으로 비추어 보면 초라하기 그지없는 밥상이었다. 그러나 고향 특유의 마른 생선을 넣고 맵게 지진 된장이 먹음직스러웠다.

"야, 된장에 든 마른 가자미 새끼, 참 오랜만에 먹어 보겠네요. 아주머니, 잘 먹겠습니다."

인철은 얼른 화제를 음식으로 돌리고 권하지도 않았는데 숟가락을 들었다. 그들 내외도 굳이 이어 가고 싶은 화제가 아닌 듯 불행하게 된 남매 얘기는 더 꺼내지 않았다.

진규 아버지가 공연히 서둘러서인지 저녁상을 물렸는데도 아직 날이 저물지 않았다. 그새 어질러진 것들을 치우고 군불을 땐 건넌방에 새로 호청을 간 이불까지 내주었지만 인철이 그대로 잠자리에 들기에는 너무 일렀다. 거기다가 이제는 남의 땅이 되었다고는 하지만 개간지가 어떻게 변했는지 궁금해 방을 나섰다.

"왜, 고단할 낀데 어딜 갈라꼬?"

저녁상을 물린 뒤로 내처 줄담배를 말아 피우고 있던 진규 아버지가 집을 나서는 인철에게 물었다.

"개간지 좀 돌아봤으면 해서요."

"하기사 그거 어예(어떻게) 개간한 땅이로? 보고 싶기도 하겠제. 부랄 밸간(빨간) 니까지도 얼매나 애 먹었노? 글치만 객지 사람이 사 가지고 함 딜따보기에도 맘 편치는 않을 께라."

인철이 개간지 등성이로 올라갔을 때는 제법 어둑어둑했다. 희망에 차 지은 토담집이 기억 속에서보다 훨씬 작아져서 저만큼 개간지 한 모퉁이에 엎드려 있었다. 하얀 연기가 피어오르는 게 보기에는 그지없이 평안하고 아늑했다.

처음에 인철은 먼빛으로 개간지를 둘러보고 바로 두들로 올라갈 생각이었다. 거기서 일가들에게 수소문하는 게 궁금한 집 소식을 조금이라도 빨리 들을 수 있는 길이라 여겨졌다. 그런데 하얕게 피어오르는 저녁연기를 보자 느닷없이 아이 같은 상상력이 작동했다.

'어쩌면 진규 아버지가 나를 놀리고 있는지 모른다. 그 괴로운 나날을 보내면서도 개간지를 팔겠다는 말은 입에도 올린 적이 없는 형이고 어머니였다. 그런데 몇 달도 안 돼 그런 헐값에 넘기고 떠날 리가 있는가. 아닐 것이다. 저 집에는 아직 형과 어머니가 있고 옥경이가 있을 것이다. 모두 오붓한 저녁상을 둘러싸고 앉아 내 얘기를 하고 있을는지도 모르지……'

그러자 상상은 이내 걷잡을 수 없는 확신으로 변했다. 인철은 진규네 집에서 보낸 시간마저 공연한 지체로 여겨질 만큼 다시 마음이 급해져 개간지를 달려 내려가기 시작했다.

그날 아무 일이 없었으면 인철은 아마도 토담집으로 뛰어들어 어머니와 형을 불러 댔을 것이다. 그런데 집 가까이 이르렀을 때였다. 갑작스러운 고함 소리가 인철의 어이없는 상상에서 비롯된 확신을 한꺼번에 흩어 버렸다.

"저런, 저 못된 놈! 거기 서지 못해?"

성난 어른의 목소리였는데 분명히 형의 것은 아니었다. 이어 와당탕 판자로 짠 현관문이 열리더니 저녁 어스름 속에 인철 또래의 청년 하나가 신발을 움켜쥐고 뛰어나왔다. 청년은 충분히 안전거리를 확보했다 싶은 지점에 이르자 신발을 신으며 현관까지 쫓아 나온 중년 사내를 향해 울부짖듯 소리쳤다.

"좋아요. 이제 다시는 절 찾을 생각 마세요. 떠날 겁니다. 제 인생입니다!"

그러고는 큰 산소 모퉁이를 돌아 마을 쪽으로 달려가 버렸다. 땅이 꺼져라 한숨을 쉬며 현관문을 닫는 중년은 대머리에 훌쩍한 키가 한때는 풍신이 좋다는 말깨나 들었음 직한 모습이었다.

인철은 되도록이면 그 집 사람들에게 들키지 않으려고 애쓰며 길을 돌아 저문 개간지를 내려왔다. 그 두 사람의 관계가 어떠하며 그들 불화의 원인이 무엇인지 알 수는 없지만 왠지 인철을 우울하게 만드는 광경이었다.

"거 인철이제?"

인철이 막 큰길로 내려섰을 때 누가 등 뒤에서 불렀다. 돌아보니 저녁 어스름 속에 정식이가 서 있었다. 인철이 개간을 거들며 거기 살 때의 지게목발(지게다리) 친구였다. 함께 꼴도 베러 가고 나무하러도 다녔는데 성질이 순해 서투른 인철을 많이 도와준 까닭에 기억에 남는 친구였다.

"정식이구나."

인철이 그러면서 손을 내밀자 그도 익숙하게 악수를 받았다.

"먼 일로 진규 형네 집에 갔다가 니 왔다는 말을 들었다. 니 오늘 저녁에 머할 꺼로?"

"두들 잠깐 올라가려고 하는데, 왜?"

"두들은 내일 올라가고 내하고 술이나 한잔하자. 군대 지원해 놓고 기분이 싱숭생숭하던 차에 잘됐다."

"군대에?"

"그래, 니도 내년 봄에는 신체검사 나올 거로. 원래는 육군 입대 기다렸다가 월남이나 한번 갔다 올까 캤디, 못 기다리겠더라. 개병대 지원해 진해(鎭海) 집결이 다음 달 초순이다. 촌구석에 치박해 있으믄 뭐 하노? 빨리 군대나 때우고 세상 구경이나 하고 돌아오는 게 안 나을라?"

그러면서 정식은 자연스럽게 인철을 구판장으로 끌고 갔다. 마을에서는 유일하게 술을 사 마실 수 있는 곳이었다. 인철은 그렇게 은근한 술잔을 주고받을 만큼 정식을 가깝게 느끼지는 않았으나 매정하게 뿌리칠 수도 없어 따라 들어갔다. 그런데 그게 개간지의 새 주인이 된 일가가 빠져 있는 음울한 상황을 엿볼 수 있을 뿐만 아니라 정작 돌아가야 할 집이 있는 곳을 알게 된 계기가 되었다.

인철이 정식에게 끌려 마을 구판장 토방으로 들어가니 방 안에는 먼저 온 술손님이 있었다. 바로 얼마 전 개간지에서 본 그 청년이었다. 제비원 소주에 건빵을 안주 삼아 혼자 마시고 있는데 표정은 무언가 중대한 결의를 다지고 있는 사람 같았다.

"어, 경문이 니가 초저녁부터 웬일고?"

호기롭게 인철을 끌던 정식이 그 청년을 보자 주춤하며 알은체를 했다. 서로 말을 트고는 지내도 정식에게는 어딘가 그 청년을 어려워하는 눈치가 있었다.

"웅, 그럴 일이 있어."

경문이라 불린 청년은 짧은 말을 건 정식보다 인철을 힐끗 훑어보고는 그렇게 짧게 대답했다. 나는 내버려 두고 너희들 볼일이나 보라는 식이었다.

그런 응대가 별로 낯설지 않은지 정식도 더는 말을 붙이지 않고 거처방이 이어져 있는 장지문을 열었다.

"보시더. 여다도 소주 한 병 내주소."

그러다가 인철에게도 낯이 익은 영감 하나가 앉아 있는 걸 보고 물었다.

"할매는 어디 가고 할배 혼자 있니껴?"

"물건 띠러 가디 아직 안 오네. 안주는 뭘 하꼬?"

영감이 그렇게 대답하며 소주 궤짝에서 소주를 꺼내려는 듯 느릿느릿 일어났다. 무슨 까닭인지 정식이 눈에 보이게 허세를 부렸다.

"까자(과자) 뿌시래기 말고 쏘주 안주 될 만한 거 뭐 없니껴? 아이, 동네 어디 돼지라도 잡았다는 집 없디껴?"

"손바닥만 한 동네에서 니 모리는 거 내가 어예 알겠노? 니 말 마따나 까자 뿌시래기 빼고는 두부 몇 모밖에 없는데 그것도 양임 지렁(양념간장)이 없어 파이따(안 되겠다). 고기 안주 먹을라 카믄 장터로 올라가는 게 옳을 거로."

영감은 정식의 허세가 고까운지 그렇게 받았다. 정식이 수그러드는 기색 없이 큰소리쳤다.

"안 되믄 그래야 될쌔, 어여튼 꺼낸 소주이 우선 한 병 내놓으소. 거 뭐시로, 맛동산 한 봉지하고."

그렇게 되니 경문이란 청년과 크게 다를 바 없는 술자리가 되었다. 술에 까탈을 부리는 편은 아니었지만 인철은 그런 술을 제일 못 견뎌 했다. 원래도 소주는 좋아하지 않는 데다가 마른 과자를 안주로 먹는 소주는 꼭 뒤탈이 있게 마련이었다. 마지못해 술잔을 받기는 해도 별로 생각이 없어 첫 잔부터 찔끔거리는데, 두잔을 거푸 비운 정식이 문득 경문이란 청년을 돌아보며 말했다.

"어이, 경문이. 한 방에서 이래 따로따로 술판을 벌일 게 아이라 합치자꼬. 서로 못 볼 사이도 아이고……."

그러다가 좋은 생각이 났다는 듯 갑자기 목소리를 높였다.

"여다는 말이라, 이인철이라꼬 바로 너어 땅 그전 임자라. 산을 파 뒤배 개간지를 만든 명훈이 형님 동생이라꼬."

"이인철이? 그럼……."

상대가 뜻밖으로 알은체를 하며 인철을 쳐다보았다. 그때 인철에게도 갑작스레 떠오른 생각이 있었다. 어쩌면 어머니와 형은 떠날 때 저 사람들에게 연락처를 남겼을는지도 모른다. 아니, 나중에라도 반드시 저 사람들에게 주소를 알려 주었을 것이다. 돌아올 내가 가장 먼저 들를 곳이 바로 그들이 사는 개간지일 테니까.

"혹시 저에 관해 무얼 들은 게 있습니까?"

인철은 아직 인사도 나누지 않은 사이지만 그렇게 물어보지 않을 수 없었다. 경문이란 청년도 스스럼없이 대답했다.

"집에 편지가 몇 통 있어서…… 이인철에게 온 것도 있고 이인철이 보낸 것도 있고……."

그러면서 인철을 가만히 살피는 게 네가 그 사람이었어, 라고 묻는 듯했다. 보낸 편지는 자신이 몇 달에 한 번씩 어머니에게 발신인 주소 없이 보낸 것일 터였다. 그런데 온 것이라면…….

"제게 온 것은 주소가 있었습니까?"

"그런 것 같은데…… 그것도 여러 번 주소가 바뀌었지 아마."

인철이 꼬박꼬박 존대를 쓰는 데 비해 상대는 계속 반말이었다. 그러나 인철은 그걸 불쾌하게 여길 겨를이 없었다.

"마지막 주소는 어딥니까?"

"서울이고…… 영등포 어디든가…….."

그때 다시 정식이 끼어들었다.

"먼저 정식으로 인사부터 해라. 이쪽은 이인철이고오…….."

"아까 말했잖아."

"이쪽은 윤경문이라꼬 너 개간지 사 온 사람 집 아들인데, 작년에 진안농고 나와서…….."

"이인철입니다. 잘 부탁드리겠습니다."

인철은 그러면서 고개까지 꾸벅했다. 그때 다시 정식이 끼어들었다.

"우리하고 동갑이다. 촌에서 뭐 그래 깍듯이 말 올릴 거 없다. 니도 공부는 할 마이(만큼) 했고…….."

정식이 진작부터 하고 싶던 말은 그거였던 듯했다. 경문도 별로 불쾌하게 여기는 기색이 아니었다. 오히려 그걸 기다렸다는 듯 비로소 돌아앉으며 희미한 미소까지 지었다.

"당연하지. 어이, 도시 예절 티 내지 말고 여기서 하던 대로 해.

우리 서로 말 트고 지내자고."

조금 전 개간지에서 본 일로 경문을 성깔 있고 비뚤어진 사람으로 지레짐작했던 인철은 그의 그 같은 반응에 조금 어리둥절했으나 그리 못 할 것도 없었다.

"좋아, 그런데 조금 전 말이야. 일부러 엿보려고 했던 것은 아니었어."

그렇게 받자 경문이 피식 웃었다.

"까짓 거, 동네가 이미 다 아는 일인데 뭐."

"조금 전에 머꼬? 너끼리 무슨 일 있었나? 뭐가 동네가 다 안단 말고?"

인철과 경문이 자신을 제쳐 놓고 얘기를 주고받자 정식이 다시 끼어들었다. 경문이 스스럼없이 정식의 말을 받았다.

"우리 꼰대하고 나 사이 나쁜 거. 저녁상 받고 있는데 또 일 안하고 빈둥거린다고 잔소리잖아. 그래서 콱 받고 나와 버렸지. 씨팔, 나도 자원입대라도 하든지 해야지. 이제 이놈의 집구석에서 더는 못 견디겠어."

"그래믄 되나? 그래도 아부진데. 더구나 배왔(윘)다는 사람이."

"아부지는 무슨 얼어 죽을…… 너한테 말하기 미안하다만 사실 개간지 그게 어디 땅이야? 그걸 산다고 몇십 년 공무원 생활로 받은 퇴직금 몽땅 털어 넣은 것도 기막힌데, 그것도 모자라 멀쩡한 집까지 팔아 그 뒷돈을 대야 하겠어? 그래도 명색 서울의 오대 사립(五大私立)에 다니던 자식 놈을 생으로 이 촌구석까지 끌고 와 따라지 농고에 집어넣어야 되겠어? 친구들은 다 서울대다 연·고대다 폼잡고 다니는데, 내 꼴이 이게 뭐야? 농사꾼 그거 농고 한 1년 다녔다고 아무나 되는 거야?"

거기까지 듣자 인철은 그들 일가가 지금 어떤 처지에 떨어져 있는가를 훤히 짐작할 수 있었다. 그리고 몇 년 전 자신이 떠오르며 갑자기 경문이 오래 사귀어 온 친구 같은 느낌이 들었다.

"아직도 땅이 그래?"

"이건 땅 문제가 아니야. 이 개간지가 문전옥답이라도 결과는 뻔해. 농사가 천하의 대본인 시대는 지나갔다고. 촌구석에서 썩느라 배운 것은 없지만 그래도 정부가 말하는 공업화, 산업화가 무엇을 뜻하는지쯤은 나도 안다고. 그런데 망할 놈의 꼰대, 여기 말대로 뒤비 쪼아도(거꾸로 조여도) 한참 뒤비 쪼았지……"

전에 어디선가 들은 소리였고 그래서 한층 경문의 처지에 동정이 갔다. 하지만 언제까지고 그런 동정에 젖어 있을 수는 없었다.

"그런데 말이야, 아까 그 마지막 편지, 그거 언제 온 거야?"

"제법 될걸. 추석 무렵인 것 같은데."

"지금 너희 집에 가면 그 편지 받을 수 있을까?"

"그건 되겠지. 내가 찾아 줄 테니 이 술이나 마저 마시고 일어나."

인철이 제대로 술잔을 비우기 시작한 것은 그때부터였다. 급한 마음으로 빨리 술병을 비우려다 보니 오히려 인철이 그들보다 더 많이 마시게 되었다.

셋이서 45도나 되는 제비원 소주 두 병을 비운 뒤 은근히 따라 붙는 정식을 떼어 버리고 경문을 따라 개간지로 갔을 때는 여덟 시가 조금 넘어 있었다.

인철은 그 집에서 간수하고 있던 편지 두 통을 받았다. 둘 다 추석 무렵의 소인이 찍혀 있었는데 한 통은 자신이 어머니에게 보낸 안부 편지였고 한 통은 어머니가 자신에게 쓴 편지였다.

인철이 보아라.

너는 에미를 잊은 사람 같다만 그래도 추석이 가깝고 또 주소가 바뀌었으니 몇 자 적어 둔다. 행여 돌아오거든 밑에 써 놓은 주소대로 찾아오너라. 언제 우리 식구 모두 다시 만나 추석 상이라도 같이 받게 될는지. 종적도 없이 떠다니는 너를 생각할 때마다 에미 가슴은 무너진다. 할 말은 많으나 나도 이제는 답장 없을 편지를 길게 쓰는 게 싫다. 이만 총총.

1968년 음팔월 초아흐레
어미가

그리고 그 아래에는 한눈에 서울의 변두리 달동네임을 알아볼 수 있는 길고 복잡한 주소가 적혀 있었다.

형제

"바라, 젊은이, 참말로 말을 몬 알아묵네. 여론조사소라 카는 기 요새 마이 설친다 소리는 들었다. 글치만 도대체 내 죄가 뭐꼬? 멀로 터줏고(터뜨리고) 멀로 나발 불겠다는 기고?"

들은 대로 김 사장은 예삿내기가 아니었다. 내민 증거에는 눈도 깜짝 않고 나직나직한 목소리로 그렇게 반문했다. 감정이 격해지고 있는 것은 오히려 위협하는 입장인 명훈 쪽이었다.

"김 사장, 정말 이러기요? 공무원을 뇌물로 부패시키고 무식한 농민들을 속여 수천만 원 사기 쳐 먹고도 죄가 없다는 거요?"

"수천만 원까지는 아이라 캐도 내가 돈을 쪼매 만진 거는 맞는 말이라. 글치만 내가 공무원을 부패시키고 농민들을 속였다이, 그건 또 뭔 소린교? 보자, 누구라 캤제? 아, 그래, 이 부장. 이 부장은 내가 공무원한테 내물(뇌물) 주는 거 밨(봤)소?"

김 사장이 차분하게 반문했다. 마음속의 동요를 드러내는 게 있다면 복모음을 모조리 단모음으로 발음하는 바람에 북쪽 사람들에게는 왠지 간드러지게 들리는 남쪽 사투리가 점차 강해진다는 정도일까.

"그거야 문제가 되어 조사를 시작하면 나오겠지. 어느 쓸개 빠진 공무원이 아무것도 생기는 거 없는데 말썽 많은 물건을 납품받겠소? 맨입에 되는 일이 어디 있어?"

"그럼 함 조사시캐 보라꼬."

김 사장은 그러면서 왼고개를 틀었다가 빈정대듯 물었다.

"그라문 내가 농부들 사기 쳤다는 거는 그 사람들한테 면실박을 값싸게 되산 거 보고 카는 소린 갑네. 물건 싸게 사믄 다 사긴 강?"

"안 그러면 부대당 천 원에 납품되는 물건을 3백 원에 내다 팔 사람이 어딨소?"

"그라믄 낼 우리 사무실로 오소. 이럴 줄 알고 내가 그 사람들 앞앞이 받아 놓은 계약서가 있으이께는."

명훈은 거기서 벌써 말이 궁해졌다. 그러나 한번 뽑은 칼이라 그냥 물러서기는 싫었다.

"좋시다. 김 사장 말대로라고 해도 최소한 부당이득은 되겠지. 3백 원짜리를 천 원에 납품했으니."

"그럼 딴 사람도 말고 술집 주인들만 해도 몽지리(모조리) 부당이득 취득죄에 걸리겠네. 여기 주인 함 불러 물어보까? 솔직히 재료비 얼매 드는지. 그래도 나는 원가만 해도 납품값의 절반은 된다꼬. 농가에서 3백 원에 샀다고 해도 그거 누가 일일이 모으노? 또 모은들 지자리서 바로 팔 수 있는 물건가? 해당 군으로 옮기는 거는 면실박에 날개 달래 지절로 날아가나? 새 포대값은 또 우짜노? 그 인건비, 운반비, 구입대만 해도 하마 2백 원이 넘는다꼬. 그래믄 배(倍) 장사가 잘 안 되는데 그래도 부당이득가? 세상에 배 장사를 다 부당이득으로 몰믄 언 놈이 장사해 묵겠노?"

그러는 김 사장은 비리가 있어 공갈당하는 사람이라기보다는 명훈의 법률에 대한 무지를 이죽거리는 사람 같았다. 틀림없이 뭔가 냄새가 나서 찾아왔는데 그런 김 사장의 말을 듣고 보니 더는 걸고들 데가 없었다. 명훈이 얼른 할 말을 못 찾아 머뭇거리자 김 사장이 다시 어르듯 말했다.

"바라, 젊은이. 우짜다가 이 길로 들어섰는지 모른다마는 사람을 겁줄라 카믄 멀 알고 겁을 조야 덴데이. 잘못하믄 나(나이) 많은 사람한테 버르장머리 없다는 소리밖에 못 얻어걸린다꼬."

"내가 알고 왔는지 모르고 왔는지는 두고 보면 알게 될 거요. 어쨌든 영감님은 죄 없다 이 말이지요? 정부 농정(農政)에 혼선이 오고 국고가 낭비되었는데도 떳떳하고 정상적인 사업을 했을 뿐이란 말이지요?"

그대로 당하고 있을 수만은 없어 명훈은 거의 우격다짐으로 나가 보았다. 그래도 김 사장은 숨소리조차 흐트러짐이 없었다.

명훈은 거기서 자신이 조사한 사건의 개요를 다시 한 번 정리해 보았다. 정부가 농토의 지력(地力)을 증진시키기 위해 파격적인 보급가로 농가에 면실박을 공급했다. 정부 보조 6할에 자부담 4할인데 그 4할도 융자를 해 주는 조건이었다. 그런데 문제가 발생했다. 면실박의 수량이 부족해 한꺼번에 전 농가에 공급하지 못하고 군 단위로 순차적인 배정을 했는데 그게 문제의 원인이 되었다. 어떤 악덕 업자가 먼저 면실박이 배정된 군에서 농민들로부터 배정된 면실박을 헐값에 되사들여 아직 배정 안 된 군에 납품하고 폭리를 취한 일이었다. 곱배기 장사인 데다 수량이 많다 보니 한 군만 납품해도 수천만 원의 이득을 볼 정도였다.

　명훈이 그 일에서 범법의 냄새를 맡은 것은 그 업자인 김 사장의 엄청난 폭리 쪽에서였다. 그러나 이제 김 사장의 말을 들어 보니 반드시 범법으로 몰아세울 만한 폭리도 아니거니와 거래의 전 과정도 용의주도하게 합법성을 확보하고 있는 듯했다. 그래서 농정의 혼선과 국고의 낭비를 들먹여 보았지만 명훈의 법률 지식으로는 어떻게 김 사장에게 그런 결과의 책임을 물어야 할지 막막했다.

　그런 막막함을 다 헤아리고 있다는 듯 김 사장이 다시 이죽거렸다.

　"글치만 그걸 우째 내가 다 책임져야 하노?"

　"최소한 정부 보조가 들어 있는 물건을 헐값에 팔아 치운 농부들과 공동 책임이라도 지셔야겠지."

"그래도 죄행(죄형) 법정주의 사해(회)에서 제목(죄목)은 있어야 안 대겠나? 우리 제목이 머꼬? 촌사람들이 자발적으로 정부가 베푼 해택(혜택)을 포기한 긴데, 그라믄 우리 법에 정부 해택 포기죄 라는 것도 있나? 멘(면)실박이 땅기운 돋우는 데 도움이 되고 정부 보조가 많으이 덥석 받기는 했지마는 뿌리기 기찮고(귀찮고) 호까(효과)가 더디이(더디니) 그냥 처매삐리(처내버려) 났다가 살 사람 있다 카이 지 돈 낸 거만 받고 넘가주고 만 긴데."

"……."

"법으로 걸라 카믄 몰라, 공무언법(공무원법)의 직무유기제(죄)로 처음 그 따우 대도(되도) 않는 발상을 한 공무언이나 걸어 열(넣을) 수 있이까. 땅에 좋다 카는 그 한 가지로 농촌 헨실(현실)도 안 살피고 집집이 멘실박을 떠딩긴(떠안긴) 그 정책 입안자 말이라……."

"그렇다고 자부담보다도 싸게 그걸 되사들여 농민들 손해 보이고 국고 보조는 통째 들어먹는 게 죄가 안 될까……."

아직 명훈의 어조는 강경했지만 그 내용은 어느새 추궁이라기보다는 문의에 가까웠다. 그때 이미 명훈은 자신의 실패를 강하게 예감하고 있었다. 그런데 김 사장의 지나친 자신감이 일을 반전시켰다.

"그거라믄 벌씨로 갤론(결론)났다꼬. 인제잉까 말하지만 내 이 일로 법 앞에 끌래댕긴 게 한두 번이 아이라. 돈 내미(냄새) 맡은 기자들이 파리 떼처럼 달라들어 여러 무리(번) 홀치고(후려내고) 갔다꼬. 그 바람에 나도 반(半) 벤(변)호사 다 댔다 카이. 결국 나는 무제(무죄)라. 그러이……."

그 노련한 전문가는 그렇게 말해 놓고 자리에서 일어났다. 그리고 방을 나가려다 약간 멍해져 그대로 앉아 있는 명훈을 딱하다는 듯 내려보며 주머니에서 지갑을 꺼냈다.

"어디서 내 이바구 들었는지 몰따(모르겠다)마는 막차를 타도 한참 막차를 탄 기라. 더군다나 나는 이제 멘(면)실박 장사 손 떳다꼬. 또 할 기라믄 말썽이 귀찮아서라도 멫 푼 풀겠지마는 인제는 그럴 필요도 없고오."

김 사장은 그 말과 함께 잡히는 대로 천 원짜리 몇 장을 꺼내 술상 모서리에 놓았다.

"구름 먹고 바람 똥 싸던 내 젊을 때 생각하이 그양 갈 수 없어 멫 푼 놓고 가누마. 있다가 술값 내고 남으믄 고히(커피)값이나 하라꼬. 나는 바빠서 이만……."

어쩌면 그날 김 사장이 당한 불행은 지나친 자신감에서가 아니라 부주의 때문이었는지도 모른다.

김 사장의 부주의는 두 번 있었다. 그 하나는 지갑을 꺼낼 무렵부터 험해지던 명훈의 눈길을 알아보지 못한 것이고, 다른 하나는 돈을 너무 상 가장자리에 놓아 땅바닥으로 떨어지게 한 일이었다. 전리(戰利)가 아니라 상대방의 동정으로 푼돈을 얻게 된 것이 명훈의 별난 자존심을 건드린 데다가 다시 방바닥에 흩어지는 지전이 주는 모멸감이 명훈의 의식을 분기시켰다.

"어이, 영감."

명훈이 앉은 채로 나직이 부를 때는 이미 그의 범죄적인 순발력이 작동하고 있었다.

"?"

명훈이 워낙 침착하고 나직한 목소리로 자기를 불러서인지 이번에는 김 사장이 어리둥절해 명훈을 내려보았다. 명훈은 일부러 동작을 천천히 해 몸을 일으켰다. 그리고 얼굴 높이가 나란히 될 만큼 일어선 뒤에야 더욱 목소리를 낮추어 물었다.

"이것도 법에 걸릴 만큼 죄가 될까?"

"머시(무엇이)?"

명훈의 다음 행동을 전혀 짐작하지 못한 김 사장이 여전히 어리둥절한 눈길로 반문했다.

"이것 말이야."

명훈은 그 대답과 함께 오른손을 재빠르게 내밀어 김 사장의 목 울대뼈를 움켜잡았다. 그리고 가만히 그를 벽 쪽으로 밀어붙인 뒤 손아귀에 한껏 힘을 주어 성대 부근을 짓주물렀다. 뒷골목 시절에 배운, 뒤탈 없이 상대를 골탕 먹일 때 쓰는 명훈의 장기 중에 하나였다. 김 사장이 어떻게 벗어나 보려 했으나 명훈의 남은 왼손이 허용하지 않았다. 완력과 악력 모두 남다른 명훈이 머리를 짜 펼친 기습이라 50대도 후반인 김 사장으로서는 고스란히 당하는 수밖에 없었다.

김 사장은 목뼈가 으스러지는 듯한 고통에 비명조차 제대로 지르지 못했다. 한동안을 버둥거리다가 마침내는 퍼렇게 질린 얼굴로 스르르 내려앉았다. 그제야 명훈은 움켜쥐었던 울대뼈를 놓았다.

"니, 니 이누무 새끼……."

한참 뒤에야 숨결을 회복하고 제정신을 차린 김 사장이 겨우 그렇게 내뱉고는 상 위의 접시를 들어 명훈을 내리쳤다. 바로 명훈이 기다리던 공격이었다. 울대뼈를 잡혀 모질게 시달린 뒤끝이라 제대로 힘을 쓸 수 없는 김 사장인 만큼 전혀 위험할 게 없었다.

짐작대로 김 사장이 집어 든 안주 접시는 겨우 명훈에게 마른 안주만 한 줌 덮어씌우고 바닥에 굴러떨어지면서 요란한 소리와 함께 깨졌다. 기다리던 명훈이 짐짓 당황한 사람처럼 큰 소리로 항변했다.

"어르신, 왜 이러세요? 말로 합시다, 말로."

그때 분을 못 이긴 김 사장이 다시 명훈의 멱살을 잡았다. 역시 명훈이 기다리던 바였다. 명훈은 기력이 제대로 남아 있을 리 없는 김 사장의 손아귀에 멱살을 맡긴 채 슬그머니 몸을 뒤로 빼 팔꿈치로 방문을 쳤다.

방문이 활짝 열리자 그새 방 안의 소란을 듣고 달려 나온 마담과 아직 화장조차 하지 않은 색시들이 몇 보였다. 명훈에게는 더할 나위 없는 증인들이었다. 명훈은 더욱 방어적인 자세를 취하면서 목소리를 높였다.

"김 사장, 자꾸 이러시면 저도 못 참아요. 이거 놓지 못해요? 내가 참으니까 어디 힘이 없어 이러는 줄……."

162

그때 김 사장의 위력 없는 주먹이 날아들었다. 명훈은 넉넉히 막을 수 있으면서도 그대로 두어 대 맞아 주었다. 바깥의 증인들에게 일방적으로 당하는 인상을 주기 위해서였다. 하지만 너무 많은 희생을 치를 필요는 없었다.

"에잇! 정말 이 영감이……."

김 사장이 제법 기력을 회복했다 싶은 순간 명훈은 매달린 어린아이 떨쳐 버리듯 그를 떨치고 일어섰다.

"저, 저……누묵…… 새끼가."

분함과 고통스러움으로 일그러진 얼굴의 김 사장이 숨을 헉헉거리며 어렵게 목소리를 짜냈다. 명훈이 성대 근처를 짓주물러 놓아 말하기가 힘든 듯했다. 그러나 보는 사람에게는 그저 분을 못 이긴 노인의 헐떡임일 뿐이었다.

명훈은 다시 엉겨붙으려는 그를 두 손으로 떨치며 방을 나와 구두를 신었다. 머리칼에서 볶은 땅콩 껍질과 짓이겨진 과자 조각이 부스스 떨어졌다.

"김 사장님, 나 오늘 많이 참은 줄 아슈. 정말이지 사장님이 40대만 되었어도 이렇게 당하고 있지만은 않았을 거요."

그러자 김 사장이 아연한 눈빛으로 명훈을 바라보았다. 비로소 자신이 당한 일이 어떤 것인가를 짐작한 눈치였다. 그 짐작이 온몸의 힘을 뺀 듯 풀썩 주저앉았다가 그래도 분을 못 이겨 목소리를 짜냈다.

"이…… 악질…… 놈의 새끼…… 내 고소 안…… 하는가 바라······."

"고소는 내가 할 거요. 내가 당신 아들이오, 뭐요? 되지도 않은 욕설에 손찌검까지······ 에잇 쌍, 성질 같아서는 정말······."

명훈이 서울 깡패들의 말투를 끝에 덧붙인 것은 그만큼 그가 당한 것이 많다는 걸 증인들에게 강조하기 위해서였다. 곁눈질로 파악한 증인들의 반응도 한결같이 명훈을 피해자로 보는 눈치들이었다. 명훈은 거기에다 그들의 호감을 살 일을 하나 더 보탰다.

"오늘 재수 옴 붙었네. 아직 본부에 보고도 안 했는데 이 영감이 어디서 무슨 소리를 듣고는······ 아줌마, 가진 게 이것뿐이니 우선 받아 둬요. 술값하고 깨진 그릇값하고. 모자라면 다음에 갚지요."

주머니에 있는 돈을 있는 대로 툭툭 털어 넉넉한 변상까지 하고 술집을 나왔다.

'이 여우같은 영감, 어디 혼 좀 나 봐. 아마 일주일쯤은 밥은커녕 물도 마시기 힘들걸. 고소한다고? 잘해 봐. 정신이 나자마자 맨 먼저 진단서 끊으러 병원으로 달려가겠지만 별로 재미없을걸. 거기는 물렁뼈라 엑스레이에도 잘 안 나와. 의사에게 돈을 먹여도 두 주일 진단서조차 받기 어려울 거야. 그리고 그 정도 진단서야 나도 얼마든지 끊을 수 있지. 슬쩍 긁힌 자국만 내도 두 주일은 나올 테니까. 거기다가 증인들은 온통 내 편이고······ 아니, 영감이 누군데 그런 승산 없는 고소를 하겠어. 더구나 자기 구린 뒤도 있는데. 틀림없이 고소도 못 하고 혼자 끙끙 앓게 될 거야.'

골목을 나오면서 그런 생각을 하니 명훈은 절로 웃음이 나왔다. 소득은커녕 가지고 있던 비상금 몇천 원마저 털리고 만 셈이지만 통쾌하기 짝이 없었다. 법도 처벌하지 못한 교활과 간악을 멋지게 벌주었다는 자부까지 들었다.

하지만 큰길가의 양복점 쇼윈도 유리에 비친 자신의 모습을 보는 순간 그때까지의 통쾌함은 일시에 사라졌다. 점잔을 빼느라 한껏 차려입고 간 미색 양복 위에 기름에 튀긴 마른 안주 접시를 뒤집어써 생긴 얼룩들과 한동안의 몸싸움으로 흐트러진 옷매무새가 그야말로 상갓집 개였다. 거기다가 김 사장의 나이가 자신의 곱절에 가깝다는 것까지 상기되자 한때의 통쾌함은 이내 울적함과 자기 모멸로 바뀌었다.

"내가 무얼 하고 있는가. 법이 처벌하지 못한 간악과 교활? 그걸 멋지게 벌주었다고? 천만에. 남의 약점을 잡고 공갈을 치려다가 안 되니까 주먹으로 화풀이를 한 것에 지나지 않아. 그것도 아버지뻘 되는 사람을…… 이렇게, 이렇게, 어디까지 가지……."

원래 그는 지부 사무실로 돌아가 거기 있는 패거리와 김 사장을 잡을 궁리를 할 작정이었다. 그러나 우선은 볼썽사나운 차림 때문에라도 그리로 갈 수는 없었다. 어디를 가든 먼저 하숙집으로 돌아가 옷부터 갈아입는 일이 급했다.

명훈은 되도록이면 사람이 적은 골목길만 골라 하숙집으로 돌아갔다. 그러나 하숙집 부근만은 어쩔 수 없었다. 시립 도서관을 짓는 공사가 벌어져 길이 막히는 바람에 골목길도 큰길처럼 다니는 사람이 많았다.

"아이고, 이 부장. 어디 갔다 인제 오이꺼?"

명훈이 서둘러 하숙집으로 발길을 옮기는데 누가 명훈을 불러 세웠다. 돌아보니 하숙집 아주머니였다. 저녁 장보기라도 나가는 것인지 손에는 장바구니가 들려 있었다.

"왜요? 무슨 일 있어요?"

"지부에서 이 부장 찾는 전화가 불불이(부랴부랴, 연달아) 오고 소임(손님)도 하나 와 기다리더. 하마 아까부터 와 있는데."

"손님요?"

"동생이라 카는 총각인데 점심때 이 부장 나가고 곧 왔더라. 마이 닮은 게 친동생인 갑싶더."

"인철이가?"

명훈은 그렇게 반문하다가 자신이 발음한 그 이름이 주는 감동에 절로 가슴이 먹먹해졌다.

'이것이, 이 어린것이 어디를 떠돌다가 돌아왔는가. 비정한 아버지와 무능한 형을 둔 죄로 어떤 모진 고초를 겪으며 세상을 헤매다 이제야 나를 찾아왔는가. 발신인 주소를 쓰지 않은 안부 편지가 너의 자신감과 오기를 보여 주고는 있어도 지난 3년 너는 영희보다 더 아프고 깊은 나의 상처였다. 결국 나서지는 못했지만 부산 바닥을 다 뒤져서라도 너를 찾아오겠다고 마음 다진 일만도 몇 번이었던가……'

먼저 명훈의 머릿속을 채운 것은 핏줄의 정에서 우러난 소회였다. 그러나 한편으로는 불길한 상상도 있었다.

'어떻게 나를 찾아오게 되었을까. 집을 서울로 옮긴 줄 모르고 돌내골로 갔다가 누구에겐가 내가 여기 있다는 소식을 들은 것일까. 하지만 되도록 돌내골 사람들에게는 내가 여기서 이러고 있는 걸 들키지 않으려고 애썼는데 누가 하숙집까지 알려 주었단 말인가. 벌써 내 행적이 돌내골 사람들에게 환히 알려져 있단 말인가. 아니면 집으로 먼저 갔다가 어머님에게서 내 소식을 듣고 찾아온 것일까. 그렇다면 어머님도 내 행적을 다 알고 계신다는 뜻이 된다. 어머님은 또 누구에게서 내 주소를 얻으신 것일까. 지난 다섯 달 편지조차 낸 적이 없는데. 그리고 이렇게 갑작스레 그 아이를 내게 보낸 까닭은? 집에 무슨 좋지 못한 일이라도 생긴 것일까.'

그러자 명훈이 집을 나서기 전날 어머니의 한탄 섞인 결의가 떠올랐다.

"다 운수지만 참말로 너무하구나. 인제 이 막막한 서울 천지에서 또 어예 헤갈데기(안간힘, 몸부림)를 치며 살아야 하노? 글치만 할 수 없제. 고향서 뿌리 뽑힌 게 어딜 간들 큰 수가 있을로? 암만 캐도 우리는 바닥부터 다시 시작하라는 뜻 같다. 이래 되믄 뿔뿔이 흩어져서 지길이(제가끔) 길을 찾는 게따. 옥경이는 공장에라도 보냈코 나는 식모 자리라도 알아보꾸마. 니도 집은 이자뿌고 니대로 살 궁리를 해 봐라. 하나님이 무심치 않으믄 우리 식구 다시 모예 옛말하고 살 날도 오겠제. 한 3년 기한하고 새로 고생 함(한번) 해 보자."

그러면서 명훈을 보낸 어머니였다. 그게 벌써 다섯 달 전, 어머니와 옥경이는 어떻게 되었을까…… 명훈이 굳은 사람처럼 서 있는 걸 보고 하숙집 아주머니가 재촉했다.

"퍼뜩 가 보소. 사람 기다린다마는."

"아, 네. 그러죠."

명훈은 그제야 혼자만의 감회에서 깨어나 걸음을 옮겼다. 이번에는 어서 아우를 보고 싶다는 생각이 그를 종종걸음 치게 했다. 하지만 하숙집 앞에 이르러 그는 다시 걸음을 멈추었다. 문득 형으로서 지켜야 할 권위가 상기된 까닭이었다.

'이 아이는 떠남과 돌아옴 모두에서 아홉 살이나 손위 형인 나나 이제는 벌써 늙어 가시는 어머니께 한 번도 의논한 적이 없었다. 그리고 떠나 있는 동안에도 막연한 안부 편지뿐, 가족과는 사실상 단절하고 지냈다. 반가움 하나만으로 이 아이가 지난 3년간 게을리한 가족으로서의 의무를 용서해도 되는가. 형의 권위를 무시한 크고 작은 결정들을 이대로 추인해야 하는가.'

명훈의 그런 자문이 아니었더라면 그날 형제의 만남은 자칫 통속극의 한 장면처럼 눈물로 얼룩졌을는지도 모른다. 하지만 만나기 직전에 상기해 낸 형의 권위가 명훈을 진정시켜 그 대면은 자못 의젓하고 조리 있는 것이 되었다.

"아, 형님."

명훈이 하숙방 문을 열자 인철이 상기된 얼굴로 일어나며 소리쳤다. 금방 달려와 안기려다가 감정을 억누른 명훈의 표정을 보고

멈칫하는 눈치였다.

"너였구나."

명훈은 짐짓 냉담한 어조로 알은체를 하고 인철이 알아보기 전에 안주 접시를 뒤집어써 더럽혀진 옷부터 갈아입었다. 그리고 아랫목에 자리를 잡은 뒤 천천히 담배를 꺼내 불을 붙이면서 그때까지 엉거주춤 서 있는 인철에게 여전히 냉담한 어조로 말했다.

"거기 앉거라."

무언가 속으로는 벅찬 감회가 있는 듯했으나 명훈의 그런 어조가 다시 서먹하게 만들었는지 인철이 말없이 맞은편에 앉았다.

"어머님 뵙고 오는 길이냐?"

"저어…… 집 주소를 몰라서. 돌내골로 바로 갔다가 거기서 겨우 집 주소를 받았습니다. 하지만 우선…… 형님부터 뵙고 집으로 가려고요."

명훈의 물음을 듣고서야 형이 추궁하려는 것이 무엇인지를 알아차린 인철이 그렇게 더듬거리며 대답했다.

"하긴 네게 무슨 집이 있고 부모 형제가 있겠어? 편지에 발신인 주소를 쓰지 않은 것은 부모 형제라도 잘 돌봐 주지 못할 처지면 네 하는 짓이나 가만히 보고 있으란 뜻이겠지. 내가 여기 있다는 얘기는 누구에게 들었어?"

"안동에서 형님을 보았다는 사람이 있어서요. 그냥 다녀가신 게 아니라 머물고 계신 것 같다고 했습니다. 상두 형은 일간 형님을 찾아 나설 모양이던데요."

"뭐? 상두까지? 그래, 내가 뭘 하고 있는 줄 알데?"

"전에 장사하시던 거 재미 못 봤다는 것까지는 알고들 있더군요. 상두 형만 형님이 어디 끗발 좋은 기관에 취직한 거라고 떠벌렸습니다. 형님이 운전사 딸린 검은 지프를 타고 다니는 걸 본 사람이 있다나요."

그 말을 듣자 명훈은 가슴이 철렁했다. 영양 쪽은 피한다고 피했는데도 꽤나 정확하게 소문이 들어간 듯했다.

"하숙집은 어떻게 찾았어?"

"전에 형님께 들은 적이 있는 그 신문사 지국을 찾아…… 여론 조사소로 간판이 바뀌어 실망했는데 낯익은 분이 있더군요. 권용길 씨라고."

'얘가 언제 날치를 본 적이 있지?'

명훈은 속으로 그렇게 중얼거리다가 국토개발단 시절의 날치가 개간지에 한두 번 찾아온 적이 있음을 떠올렸다. 하지만 그 일은 중요한 게 아니었다.

"그건 그렇고…… 너는 그동안 어떻게 지냈어? 지금까지 주욱 그 한의원에 있었던 거야?"

명훈은 더 미루지 못하고 처음부터 궁금하던 일을 물으며 비로소 인철을 뜯어보았다. 3년 전 집을 나갈 때의 앳된 소년의 얼굴이 아니었다. 열여덟 그때는 조금 죽은 듯해 보이던 콧대가 시원스럽다는 느낌이 들 만큼 우뚝해졌고 솜털을 완연히 벗은 턱에는 제법 거뭇하게 수염이 돋고 있었다.

"네."

명훈의 물음에 인철은 짧게 대답했다. 그러나 순간적으로 피어나듯 밝아지는 인철의 표정에서 명훈은 어떤 자랑 같은 것을 느꼈다. 무언가 긴 이야기가 있는 것 같은데, 들어서 나쁠 것 같지는 않아 우선 마음이 놓였다.

"공부, 공부 했는데 그건 어떻게 된 거냐? 이제 고등학교는 마친 거냐?"

"네, 그건 마친 셈입니다. 또 한 해 늦어지기는 했지만요."

"마친 셈이라니? 그럼 거기서 학교를 다니지 않고 또 검정고시를 한 거냐?"

"처음에는 야간부에라도 어떻게 전학을 해 보려 했는데 그게 잘 안 돼서요. 하지만 따라지 야간 고등학교에서 졸업장만 사는 것보다는 이게 나을지도 모르죠."

네 얼굴을 환하게 한 빛의 정체가 그것이었구나. 잘했다. 명훈은 그때 벌써 인철을 힘껏 껴안아 주고 싶었다. 그러나 그런 정보다는 오랫동안 아버지를 대신해 오는 동안에 몸에 밴 형으로서의 권위가 명훈의 의식에 더 크게 작용했다. 아직 형인 나를 무시한 데 대한 추궁이 충분하지 않다…….

"결국은 정상적으로 진학한 아이들보다 두 해나 대학에 늦게 되었는데도?"

"하지만 끝이 좋으면 다 좋다는 말도 있지 않습니까? 마지막 과정에서나마 소수 엘리트 그룹에 합류할 수 있으면 두 해 늦어진 것은 큰 문제가 되지 않을 겁니다."

"소수 엘리트 그룹? 어떻게 하면 거기 끼어드는데?"

명훈은 말뜻을 몰라서가 아니라 그 말과 인철 사이의 관련이
너무 실감이 나지 않아서 그렇게 되물었다. 그러나 인철은 작은 머
뭇거림도 없었다.

"대학은 반드시 서울대학교에 갈 겁니다. 길은 돌았지만 거기만
들어가면 그동안의 내 낭비는 모두 벌충되겠지요. 비록 닭 대가리
가 될지라도……."

그러는 인철의 눈빛에서는 수많은 작은 불꽃 같은 것이 느껴졌
다. 인철이 말한 대학은 명훈 자신도 선망해 본 적이 있는 대학이
었다. 그러나 그 선망은 일종의 실현 불가능을 향한 동경 같은 것
이었다. 선망하면서도 한 번도 자신이 그 교복을 입는 것은 꿈꿔
보지 못했다. 그런데 이 아이에게는 현실적인 지향이다…….

"그게 가능하다고 생각해? 중학교도 고등학교도 나오지 않고
그 대학에 간 사람이 있기나 해?"

"그걸 가능하게 하기 위해서 지금 서울로 올라가는 겁니다. 두
달 남았지만 좋은 학원에 나가 마무리만 잘하면 안 될 것도 없어
요. 용기하고 재걸이란 애 기억하세요? 왜 밀양 친구들, 걔들은 벌
써 작년하고 올해에 거기 들어가 있단 말입니다."

"그 애들이야 부산에서도 일류 고등학교를 나왔으니 그럴 수
도 있었겠지. 거기다가 지금 서울로 가 봤자 집은 네게 아무 힘
이 못 된다."

"걱정 마십쇼. 입시 때까지는 집에 손 벌리지 않아도 될 만큼 준비해 갑니다. 그래도 3년이나 남의집살이를 했는데 그 정도 비축도 없겠어요?"

명훈이 비로소 속마음 그대로의 뜨거운 정으로 인철을 받아들인 것은 그때부터였다. 명훈이 어린 시절의 인철에게서 걱정한 것은 몽상적인 기질과 심약이었다. 그런데 헤어져 보낸 3년이 뜻밖으로 현실적이고 자신에 찬 아우를 길러 낸 듯해 그게 무엇보다도 감격스러웠다.

"아무래도 너를 축하부터 해 주어야겠구나. 대학은 나중 일이고 네가 그동안 건강하고 현실적인 인간으로 자란 것만으로도 집에 주소를 알리지 않은 죄는 용서받을 수 있겠다. 나가자."

명훈은 그러면서 서랍 깊이 감추어 둔 돈을 찾아 주머니에 넣었다. 어머니에게 보내려다 먹은 마음이 있어 따로 모으고 있는 돈이었다.

"너도 술 좀 하지? 가서 형제간에 한잔하는 거다. 서울은 밤차로 올라가면 되고."

그때부터는 오랜만에 만난 형제의 즐거운 잔치였다. 정육점에 딸린 식당으로 인철을 데려간 명훈은 성년식이라도 치러 주는 기분으로 격의 없는 술판을 벌였다. 거기서 형이 자신을 성인으로 인정해 주는 데 고무된 인철은 자신도 없는 서울대학 합격을 거듭 장담했고, 명훈은 명훈대로 아우의 기를 살려 주기 위해 갈수록 암담한 끝이 보이는 여론조사소의 전망을 과장했다.

술기운이 헤어져 보낸 3년간의 정신적인 거리를 지워 버리자 형제의 대화는 한층 속 깊은 것이 되었다. 자신도 모르게 인철을 한 성인으로 간주하게 된 명훈은 마침내 애써 감추려던 상처까지 드러내 보였다.

　"개간지에서 실제 농사에 생계를 의지할 때조차 나는 한 번도 나를 농사꾼으로 생각한 적이 없다. 조상들의 전통 탓이겠지만 내게 있어서 농민은 옛날 그 양민(良民)의 다른 이름이며 신분 상승의 바탕이자 방어의 마지막 보루였다. 나도 조상들처럼 농촌을 진취(進取)의 기회가 주어지면 나아가고 여의치 못하면 돌아와 힘을 기르는 곳쯤으로 여겼다. 따라서 나는 소위 배운 것들이 말하는 이농(離農) 현상의 배경이나 그 시대적 진행을 믿지 않았다. 내가 돌내골을 떠난 것과 지금 이 나라가 추구하는 공업화·산업화는 무관하며, 내게 예정된 운명이 도시 빈민에로의 편입과 값싼 임금 노동자로서의 재생(再生)이라는 저주 같은 예언은 터무니없는 비관론으로만 여겼다. 나는 다만 잠시 농촌에서 힘을 길러 다시 싸움터로 나갈 삶의 전사쯤으로 나를 인식했다……."

　명훈은 그렇게 지난 3년간 자신이 경험한 좌절의 서두를 정리했다. 사실 그동안 자신의 문제에만 몰두해 온 인철에게는 조금 낯선 화제였다. 그러나 알지 못할 불안감에 쫓기며 닥치는 대로 읽은 책들이 그런 경우에 대꾸할 수 있는 몇 마디는 마련해 주었다.

　"잘은 모르지만 그들이 말하는 농민도 노동과 생산 방식을 중심으로 엄격하게 정의된 신분은 아닌 것 같던데요. 이농 현상을 따질 때도 농민 신분의 진정성 여부는 중요하지 않아 보이고요. 제가 이해하기로 이농민은 반드시 농촌을 떠난 농부들만을 가리키는 것이 아니라 어떤 연유에서 삶의 기반을 잃은 자들, 그야말로 '뿌리 뽑힌 자'들을 통칭하는 말 같았습니다만……."

"이제 와선 나도 그렇게 이해한다. 그런데도 그걸 알아보지 못한 벌이 지금 우리 가족이 떨어져 있는 비참이다. 처음 서울로 갔을 때 기꺼이 도시 빈민에 편입되고 식구 모두가 저임(底賃)의 육체노동자로 살 각오가 있었다면 우리는 오히려 더 빨리 도회의 소시민(小市民)으로 자라 갈 수도 있었다. 그런데 구시대의 환상들이, 아무런 근거 없는 상부구조(上部構造) 지향이 그나마 다른 이농민들보다는 유리하게 확보한 도시적 삶의 기반을 잠식해 갔다. 이자(利子)로 편안히 살려는 꿈과 육체노동 기피가 그랬다."

"지금 같은 인플레 구조 아래서는 결국 깨어지게 되어 있는 꿈이고 턱없이 일만 벌여 놓은 산업사회에서는 허용될 수 없는 성향이죠. 하지만 이자를 놓을 돈이 있었다면 상업자본이나 산업자본으로의 변신도 가능했을 텐데요."

어, 이 녀석 봐라, 명훈은 인철에게 그런 감탄을 느끼면서 더욱 추상적으로 자신의 실패를 분석해 갔다. 짧은 대학 시절과 그 뒤 이따금씩 시를 끄적거리며 익힌 어휘와 표현 방식이었다. 그래도 의식 있게 살려고 노력한 초기 개간 시절에는 더러 그것들을 활용할 대화 상대가 있었으나 황 형이 다녀간 걸 마지막으로 거의 쓰지 않고 지낸 터라 말하다 보니 기분이 절로 새로웠다.

"물론 시도해 보았지. 하지만 상업자본으로 전환시키기에는 내 역량이 모자랐고, 산업자본으로 이행하기에는 규모에서 경쟁력이 없었다. 상업이란 그 방면의 단련과 특별한 감각을 필요로 한다. 그런데 나는 나를 거기에 합당한 상인으로 키우지 못했다. 그래서 그 시도는 투자의 절반을 상실하는 것으로 끝났지. 또 산업자본은 일정 규모를 넘어서야 생산성과 효율성을 가지는데 불행히도 우리가 가진 돈은 그 규모에 이르지 못했다. 그러면서도 이윤에는 욕심을 부리다 보니 터무니없는 사기에 걸리고 말았지."

기껏 개간지를 판 돈 50만 원을 날린 과정을 설명하는 말로서는 너무 추상적이면서도 거창했으나 그것은 명훈이 기회만 주어지면 즐겨 쓰던 표현 방식이었다. 인철도 서른을 넘겨 세상살이에 눈뜰 때까지 그런 식의 표현을 더 좋아했고, 그래서 그것은 뒷날까지도 그들 형제간의 진지한 얘기 방식의 하나였다.

그날도 그들 일가가 빠져 있는 구체적인 상황을 알려 주는 것은 명훈의 결론 같은 마지막 한마디뿐이었다.

"결국 나는 영등포 변두리의 판잣집 단칸방에 5만 원 전세금을 전재산으로 삼는 어머니와 옥경이를 두고 서울을 떠났지……."

그러고는 어머니에게 전하라며 인철에게 돈 2만 원을 세어 주었다.

그들 형제가 그 식당에서 일어난 것은 열 시가 넘어서였다. 그때쯤 명훈에게는 오랜만에 만난 아우를 하룻밤 재워 보내고 싶은 마음이 일었으나 인철이 워낙 상경(上京)을 서두르는 바람에 지고 말았다. 인철은 아침 여덟 시가 되어서야 청량리역에 도착한다는 야간열차를 타고 안동을 떠났다.

인철을 보낸 명훈은 갑자기 휑뎅그렁하게 느껴지는 거리를 휘청이며 하숙집으로 돌아갔다. 가는 길에 문득 인철과 함께 서울로 가지 않은 게 후회되었다. 딱히 급한 일도 없어 며칠 서울을 다녀와도 괜찮은 때였다. 어머니와 옥경이가 어떻게 사는지 갑자기 궁금해졌고, 주소가 노량진으로 바뀐 까닭도 알고 싶었다.

"보시더. 이 부장 안에 있니껴?"

하숙방으로 돌아온 명훈이 막 옷을 갈아입으려는데 하숙집 아주머니가 문밖에서 불렀다.

"네, 방금 돌아왔습니다."

명훈이 그렇게 대답하자 하숙집 아주머니는 문도 열지 않고 말했다.

"저녁에 또 지부 사람들이 두 번이나 전화를 했디더. 무슨 급한 일이 있는지 늦더라도 꼭 연화장(蓮花莊)으로 오라 카이 그래 아소. 연화장이씨데이."

그러자 명훈도 낮에 두 번이나 전화가 왔다는 말을 떠올리고 심상찮은 느낌이 들었다. 어떤 상황이 낮부터 지금까지 이어지고 있다. 그것도 내일까지 해결을 미루어서는 안 될 상황이. 그래도 다행스러운 것은 그들이 부르는 장소가 허름한 대로 요정이라는 점이었다.

"알겠습니다. 곧 나가 보지요."

명훈은 그렇게 대답하며 바로 나설 준비를 했다. 초겨울도 깊은 밤이라 점퍼를 걸쳐야 할 것 같았다.

연화장에는 잇뽕 형을 비롯해 날치, 대동, 김가, 강 군 해서 지부 식구들이 거의 다 모여 있었다. 낮술이 이어졌는지 대개 눈길이 풀릴 만큼 취해 있는 게 예사롭지 않은 사태를 직감게 했다.

"형님, 무슨 일입니까?"

명훈이 들어서며 잇뽕에게 묻자 좌중의 시선이 일시에 그에게 쏠렸다.

"야 인마, 너 도대체 어디 있었어?"

비교적 덜 취한 잇뽕이 게슴츠레해진 눈길로 물었다. 날치가 혀 꼬부라진 소리로 덧붙였다.

"메뚜기도 오뉴월이 한철이라고, 김 사장 그 능구렁이 확실히 잡았어? 얼마 내놓대?"

"잡기는 잡았는데 돈은 오히려 내 돈이 들어갔다. 여우 같은 영감탱이."

명훈은 그렇게 날치의 물음에 답해 놓고 잇뽕을 향했다.

"오늘 동생이 찾아와…… 오래 집 나가 있던 동생이라 고기 좀 먹여 보내고 오는 길입니다."

그때 날치가 다시 잇뽕을 대신해 끼어들었다.

"이제 여론조사소도 한물가는 판이니 오늘 못 잡으면 말캉 황이지. 역시 대단한 영감이야. 이 부장 구찌빤찌에도 한 푼 안 뜯기고 버틴 모양이네."

날치의 말에 명훈이 놀라 물었다.

"여론조사소가 한물가다니 그게 무슨 소리야?"

"한물간 정도가 아니라 끝장난 거지. 종 친 거야."

이번에는 잇뽕의 허탈한 목소리가 날치를 대신했다. 진작부터 예감은 하고 있었지만 너무 갑작스러운 일이라 명훈도 진심으로 놀라지 않을 수 없었다.

"끝장나다니요? 그게 무슨 말씀이십니까?"

"각하께서 우리 조사소 얘기를 들으시고 노발대발하셨다는 거야. 그따위 사설 조사 기관 당장 해체시키라는 특명을 내리셨다는 말도 있어. 그렇잖으면 우리 총재님을 집어넣을 거라더군."

"그건 어디서 들었습니까?"

"들을 만한 데서 들었어. 다 끝난 거야."

그러자 대동이 끼어들었다.

"형님, 말이 씨 된다꼬, 뭐든 동 그래 당창당창 잘라 말하는 게 아이씨더. 다 끝나기는 뭐가 다 끝나요. 아직 정식으로 공문이 내리온 것도 아인데. 다 뜬소문일 께시더. 각하 특명이라이? 형님, 인제는 청와대까지 댕기는 모양이쎄. 아이, 박통(박 대통령)한테 바로 들었니껴? 어예 여게 안동에 척 앉아서 대통령 주끼는(말하는) 거까지 다 들었니껴?"

"맞니더, 하마 대여섯 달이나 터 잡아 온 우리 조사소를 어예 하루아침에 문 닫게 하겠니껴? 전국에 지부만 해도 몇 갠데……

헛소문일 께씨더. 우리 총재 예비역 중장이라면서요. 글타 카믄 각하하고도 동기 비스무리할 낀데 그 낯을 봐서라도 그래는 못 하이더. 막말하지 말고 기다려 보시더."

김가도 풀어진 눈길로 대동의 말을 거들었다. 김가는 그 무렵 새로 뽑힌 지방지 무보수 기자 출신 조사 요원이었다. 명훈도 솔직히 그들의 말에 동조하고 싶었다. 정부와 무관한 사설 단체로 낙착되면 공갈의 위력이 떨어지기는 하겠지만 전국 백수십 개 지부가 일시에 문을 닫게 되는 일은 일어날 것 같지 않았다. 하지만 잇뽕의 말투는 조금도 달라지지 않았다.

"박통 매서운 사람이란 거 아직도 몰라? 김종필이를 봐. 오른 팔처럼 부리던 조카 사위도 수틀리면 두 번 세 번 외국으로 내쫓고 눈도 깜짝 않는 사람이 박통이라고. 그런 사람한테 옛날 고릿적 군대 동기, 그게 뭐 대단할 거 같아? 다 어림없는 희망 사항이야. 이미 끝난 거니까 모두 보따리 쌀 준비들이나 해."

"글타꼬 보따리는 왜요? 까짓 거, 꿩 아이믄 닭이라고, 여론조사소 깃발 내릿코 언론이나 하믄 되지. 까짓 거 옛날 그 무보수 주재 기자로 돌아가믄 되는 거 아이꺼?"

대동이 그래도 기죽지 않고 불퉁거렸다. 잇뽕은 그런 대동을 한심하다는 듯 바라보다가 동의라도 구하는 듯 명훈을 보고 말했다.

"그동안 각하 특명, 국정 반영, 관변 단체 내세우고 얼마나 해 먹었어? 그런데 이제 그게 모조리 거짓말이고 사실은 아무 근거 없는 사설 단체였다는 게 밝혀져 봐. 그동안 당한 것들이 가만히 있겠어? 거기다가 우리 조사소를 해체시키라는 대통령 특명이라도 있어 봐. 중앙정보부에 경찰까지 덤벼들어 우릴 잡으려 들걸. 공갈 협박은 기본이고 사기, 폭력, 공무 집행 방해 안 걸리는 게 없을 거라고. 특히 대동 저 새끼는 여론조사랍시고 사람까지 잡아다가 린치했잖아? 그쪽에서 걸고 나오면 납치, 감금까지 추가될 수도 있어."

오래 뒷골목을 구르다 보니 형사사건에 관한 한 잇뽕은 반(半) 변호사였다. 법에 대해 잘 알지는 못해도 명훈 역시 잇뽕과 같은 생각이 들었다. 스스로 생각하기에도 도대체가 지나치게 설쳐 온 그들이었다. 그동안 적어도 안동에서는 그들의 여론조사소가 어지간한 신문보다 더 위세를 부려 왔다.

잇뽕이 그렇게 떠먹이듯이 일러 주자 대동도 김가도 더 뻗대지 못했다. 대신 갑작스러운 비감과 또 그만큼의 느닷없는 분노로 전보다 더 빨리 술잔들을 비워 댔다. 인철과 마신 술이 적지 않은 명훈도 그런 분위기에 이내 휩쓸려 들었다.

이윽고 광란 같은 젓가락 장단이 시작되었다. 가아기는 간다아마는 정처 어없는 이 바알길, 지이나아온 자우욱마아다아 누운 무울 고여었소…… 그렇게 악을 쓰는 날치의 노랫가락을 들으며 명훈은 음울하게 중얼거렸다.

'벌써 여기도 파장이구나. 이제 어디로 가야 하나……'

받아치기

"아니 진 마담이 웬일이야? 날 다 찾아오고."

정 사장은 저만치 다방을 들어서면서부터 큰 소리로 너스레를 떨었다. 추운 날씨 탓인지 다방 안에 북적거리던 손님들이 일시에 그러는 정 사장과 그 상대편인 영희를 돌아보았다. 어지간한 영희도 한꺼번에 많은 사람의 시선을 받자 좀 거북했다. 하지만 정 사장은 그걸 즐기는 듯한 태도였다. 봐라, 나도 젊고 예쁜 여자가 찾아온다 ─. 그렇게 과시하고 있는 것 같기도 했다. 맞은편에 앉으면서 건네는 인사말도 다방 구석까지 들릴 만큼 컸다.

"요즘 재미 어때? 강 사장하고는 여전히 잘돼 가고?"

"그저 그래요. 강 사장하고는……."

영희는 그사이 진전된 자신과 억만의 관계를 털어놓으려다 말끝을 흐렸다. 어찌 보면 정 사장과 억만은 한때의 연적(戀敵)이었다. 비슷한 시기에 나타나 영희도 어느 쪽을 선택할까 진지하게 고민한 적이 있었다.

정 사장은 강남의 부동산 경기를 타고 한몫 잡은 복덕방 영감 출신의 토지 중개업자였다. 원래는 신사동 사거리 이면도로에 있는 두 평짜리 '행운복덕방'의 동업자 중 하나였으나 제3한강교가 개통되고 서울이 압구정과 잠원까지 넓혀지기 시작하면서 일어난 부동산 투기가 구변 좋고 부지런한 그에게 한 기회가 되었다. 강북의 투기꾼들과 강남의 농사꾼들 사이를 오락가락하며 성사시킨 몇 건의 큰 거래가 그를 전화번호가 둘씩이나 있는 번듯한 사무실에 젊은 직원과 경리까지 따로 거느린 '강남부동산'의 사장으로 만들었다.

그에 비해 강억만은 자신을 '오데(큰손이라는 뜻의 일본어)' 청과물 중개인으로 내세우고 있었다. 언제나 비슷한 건달 몇을 거느리고 요정에 와서 귀공자 행세를 하며 매상을 올려 주었으나 영희는 진작부터 그의 참모습을 꿰뚫어 보고 있었다. 갑자기 오른 땅값에 졸부가 된 강남의 배추 농사꾼 아들로 무식한 부모를 속여 사업 자금이랍시고 빼낸 돈으로 흥청거리고 있는 얼간이가 억만의 참모습이었다.

영희는 한동안 두 사람 사이에서 줄타기를 했으나 끝내는 강억만을 골랐다. 먼저 고려된 것은 정 사장이 이미 50대도 후반인 초로의 나이라는 점이었다. 그러나 그보다 더 영희가 그를 경원하게 된 것은 세상살이에 닳고 닳은 복덕방 영감 출신이란 점과 빈틈없는 그 성격 때문이었다. 현재의 능력에서도 장차의 가능성에서도 억만과는 비교도 안 될 만큼 나았지만 영희에게는 그게 실격 사유가 되었다. 당장 푼돈을 뜯어 쓰기에는 정 사장이 낫겠지만 영희가 꿈꾸고 있는 세상에 대한 일대 반격에는 큰 힘을 빌려 줄 사람 같지가 않아서였다.

"그래, 무슨 일이야? 설마 이제 와서 마음을 돌린 건 아니겠지."

이윽고 목소리를 죽인 정 사장이 용건을 물어 왔다. 그러나 말속에 뼈가 있다고, 영희에게 거부당한 서운함을 아직 씻어 버리지 못한 뒤틀린 여운이 있었다. 영희는 몸이 단 그가 딴살림을 차리자고 매달리던 때를 떠올리고 잠시 어색한 기분이 들었으나 짐짓 담담하게 받았다.

"사장님의 도움이 필요해요. 옛정을 봐서라도 좀 도와주세요."

"내 도움이 필요하다고? 뭔데?"

그러자 영희는 더 변죽을 울리지 않고 바로 용건으로 들어갔다. 핸드백에서 미리 준비해 간 부동산 등기부 사본 몇 통을 꺼내자 금세 정 사장의 눈빛이 달라졌다.

"이것 좀 보시고 어느 것이 가장 값나가고 팔기 쉬울지 골라 주세요."

영희가 사본들을 내밀자 정 사장은 군말 않고 돋보기를 꺼내 그것들을 살폈다. 지번과 지목을 꼼꼼히 살피며 한참이나 사본들을 뒤적이던 정 사장이 이윽고 전문가다운 품평을 시작했다.

"여기 이 포이동 산 1만 2천 평은 덩치야 크지만 아직 큰돈이 안 되고 그쪽 밭도 그래. 아직은 임자가 흔찮을걸. 잠원동 2백 평은 거래야 쉽겠지만 덩치가 작고. 압구정동 1천 2백 평이나 말죽거리 3천 평이 덩치도 크고 거래도 쉽겠는데."

"둘 중에 하나라면 어느 쪽이 낫겠어요?"

"글쎄…… 가 봐야 알겠는데. 도시계획과 관계된 위치가 어떤지 알아야지."

"어떻게 급하게 알아볼 길 없어요?"

"그런데 보자. 이건 소유주가 모두 강칠복 씨 것으로 되어 있는데, 진 마담이 어떻게?"

거기서 영희는 잠시 망설였다. 그러다가 하나의 전략으로서 정직을 택했다.

"저희 시아버님이세요. 강억만 씨 아버님……."

예상대로 그 말에 정 사장은 적잖이 충격을 받은 눈치였다. 만났을 때 그와의 관계를 먼저 물었듯이 정 사장도 한때의 연적으로서 억만의 존재를 어느 정도 알고 있었다.

"그럼 결국 강 사장하고……."

"네, 지난 동짓달에 결혼했어요."

거기서 영희는 다시 한 번 정직을 전략으로 써 보기로 하고 짐짓 쓸쓸한 목소리를 지어 보냈다.

"정 사장님, 죄송해요……."

"뭘?"

정 사장이 난데없다는 듯 물었다.

"그때 말이에요. 사장님께서 다방 차려 주시겠다며 요정 마담 노릇 그만두라고 하셨을 때…… 저 정말 고민 많이 했어요. 마음 같아서는 그날로 사장님을 따라나서고 싶었죠. 하지만 그럴 수는 없었어요. 사장님은 저 같은 화류계 인생의 한을 아세요?"

"화류계 인생의 한이라고? 그게 어떤 건데?"

"그 때문에 더욱 삶을 망치는 수도 있기는 하지만…… 우리에게는 남은 삶이 평범해서는 안 된다는 앙심 같은 게 있어요. 우리가 당한 만큼 보상받아야 한다, 우리를 학대하고 멸시한 세상에 앙갚음이 될 만큼 가져야 한다 ─. 이런 것이죠. 돈이든 힘이든 말이에요."

"내게는 세상에 대한 복수처럼 들리는군."

"어떻게 이해하시든 좋아요. 하지만 복수라기보다는 되받아치기라고 하는 편이 옳을 거예요. 지금까지는 우리가 밀려 왔으니까 이제부터는 우리가 밀어붙이겠다는 뜻 정도로 아시면 돼요."

"늘 막가는 인생이란 말을 입에 달고 있어 진 마담이 그런 기백을 숨기고 있는지는 몰랐는걸. 그런데 그게 나와 무슨……?"

"물론 사장님의 사람이 되면 푼돈이나 쓰며 살기에는 편하겠죠. 그러나 내가 세상을 상대로 되받아치는 데는 큰 힘이 되지 못할 거예요. 사장님이 그걸 허용하실 리가 없어요."

"그건 무슨 말인지 얼른 이해가 되지 않는걸. 그럼 강 사장은 그걸 허용하겠다던가? 그게 뭔데?"

"물론 억만 씨는 당장은 흥청거리고 있어도 가망 없는 사람이죠. 언젠가 그 턱없는 속임수가 아버님께 들통 나면 빈털터리로 쫓겨나고 말 거예요. 하지만 바로 그 점이 제게는 가능성이에요. 그러니까 오히려 억만 씨가 저 같은 사람을 맡아 줄 수 있고 저도 그를 잘 활용하면 세상에 되받아치기 할 근거를 마련할 수 있어요. 그가 허용하고 안 하고에 관계없이 말이에요."

어지간히 세상일에 닳고 닳은 정 사장이지만 영희의 말뜻을 제대로 알아듣지는 못했다. 그러나 자신을 거부한 데 뭔가 나름의 이유가 있었다는 게 불쾌하지는 않은 눈치였다.

"알 듯도 하고……."

영희는 그런 그를 무시하고 말을 계속했다.

"그래서 결혼했는데 그 집에서 절 받아 주지 않아요. 말할 것도 없이 제가 술집 색시 출신이라는 이유 때문이죠. 하지만 저는 꼭 그 집으로 들어가야겠어요. 번듯한 가문은 아니라도 한 정상적인 집안의 며느리로 자리를 잡는 게 제 되받아치기의 시작이에요."

"그런데 어떻게 그 집 땅을……?"

"땅은 대대로 농사를 지어 온 그 집 사람들이 가장 소중하게 여기는 것이죠. 더구나 지금은 강남 개발로 값이 올라 그냥 두었으면 별 볼 일 없는 농사꾼으로 살다 죽었을 사람들을 엄청난 재산가로 만들어 주었기 때문에 더욱 소중한 것이 되었어요. 따라서 제가 그들의 거부감을 꺾는 길은 땅밖에 없어요. 그것과 관련된 것만이 그 집 사람들이 저를 받아들이도록 설득할 수 있어요.

어쨌든 정 사장님은 이 필지 중에 어느 것이 요즘 부동산 시장에서 말하는 그 노른자위인지만 알려 주세요."

정 사장은 꽤나 집중해 영희의 말을 듣고 속으로는 머리를 굴리고 있는 눈치였다. 그러나 아무래도 알 수 없다는 듯 고개를 저으며 말했다.

"정 그렇다면 당장 알아볼 길이 전혀 없는 것은 아니지만……."

"그럼 어서 알아봐 주세요. 제겐 그게 무엇보다 중요하면서도 급하기 짝이 없는 일이에요."

"그럼 기다려 봐."

정 사장은 영희의 성화에 내몰린 사람처럼 그렇게 대답하고 전화 있는 데로 갔다. 등기부등본을 들고 가 지번을 읽어 주고 하는 게 자신의 사무실로 전화를 해 도시계획과 대조하는 눈치였다. 이윽고 제자리로 돌아온 정 사장이 말했다.

"아무래도 말죽거리 쪽이 나을 것 같은데. 지금 거기 뭐 하고 있어?"

"배 밭이라고 하는 것 같던데요."

"양재 사거리에 가까워 전망이 좋은 데다 지금 과수원이라면 땅값 오르기를 기다리는 데도 괜찮군. 값만 적당하면 임자가 있을 거야."

"그럼 임자 한번 알아봐 주세요."

그러자 정 사장이 어이없다는 듯 웃으며 말했다.

"강 사장과 결혼했다지만 아직 시집에도 들어가지 못했다고 하지 않았어? 정식으로 며느리가 되었다 해도 강칠복 씨가 아니면 팔 수 없는 땅인데, 진 마담이 어떻게 임자를 알아보라는 거야?"

여기서 영희는 잠시 망설였다. 다시 한 번 더 정직을 계책으로 써볼까 말까 얼른 판단이 서지 않아서였다. 그러다가 이번에는 정직과 거짓을 아울러 써 보기로 했다.

"정 사장님, 아직도 제게 서운한 맘이 있으세요?"

"아니, 이젠 아무렇지도 않아."

"믿어도 되겠어요?"

"내 나이 내일모레면 환갑이야. 어떻게 생각하면 그때 진 마담의 결정이 고마울 때도 있어."

정 사장이 제법 지긋한 감회까지 담아 그렇게 대답했다. 영희도 어조에 정성을 실었다.

"그럼 믿고 말씀드릴게요. 한때 마음을 두었던 젊은 연인으로 보셔도 좋고 잃어버린 어린 누이가 오래 세상 밑바닥을 헤매며 고생을 하다가 돌아와 간절하게 호소하는 것으로 들으셔도 좋아요. 저를 좀 도와주세요."

그러자 정 사장의 눈길에 문득 경계의 빛이 어렸다가 스러졌다.

"내가 도울 수 있는 일이라면 도와주고말고."

"억만 씨는 그 집 맏아들이에요. 그 땅은 기다리면 언젠가는 그에게로 넘어오겠지요. 하지만 저는 그렇게 한없이 기다릴 수 없어요."

"그래도 땅은 어디까지나 강칠복 씨 거야."

"억만 씨가 그 집의 정당한 상속자라는 점을 이용하면 땅 한 필쯤은 어떻게 팔 수도 있을 거예요. 더구나 아직은 아버님의 신임을 완전히 잃은 것도 아니어서 서류 문제나 돈 관리는 여전히 억만 씨에게 맡겨 놓고 있는 눈치고요. 어떻게 길이 없겠어요?"

"말하자면 시아버지 몰래 남편을 시켜 시집 땅을 팔아먹겠다는 거군. 그것도 진 마담을 집 안으로 들이기조차 마다하는 시집의 땅을."

"그 돈으로 사업해 나중에 갚아 드리면 되잖아요? 제게 온 마지막 기횐데 설마 망치겠어요? 자신 있어요."

그러나 그 부분은 거짓말이었다. 영희에게 정말로 그 배 밭을 팔 생각은 없었다. 다만 세상에 대한 반격의 발판을 마련하고 싶을 뿐이었다. 거짓의 냄새를 맡았는지 나잇값을 하는 것인지 정 사장이 갑자기 깐깐해진 목소리로 말했다.

"말이 쉬워 말죽거리 배 밭이지, 요새 시세로는 도둑놈 뒷전에 가도 천만 원이 넘어. 무슨 사업을 어떻게 하려길래 그렇게 거금이 필요해? 강 사장 놀리고 있는 자금도 있잖아?"

"억만 씨 밑천이랬자 신사동 로터리 부근 대지 판 돈 3백만 원이었는데, 이리저리 날리고 뜯겨 이젠 백만 원도 안 남았어요. 장사 수입 명목으로 한 달에 십만 원씩 시집에 갖다 주는 것도 시아버님 신임 잃지 않으려고 원금 줄여 가며 내는 거고요. 그 사람에게 맡겨 두어서는 아무것도 안 돼요. 몇 달 뒤에는 그 사람도 쫓겨나 제가 오히려 멀쩡한 알건달 먹여 살려야 하는 꼴 나게 생겼다고요. 제게도 한 번은 기회가 주어져야 해요. 헛바람 들어 가출했다가 인생 망친 년으로 세상을 끝내고 싶지는 않아요. 그리고 그러려면 제게는 큰 승부가 필요해요. 지면 정말로 죽을 각오가 되어 있는 큰 승부 말이에요."

이 부분은 또 진실이었다. 거기다가 영희가 지그시 이까지 악물자 정 사장은 다시 마음이 흔들리는 모양이었다. 한참을 말없이 영희를 바라보다가 마침내 마음을 정했는지 나직이 말했다.

"하기야 영 수가 없는 것은 아니지. 정말로 강 사장이 아직 집안 서류 일을 다 맡아하고 있다면 말이야."

"어떻게 하면 돼요?"

"강 사장 앞으로 시아버지 인감도장 찍힌 위임장을 만들고 또 그 인감증명을 떼 올 수 있으면 서류상으로는 하자 없이 팔 수가 있지. 물론 계약 때는 인감도장도 가져와야 하고."

"그 정도는 할 수 있을 거예요. 그럼 그 땅 살 사람 한번 찾아 주시겠어요? 복비는 후하게 쳐 드릴게요."

"그건 곤란한데. 내가 내막을 모른다면 얼마든지 해 줄 수 있지만 알고서는 안 돼. 자칫하면 부동산 사기 공범으로 말려들게 돼."

영희에 대한 정 사장의 미련은 거기서 갑자기 꼬리를 사렸다. 아무리 영희가 애원해도 자신이 직접 그 일을 주선하는 일은 한사코 마다했다. 하지만 영희에게는 그만한 호의도 고맙기 짝이 없었다. 영희는 자리를 옮겨 불고기로 성의 있는 점심을 대접하고 정 사장과 헤어졌다.

"여러 가지로 고마웠어요. 이번에는 정 사장님을 위해서 제가 달리 길을 알아보겠지만 언젠가는 정 사장님과 이런 일을 함께해 보고 싶네요."

식당을 나서면서 영희가 그렇게 말하자 정 사장이 뜻밖이란 표정으로 걸음까지 멈추고 물었다.

"그럼 진 마담이 해 보고 싶다는 사업이 부동산이야?"

"그래요. 돈이 흐르는 것을 가장 잘 볼 수 있는 곳이 화류계 아녜요? 거기서 이 몇 년 익힌 세상살이에서의 눈썰미예요. 그게 언제까지일지는 모르지만 이제 이 땅에서 가장 빨리 돈을 뭉치는 길은 부동산이 으뜸일 거예요."

그러자 정 사장은 놀란 눈빛으로 영희를 보다가 혼잣말처럼 중얼거렸다.

"복덕방 수십 년에 겨우 깨친 것을 진 마담은 바로 꿰뚫어 보았군. 나도 아직 확신을 갖고 있지는 못하지만 적어도 이놈의 산업화란 것이 지금 같은 속도로 계속 진행된다면 진 마담 말이 틀리지 않을 수도 있겠지. 1964년 수출 1억 불이 3년 만에 세 배로 늘어났어. 이건 바깥에서 엄청난 돈이 들어오고 앞으로도 계속될 거란 뜻이지. 그렇다면 치솟는 게 뭐겠어? 늘릴 수도 튀길 수도 없는 이 나라 부동산값밖에 더 있겠어?"

영희가 셋방으로 돌아가니 새벽부터 청과물 시장에 나간다고 수선을 떨던 강억만이 벌써 돌아와 있었다. 무슨 좋지 않은 일이 있는지 줄담배를 피워 대 방 안에 연기가 자욱했다.

"아유, 오소리 잡는 거예요? 뭐 해요?"

영희가 가볍게 핀잔을 주며 방문을 활짝 열어젖히자 억만이 멀거니 영희를 쳐다보았다. 무언가 잘못을 저지르고 집에 들어가기 겁나 대문 밖에 쭈그리고 앉은 아이 같았다.

"그런데 당신 얼굴이 왜 그래요? 무슨 일 있어요?"

영희가 진심으로 걱정하는 표정을 지으며 다정하게 물었다. 자살 소동에 놀라 얼떨결에 영희와 결혼을 약속하고 동거 생활까지 시작했지만 그것도 총각 명색이라고 요즘 들어 은근히 후회하는 눈치를 보이는 억만이었다. 영희는 그게 아니꼬웠으나 그럴수록 현숙한 아내 흉내를 냈다. 애초부터 사랑만으로 한 결합은 아니었다.

"음, 그럴 일이 좀 있어."

억만도 제법 지긋한 남편 티를 냈지만 영희는 이미 그가 당한 낭패의 내용을 대강 짐작하고 있었다. 보나마나 돈 문제일 터였다. 이상스러울 만큼 아버지를 겁내는 그는 요즘 들어 부쩍 지난 1년간 탕진해 버린 돈을 걱정하고 있었다. 그래서 제 딴은 정신 차려 장사를 해 보겠답시고 청과물 시장을 기웃거렸지만 결과는 영 신통치 않았다. 경매에도 끼어 보고 중간도매상도 해 보았으나 본전 깎이지 않으면 다행이었다.

"경매에서 재미를 보지 못하셨군요. 많이 깨졌어요?"

"그게 아냐."

억만은 그렇게 말해 놓고 다시 담배 연기를 길게 내뿜었다.

"이젠 경매에도 낄 처지가 못 된다고."

"그게 무슨 소리예요?"

"겨울 채소는 단가가 높아 내 밑천으로 잡을 수 있는 게 거의 없어. 간혹 나오면 그때는 나 같은 쫄때기(밑천 작은 장사꾼)들이 까맣게 붙어 제 살 깎기를 하는 바람에 손해 보기 십상이고."

영희는 생각보다 억만의 막장이 빨리 다가오고 있다는 것에 은근히 놀랐다. 그러나 그것은 또한 마음속에서 여물어 가고 있는 계획에 억만을 끌어들이는 계기로 활용할 수도 있었다.

"당신 밑천이 그렇게 줄었어? 그럼 큰일이잖아? 아버님께서 아시면 어떡해? 나 이러다가 영영 시집 못 들어가게 되는 거 아냐?"

영희는 먼저 그렇게 억만의 마음을 흔들어 보았다. 예상대로 시아버지를 들먹이자 억만은 더욱 겁먹은 아이같이 되었다.

"쓸데없는 걱정 마. 봄이 되어 물량이 쏟아지면 이 돈으로 할 수 있는 장사도 많아. 이 강억만이 그리 쉽게 무너지지 않는다고."

입으로는 그렇게 큰소리를 쳐도 표정은 거의 울상이었다. 영희는 그런 억만을 한 번 더 혼란시켰다.

"아버님이 언제까지 기다려 주실 눈치가 아니시던데? 접때 봐요. 하라는 장사는 안 하고 계집질만 했다고 성화 내시지 않았어요? 언제 원금(元金) 가지고 들어오라고 불호령이 떨어질지 모른다고요."

억만이 시아버지로부터 원금 들여놓고 장사 치우란 소리를 이미 들은 적이 있는 줄 알고 있는 영희였다. 그러면서도 시침을 떼고 억만에게는 최악이 되는 그 상태를 한 가정으로 상기시키자 효과는 그대로 나타났다.

"그러니 어쩌란 말이야? 그리 되면 약이라도 먹고 칵 죽어 버리는 거지 뭐."

억만이 갑자기 비장한 목소리로 그렇게 받았다. 영희가 놀란 체하며 그런 억만에게 다가들었다.

"당신, 약해 빠진 소리 마세요. 사람이 죽을 각오로 덤비면 못할 일이 어디 있겠어요? 그러지 말고 힘을 내요."

영희는 오래 함께 살아온 현숙한 아내처럼 억만을 위로하며 격려했다. 그럴수록 억만은 영희에게 매달렸다. 응석 부리는 덩치 큰 아이 같았다.

"실은 다 틀렸어. 지금 몇 푼 남은 것도 여기저기 걸린 외상 갚으면 똔똔(입출이 같음)이야. 벌써부터 죽을 생각뿐이었다고."

그러면서 난데없이 눈물까지 흘렸다. 그걸로 미루어 억만의 상태는 영희가 생각하기보다 더 절망적인 것 같았다. 영희는 그런 억만을 가만히 끌어안으며 자기의 제안을 유도하게 만들었다.

"너무 걱정 마세요. 우린 백년해로할 부부잖아요. 함께 머리를 짜내 보면 뭔가 수가 있을 거예요."

"수는 무슨 수가 있어?"

예상대로 억만은 영희가 던진 미끼를 덥석 물었다. 영희는 잠시 생각하는 척하다가 머뭇거리며 말했다.

"우리 이렇게 해 보는 게 어때요?"

"뭘 어떡해?"

억만이 기대에 찬 눈빛으로 영희를 보며 물었다. 영희는 이제 방금 생각했다는 듯 더듬더듬 말했다.

"이왕 이렇게 된 것…… 아버님 힘을 한 번 더 빌리는 게 어때요? 그래서 한꺼번에 갚으면……."

"그럼 아버지한테 또 돈을 얻어 내란 말이야? 어림없는 소리."

"그게 아니라 잠시…… 아버님이 가지신 땅을 좀 빌리는 거예요."

"땅을 빌려? 땅을 빌려 뭐 해? 농사라도 지을 거야?"

"농사를 짓자는 게 아니고 그걸 팔아 사업을 하는 거죠. 그래서 돈을 벌면 다시 사 드리면 될 거 아녜요?"

"그거 땅 팔아 돈 달라고 하는 소리와 다를 거 없잖아? 당신, 아버지 못 봤어? 손톱이나 들어갈 것 같아?"

"아버님이 반대해도 할 수는 있어요."

"뭐? 그럼 아버지 몰래 땅을 팔아 먹잔 말이야?"

거기서 억만은 버럭 역정까지 냈다. 어떤 면에서는 아직 그만한 성실함과 순진성이 남아 있다는 뜻이기도 했다. 영희는 그런 억만을 참을성 있게 달랬다.

"팔아 먹는 게 아니라 빌리는 거라고 했잖아요? 돈 벌어 다시 사 드리면 되잖아요?"

"세상이 당신 맘대로야? 돈 그거 벌고 싶다고 막 벌어지는 거야?"

억만은 그렇게 완강히 버티었다. 그래도 영희는 한 살 아래인 억만을 10년쯤은 손위가 되는 엄한 남편 모시듯 고분고분 달랬다. 그러다가 이제는 현저하게 효과가 떨어졌지만 몸까지 동원했다. 억만을 어르는 척하며 성적인 자극을 주어 대낮에 방사까지 치르고서야 겨우 억만을 설득했다. 아마도 그날 영희는 일생을 통해 익힌 성의 기교를 가장 정성 들여 펼쳤을 것이다.

"먼저 등기소에 가서 아버님 이름으로 등기 권리증부터 신청하셔야 해요. 아버님은 그 권리증이 바로 땅인 줄 알고 꾸욱 끌어안고 계시지만 실은 그렇지 않아요. 잃어버렸다고 신청하면 얼마든지 다시 나오는 거라고요. 아버님 위임장만 있으면 당신이 대신 찾을 수도 있고."

언제나 그렇듯이 한 차례 만족한 방사가 있고 한동안 멍청해져 누워 있는 억만에게 영희는 정 사장한테 들은 대로 차근차근 일러 나갔다.

"그다음에는 적당한 핑계로 아버님 인감도장을 빼내세요. 그리고 사법서사에게 가서 부동산 매매 일체를 위임한다는 내용의 위임장을 작성한 뒤 그 도장을 찍으세요. 어렵기는 구청에서 인감증명을 떼는 일인데, 그때는 그 위임장과 당신 주민등록증 외에 주민등록등본을 준비해 가세요. 당신이 아버님의 맏아들이란 걸 보여 주면 구청 서기도 그리 까다롭게 굴지는 않을 거예요. 정히 까다롭게 굴면 몇 푼 집어 주는 것도 좋고요……."

그날 자신이 가진 모든 것을 동원해 억만을 설득하기는 했지만 영희가 마음 졸일 일은 그것으로 끝나지 않았다. 나이 서른에 가깝도록 엄한 아버지 밑에서 눈치만 보고 자란 억만이라 아버지가 안 보는 곳에서 자잘구레한 속임수는 쓸 수 있어도 정면에서 아버지의 큰 재산 한 덩이를 훔쳐 내는 일은 처음부터 자신 없어 했다. 영희의 부추김이 아니었으면 엄두조차 못 냈을 것이다.

　그도 그럴 것이 땅은 억만의 아버지 강칠복 영감의 일생에 걸친 성취이자 자부였다. 나중에 들어 안 일이지만 원래 강칠복은 여주 들 민(閔)씨 가문의 역촌(役村)에서 대를 이어 소작인으로 살아온 집의 막내였다. 열아홉에 집을 나와 서울로 올라왔으나 사대문 안에는 끝내 자리를 잡지 못하고 겨우 강남 잠실 근처에서 막노동과 소작으로 힘든 삶을 시작했다. 그러다가 해방이 되고 토지개혁 바람이 불면서 그에게도 기회가 왔다.

　해방 전후사를 인식하는 데 토지개혁 문제는 주요한 쟁점이 된다. 북한의 초기 정치 공세에서뿐만 아니라 남한의 잘나고 똑똑한 지식인들도 남한의 토지개혁은 정의롭지도 않고 철저하지도 못했다는 데 기꺼이 동의한다. 북한이 즉각적으로, 그리고 무상(無償) 몰수와 무상분배를 실시한 데 비해 남한은 반동 지주 세력의 방해로 턱없이 늦어서야, 그것도 유상(有償)몰수, 유상분배라는 어정쩡한 형식으로 토지개혁이 이루어졌다는 이유에서다. 그리고 한술 더 떠 그걸 두고 은근히 북한 정권의 정통성까지 유추하기도 한다. 형식논리로 보면 별로 흠이 없는 논의다. 그러나 한 사회의 체제라는 걸 염두에 두고 보면 수상적은 고의(故意)를 감춘 몰아세우기의 혐의가 짙다.

북한은 출발부터 사회주의 정권이었고 거기서는 사유(私有)가 인정되지 않는다. 따라서 기존의 토지소유권을 인정할 필요도 없고 보상을 할 필요도 없다. 또 보상을 하지 않고 거둔 토지인 만큼 당연히 무상으로 나누어 주어야 한다. 만약 북한이 유상분배를 했다면 그것은 바로 범죄를 구성할 것이다.

거기에 비해 불행히도 남한은 미 군정 3년이 있은 데다 사유를 존중하는 자본주의 체제를 지향한 사회였다. 관리의 태반이 미서 전쟁(美西戰爭)에서 이기고 필리핀을 넘겨받았듯 태평양전쟁에서 이겨 한반도를 물려받은 것쯤으로 생각하고 온 군정청(軍政廳)에 자기 나라에서는 듣도 보도 못한 토지개혁을 기대하는 것은 애초부터 무리였다. 또 대한민국 정부가 수립되어도 그들이 택한 자본주의 체제는 사유를 부인할 논리에 궁색할 수밖에 없었다. 따라서 유상몰수와 유상분배는 어쩔 수 없는 선택이었다고 이해할 수도 있다.

거기다가 토지개혁 논의에서 더 심한 몰아세우기의 혐의는 그 효과를 둘러싼 억측과 단정 들에서 드러난다. 역시 형식논리로는 정의롭지도 못했고 철저하지도 못한 토지개혁이었으니 그 효과도 당연히 없어야 한다. 하지만 거기에 대해서는 광범위한 반증(反證) 들이 있다. 그 산증인이 바로 강칠복 씨 같은 이들이다.

서른이 넘도록 무릎 댈 땅 한 뼘 없이 소작으로만 살아온 강칠복 씨에게 처음으로 토지 소유자의 기쁨을 맛보게 해 준 것은 바로 토지개혁의 풍문이었다.

물론 거기서도 북한의 예가 영향을 주었겠지만 불안한 지주들이 헐값으로 땅을 내던진 탓이었다. 특히 정부 수립 직후 제헌국회가 토지개혁을 실시하리라는 풍문이 돌면서 지주들의 불안은 더해 그해 강칠복 씨는 그 땅의 한 해 수확을 약간 웃도는 값으로 잠원동의 땅 7백 평을 얻을 수 있었다.

거기다가 토지개혁으로 얻게 된 말죽거리 싸릿재 근처의 밭 2천 평은 강칠복 씨에게 날개를 달아 준 격이었다. 어려서부터 몸에 익은 농사에다 부지런하기로 소문난 그에게는 서울이란 거대한 소비지를 가까이 둔 야채 농사가 논보다 나은 벌이를 주었다. 솔직히 그에게는 자신이 땅값을 물었다는 걸 거의 기억 못 할 만큼 지가(地價) 상환은 큰 부담이 되지 않았다. 분할해 내는 상환금이 그의 관념에 뿌리 박은 소작료보다 오히려 적었기 때문에 소작에 익숙한 그에게는 몇 해 소작료 물고 나니 땅이 거저 생겼다는 느낌뿐이었다.

토지개혁의 풍문에 휩쓸리기 이전 일반적인 소작 조건은 지주와 소작인이 수확을 반반으로 나누는 것이었다. 그러나 사료와 이엉의 재료로 약간의 경제적 가치가 있는 볏짚은 으레 지주의 몫이 되고 또 소작인에게는 가외의 노동이 요구되는 경우가 많아 실제 소작인의 분할 상환금은 한 해 수확의 절반을 넘는 일이 없었다.

하지만 강칠복 씨가 소유한 나머지 토지는 모두 땀 흘려 일하고 피나게 절약하여 모은 것이었다. 오 남매 중에서 겨우 맏아들 억만이만 중학교를 졸업시킨 일로도 강칠복 씨의 절약과 인색이 어떤 것인가를 넉넉히 짐작할 수 있다. 따라서 그의 토지에 대한 집착은 유별날 수밖에 없었다.

억만은 그런 아버지의 땅을 건드리는 데 본능적인 공포를 느끼는 듯했다.

달래기도 하고 애원도 해 보았지만 일주일이 되도록 머뭇거리기만 하다가 영희가 다시 한 번 비상수단을 동원해서야 겨우 서류를 갖춰 왔다. 그동안의 모든 실패를 강칠복 씨에게 일러바치겠다는 영희의 위협이 억만을 몰아세운 덕택이었다.

어렵게 손에 넣은 등기 권리증과 매매 위임장, 인감증명을 가지고 강칠복 씨의 말죽거리 배 밭 3천 평을 복덕방에 내놓은 영희는 다음 단계로 들어갔다. 보살 마담을 찾아가 자신의 거사에 필요한 자금을 마련하는 일이었다.

보살 마담은 아직 백운장을 지키고 있었다. 자신의 요정을 위세 좋게 드나들던 정계와 재계의 거물들이 4·19와 5·16을 거쳐 제3공화국에 이르는 동안 하루아침에 감옥에 던져지거나 알거지가 되고 드물게는 교수대로 끌려가는 것을 보면서 더욱 불심이 깊어졌다고 하지만 아직은 질척한 세상과의 인연이 다하지 않은 듯했다. 백운장을 나온 지 거의 3년, 마지막으로 본 지도 1년 가까운데 영희가 찾아뵙겠다는 전화를 넣자 보살 마담은 까닭도 묻지 않고 기꺼이 받아들여 주었다.

"너도 내 집 드나든 지 하마 5년이 넘지? 보자. 이리 가까이 와 봐."

사람들이 찾아오면 늘 그렇듯이 영희가 정한 시간에 찾아가자 보살 마담은 상을 보는 일부터 시작했다.

"지난 정초에도 보셨는데 뭘 또 보시려고요? 팔자 험한 년 관상 언제 봐도 그게 그거지."

"아니다. 상이란 아침에 다르고 저녁에 다를 수 있는 거야."

보살 마담은 그러면서 전에 없이 세밀하게 영희의 얼굴을 살폈다. 말투도 전과 달리 세상일에 심드렁한 사람처럼 툭툭 던지는 그런 것이 아니었다.

'이 할망구, 사람만 오면 얼굴 들여다보더니 이젠 정말로 뭘 좀 알게 된 건가.'

영희도 덩달아 진지해져서 한동안 그녀가 하는 대로 얼굴을 맡겼다가 물었다.

"그래, 어떠세요? 정초하고 비교해서는. 무슨 좋은 수가 생길 것 같아요?"

"글쎄다. 그것까지는 모르겠지만 상은 참 많이 변했다. 뭔가 새로운 게 비치기는 하는데…… 도화살이 다 걷혀 가고……."

그 말을 듣자 영희는 은근한 기대까지 품고 물었다.

"도화살이 걷혔다면 음전한 맏며느리 상이라도 나왔나요?"

"아직은 모르겠어. 하지만 화류계와의 악연에서는 벗어날지도 모르지."

수십 년 산전수전 다 겪은 늙은 뚜쟁이답게 비정할 때는 비정하고 음흉할 때는 음흉스럽기 그지없는 보살 마담이었다. 전에도 불법(佛法)이다, 인연이다, 상이다, 색주가 주인에게는 어울리지 않는 소리들을 늘어놓았지만 사실 그녀의 비범이나 탈속함을 믿어 주는 아가씨들은 별로 없었다. 그러나 그날의 영희는 왠지 그녀를 믿고 싶어졌다. 그녀를 찾아온 목적에도 그 편이 유리하기 때문인지 몰랐다. 영희는 지금 그녀에게 백만 원이란 적지 않은 돈을 별다른 담보 없이 빌릴 작정이었다.

"그건 그렇고…… 갑자기 날 보자고 한 까닭은 뭐야? 목소리가 매우 간절하던데."

어떻게 보면 느닷없고 가망 없는 부탁이라 영희가 얼른 말을 꺼내지 못하는데 보살 마담이 때맞춰 물어 주었다.

"저어 사장님…… 어떻게 말씀드려야 할지……."

"언니라고 불러라. 중생은 다 형제자매니라."

나이 차이가 30년에 가까워 언제나 호칭을 얼버무려 오다가 겨우 찾아낸 사장님이란 호칭을 보살 마담은 도통한 스님처럼 그렇게 바꿔 주었다.

"그럼 저…… 어, 언니. 저 돈 백만 원만 빌려 주세요. 잡힐 것도 없고 기한도 정하지 못하지만…… 꼭 갚고 이자도 힘껏 쳐 드리겠어요."

영희는 말을 낸 김이라 한꺼번에 차용 조건과 변제 방식까지 털어놓았다. 보살 마담은 특별히 놀라거나 어이없다는 기색을 드러내지 않았다.

"백만 원이라…… 그거 적은 돈이 아닌데. 아무리 요샛돈이라지만 강남으로 좀 빠지면 그런대로 살 만한 집 한 채 값이야. 그 큰돈을 담보도 기한도 없이 빌린다……."

그렇게 보살 마담은 꼭 남의 얘기를 하는 사람 같았다.

"그러니까 보살 언니를 찾아온 거예요. 언니라면……."

갑자기 불안해진 영희가 다급하게 말을 받아 놓고는 그렇게 말끝을 흐렸다. 원래는 준비한 말이 많이 있었으나 왠지 자꾸 말문이 막혔다. 보살 마담이 여전히 남의 얘기를 하는 사람처럼 흐려진 영희의 말끝을 붙들었다.

"언니라면…… 무어냐? 어째서 내게 오면 된다고 믿게 됐지?"

영희에게는 감동적인 말로 그녀를 설득시킬 기회가 주어진 셈이었다. 자신이 무슨 일을 하려고 하며, 그 일이 자신의 인생에서 뜻하는 바가 무엇이며, 얼마나 성공의 확률이 높은가에 대해서. 그런데 어찌 된 셈인지 기회가 주어지자 더욱 말하기 힘들어졌다. 갑자기 자신의 계획이 황당하기 그지없고 그걸 바탕으로 그렇게 큰돈을 빌리려는 것이 터무니없는 것으로 느껴졌다.

"모르겠어요. 잘은 모르겠지만 어쨌든…… 보살 언니라면 어떻게 해 줄 것 같았어요."

한참이나 망설이던 영희가 갑자기 될 대로 되라는 기분이 되어 그렇게 대답하고 말았다. 그러자 보살 마담의 얼굴이 차갑게 굳어졌다.

"그렇다면 잘못 찾아온 것 같은데. 지금 내겐 그만한 돈이 없거니와 있다고 해도 그런 애매한 돈을 빌려 줄 순 없겠어."

영희는 거기서 모든 것이 끝난 줄 알았다. 그런데 지레짐작으로 맥이 빠져 대꾸 없이 앉은 영희를 한동안 물끄러미 살피던 보살 마담의 다음 물음이 다시 일을 풀어 나갔다.

"도대체 용처가 어디야? 뭘 하려는데?"

영희는 잠시 망설이다가 그제야 자신의 계획을 털어놓았다. 이제는 돈을 빌리는 일보다 산전수전 다 겪은 인생의 선배에게서 자신이 설계한 남은 삶을 검토 받는다는 기분이 앞섰다.

다소간 마음이 풀려서인지 영희의 얘기는 미리 준비했던 것보다 더욱 진지하고 세밀해졌다. 거기다가 충분한 감정이입까지 일어나 얘기를 마쳤을 때는 자신도 모르게 눈물이 두 볼에 줄줄이 흘러내리고 있었다.

"그렇다면 내 한번 마련해 보지. 일주일이면 되겠어?"

이윽고 꿈결에서처럼 보살 마담의 입에서 그런 말이 흘러나왔다. 그러나 갑작스러운 감동으로 상기된 영희와는 달리 표정은 여전히 냉랭하기만 했다.

양재동 배 밭을 내놓은 부동산에서 급한 전갈이 온 것은 그로부터 사흘 뒤였다. 그날 무슨 일인가로 밖에 나갔던 영희가 셋방으로 돌아오니 기다리고 있던 억만이 급한 표정으로 말했다.

"복덕방에서 안집으로 전화가 두 번이나 왔어. 그 땅 살 사람이 있다는 거야."

"그럼 얼른 가 봐요. 쇠뿔도 단김에 빼랬다고, 이런 일은 꾸물거려 좋을 게 하나도 없어요."

영희가 그렇게 받으며 서둘러 나갈 채비를 하자 억만이 갑자기 자신 없는 목소리로 덧붙였다.

"그런데 말이야, 저쪽이 여간 깐깐하지 않은가 봐. 어쨌든 아버님의 의사가 확실한 걸 증명해야 된대. 아버님 모시고 오라면 어떡하지?"

"그건 제게 맡겨요. 당신이 아버님 인감도장만 들고 나올 수 있으면 돼요."

영희는 그렇게 자신 없어 하는 억만을 안심시키고 그 길로 땅을 내놓은 부동산 사무실을 찾아갔다. 마흔 줄인 부동산 중개인도 억만과 같은 걱정을 했다.

"어쨌든 그 사람에게 연락이나 해 주세요. 그 사람은 원하는 땅 얻고 우리는 돈만 받으면 되니까요."

영희는 이번에도 자신 있게 부동산 중개인을 달랬다. 그런데 막상 당사자가 나타나자 일은 영희의 뜻 같지 못했다. 연락을 한 지 한 시간도 안 돼 나타난 원매자는 예상과 달리 젊은 사람이었고 또 부동산 거래에 밝은 사람인 듯했다. 영희 나름으로는 갖출 만큼 갖춘 서류인데도 계약은 땅 소유주인 강칠복 씨와 하기를 원했다.

"보세요, 선생님. 선생님은 이 땅만 하자 없이 가지실 수 있으면 되는 거 아녜요? 막말로 이 땅을 우리가 아버님 몰래 팔아 먹는 거라 칩시다. 우리야 아버님에게 먹살을 잡히든 따귀를 맞든 그쪽하고는 상관이 없는 일이잖아요?"

영희가 그렇게 달래 보았지만 그 젊은 원매자는 조금도 흔들리지 않았다.

"우리나라의 부동산은 등기부주의(登記簿主義)가 아니고 사실주의(事實主義)에 바탕하고 있어요. 서류가 완벽하게 갖춰졌다고 해서 그걸로 곧 소유권을 인정하지 않는단 말입니다. 다시 말해 두 분께서 부친의 의사에 반해서 부동산을 넘기셨을 경우 부친께서는 실질상의 소유주임을 증명하면 그것으로 끝이에요. 땅은 일단 부친께로 돌아가고 먹살잡이는 우리끼리 해야 된단 말입니다."

영희로서는 처음 듣는 소리였다. 나중 영희가 그렇게 힘들여 부동산 관계 법령을 공부하게 되는 것도 어쩌면 그날 그 젊은 전문가가 준 강렬한 인상 때문이었는지 모른다. 하지만 그대로 물러날 수 없는 영희였다.

"그럼 할 수 없죠. 우리 이렇게 해요. 오늘은 계약만 우리와 하고 중도금, 막대금 때는 아버님을 입회시키죠. 나오셔 봤자 그게 그거겠지만 댁에서 하도 못 믿으시니 그렇게라도 하는 수밖에요."

그래도 그 젊은 원매자는 여전히 머뭇거렸다. 그때 술상 머리에 앉아서 수없이 보아 오는 동안에 터득한 영희의 협상 기술이 다시 빛을 뿜었다.

"할 수 없죠. 저, 사장님, 그럼 딴 데 더 알아봐 주세요. 우리도 그리 급한 건 아니니까. 정히 안 되면 계약금 두 배 따먹는 것도 쏠쏠한 재밀 텐데……."

영희가 그렇게 한편으로는 밀고 한편으로는 당기면서 핸드백을 챙기고 일어나자 비로소 그 젊은 전문가가 생각을 바꾸었다.

"좋습니다. 그럼 계약만입니다. 중도금과 막대금 때에는 반드시 강칠복 씨 본인이 나와야 돼요. 그렇잖으면 계약금의 두 배를 위약금으로 무서야 합니다."

그러고는 비로소 계약으로 들어갔다. 끝내 팔 땅이 아닌 만큼 가격 절충은 쉽게 이루어졌다. 사는 사람이 넉넉하다고 생각할 만큼 영희가 양보해 준 까닭이었다. 영희로서는 계약서와 약간의 계약금만 수중에 넣으면 되었다. 땅값은 터무니없다고 할 만큼 싼 게 오히려 영희에게 유리했다. 결국 김 사장이 일러 준 최저가인 천만 원에 계약금 50만 원으로 양재동 배 밭의 매매 계약은 체결됐다.

"이제 어떻게 할 거야? 당신 다음에 아버님 모시고 나올 자신 있어?"

셋방으로 돌아온 억만은 정말로 걱정스럽다는 듯 영희에게 물었다. 영희는 여전히 속셈을 숨기고 좋은 말로 그를 달랬다.

"걱정 마세요. 그 사람 똑똑해 봬도 헛똑똑이라고요. 이제 우리에게 코가 꿰인 거예요. 두고 보세요. 결국은 당신에게 도장 받는 걸로 만족할 테니."

그래도 억만은 영 미덥지 않은 눈치였다.

"당신은 딴 걱정 말고 시내 목 좋은 곳에 가게 터나 하나 봐 두세요."

영희는 그렇게 억만을 달래 돈 10만 원을 쥐어 주며 쫓아내듯 밖으로 내몰았다. 이제 영희의 그 한 편의 시나리오는 절정을 향해 가고 있었다.

억만이 마지못해 나간 뒤 영희는 정성 들여 분장을 했다. 화장은 되도록 옅게 하고 옷차림도 주부 티가 물씬 나게 해 그동안 몸에 밴 술집 색시 티를 씻어 내는 일이었다. 그런 다음 아랫배에 스웨터 하나를 묶어 눈여겨 보면 아이를 가진 것으로 볼 수 있게 꾸몄다.

영희는 그러고도 한참이나 빈방에 앉아 생각을 간추리고 전의를 다진 뒤에야 셋방을 나섰다. 이제 그녀는 그렇게 완강히 받아들이기를 거부해 온 시집으로 돌진하려는 것이었다. 한바탕 악전고투가 예상되지만 그녀는 애써 자신의 승리를 믿으려 했다.

시집은 잠원동 허허벌판 가운데 있는 작은 동네인 데다 전에 한 번 가 본 적이 있어 찾기가 어렵지 않았다. ㄱ 자 옛 초가집에 지붕만 슬레이트로 바꾼 본채와 시멘트 벽돌로 덧붙인 별채가 제법 규모를 갖춰 고만고만한 마을 집들 중에는 그래도 여유 있는 살이를 드러내고 있었다. 마을 사거리에 서울 사람이 새로 지은 2층 건물을 빼면 제일 큰 집일 성싶었다.

영희는 멀리서 심호흡을 하고 그 집 대문께로 다가갔다. 그때 대문이 열리며 전에 본 적이 있는 손아래 시누이가 나왔다. 국민학교를 마치고 농사일을 거들고 있다는 열예닐곱의 소녀로 한눈에 영희를 알아본 듯 그 눈길이 곱지 않았다. 영희는 가슴이 철렁했지만 애써 웃음을 지으며 다가갔다.

"아가씨, 안녕하세요?"

"저어 누구시더라. 전 아줌마를 잘 모르겠는데요."

시누이가 그렇게 암팡지게 대답하고는 왼고개를 틀었다. 그때 다시 누군가가 대문을 밀고 나왔다. 입대를 앞두고 있는 시동생이었다. 누이동생과 함께 가까운 비닐하우스에 참이라도 날라 주려는 것인지 짐 싣는 자전거 뒤에 보자기 씌운 플라스틱 함지박을 싣고 있었다. 영희는 구원군이나 만난 듯 사람 좋고 순해 뵈는 그 시동생에게 매달렸다.

"도련님, 그간 안녕하셨어요?"

"아, 네. 혀, 형……."

만약 뒤따라 나온 시어머니가 아니었으면 그는 아마도 형수란 말을 다 뱉어 냈을 것이다. 목덜미까지 시뻘게지는 게 그의 난감한 심경을 드러내고는 있었지만 형과 함께 살고 있다는 사실만은 존중하고 있는 듯했다.

그러나 시어머니의 찬바람 도는 얼굴과 쌀쌀맞은 목소리가 그의 말문을 막아 버렸다.

"이게 누구야? 전에 억만이하고 같이 왔던 색시 아냐?"

시어머니는 그렇게 영희를 알은체했다. 영희는 그게 오히려 불길하게 느껴졌지만 내색 않고 공손히 허리부터 굽혔다.

"어머님, 저 왔어요."

그러자 시어머니의 표정이 홱 변했다. 쌀쌀맞음에서 금세 물어 뜯기라도 할 듯 표독스러움으로 잘라 말했다.

"그쪽이 집을 잘못 찾아왔는가 보네. 나는 거기 같은 딸을 둔 적이 없는데."

"물론 그러시겠죠. 하지만 오늘은 정말로 긴한 일이 있어서 ……."

"일없어. 우리는 전수(전부, 전혀) 모르는 사람이니까 그만 돌아 가셔."

여주 사투리까지 튀어나오는 게 길게 눌어붙으면 한바탕 퍼 대 서라도 내쫓을 기세였다. 올 때 이미 그만한 각오는 하고 온 영희 였다. 그런 시어머니 발 앞에 금세 엎드리기라도 할 듯 더욱 깊고 공손하게 머리를 숙였다.

"어머님, 아버님 심려를 제가 모르는 건 아니에요. 하지만 이 일은……."

"도대체 누가 어머니고 누가 아버지야? 일없으니 길이나 비켜."

그때 영희의 기대대로 시동생이 구원을 나섰다.

"엄마, 무슨 일이 있다지 않아."

그러고는 자전거에 덜렁 몸을 실으며 영희에게 한마디 툭 던 졌다.

"따라오세요. 아버지는 지금 하우스에 계세요."

영희도 시어머니나 시누이와 실랑이를 벌여 봤자 득 될 게 없다 싶어 그를 따르기로 했다.

"그럼 아버님을 찾아뵙고 여쭙겠어요. 용서하세요."

예의 갖춰 머리까지 숙이고 시동생을 따라나섰다.

비닐하우스는 집에서 그리 멀지 않았다. 시아버지 강칠복 씨는 새로 놓인 제3한강교(한남대교)가 저만치 보이는 곳에 외따로 지어진 비닐하우스 안에서 토마토 순을 치고 있었다. 이번에는 쓸데없는 실랑이를 줄일 양으로 영희는 서류부터 챙겨 들었다. 특히 시아버지가 목숨처럼 아끼는 등기 권리증이 맨 위였다.

"아버님, 저 왔어요."

영희는 자신을 쳐다보는 강칠복 씨의 곱지 않은 눈길을 애써 무시하면서 그렇게 말해 놓고는 서류부터 내밀었다.

"근데 세상에 이것 좀 보세요, 나 참……."

한평생 땅밖에 모르고 산 순박한 농부는 그런 영희의 술수에 이내 말려들었다. 영희에 대한 못마땅한 감정은 서류 맨 위에 얹힌 등기 권리증이 일으키는 궁금증에 간단히 밀려났다.

"그게 뭐냐?"

"아버님께서 한번 보세요. 애지중지하시는 땅 같은데……."

"보니 내가 어떻게 알아. 네가 읽어 봐. 어디 땅이야?"

강칠복 씨는 영희가 오래전부터 데리고 있던 며느리인 것처럼 재촉해 댔다.

"말죽거리 부근인데요. 3천 평이고요."

그러자 강칠복 씨의 얼굴이 금세 험악해졌다.

"뭐? 그럼 우리 배 밭 아냐? 그런데 그 권리증이 왜 네게 있지?"

"말도 마세요. 이것 좀 보시라고요."

영희는 정말로 사랑받는 며느리인 것처럼 강칠복 씨에게 착 붙어 서며 이번에는 계약서를 내보였다.

"그럼 이게 배 밭을 판 문서란 말이냐?"

"아직 넘어간 건 아니고요. 계약서예요. 잔금 치르면 넘어가게 되죠."

드디어 사태를 짐작한 강칠복 씨의 눈에 금세 핏발이 섰다. 숨소리도 알아들을 만큼 거칠어졌다.

"누, 누가 이랬어? 어느 놈이야?"

"사흘 전 억만 씨가 그랬나 봐요. 아버님 인감까지 훔쳐서. 그날은 뭔지 몰랐는데 억만 씨가 오늘 나가고 난 뒤에 뒤져 보니 땅문서하고 계약서 아니겠어요? 가슴이 떨려 그냥 있을 수가 있어야죠."

"그거 팔아 같이 흥청거리면 깨가 쏟아질 텐데 왜?"

그제야 영희에 대한 악의를 되살린 강칠복 씨가 의심쩍은 눈길로 영희를 쏘아보았다. 이제 이 장벽은 눈물로 돌파해야 한다. 영희는 진작부터 동원하기로 마음먹은 무기로 단순한 농부의 완강한 악의를 녹이기로 했다.

"아버님, 정말 너무하세요. 아버님, 어머님이야 어떻게 생각하시든 저는 이미 강씨 집안 귀신이에요. 이 집안 구하려고 하늘 같은 남편도 저버리고 이렇게 달려왔는데……."

짐작대로 강칠복 씨는 보기처럼 완강하지는 못했다. 영희의 신파조 넋두리와 눈물이 얼마 가기도 전에 그는 원래의 인정 많은 농부로 돌아갔다. 그제야 하우스에 들어온 아내의 못마땅해하는 눈길을 짐스러워하면서도 드러나게 풀려진 목소리로 말했다.

"흠흠, 반대는 했다마는…… 그래, 어쨌든 집으로 가자. 가서 얘기하자."

그리고 영희의 손을 끌 듯이 집으로 데려갔다.

그다음은 모든 게 영희의 예상 이상으로 풀려 나갔다. 영희는 거기서 모든 잘못을 억만에게 뒤집어씌워 배 밭이 처한 상황을 말하고 아울러 억만의 다른 실패도 낱낱이 일러바쳤다. 그리고 마지막으로는 그 해결책까지 진언했다.

"하지만 걱정 마세요. 땅은 지금이라도 무르면 돼요. 계약금을 배로 물어 주는 게 아깝지만 그건 제가 어떻게 해 볼게요. 그리고 억만 씨는 지금이라도 불러들이세요. 한 짓은 밉지만 아버님 자식인데 어떡하겠어요? 앞으로는 그런 일 없을 거예요. 집에서 아버님이나 도우며 성실하게 일하는 농부가 될 거라고요."

그때쯤은 시어머니의 도끼눈에도 희미한 감동의 빛이 어렸다.

그날 영희가 설득에 가장 힘이 들었던 것은 오히려 억만이었다. 멋모르고 영희가 시키는 대로 나갔다가 돌아온 억만은 영희에게서 일의 전말을 듣자 시퍼렇게 질린 얼굴로 펄펄 뛰었다.

"뭐야? 뭐라고? 그걸 모두 일러바쳤어? 아이코, 나는 이제 죽었구나!"

그러다가 무려 두 시간이나 영희의 애원과 설득을 받고서야 겨우 무거운 한숨과 함께 고개를 끄덕였다.

머나먼 스와니 강

주위가 수런거려 눈을 떠 보니 벌써 창이 훤했다. 시험을 위해 재걸에게 빌려 둔 시계는 일곱 시 어름을 일러 주고 있었다. 인철의 흐릿한 머릿속에도 퍼뜩 서둘러야 한다는 생각이 들었다.

인철은 먼저 타는 목과 쓰린 속부터 달래 볼 양으로 수도관으로 달려갔다.

난방이 부실해 얼어 터지기 직전의 수도관으로 들어온 수돗물은 한 모금으로도 정신이 확 돌아올 만큼 찼다. 이가 너무 시려 몇 번이나 쉬어 가며 한참을 마시고 나니 이내 온몸에 한기가 돌았다.

평소 같으면 그 독서실에 기숙하는 학생들로 붐빌 수돗가가 그날은 이상하리만큼 비어 있었다. 입학시험 날이라 저마다 서둘러

세수들을 하고 아침을 먹으러 나간 듯했다. 인철도 다급해져 오스스한 한기에도 불구하고 세수를 시작했다. 금세 얼굴과 두 손의 감각이 모두 마비될 만큼 물이 찼지만 정신은 한결 맑아졌다.

'내가 또 객기를 부렸구나……'

자신도 모르게 후들후들 떨며 인철은 뒤늦은 후회에 빠졌다. 전날 용기와 재걸이 찾아와 긴장을 풀어 준답시고 한 잔 권하는 술을 오기로 되받아치다가 과음을 한 때문이었다. 방학인데도 밀양에서 서울까지 올라와 준 그들의 우정 어린 격려를 공연히 삐딱하게만 받아들인 자신이 새삼 한심스러웠다.

텅 비어 있기는 숙사도 마찬가지였다. 숙사는 옥상으로 올라가는 계단 밑을 포함한 독서실 한구석에 합판으로 칸막이를 쳐 만든 대여섯 평의 다다미방이었다. 그런데도 그 숙사를 쓰기 위해 온날[全日] 입실권(入室券)을 끊는 사람은 언제나 스물이 넘었다. 따로 하숙을 하거나 자취방을 얻을 처지가 못 되는 지방 학생들에다, 백 원이면 되는 여인숙비도 비싸 학생을 가장하고 30원에 하룻밤을 나려는 젊은 떠돌이들이 그 방의 단골이었다.

평소 숙사는 모두가 모로 눕는 칼잠을 자도 자리가 모자라 온날 입실권을 끊은 사람도 절반은 독서실에서 의자를 이어 놓고 자야 할 정도였다. 따라서 날이 밝아 하나둘 일어나 빠져나가면 자리가 넓어지는 게 좋아 바쁘지 않은 몇몇은 해가 높이 솟도록 늦잠을 잤다. 거기다가 독서실 의자 위에서 불편하게 밤을 새운 사람들이 다시 빈자리에 끼어들어 그 시각엔 방이 반 이상 차 있게 마련인데 그날은 신통하리만큼 아무도 없었다. 입학시험의 긴장이 관계없는 사람들에게까지 감염된 듯했다.

사물함에서 수건을 찾아 얼굴을 닦은 인철은 필기구와 응시표를 챙겨 숙소를 나설 채비를 했다. 그때 누군가 큰 소리로 떠들면서 숙소로 들어왔다.

"작년에는 말이야. 입시 날에 바로 1·21 사태가 터졌다고. 김신조 일당의 청와대 기습 말이야. 시내버스로 응시장에 가는데 총소리가 나고 요란뻑적지근했지. 나는 시험도 못 치르고 군대부터 끌려가야 되는 줄 알았다니까."

"맞아. 나는 학교 옆에 방을 얻어 자는 바람에 시험이 끝난 뒤에야 알았지만 나중에 들어도 완전히 '나바론'(그 무렵 인기 있던 특공대 영화)이더만."

목소리를 들으니 단짝으로 붙어 다니는 삼수생들이었다. 둘 다 지방 명문고 출신으로 비록 두 번씩이나 낙방했지만 자신의 실력에 대한 자부심은 대단했다. 하나는 인철과 같은 대학교 법대를 지망하고 다른 하나는 문리대 정치과를 지망하고 있었는데, 이미 시험을 거지반 통과한 사람들 같았다. 처음 인철은 같은 나이란 것 때문에 남다른 기분으로 그들을 대했으나 그 턱없는 으스댐에 단 한 번 대포 한 잔을 나눈 것으로 그들과의 개별적인 교유는 끝나고 말았다.

"어? 그래도 일어나기는 일어났구먼."

벌써 아침 식사를 마치고 오는지 성냥개비로 이를 쑤시며 들어

오던 법대 지망생이 먼저 인철을 보고 알은체를 했다. 이어 정치과 지망생도 다분히 빈정거림 섞인 목소리로 물었다.

"술은 깼어요? 수험 번호는 외울 수 있겠어요?"

인철은 그 말을 듣고서야 비로소 간밤 그들에게도 적잖이 객기를 부린 일이 떠올랐다. 평소 인철도 자신들과 같은 대학을 지망하고 있다는 것 자체를 터무니없고 불쾌한 일로 여기는 듯한 그들은 인철이 어젯밤 늦게 술 냄새를 풍기며 돌아오자 서로 의미심장한 눈길을 주고받았고, 그들을 아니꼽게 여겨 오던 인철은 짐짓 더 비틀거리며 숙소로 들어갔다. 그런 인철의 귓가에 그들끼리 주고받는 수군거림이 들려왔다.

"기록 하나 남기자는 거겠지. 썩어도 준치라고 떨어져도 이 나라 제일의 대학 아냐?"

그렇잖아도 마시지 말아야 할 술을 오기로 더 마신 인철이었다. 용기와 재걸이 작년, 재작년에 들어간 대학을 이제야 가게 되면서도 입시에 아등바등 매달려야 하는 자신을 보여 주기 싫어 대포를 주전자 술로 바꾸고 허세를 부린 끝이라 그들의 수군거림을 그대로 들어 넘길 수가 없었다.

"설마 사람 뒤통수에다 대고 하는 소리는 아니겠고, 그거 두 분 서로간에 위로하는 소리죠?"

인철이 몇 발짝 되돌아가 두 사람에게 그렇게 묻자 두 사람은 기습이라도 당한 것처럼 말을 받지 못했다. 그걸 보고 인철이 한마디 더 보탰다.

"나는 아직 한 번도 대학 입시에 떨어져 보지 못해 잘 모릅니다만 떨어지고 나면 다 같을걸요. 일류대에 떨어졌든 따라지대에 떨어졌든. 그런데 명문 고등학교 나와 두 번씩 입시에 떨어지다 보면 어느 대학 입시에서 떨어졌느냐도 중요해지는 모양이지요?"

그러고는 숙소로 들어가 잠들었는데 지금 정치과 지망생의 빈정거림에는 간밤 그렇게 당한 앙금이 남은 듯했다.

"수험 번호를 못 외면 응시표 보고 쓰면 되죠. 건투를 빕니다."

시험 아침까지 그들을 불쾌하게 만들 까닭은 없어 인철은 그렇게 얼버무리고 숙소를 나왔다. 두 사람도 따라오며 시비할 기분은 아닌지 그 정도로 인철을 놓아주었다.

인철은 독서실을 나오다 다시 아침 식사를 마치고 들어오는 한 떼의 수험생을 만났다. 겨우 두 달이지만 서로 얼굴과 이름은 익히고 있는 사람들이었다. 그중에서도 인철에게 유달리 호감을 보이는 수험생 하나가 걸음을 멈추고 걱정스레 말했다.

"이제 아침 먹으러 가는 거야? 서둘러."

제대를 하고 뒤늦게 대학 진학 준비를 시작해 그 독서실의 수험생들에게는 영감이란 애칭으로 불리는 사람이었다. 그 말을 듣고야 인철도 자신이 아침까지 굶어야 할 정도로 늦잠을 잔 것은 아님을 깨달았다. 깨어나자마자 들이켠 차가운 수돗물로 몸이 심하게 떨리는 데다 빈속으로 하루 종일 시험을 치르는 것 또한 아무래도 무리일 것 같아 평소 이용하는 밥집으로 갔다.

독서실 수험생들이 한 차례 다녀갔지만 밥집은 아직도 붐볐다.

30원짜리 싸구려 밥이지만 맛이 있고 양이 푸짐해 학생들 말고도 근처에 단골이 많은 까닭이었다.

"할머니, 해장국 한 그릇만 말아 주세요."

인철이 한구석에 끼어 앉으며 그렇게 소리치자 방금 시래깃국을 뜨고 있던 할머니가 솟는 김을 피하며 고개를 기웃거렸다.

"학생은 오늘 시험 안 치나? 난데없이 웬 해장국고?"

"그리 됐어요. 밥은 조금 말고 고춧가루나 얼큰하게 쳐 주세요."

"거 참, 알다가도 모리겠네. 다른 학생들은 오늘 시험이라 카미 밥에다 달갈(달걀)이나 두부까지 얹어 묵든데……."

할머니는 그러면서도 더는 군말 없이 해장국을 말아 주었다. 선지와 콩나물을 주된 재료로 끓인 해장국인데 그런대로 먹을 만했다. 하기는 간밤의 술도 내일 입시를 치를 수험생으로는 지나쳤다는 뜻이지 해장국조차 먹지 못할 정도로 과음한 것은 아니었다.

그럭저럭 해장국 한 그릇을 다 비운 인철은 다소 느긋해진 마음으로 사직공원 길을 따라 내려갔다. 내자호텔 앞에서 시내버스를 타면 수험장인 동숭동까지는 반 시간도 채 걸리지 않을 것인데도 시간은 이제 일곱 시 반을 조금 넘기고 있었다. 아홉 시까지 시험장 입장에는 큰 무리가 없을 듯했다.

인철의 계산이 크게 틀리지 않았음을 확인시켜 주기라도 하듯 내자호텔 앞 버스 정류장에는 독서실에 기거하는 수험생들 몇이 아직도 남아 있었다.

알음에 따라 격려를 나가는지 그날 시험이 없는 친구들도 함께 추위에 떨며 버스를 기다리는 중이었다. 그들을 보자 용기와 재걸이가 시험장에 오기로 약속한 게 떠올랐다.

뒷날처럼 그리 유난스럽지는 않았으나 그때도 입시 날은 수험생에 대한 사회 전반의 배려 같은 게 있었다. 시험 시간 한 시간을 전후로 하여 버스 배차 간격도 줄어들고 차 안이 복잡하면 승객들도 수험생들에게 차례를 양보했다. 그 덕분에 인철은 조금 여유 있다 싶게 수험 장소에 도착할 수 있었다.

인철이 배정 받은 수험 장소는 문리대 건물의 한 강의실이었다. 사전 답사란 명목으로 전에 한 번 와 본 적이 있었지만 그날 문리대 건물로 들어서는 인철의 감회는 남다른 바가 있었다. 30여 년 전 그 대학이 한성제국대학으로 불리던 시절 그의 아버지가 그 대학의 입학시험에 실패해 동경으로 유학을 떠난 적이 있기 때문이다.

붉은 벽돌로 지은 3층 건물이 들은 대로 일제 때부터 있어 온 것이라면 그 교정에는 아버지의 발자국도 찍혀 있을 것이었다. 만약 그때 그가 실패하지 않고 이 대학에 들어갔다면 그의 삶은 달라졌을까. 그래서 분방한 동경 유학생이 되지 않았다면 새로운 사상이라는 것도 그의 삶에 다른 무게로 실리게 되었을까 ─. 문득 그런 생각이 들자 한동안 잊고 지냈던 아버지가 다시 인철의 의식을 사로잡았다.

추상적으로 공부를 계속한다거나 진학을 준비할 때와는 달리 구체적으로 대학과 전공을 정하고 거기에 맞춰 입시 준비를 하게 되면서 인철은 부쩍 자주 아버지를 떠올려 보게 되었다. 그런 그들 부자의 정신적인 대면 중에서도 특히 격렬했던 것은 전공을 선택하는 과정에 있었다. 이른바 연좌제라고 하는 전근대적 법치술(法治術) 때문이었다.

자신이 살고 있는 체제에 반역적이었던 아버지로 인해 규정된 신분과 거기에 따른 지리적 공간의 제한은 인철의 전공 선택에 고통스러운 전제가 되었다.

그는 연좌제에 구애됨 없이 추구하고 성취할 수 있는 분야, 남한이란 지리적 공간을 벗어나지 않고도 비교 우위를 확보할 수 있는 학문을 골라야 했다. 따라서 그렇게 만나는 아버지의 영상은 어둡고 부정적일 수밖에 없었다.

하지만 그날 아침은 달랐다. 우연히 떠올린 아버지의 좌절이 인간적인 연민과 이해를 이끌어 낸 탓일까, 인철은 전에 없이 따뜻하고 정감 어린 아버지의 영상을 떠올리고 있었다. 이 학교에서 겪은 좌절처럼 아버지 당신의 삶도 당신 자신의 의사와는 무관하게 진행된 것인지도 모르겠군요 ─. 그때까지는 동정의 여지 없는 고의거나 구제할 수 없는 어리석음으로만 이해되던 아버지의 여러 선택에 대해 그런 호의적인 이해가 시작되고, 나중에는 제법 고전적인 효심과도 일치하는 다짐까지 중얼거리게 되었다.

'이곳에서 맛본 당신의 좌절을 이제 제가 만회해 보겠습니다……'

"한성, 한성, 한성, 얏!"

갑자기 여럿이서 외치는 그런 구호가 감상에 빠져 있는 인철을 깨웠다. 서울의 명문고 이름이 적힌 플래카드를 중심으로 밑에 모여 있던 그 학교 출신의 선배들이 그날 입시를 치르는 후배들을 격려하는 구호였다. 알뜰한 수험생들은 입실 시간까지 남은 반 시간 남짓을 활용하기 위해 추위에도 아랑곳없이 한적한 곳에서 노트를 펼치고 마지막 점검을 하고 있었다.

그런 수험생들에게서 보이지 않게 뿜어져 나오는 것은 경쟁의 열기였다. 그러나 인철에게는 그것이 긴장으로 감지되지 않았다.

'아아, 모스크바, 모스크바. 나는 드디어 모스크바에 왔구나……'

인철은 그런 그들과 교정을 망연히 둘러보며 좀 엉뚱하게도 그렇게 중얼거렸다. 국민학교 시절에 즐겨 읽은 『학원 소년소녀 위인전집』 나폴레옹 편 삽화에 곁들여진 글귀가 불쑥 떠오른 것이었다. 나폴레옹이 술통인지 화약통인지 모를 둥근 나무통 위에 앉아 불타 버린 모스크바를 내려보며 하는 중얼거림이었다.

인철에게는 자신이 거기까지 이른 것만도 나폴레옹의 모스크바 입성만큼이나 멀고 험한 길을 거쳐 온 것으로 느껴졌는지도 모른다. 바닥에서 바닥으로 기며, 그것도 두 해나 늦었지만, 나는 드디어 이 나라 제일의 대학에 이르렀다. 이어 그 같은 인철의 비장한 감회는 치열했던 서울에서의 마지막 두 달을 회상하게 만들었다.

인철이 형에게서 받은 주소로 찾아간 집은 영등포에서 노량진에 이르는 철로가에 있는 무허가 판잣집이었다. 원체는 일고여덟 평의 시멘트 블록 집이었으나 서울로 사람이 몰리면서 주택난이 빚어지자 좌우로 판잣집을 덧붙여 배보다 배꼽이 더 큰 형국이 된 집인데, 어머니와 옥경은 그중 방 한 칸을 세내어 살고 있었다.

도회의 밑바닥 삶에는 어지간히 익숙한 인철이었지만 처음 집을 찾아들 때의 심경은 착잡하기 그지없었다. 근처 복덕방에서 주소지의 위치를 대강 들은 뒤에도 한참이나 묻고 물어 집을 찾고 보니 판잣집이란 말도 과분할 정도의 움막이었다. 서울 한구석에 아직 그런 주거지가 있다는 게 신기한 느낌마저 들었다.

"이게 누구로? 엉이, 인철이 아이라?"

인철이 방문을 열자 컴컴한 방 안에 전등을 켜고 무언가를 깁고 있던 어머니가 그렇게 비명처럼 소리치고는 한동안 말을 잇지 못했다. 인철도 오랜만에 듣는 어머니의 음성에 청각이 마비되어 설령 어머니가 말을 더 했다 해도 알아듣지 못했을 것이다. 마비는 눈물로 흐려진 시각(視覺)에도 왔다. 방 안에 들어설 때만 해도 분간되던 몇 가지 가재도구와 어머니가 이내 추상적인 영상으로만 눈앞에 어른거렸다.

그러나 더 큰 마비는 의식에 왔다. 잠시 동안 인철은 자신이 어디에 와 있는지, 무얼 하고 있는지도 모르면서 어머니의 품 속에서 눈물만 흘렸다. 이윽고 먼저 눈물을 거둔 어머니가 꺼칠한 두 손으로 인철의 뺨을 어루만지며 물었다.

"그래, 그동안 어디 있었드노? 뭘 하며 어예 지냈노?"

이어 그동안의 발신인 주소를 쓰지 않은 데 대한 호된 나무람이 있고, 인철의 근황에 대한 세밀한 물음이 한참이나 계속되었다. 인철에게 남은 가족들의 근황을 물을 기회가 주어진 것은 어머니의 나무람 섞인 물음이 거의 반 시간이나 계속된 뒤였다.

"형님은 제가 만나뵙고 왔고…… 옥경이는 어디 있어요?"

"시장에 갔다. 버선 갖다 주로."

"시장에 버선을 갖다 준다고요?"

"아, 우리 요새 버선 깁어 산다. 바둑이 구무(구멍: 여기서는 바둑판의 눈)마다 수라 카디, 사람 사는 게 바로 글터라 카이. 너어 형 그래 떠나보냈코 우리 모녀 어예 사노, 카미 적정했디 다 사는 길이 나드라꼬. 첨에는 내는 식모 나가고 옥경이는 공장에라도 보낼라 캤디 우연히 남대문시장에서 원(元) 집사를 안 만냈나? 거 왜 밀양서 구제품 옷 뜯어 가주고 헌옷 장사하던 원 집사 말이라. 그때는 신랑이 바람이 나 젊은 첩산이 데리고 산지사방 쫓아댕기는 바람에 아아들하고 그 고생이랬는데 인제 그 신랑이 마음 잡은 모양이라. 남대문시장에서 버선 장사를 하는데, 날 만내디마는 그거 한번 깁어 보라 안 카나? 그래서 쪼매 시작한 게 인제는 큰 도꾸이(단골)가 됐다."

"그럼 버선만 기워 생활이 돼요?"

솔직히 그때의 인철에게는 버선을 기워 살 수 있다는 게 얼른 이해가 되지 않았다. 어머니가 살이가 어려울 때는 바느질로 벌이를 삼는 걸 여러 번 보아 오기는 했지만 버선은 그 바느질의 가장

하찮은 부분이었다. 거기다가 이미 버선을 신는 사람이 거의 없어진 시절에 버선만을 기워 살 수 있다니.

"그게 나도 참 신기하더라 카이. 길가에 나가믄 버선 신은 사람은 눈 씻고 봐도 찾기 힘든데 남대문시장에는 그거만 산띠미(산더미)처럼 재 놓고 파는 점방이 하나도 아이고 여러 개라. 우리 눈에는 안 띄는 것도 나라 전체로 보믄 굉장한 모양이라."

"그래도 그걸 기워……."

"야가 뭐라 카노? 감은 저어가 대 주고 소캐(솜) 넣은 겹버선 한 켤레가 겨우 10원이지마는 그것도 물량이라. 하룻밤 새울 요량 잡으면 백 켤레는 깁는데 그기 얼매로? 옥경이가 버선 보따리 들고 시장 왔다 갔다 하는 품까지 나온다 카이. 이달은 설 대목을 앞두고 있어 2만 원이 넘을 게고. 오뉴월에도 한 달 만 원 벌이는 나온다 카더라. 거다가 모도(모두) 내 버선 바느질이 곱다 카미 찾아 싸이 앞으로는 괜찮을 게라. 아직은 저 틀(재봉틀)값 월부 였고(넣고) 먹고살기도 빠듯하지마는 자리만 지대로(제대로) 잡으믄 우리 식구 살고도 옥경이 학교는 보낼 수 있을 거 같다."

어머니는 전에 없이 자신감에 차서 말했다. 그러나 차차 시야가 밝아지면서 인철의 눈에 점점 뚜렷이 드러나는 것은 이미 바닥까지 갈 대로 간 살이의 피로와 궁핍이었다. 일에 골몰해 덮어쓴 실밥이 아니더라도 어머니의 머리칼은 3년 전보다 드러나게 세어 있었고 허리마저 구부정해 보였다. 방 안의 가구라고는 여전히 그들 일가의 여행 가방이자 농짝에 해당하는 버들고리짝과 종이 바른 사과 상자 하나뿐이었다. 있다면 방 안에는 어울리지 않게 화려해 뵈는 새 앉은뱅이 재봉틀이지만 그것은 어머니가 말한 대로 아직 완전한 소유물이 아니었다.

"그래, 니는 인제 어옐라 카노(어떡할 셈이냐)? 시험이 두 달 남았다면서 여다서(여기서) 공부가 될라? 이웃에 어디 월셋방이라도 얻어 보까?"

형처럼 과장된 전망을 늘어놓던 어머니가 마침내 걱정스러운 눈길이 되어 인철의 문제를 물어 왔다. 그러나 인철에게는 이미 짜인 계획이 있었다.

"아뇨. 여긴 좀 멀어요. 조용하지도 않고. 제가 따로 한번 알아볼게요."

"철길 때문에 조용하지 않다는 건 알겠다마는 멀다이? 니 어디 댕기는 데 있나?"

"그게 아니고요. 지금까지는 혼자 공부해 왔는데 이제는 안 되겠어요. 제가 가려는 대학에 가려면 일류 학원에서 마무리를 해야 하는데 그 학원들은 대개 종로에 있어요."

"그럼 종로에 방을 얻는단 말가? 되게 비쌀 낀데……."

"그게 아니고요. 친구들한테 들었는데 방을 따로 얻지 않고도 조용하게 공부할 수 있는 곳이 있답니다. 독서실이라고 하는데 잠자리는 불편할지 모르지만 방을 얻는 것보다 훨씬 싸고……."

"그럼 먹는 거는 어예노?"

"역시 들은 얘긴데 매식(賣食)이라고 해서 독서실 부근에는 저

같은 학생들을 위해 싸고 실속 있는 음식을 파는 밥집이 있다고
하더군요."

그러자 어머니의 두 눈에는 다시 눈물이 맺혔다.

"3년 만에 집이라꼬 찾아온 걸 방 한 칸 못 내주고 다시 거리
로 내모는 꼬라지가 됐구나. 그래서라도 좋은 대학에는 꼭 가야제.
안 그랠라믄 3년 고생 뭐 할라꼬 했노? 글치만 오늘 하루는 시끄
럽고 쫍더라도 여서 자고 가래이. 내가 끼려 주는(끓여 주는) 밥
도 한 그릇 먹고……."

어머니의 넋두리를 듣고 보니 인철도 콧마루가 시큰해졌다. 하
지만 감상에 젖어 있을 때가 아니었다. 어머니의 말대로 그날은
집에서 묵는다 쳐도 더는 머뭇거릴 시간이 없었다. 새로 시행된
예비시험이 코앞에 닥친 데다 대입 본고사도 두 달이 채 남지 않
은 때였다.

다음 날로 다시 집을 나온 인철은 여러 곳을 돈 끝에 종로구
체부동의 한 독서실에 자리를 잡았다. 종로의 학원가에서는 다소
멀지만 조용하고 입실비가 싸서 있을 만했다. 입시 때까지 인철은
되도록이면 집에 가지 않고 어머니나 옥경이가 이따금씩 먹을 것
을 싸 들고 다녀가기로 했다.

그때부터 입학원서를 낼 때까지 달포 남짓은 인철의 생애에서
가장 맹렬한 정진의 시간이었을 것이다. 네댓 시간 눈을 붙이고
나머지는 공부와 학원에 나가 모의고사를 치르는 일로 하루를 보
냈다. 인철에게는 아주 뒷날까지도 몹시 바쁘고 길었던 하루처럼

기억되곤 하던 달포였다.

 그러던 인철의 자세가 다시 흐트러지기 시작한 것은 원서를 작성한 날부터였다. 전공을 결정하면서 겪게 된 갈등 때문이었다. 앞서 말했듯 월북한 아버지는 그의 전공 선택에 두 개의 전제를 두게 했다. 하나는 그 성취가 연좌제와 무관해야 하는 것이고, 다른 하나는 국내에서 그 끝을 볼 수 있어야 한다는 것이었다.

 당시 엄격한 연좌제의 적용은 인철에게 군대나 경찰에서의 출세는 물론 법관이나 행정 관료의 꿈도 꿀 수 없게 했다. 따라서 그 계통의 전공은 처음부터 제외되지 않을 수 없었다.

 얼른 봐서는 이공계가 훨씬 선택의 폭이 넓어 보이지만 그것은 또 두 번째 전제에 걸렸다. 학문으로서 국내에서 그 끝을 볼 수 있는 이공계 전공은 없었다. 외국 문학도 마찬가지였다. 외국어는 그 언어를 모국어로 쓰는 나라에 가서 그 학문적인 끝을 보아야 하는데, 역시 엄격한 연좌제의 적용은 인철의 외국 유학을 전혀 불가능하게 했다.

 따라서 결국 인문계인 인철에게 남은 선택은 국문과와 사학과 중에서도 국사 전공밖에 없었다. 인철은 그중에서 국문과를 제1지망으로 하고 사학과를 제2지망으로 했다. 나중에 두고두고 후회하게 되는 선택이었지만, 그때로서는 냉정한 현실 인식이었다.

 따지고 보면 그때 인철이 정작 냉정했던 것은 자신의 실력에 대한 평가였는지도 모른다. 같은 인문계라 하더라도 전공마다 커트라인의 격차가 있어 인철이 더 욕심을 부렸더라면 합격 자체가 어려웠을 것이다.

그런데도 인철의 그 같은 선택은 그때까지 유지되어 온 인철의 긴장을 느슨하게 만들었다. 에이, 그쯤이야, 하는 터무니없는 자만이 고개를 쳐들고 힘들여 해 보았자 현실적으로는 쓰일 곳이 막막해 보이는 전공이 때 이른 허망감을 불러일으켰다. 그리고 그 절정은 간밤의 폭음으로 이어졌다.

'내가 심했나……'

회상이 그쯤에 이르자 인철에게 문득 후회 비슷한 감정이 일었다. 그리 절실한 것은 아니었지만 자신이 지금 어디에 와 있는가쯤은 깨우쳐 주었다. 인철은 그제야 참고서 한 권 가져오지 않고 어정거리는 자신이 불안해졌다.

"저게 바로 마로니에란 나무야. 여름에 잎이 무성해지면 볼 만하지. 마론이라는 열매도 재미있고. 우리나라에는 몇 그루 없다지 아마."

그때 누군가 곁을 지나가며 그렇게 말하는 소리가 들렸다. 인철이 무심코 돌아보니 그 대학 교복에 배지까지 반듯하게 꽂은 청년이 입시를 치르러 온 듯한 소녀를 안내하며 알려 주는 말이었다. 소녀가 호기심 어린 눈길로 그 나무를 살폈다. 인철도 덩달아 그 나무를 올려보는데 누가 어깨를 쳤다.

"인마, 이거 끝까지 배짱이네. 꼭 구경꾼맨쿠로."

돌아보지 않아도 누군지 알 만했다. 아직 말소리에 술기운이 짙게 남은 용기였다. 다시 객기가 인 인철은 돌아보지도 않고 그 말을 받았다.

"이놈의 학교를 들어가 줄까 말까 망설이는 중이다. 왜, 뚫냐?"

"아, 그라십니까? 제발 우리 학교로 들어와 주십시오. 들어와 주시기만 하면 제가 다 알아서 모시겠습니다."

재걸이 익살인지 비꼼인지 모를 소리로 인철의 말을 받았다. 그래 놓고는 이내 정색을 하며 물었다.

"니 개얀나? 술 때메 머리는 안 아프나 이 말이라."

"골은 좀 띵해도 어룹한 대학 입학시험 치기에는 똑 좋다."

인철이 농담으로 사투리를 섞어 그렇게 받았다. 용기가 좀 뾰족한 목소리로 끼어들었다.

"일마, 니 술 덜 먹일라꼬 내가 어제 얼매나 마신 줄 아나? 소가지 하나는 몬때(못돼)가주고…… 참말로 엊저녁에 그마이(그만큼) 술 퍼먹고 여기 온 놈은 니뿌일 끼라. 니는 일마, 떨어지믄 넘헌테 댈 핑계도 없는 종내기라."

"인제 와서 그거 따지믄 뭐 하노? 내일 아침에 시험 있는 놈아가 마시자 칸다꼬 따라나선 거는 누군데. 그래, 인철이 니 아침은 문나(먹었나)?"

"속이 비니까 몸까지 가볍고 좋은데 뭘."

인철이 다시 허세 섞인 능청으로 받자 재걸이 사방을 둘러보며 혼잣말처럼 중얼거렸다.

"가스나, 이거 망긴(다 끝난) 후에 올라 카나? 어디 갔노……."

그때 용기가 핀잔처럼 말했다.

"일마, 정아 가가 돌았나? 이 추운 새벽바람에 얼굴도 기억 몬 하는 남자 동창 속 풀어 줄라꼬 여까지 쪼차오겠나? 넉 달 빠른 사촌 오래비도 오래비라꼬 그 분부 받자와."

"정아가 누군데?"

인철이 들은 이름 같아 용기에게 물었다.

"절마 사촌 안 있나? 6학년 때 3반에 있던 가스나……"

그러나 인철은 전혀 기억이 나지 않았다. 그때 재걸이 변명하 듯 말했다.

"작은집이 서울에 와 있다. 내 이럴 줄 알고 가아한테 전화해 커피 한잔 끓여 오라 캤지. 마, 니 얘기하고……. 틀림없이 그랜다 캤는데."

그러면서 다시 사방을 둘러보던 재걸이 갑자기 훤해진 얼굴로 소리쳤다.

"왔다. 저어기 온다."

인철이 재걸이 가리키는 곳을 보니 어딘가 낯익은 얼굴의 아가 씨가 무언가를 싸 들고 그들 쪽으로 다가오고 있었다.

"와아, 정아 니, 참말로 대단네. 이거 재걸이 절마도 오래비라 꼬 오래비 명 받들고 온 기가? 인철이 절마 만날라꼬 새벽밥 먹 고 온 기가?"

용기가 의심한 만큼 미안한지 과장스러운 농담으로 그녀를 맞 았다. 그녀 역시 스스럼없는 농담으로 받았다.

"둘 다 보고 싶어서. 입학시험 전날 해장이 필요할 만큼 술 마신 사람하고, 친구라 카미 그리 퍼멕인 사람하고. 아이, 보고 싶은 게 하나 더 있다. 그래도 시험이 되는강, 안 되는강."

그러고는 눈웃음 섞어 인철을 건너보았다. 인철은 그 눈길에서 예사 아닌 익숙함을 느꼈다. 그날 처음 받는 것이 아니라 오래전부터 받아 온 듯한 느낌이었다. 그 바람에 인철도 자연스럽게 말을 걸 수가 있었다.

"커피로 해장하기는 처음이지만 왠지 효과는 있을 거 같은데……."

실제로 그녀가 당시로는 흔치 않던 보온병에 가득 끓여 온 커피는 신기하리만치 큰 각성의 효과를 냈다. 첫 잔으로 머릿속에 자욱하던 안개가 걷히는 듯하더니 시험장에 들기 전 한 잔 더 받아 마시면서부터는 전에 없던 산뜻함까지 느껴졌다. 아주 뒷날까지도 인철은 대입 시험 하면 가장 먼저 그날의 커피 맛을 떠올렸다.

한 생명체가 제 구실을 하는 개체로 자라 가기 위해서는 반드시 거쳐야 하는 과정이 있다. 대개 고통과 시련을 내용으로 하는 그 과정은 사람에게는 통과제의(通過祭儀)란 형태로 나타난다. 그 통과제의 중에서도 가장 엄격한 내용을 가진 것은 아마도 성년식일 것이다. 어떤 종족은 맹수와의 목숨을 건 싸움으로 어린 구성원의 성숙을 확인하고, 또 다른 종족은 첫 전투에의 참가를 성숙의 기준으로 삼는다. 온몸을 뒤덮는 문신을 성숙의 징표로 보는 종족도 있다.

문명한 사회에서의 성년식은 일견 온건한 외형을 띠고 있다. 죽음이나 재생의 상징은 거의 알아볼 수 없게 숨겨져 있고 거기에 따르는 고통이나 시련이 그 의식 가운데 요구되는 법도 없다. 서양의 성인식이나 동양의 관례는 좀 복잡하고 지루하기는 하지만 그저 한 장중한 의례일 뿐이다.

하지만 문명한 사회라고 해서 한 개체가 성숙하는 데 바쳐야 할 고통과 시련의 총량이 줄어들지는 않는다. 다만 보다 오랜 기간에 조직적이고 세밀하게 배분되어 외형상의 엄혹함이 줄었을 뿐, 길고 힘든 학문적 수련과 인격적 수양이 전제되어 있다. 그리하여 단계별로 이루어지는 그 확인 절차는 오히려 미개한 사회보다 더 많은 노력과 주의의 집중을 요구한다.

그러한 확인 절차가 어느 쪽에 비중을 두는가는 그 사회의 가치관에 달려 있다. 어떤 사회는 그 개체가 지닌 지식의 양에 관심을 가지고 어떤 사회는 형성된 그 인격을 중시할 수도 있다. 드물게는 육체적 단련에 가장 큰 가치를 부여하기도 한다. 하지만 그러한 확인 절차를 생략하는 사회는 없다.

대학 입시는 성년식에 전제된 능력이나 자격을 확인하는 절차 중에 하나로 보아 크게 틀리지 않을 것이다. 그중에서도 축적된 지식의 양으로 학문할 수 있는 능력을 가늠하는 확인 절차이다. 어떤 개체가 보다 고급하고 전문화된 지식을 습득해 그것으로 한 구실을 하는 성인이 될 수 있는가를 알아보기 위한 사회의 제도 혹은 장치이다.

그런데 요즘 대학 입시에 대한 식자들의 논의를 보면 그 제도 자체를 악으로 몰아가는 듯한 인상을 준다. 심하게는 입시의 폐지로 그 당연한 통과제의 자체를 생략해야 한다고 주장하기도 한다. 제도의 본질이 간과된 무책임한 논의이거나 젊은이들에 대한 아첨이다.

문제가 있다면 그것은 제도 자체가 아니라 그 효율성 혹은 사회적 생산성이다. 논의할 게 있다면 그 방식이나 절차다. 그러나 그때에도 한 미숙한 육체와 정신이 제구실을 하는 성인으로 자라기 위해 바쳐야 할 노력이나 고통의 총량은 불변한다는 게 전제되어 있어야 한다……

뒷날 인철은 대학 입시에 대해 그 같은 칼럼을 쓴 적이 있다. 어쩌면 그같이 긍정적이고 낙관적인 견해는 그 옛날 자신이 경험한 대학 입시 때문이 아닌지 모르겠다.

원래 인철의 득점 계획은 국어와 영어와 사회에서 만점에 가까운 점수를 얻어 과학과 수학에서의 실점(失点)을 만회한다는 것이었다. 그런데 첫 시간 국어에서 그만 중대한 실수를 하고 말았다. 그 전해 새로 채택되어 국어 시험을 더욱 자신 있게 만들어 준 작문을 망쳐 버린 일이었다. 숙취로 인한 부주의 탓인지 엄연히 주제가 결정되어 있는 작문을 자유 제목으로 바꿔 버린 게 그랬다.

그 실패를 만회하는 길은 수학이나 과학에서의 분발밖에 없었다. 그러나 둘째 시간인 과학마저도 실패까지는 아니지만 예상 점수에 오히려 못 미쳤다. 선택한 생물 과목의 출제가 암기 위주에서 수식(數式) 위주로 전환된 까닭이었다.

그런데 뜻밖에도 수학이 인철을 구해 주었다. 거의가 해법(解

法)을 이해했다기보다는 여러 번 되풀이하는 동안에 푸는 방식을 암기한 것에 지나지 않은 실력이라 원래 그가 수학에서 기대한 것은 이른바 기본 점수뿐이었다. 그런데 시험지를 받고 보니 가장 점수가 많은 대수·기하 복합 문제가 어디서 본 듯한 느낌이었는데 결과적으로는 그게 국어에서의 실패를 만회해 주었다. 나중에 안 일이지만 그는 그해 수학 문제 중에서 가장 어려운 것으로 지목됐던 그 문제의 그리 많지 않은 정답자 가운데 하나였다.

시험장에 가족이 아무도 나오지 않았음을 인철이 쓸쓸하게 떠올린 것은 과학 시험 다음에 있었던 점심시간부터였다. 실패의 예감이 짙은 오전 시험 때문인지 모르지만 용기네 아이들과 점심을 먹고 헤어져 시험장으로 돌아오면서 인철은 문득 어머니도 옥경도 시험장에 나오지 않은 게 서운해졌다. 하지만 그때만 해도 남은 시험이 있어 그랬어야만 하는 어머니와 옥경을 걱정할 여유까지는 없었다. 그러다가 시험을 마치고, 그것도 오전의 실패를 상당히 만회했다는 기분에서 온 여유로 그 일을 떠올리자, 갑자기 집안일이 걱정스러워졌다. 그러고 보니 며칠 전에 다녀간 옥경에게도 이상한 데가 있었다.

"오빠, 엄마도 나도 시험 때까진 아마 못 올 거야. 이상하게 여기지 말고 하던 대로 열심히 해. 오빠라도 꼭 합격해야 돼."

전 같지 않게 어머니의 솜씨가 아닌 도시락과 수육을 싸 온 옥경이 돌아가며 그렇게 말했다. 어딘지 축축하게 들리는 목소리에

다 '오빠라도'라는 표현이 묘하게 마음에 걸렸다.

"왜? 무슨 일이야? 집에 무슨 일이 있어?"

"아니, 그냥 요즘 좀 바빠. 설 대목이 가까워서인지 일이 많이 밀렸거든. 나까지 거들어 밤을 새워도 주문을 다 못 댈 지경이야."

옥경은 그렇게 말하면서 좀 전의 축축한 목소리를 상쇄하려는 듯 제법 밝은 미소까지 지었다. 인철은 그래도 왠지 마음이 개운 치 않았으나 워낙 시험 막바지여서 옥경이 떠나자 이내 집안일을 잊고 시험 준비에만 몰두했다. 그런데 그날 시험이 다 끝날 때까지 아무도 시험장에 나오지 않자 그때의 불길한 느낌이 되살아나기 시작했다.

"인철이 니 누구 기다리나? 시험 다 끝났는데 누가 온다꼬?"

인철의 불안한 두리번거림을 알아보았는지 용기가 그렇게 물었다. 그런데 그때 시험장 밖 교정 한 모퉁이 고목 뒤에서 눈에 익은 그림자 하나가 빠져나오며 나지막하게 소리쳤다.

"오빠!"

인철이 놀라 바라보니 옥경이 진작부터 거기서 기다리고 있었던 듯 손짓까지 하며 다가오고 있었다.

"너였구나. 언제 왔어?"

"점심때부터. 아니 오전에 동대문시장에 버선 대 주고 이리로 걸어 와서부터."

그렇게 대답하는 옥경의 눈가에 벌써 알아보게 물기가 고이고 있었다. 인철은 더 듣기도 전에 가슴부터 철렁했다.

"그럼 몇 시간 동안이나 혼자 뭐 했어?"

"그냥 구경했어."

"왔으면 진작 나타나 하늘 같은 오라비 응원이나 좀 해 주지 무슨 그런 구경이 다 있어?"

인철이 애써 농담조를 섞어 그렇게 말했으나 옥경의 표정은 조금도 밝아지지 않았다.

"실은 그러려고 왔는데, 문득 시험 볼 사람 심란하게 만들 것 같아 끝날 때까지 기다리기로 했어. 소문은 들었지만 이 대학 시험이 이렇게 요란뻑적지근한 줄 몰랐어."

그때 눈치를 보고 있던 용기와 재철이 다가와 옥경에게 알은 체를 했다.

"옥경이 왔구나. 오빠야 응원이 왜 이래 늦었노?"

용기가 그렇게 말하고 그사이 저희끼리 말이라도 맞추었는지 재철이 뒤를 이어 통보하듯 말했다.

"보이 너그 남매 무슨 심각한 이바구가 있는 모양인데, 그라믄 우리는 여기서 명동으로 행차해 볼란다. 거기서 광이네 아아들 모아 가지고 저녁에 너그 독서실로 가꾸마."

"명동에서 광이네 아이들을 모아 가지고?"

"내 말 안 하드나? 광이 글마 올해는 지가 알아서 알로(아래로) 묵고 안암동으로 안 갔나? 안암골 호랭이 아이믄(아니면) 개호지(개호주: 호랑이 새끼)라도 돼 볼 끼라꼬. 그래이(그러자) 꼴에 한 해 선배라꼬 웅길이 글마가 신촌 삐갱이(병아리: 독수리를 놀리는 말) 봉수 글마 데불꼬 응원 가가(가서) 거기도 밀국(밀양국민학교) 삼수(三修) 응원단 한 패 더 있다. 오늘 저녁 모두 명동서 모예기로 돼 있으이 니도 같이 갔으면 좋겠다마는, 인자 보이 너그 집에 무신 일이 있는 갑네. 니는 옥경이하고 얘기하다가 니 있던 독서실로 가 보따리나 싸 말아 놓고 기달리그라. 우리는 명동 뒷골목에서 한잔 걸치고 니한테로 가꾸마. 거다 무교동 어디서 걸판시럽게(걸판스레, 거방지게) 시험 뒤풀이를 하든 동, 야지미리(모조리) 밤차로 밀양 내리 가가(가서) 소전거리를 파 뒤배(뒤집어) 놓든 동은 그때 결정하고.”

그러고는 인철의 대답도 듣지 않고 저희끼리 어슬렁거리며 교정을 나가 버렸다.

“그래, 뭐가 그렇게 날 심란하게 만들 일이 있어? 집에 무슨 일이 있는 거야?”

용기와 재걸이 저만치 멀어지는 걸 보고 인철이 다시 옥경을 바라보며 물었다.

“우리 같은 사람들을 뿌리 뽑힌 자들이라고 한다던가. 어쨌든 우리가 다시 뿔뿔이 흩어져 기약 없이 떠돌게 될 것 같은 예감. 그 때문에 오빠를 바라보고 울지 않을 자신이 없어서 시험이 끝나기를 기다린 거야.”

그러는 옥경의 두 눈에는 기어이 눈물이 방울방울 맺히고 있었다.

“무슨 일이야? 지난달에 내게 왔을 때도 아무 말 없었잖아? 뿌리 뽑히다니? 뭐가 뿌리 뽑히고, 어째서 우리가 다시 뿔뿔이 흩어져 떠돌게 된다는 거야?"

"오빠, 내일부터 당장 어쩔 작정이야?"

옥경이 대답 대신 가만히 인철을 올려보며 물었다.

"독서실 돌아가 짐 싸서 집에 돌아가야지. 합격 발표 기다리는 동안 쟤들과 함께 밀양이나 한번 놀러 갔다 오고…… 또 입학 때까지 한 달 어디 노가다라도 나가 등록금도 좀 보태야 할 것 같고."

인철이 막연하게 생각해 둔 대로 그렇게 더듬거리며 대답했다. 옥경이 가벼운 한숨과 함께 나무라듯 말했다.

"오빠는 꼭 시험에 합격한 사람처럼 말하는데, 그건 알 수 없지. 방정맞은 소리가 되는지 모르지만 후기 시험을 봐야 할 수도 있고, 안 되면 또 한 번 재수를 해야 될 수도 있고……."

"그게 무슨 소리야?"

"엄마 말이 오빠는 당분간 집으로 돌아오지 말래. 그냥 지금까지처럼 그 독서실에서 공부하며 결말을 기다려 보자는 거야. 우선은 전기 낙방에 대비해 후기를 준비하고, 다행히 전기에 합격되면 그때는 그 독서실에서 바로 입주 가정교사로 옮겨 앉는 식으로. 들으니 오늘 시험 본 오빠네 학교는 합격만 하면 그것만으로도 가정교사 아르바이트 자리 얻을 수 있다던데."

"어쨌든 집으로 돌아오지 말라는 뜻이군. 그사이 무슨 일이 생긴 거야? 왜 나는 그 셋방으로 갈 수 없어?"

"언제 그 집이 없어질지 모르기 때문이야. 그것도 어떤 험한 과정을 거쳐 우리가 먼저 거기서 쫓겨날지 모르기 때문이야."

"그게 무슨 소리야?"

"우리가 거기 단칸 전세를 얻을 때도 이미 그 동네는 철거될 거라는 말이 떠돌고 있었어. 그리고 작년 가을에는 철거가 확정되고 보상이 시작돼 우리도 전세를 찾고 사글세로 돌려 눌러앉았지. 사람들 말이 정부가 도시 미관을 위해 하는 일이라 무언가 제대로 된 보상이 있을 거라나. 그런데 지난 연말에 우리 동네가 우선 철거 지역으로 결정이 났다는 거야. 철로변이라서 우선적으로 정비해야 한다나. 그리고 무슨 뜬소문 같은 보상안을 내세워 철거를 서두르는 것 같아. 하지만 그곳에 사는 사람들의 처지가 그런 정부 대책을 선뜻 따라 줄 형편이 못 돼. 무허가 판잣집 주인도 소유주는 소유주라고 보상 몇 푼 받았지만 그걸로는 온전한 동네에 그 평수 전셋집도 못 얻어. 그러니 거기에 세 들어 살던 사람들은 말할 것도 없지. 보상이라고 있어 봤자 서울 시내 어디에도 사글세 방 한 칸 얻을 돈이 못 된다고. 그래서 소유주 세입자 모두가 보다 근본적인 주거 대책이 없으면 못 나가겠다고 버티게 된 거야. 몇몇 제 땅에 허가 받아 집 짓고 살아 다른 데 집값 비슷하게 보상을 받은 사람들 빼고는 주민 모두가 철거 반대 투쟁에 들어간 셈이지. 가진 사람들 눈에는 생억지로만 보이는 투쟁이겠지만.

들리는 소문에는 정부가 경기도 광주 어딘가에 서울에서 철거될 무허가 판잣집 수십만 이주민이 터 잡을 대단지를 마련하고 있다고도 해. 서울로 출퇴근을 할 수 있는 거리에 헐값으로 집터를 나눠 줘 철거민들의 주택을 짓게 할 거라나. 하지만 아직 그 대책은 구체적으로 시행되지 않고 철거 소식이 먼저야. 철도변 동네부터 날이 풀리는 대로 철거반이 들이닥칠 거래. 그래서 아직 남아 있는 무허가 판자촌 사람들은 철거반원들로부터 자기 집을 지키겠다고 결의를 하고 경계에 들어갔어. 갈 데 없는 세입자들도 한패가 돼서. 전에 경험하지 못한 무시무시한 싸움이 될 거라면서도 각오들은 여간 아니라고. 그게 오빠가 두 달 전에 다녀간 우리 동네의 어제오늘 모습이야. 일견 평온해 보이던 그 영등포 철도변 동네. 인구 4백만 서울에 있는 집 셋 가운데 하나라는 무허가 판잣집으로 빼곡한 그 동네……. 그런데 오빠가 거기 돌아와 무얼 하겠어?"

"그럴수록 나도 그리로 돌아가 힘을 보태야지."

"그런다고 될 것 같아? 더군다나 거기서도 젊은 사람들이 동네를 지키고 있지는 않아. 오히려 나가 버는 데 더 열심이지. 그들을 싸움에 앞세워 다치게 해서는 안 된다고 부녀자들과 노인들만 나서고 있다고. 그것도 아무 대책 없이 그저 맨몸으로 중장비 앞에 드러누울 생각뿐이면서."

"어머니도?"

"실은 나도 그게 이상해. 관청에 맞선다는 거, 특히 정부 시책에 맞서는 일이라면 얼마나 겁내고 움츠러드는 엄마야? 그런데 이번에는 왠지 그 사람들과 한 덩어리가 되어 같은 구호를 외치고 계셔."

"너는?"

"글쎄, 나는 잘 모르겠어. 내게는 너무 낯선 경험이라, 차분히 살피고 있는 중이야. 하지만 엄마 당부가 오빠는 당분간 집으로 돌아오지 말고 독서실에 그대로 있으래."

옥경이 그렇게 말하고 다시 한숨을 폭 내쉬었다. 그러고는 오히려 손위 누이나 되는 것처럼 차분하게 말을 맺었다.

"어쨌든 나는 엄마 말을 다 전했어. 내 생각에도 당장은 함부로 움직이지 말고 가만히 그 독서실에 눌러앉아 변화를 지켜보는 게 좋을 듯해. 그곳 생활비는 아직 좀 남은 게 있다고 했지? 더 필요하면 말해. 다음번에 들를 때 얻어다 줄게. 철거로 전세금 찾아둔 덕분에 우리도 얼마간은 여유가 있어."

중생의 여러 노래

    마녀가 사나이를 놀려 유혹하는 술법은 서른두 종이 있으니, 첫째
는 눈썹을 높이 걷어 올리면서 눈자위를 굴려 보이고, 둘째는 아래 치
마를 걷어 올리면서 앞으로 나가 보이며, 셋째는 머리를 숙이고 생글
웃기도 하고, 넷째는 서로 쳐다보며 희롱하며, 다섯째는 눈을 곱게 뜨
고 쳐다보기도 하며, 여섯째는 아래위로 번갈아 보며, 일곱째는 입술
을 입에 담은 채 방글 웃어 보이기도 하고, 여덟째는 이상한 눈으로
쳐다보며, 아홉째는 눈을 살짝 뜨고 살며시 바라보기도 하고, 열 번
째는 앞에 나와 날아갈 듯이 절을 하기도 한다. 열한 번째는 치마를
들어 머리를 덮어 보이기도 하고, 열두 번째는 몸을 이쪽저쪽으로 흔
들어 보이기도 하며, 열세 번째는 귀를 기울이고 무슨 비밀한 말을 듣
는 듯이 하기도 하고, 열네 번째는 앞에서 아장아장 걷기도 하며, 열

다섯 번째는 볼기짝을 드러내 보이기도 하고, 열여섯 번째는 앞가슴과 젖통을 내보이기도 하며, 열일곱 번째는 옛적에 은혜와 사랑을 받으면서 침실에서 잠자던 흉내를 내 보이기도 하고, 열여덟 번째는 마치 거울을 맞대고 화장하면서 교태를 부리는 시늉을 하기도 하며, 열아홉 번째는 몸을 비비 꼬면서 무엇을 못 견뎌 하는 모습을 보이기도 하고, 스무 번째는 금방 기뻐하기도 하고 금방 슬퍼하는 듯하기도 한다. 스물한 번째는 잠깐 앉았다가 금방 일어서 보이기도 하고, 스물두 번째는 때로 시치미를 딱 떼고 정중히 서 있기도 하며, 스물세 번째는 향물을 몸에 발라 이상한 냄새를 풍기기도 하고, 스물네 번째는 손에 찬란한 노리개를 들고 희롱하기도 하며, 스물다섯 번째는 목을 자라처럼 움츠려 보일락말락하기도 하며, 스물여섯 번째는 아주 조용한 태도로 물에 씻은 듯이 침착하기도 하며, 스물일곱 번째는 앞으로 물러서면서 사내를(보살을) 유심히 바라보기도 하고, 스물여덟 번째는 눈을 떴다 감았다 하면서 무엇을 살피는 듯하기도 하며, 스물아홉 번째는 뒤돌아 살짝 걸어가면서 못 본 체하기도 하며, 서른 번째는 「이 세상에 사랑보다 더 귀한 것은 없네!」라는 노래를 부르기도 한다. 서른한 번째는 눈을 살짝 뜨고 자세히 바라보기도 하고, 서른두 번째는 할금할금 돌아보면서 걸어가기도 한다…….

명훈은 거기까지 읽다가 쿡쿡 웃으며 책을 덮었다. 심심풀이로 읽기 시작한 『도해 팔상록(圖解八相錄)』의 「수하항마상(樹下抗魔相)」 부분이었다. 대중용으로 쓴 부처님의 전기라 어디까지가 실기이고 어디까지가 윤색인지 알 수는 없으나, 적어도 여자에 관한 이 부분은 출가한 승려의 관찰 같지는 않았다. 지극히 탐미적인 관찰로, 경계의 뜻으로 썼는데도 여자의 사랑스러움이 눈앞에 화사하게 펼쳐지는 듯했다.

'만약 스스로 한 관찰이라면 그 스님은 여자로부터 자신을 끝내 지켜 내기 어려웠을 것이다.'

그 구절을 읽으면서 자신이 그때껏 안아 본 모든 여자를 오히려 더 절실한 그리움으로 떠올리게 된 명훈은 속으로 그렇게 중얼거렸다.

그때 가벼운 헛기침 소리와 함께 누가 문을 열었다. 씨익 웃으며 들어오는 사람은 해원이란 법명을 지닌 명훈 또래의 스님이었다. 오래 바깥을 돌아다니다 왔는지 그에게 묻어 온 한 자락의 한기가 방안에 흩어졌다.

"오전 예불은 끝났습니까?"

새벽 범종 소리는 꿈결에 듣고 아침 공양도 스님들과 함께 못하는 처지지만 온 지 대엿새 되어선지 스님들의 일과를 대강은 알게 된 명훈이 그렇게 물었다. 해원이 다시 한 번 뜻 모를 웃음을 흘리며 말을 받았다.

"공양거리 핑계로 보살 아줌씨하고 장에 갔다 오는 길입니다. 그런데 이것 좀 맡아 주시라고……."

해원이 그러면서 승복 소매에서 사 홉들이 소주 두 병을 꺼냈다. 좀 전의 그 웃음은, 당신은 이해하겠지요, 라는 뜻 같았다.

명훈은 수행하는 스님 같은 데가 별로 없는 해원을 그 절에 처음 들던 날부터 마음 편히 대해 왔다. 그가 절에서 하는 일도 불목하니라고 말할 정도는 아니지만 주로 부엌일과 관계된 허드렛일이었는데 본인도 참선이나 예불보다는 그쪽을 더 좋아하는 듯했다. 억지로 승복을 입혀 온 속인 같은 사람으로 그가 술을 사 왔다고 해서 특별히 놀랄 일은 아니었으나 명훈은 짐짓 놀라는 척했다.

　　"스님, 웬 술입니까?"

　　"가끔씩 생각날 때가 있어서. 일일이 10리 길을 오르내릴 수도 없고 내려간 김에 두 병 사 왔심다."

　　해원은 그렇게 말해 놓고 다시 한 번 눈을 찡긋했다. 명훈은 마지못한 것처럼 소주 두 병을 거두어 벽장 속에 감추었다. 명훈이 다시 자리에 앉는 걸 보고 해원이 이번에는 신중한 표정으로 물었다.

　　"그런데 말임다. 뭐 책 같은 거 좀 갖다 놓을 수 없습니까?"

　　"책?"

　　"네, 사회책 — 예를 들면 건넌방 학생들처럼 고시 준비 책이라든가, 옆방 아저씨처럼 공무원 승진 시험 준비 책 비슷한 거……."

　　"그건 왜요?"

　　"아까, 장터에서 지서 차석(次席)을 만났는데 새로 온 사람 인적 사항 좀 알려 달라길래……."

　　"제가 말씀드린 대로 며칠 수양이나 하러 왔다고 하면 되잖습니까?"

"순사들이라는 게 그렇더구먼요. 수양하러 왔다든가 몸이 나빠 쉬러 왔다고 하면 꼭 눈에 불을 켜거든. 이 바쁜 세상에 수상스럽다 이거겠지요만 말임다. 그래서 내 맘대로 공부하러 오신 분이라고 그래 놨는데…… 혹시 누가 와서 들여다보더라도 비슷한 데가 있어야 될 것 같아서."

그런 해원의 눈길에는 어딘가 말 안 해도 알 건 다 안다는 듯한 데가 있었다.

"그거야……."

명훈은 본능적으로 무언가를 변명하려다 그 같은 해원의 눈길을 보고 힘이 빠졌다. 돌중이건 스님이건 한번 믿어 보자 ─. 이런 기분이 되어 솔직하게 받았다.

"그렇다면 있다가 읍내로 나가 책 몇 권 구해 오죠, 뭐."

"잘 생각했시다. 서로 좋은 게 좋은 거니까."

그제야 해원은 볼일 다 보았다는 사람처럼 자리에서 일어났다. 승복 자락을 펄럭여도 거기서 풍기는 것은 술을 감추어 달라고 할 때보다 한층 진한 속기(俗氣)였다.

해원이 나간 뒤 명훈의 상념은 저도 모르게 지금 그곳에 웅크리고 있는 자신의 문제로 돌아갔다. 어쩌면 해원의 속기가 애써 잊고 있던 자신의 처지를 일깨워 줬는지도 모를 일이었다.

명훈이 시복(잇뽕) 형으로부터 새벽같이 은밀한 부름을 받은 것은 일주일 전의 일이었다. 흔치 않게 자신의 집으로 명훈을 부른 시복은 아직 술이 덜 깬 눈으로 돈 3만 원을 내놓으며 말했다.

"너 한동안 이곳을 떠 줘야겠다. 어제 수사과장하고 새벽까지 마셨는데, 이대로 버티기는 힘들 것 같아. 김 사장 고소가 있는 데다 상부에서 여론조사소 관계 수사 지시도 떨어진 모양이야. 말 그대로 엄명이라더군. 누군가 하나가 떠맡아 줘야 하는데 너밖에 없어. 용길이(날치)는 너무 전과가 많고. 대동이나 김가로는 감당이 안 될 거야. 게다가 너는 이미 별건(別件)으로 수배가 떨어진 모양이고……. 어디 멀리 날아 버려. 길어도 3년이면 될 거야. 아니, 이 고비만 넘기면 곧 흐지부지될지도 몰라. 너는 여기 서(署)로 봐서는 뜨내기니까. 연락처만 남기면 여기가 조용해지는 그 즉시로 널 다시 부를게. 그때까지 다른 데서 고생 좀 하라고. 여기 있다가 빵간(감옥) 가는 거보다야 그게 백번 안 낫겠어?"

얼떨결에 돈을 받고 시복 형의 집을 나서기는 했으나 한겨울 새벽 거리에서 명훈은 막막하기 그지없었다. 먼저 떠오른 게 집이었지만 인철의 편지로 봐서는 돌아갈 만한 곳이 못 되었다. 돌아갈 수 없기는 돌내골도 마찬가지였고 아무래도 서울 어디에서 몸 둘 곳을 찾아보는 수밖에 없을 성싶었다.

하지만 당장은 너무 피곤했다. 지난 여섯 달 그는 새 기반을 닦는 기분으로 안동의 뒷골목에다 갖은 힘과 정성을 모두 쏟아부었다. 그런데 이제 그 모든 노력은 허사가 되고 명훈은 살아갈 방식부터 새로이 결정하지 않으면 안 되는 처지에 빠져들고 말았다.

'우선 어디 가서 좀 쉬어야겠다. 그런 다음 다시 시작해 보자.'

하숙집으로 돌아와 짐을 싸면서 명훈은 줄곧 그런 생각을 했다. 하지만 당장은 쉴 곳도 마땅한 데가 떠오르지 않았다. 그러다가 그간의 하숙비를 치르고 하숙집을 떠날 무렵에야 문득 떠오른 곳이 바로 그 절간이었다. 전해 가을 사찰림(寺刹林)의 도벌 문제로 취재차 갔다가 알게 된 어떤 큰 사찰의 말사로 거기서 스님들 외에도 대여섯 명의 하숙생을 본 적이 있었다. 고시 준비를 하는 학생 몇과 수양을 왔다는 중년이 있었는데, 그들의 한가로움과 여유가 부러웠던 게 새삼 기억이 났다.

원래 절이나 불교 문화는 명훈에게 익숙한 것이 아니었다. 고향은 몇백 년 유가 전통을 이어 온 곳이고, 그가 철들어서 새롭게 본 종교는 할머니와 어머니의 기독교였다. 그런데 막상 절로 찾아들고 보니 이상하게도 익숙하고 편안한 느낌이 들었다. 별종같이 느껴지던 스님들도 예상 밖으로 친절하고 따뜻했으며, 이따금씩 주워듣는 그 가르침도 방금 속세의 진흙탕을 뒹굴다 온 명훈에게는 새로운 데가 있었다. 거기다가 하숙비도 한 달에 겨우 3천 원으로 조금만 아끼면 가진 돈으로 1년은 편안하게 쉴 수 있었다.

하지만 조금 전 해원의 귀띔이 사실이라면 도피처로는 그리 안전한 곳이 못 되었다. 절간은 외져서 수배를 피하기 좋을 것 같지만 오히려 그 때문에 더 주목을 받을 수도 있었다. 이미 지서에서 자신에게 관심을 가지기 시작했다면 오래 머무를 수는 없을 것 같았다.

'어쨌든 내일 읍내로 나가 공무원 시험 준비서나 몇 권 마련하

고 버틸 수 있는 데까지 버텨 보자. 어딜 가나 불안하기는 마찬가지일 테니까.'

명훈은 그렇게 마음을 정하고 방바닥에 벌렁 누웠다. 그때 갑자기 문밖에서 발소리가 나더니 누군가가 나지막이 소리쳤다.

"객 문안이오."

명훈이 묵고 있는 방을 지객승(知客僧)의 방으로 잘못 안 떠돌이 스님인 듯했다. 전에도 몇 번 그런 적이 있어 명훈은 못 들은 체 그대로 누워 있었다.

지객 일을 담당하는 해원이 맞은편 방에 있어 그도 그 소리를 들었을 것이기 때문이었다.

"어디서 오셨습니까?"

아니나 다를까, 해원이 문을 열고 나와 그 스님을 맞이하는 소리가 들렸다. 그런데 거기 응대하는 객승의 목소리가 왠지 귀에 익은 것처럼 들렸다.

"가지산(駕知山) 청화사(淸華寺)에서 왔습니다. 방장(方丈) 스님을 뵈올 수 있을까 하고……."

명훈은 더 참지 못하고 몸을 일으켜 가만히 문을 열었다. 체구가 건장한 스님이 가사 자락을 늘어뜨리고 돌아서 있는 모습이 눈에 들어왔다. 얼굴을 볼 수 없어서인지 뒷모습만으로는 눈에 익은 데를 별로 찾아낼 수 없었다. 거기다가 해원이 평소의 그답지 않게 굽신대며 서둘러 그 객승을 안내해 가는 바람에 더 자세히 뜯어보려야 뜯어볼 틈도 없었다.

명훈이 다시 그 객승에게 관심을 가지게 된 것은 그날 점심나절이었다. 옆방의 고시생과 점심상을 받고 있는데 해원이 달려와 명훈을 한쪽으로 끌어냈다.

"저어 아까 그거 말입니다. 한 병만 내주시오."

"갑자기 그건 왜 찾습니까? 벌건 대낮에."

"곡차를 대접할 일이 생겨서…… 빨리 한 병만 꺼내 주셔야겠소."

그제야 명훈은 퍼뜩 그 우람한 체구의 객승을 떠올렸다.

"그럼 스님이 마시는 게 아니고…… 조금 전의 그……"

"모르는 척해 주슈. 중 판에도 세상에 있는 건 다 있소. 주지 스님께서 갑자기 곡차를 구해 오라는데, 이 추위에 10리 길을 달려 내려갈 수도 없고…… 그래서 형씨에게 한 병 꿔 온다고 했소."

"그럼 주지스님이……?"

"그분이 마시는 건 아니고 어디까지나 손님 대접으로다가."

그렇다면 그 객승도 해원과 마찬가지로 승복만 걸쳤지 속은 여지없는 속인인 모양이었다. 하지만 그 같은 돌중을 주지쯤 되는 스님이 그토록 융숭하게 대접해야 되는지 영 알 수가 없었다. 몇 번 대하지는 않았지만 주지는 발끝부터 머리 꼭대기까지 타고난 스님 같은 데가 있었다.

"너무 이상하게 생각하진 마슈. 나중에 틈나면 내 아는 대로 모두 일러 드리지."

해원은 명훈에게서 빼앗듯 술병을 받아 들고 방장실로 달려가며 그렇게 말했다.

해원이 부른 듯 명훈의 방을 찾아온 것은 점심상을 물린 명훈이 다시 『도해 팔상록』을 심심풀이 삼아 뒤적이고 있을 때였다. 파순 마왕의 아름다운 세 딸이 부처를 유혹하는 노래가 명훈에게는 아름다운 시 같았다.

봄바람 화창한 이 좋은 계절
나뭇잎 꽃향기도 한창이어라.
인생의 즐거움도 그 한때려니
세상의 오욕락을 누리시기를.
이처럼 좋은 시절 보내고 나서
뒤돌아서 뉘우친들 어찌 이르리…….

명훈이 거기까지 읽고 있는데 해원이 기척도 없이 들어왔다. 입에서 가벼운 술 냄새가 나는 게 그도 어디서 한잔 걸친 것 같았다.

"알고 보니 그 술, 해원 스님이 마시려고 가지고 간 거 아뇨? 이거 안 되겠는데. 스님이 대낮부터……."

명훈이 농담 삼아 그렇게 말하자, 해원이 문득 어울리지 않는 한숨과 함께 받았다.

"나도 얼결에 머리 깎고 가사 장삼 걸치게 되었지만 큰일은 참 큰일이야. 절이 이 꼴이 나서야."

"스님도 절 걱정을 다 하쇼? 나는 그런 것과는 담 쌓은 분으로 알았는데."

"그래도 절 밥 얻어먹고 산 지 하마 5년이오. 중 팔자도 괜찮다 싶어 이대로 눌러앉을까 하는데, 왜 절 걱정이 안 되겠소?"

"그럼 속세에 있을 때는 뭘 했소?"

"형씨를 보니 이해해 줄 것도 같아 바로 말하리다. 전쟁통에 부모 잃고 양아치로 돌다가 주먹 굵으니 뒷골목 똘마니로 돌았지. 하지만 그것도 민주당 때 잠깐 반짝하고 5·16 나자 발붙일 데가 마땅찮더군. 그래서 군대에 갔다가 나와 보니 갈 데가 있어야지. 때마침 뒷골목 시절 알던 형님이 상좌로 받아 주어 머리를 깎고 말았소."

"뒷골목 형님이 상좌로 받아 주어……?"

"나는 형씨가 이 바닥을 훤히 들여다보고 있는 줄 알았는데 아닌 모양이군. 그럼 절에 있는 주먹 내력 전혀 모르슈?"

"신문에서 이따금 스님들 간에 일어난 패싸움 기사 읽어 본 적은 있지만 스님들도 사람이라 그러려니 했죠. 그런데 절에 무슨 주먹 내력이 있어요?"

"나도 들은 얘기지만 시작은 이승만 대통령에게 있다더만."

해원은 그렇게 허두를 떼 놓고 한참 뜸을 들인 뒤 다시 말을 이었다.

"일본 놈들이 들어와 중들을 전부 대처승(帶妻僧)으로 만들어 버렸는데, 어쩌면 그게 불교 폭력의 더 근본적인 원인이 되었는지

도 모르지. 해방 뒤에 비구승(比丘僧)이 불교 정화 운동을 벌일 때
라고 들었소. 절마다 들어차 있는 대처승들을 내쫓자니 비구승
이 어디 힘이 돌아가야지. 그때 정부가 편법으로 동원한 게 깡패
들이었다는 거요. 이 대통령 묵인하에 일종의 정치 깡패 비슷하
게……. 그러다 보니 한가락 하는 주먹들은 저마다 연고가 있는
절이 생기게 되었소. 말하자면 한번 봐준 적이 있는 절이지. 그리
고 5·16 뒤에 주먹들이 발붙일 곳이 없어지자 그 연고를 따라 절
로 숨어든 거요. 처음에는 잠시 피신한다는 기분이었겠지만 가만
히 들여다보니 바깥에서 보기보다 먹을 게 많은 게 절이라 그냥
머리 깎고 눌러앉은 거란 말이오. 절도 어느 면에서는 주먹들이
필요했고……."

"사찰에서 무엇 때문에?"

"정말 모르슈? 사찰 재산이 엄청나다는 거. 세상에서는 신도들
시주나 헤아리지만 본방(노름에서 주된 돈을 거는 곳)은 따로 있소.
여기 본사만 해도 가을철 사찰림 송이 채취권만 얼마나 되는 줄
아쇼? 모르긴 해도 천만 원은 될걸. 거기다 좀 이름난 절이면 입
장료에 경내(境內) 영업권에 기존 토지에……. 그렇게 먹을 게 많다
보면 뜯어먹으려고 달려드는 파리 떼도 많게 마련이고, 그걸 쫓으
려면 주먹도 필요한 법이오."

해원은 그때만은 마치 절간 사정에 달통한 사람 같았다. 그러
고 보니 명훈도 그 비슷한 얘기를 들어 본 적이 있었다. 하지만 워
낙 자신과는 무관한 세상의 일이라 흘려들었는데 해원에게는 아

주 실감 나는 현실인 듯했다.

"그럼 조금 전의 그 객승이 바로 그런 주먹이오?"

"그 사람들은 아예 큰 절 한 곳을 접수해 양산박(梁山泊)을 차렸소."

"양산박을 차리다니?"

"으슥한 곳의 절간 하나를 차지해 주지부터 총무 지객(知客)까지 모두 그 동네 사람들이 차고 앉았단 말이오. 요즘엔 거기도 많이 맑아졌다지만 한때는 술에 고기에 여자까지 없는 게 없었다는 말도 있어요."

"절이 그 모양이 되면 신도들이 찾을 리 없고, 신도들이 찾지 않으면 시주가 있을 리 없을 거요. 그렇다고 그 으슥한 곳에 입장료 내고 들어올 관광객이 몰릴 것도 아니고, 그런데 그 많은 식구가 무얼 먹고삽니까? 그 절, 기존 재산이 그렇게 많아요?"

"것도 다 길이 있지. 사찰 분규란 거, 절 주도권을 두고 벌어지는 다툼, 지금도 어디선가는 박 터지게 싸우고 있을 거요. 그때 힘이 밀리는 쪽은 어디선가 힘을 빌려 와야 하는데 그렇다고 뒷골목 야쿠자들을 끌어들일 수는 없지 않소? 안성맞춤으로 승복 입은 주먹들이 떼거지로 몰려 있는 데를 찾겠지. 그래서 한 건만 해결해 줘도 그 식구들 1년 양식은 걱정 없을 거요. 중들 싸움에 칼부림이 나고 가꾸목(각목), 쇠파이프가 깨춤을 추는 이치를 이제 아시겠소?"

"거 참 할 만한 놀음이네."

거기까지 듣고 난 명훈은 자신도 모르게 감탄 섞인 말투로 받았다. 그러나 마음 한곳으로는 묘하게 썰렁한 바람이 불어 가는 듯했다. 속세의 번뇌로부터, 중생들의 아귀다툼으로부터 한 발 벗어난 곳으로 여겨 왔던 그곳까지도 여전히 속세의 어지럽고 사나운 꿈이, 굶주리고 헐벗은 중생의 욕망과 애증이 이어지고 있다는 느낌 때문이었을 것이다. 그러나 명훈의 감탄을 선망으로만 해석한 해원은 으스대듯 묻지도 않은 일을 덧붙여 얘기했다.

"실은 나도 거기 갈까 했는데 그만뒀소."

"왜 그랬어요?"

"나를 끌어 준 형님이 거기 계셔서 며칠 가 있어 보았는데 나는 끼어들 군번이 아닙디다."

"끼어들 군번이 못 되다니요?"

"모두가 하나같이 한가락 하던 사람들이라 나 같은 조무래기는 3천만의 졸병이더라고. 넓은 경내 소제에 술 뒤치다꺼리나 돌아오는데, 못 해 먹겠더구먼. 그래서 마음이라도 편하자고 이리로 왔소."

듣고 나니 해원이 객승으로부터 그 절 이름만 듣고도 굽신대던 까닭을 이해할 만했다. 그러나 그 무렵부터 명훈의 관심은 다른 곳으로 쏠리고 있었다. 갑자기 귀에 익은 그 객승의 목소리가 떠오른 까닭이었다.

"그런데 말이오. 그 스님, 혹시 이름이 어떻게 되는지 아십니까?"

"어디서 받았는지는 모르지만 법자 돌림자를 쓰던데. 맞아 법현이라고 했던 거 같소."

"절에서 쓰는 이름 말고 속세의 이름 말이오."

"그것까지는 모르겠는데. 왜, 알 만한 사람 같소?"

"아니, 아까 그 목소리가 하도 귀에 익어서."

"역시 내 벌써 알아봤지. 그래, 전에는 어디서 놀았소?"

해원은 한잔 얻어 걸친 술기운 탓인지, 자신의 얘기에 취해서인지 승복을 입고 있는 걸 까맣게 잊고 완연히 뒷골목 건달로 돌아가 그렇게 물어 왔다. 곧 어깨라도 치고 엉겨 올 것 같은 태도였다. 그게 명훈에게 약간의 경계심을 일으켰다.

"놀았다 할 것까지는 없고, 그냥 어디서 많이 듣던 목소리라."

"그럼 내 알아봐 드리지. 아니, 함께 가서 인사나 드리는 게 어떻소? 아직 술이 끝나지 않았으면 술동무도 해 드리고……. 실은 나를 잡는 걸 아무래도 승복 입은 몸이 돼 놔서 사양하고 나왔소."

"아는 사람이 아닐 수도 있는데, 그럴 것까지는 없고 이따가 떠날 때 귀띔이나 해 주십시오."

명훈은 그렇게 말하며 슬며시 얘기를 끝냈다. 길게 얘기하다가 쓸데없이 자신의 처지가 드러나는 게 싫어서였다. 하지만 더 기다리고 자시고 할 것도 없었다. 아직도 할 얘기가 남았는지 해원이 자리를 뜰 생각을 않고 머뭇거리는데 조용조용한 발소리와 함께 주지 스님의 목소리가 들렸다.

"해원이 거기 있느냐? 손님 돌아가신다."

그 소리에 해원이 급히 몸을 일으켜 문을 열었다. 명훈도 손님이 궁금하던 차라 해원을 따라 툇마루로 나섰다.

"어?"

"혀, 형님……."

눈길이 마주친 순간 누가 먼저인지도 모르게 객승과 명훈은 그런 외마디 소리로 서로를 알아보았다. 얼굴의 각진 부분이 많이 깎이고 승복을 걸쳐 조금 낯설기는 해도 틀림없이 배석구였다. 돌개란 옛적 그의 별명을 입에 올리지 않은 게 새삼 다행스럽게 여겨졌다. 그때 주지스님이 배석구를 보고 공손하게 물었다.

"아는 분이십니까?"

"네에, 속세에 있을 때 인연이 깊었습니다. 혈육은 아니지만 혈육이나 진배없이 지냈지요."

그렇게 대답하는 배석구의 말투에는 한때 서울에서도 중심가 한모퉁이를 장악했던 주먹 세계의 보스 같은 데가 전혀 남아 있지 않았다. 얼굴의 불그스레한 술기운만 아니라면 누구든 수양 깊은 스님으로 보아 줄 만큼 스님 티가 배어 있었다. 명훈마저도 어떻게 말을 걸어야 할지 망설여질 정도였다. 그 망설임을 배석구가 노련하게 해결했다.

"마침 잘됐군요. 지객 스님을 귀찮게 할 것 없이 저 아이를 데려가지요."

배석구는 주지스님에게 그렇게 말해 놓고 명훈을 돌아보았다.

"이 보따리는 네가 들어라. 저 아래 버스 정류장까지 바래 줘야겠다."

그런 배석구의 목소리는 8년 만에 만나는 사람 같지 않게 자연스럽고 친숙했다.

내려가는 산길은 지난 대설 때의 눈이 아직 녹지 않고 그대로 쌓여 있었다. 보따리를 들고 앞장서 산을 내려가던 명훈은 그제야 겨우 8년 전 헤어지던 날의 배석구를 떠올렸다. 절로 간다는 말을 했지만 출가의 뜻은 전혀 비추지 않던 그였다.

"형님, 그때 강원도 어디로 간다고 하시지 않았습니까?"

"그랬지. 우선 깊숙이 숨는 게 급했으니까. 처음 틀어박힌 곳은 겨울철이 되면 아예 사람의 발길이 끊기는 암자였다."

명훈을 만난 게 가슴 벅차서인지 얼른 말을 꺼내지 못하고 있던 배석구가 명훈의 물음에 감회 섞인 대답을 했다.

"그럼 거기서 출가하셨습니까?"

"아니, 한 6개월 지내 보니 좀이 쑤셔 더 못 견디겠더구나. 그래서 좀 위험하지만 김천 쪽으로 내려왔다. 그때만 해도 세상이 좀 조용해지면 다시 서울로 돌아가 어떻게 뒷골목 한 모퉁이에 자리 잡아 볼 생각이었지. 그런데 오야붕(이정재)과 임 단장(임화수)의 사형 집행이 보도되더군. 하늘 같던 경무관님(곽영주)도⋯⋯. 그래서 깨끗이 머릴 깎았지."

"그렇다면 정말로 출가하신 거군요."

"출가에 정말, 거짓말이 있나? 백정도 칼을 버리면 부처라는

데……."

"그저…… 해원에게 듣기로 지금 계신 절이……."

"아, 그 얘길 들었군. 지객 일 보던 그 돌중 놈한테……."

배석구는 그래 놓고 승복 소매에서 담배를 꺼내 불을 붙였다.

"행티 보니 저나 나나 갈 데 없는 왈짜 출신이라 날 알아본 모양이지. 하지만 나는 정식으로 출가했다. 깨우침이야 늦을 수도 있고 빠를 수도 있는 것, 속세의 질긴 인연이 남아 바로 정진에 들지 못한다고 해서 출가 자체를 거짓이랄 수는 없지."

그 말에 명훈은 문득 옛날에 먼빛으로 본 적이 있는 그의 아내와 아이들을 떠올렸다. 심부름으로 무언가를 전해 주기 위해 당시 신당동에 있는 그의 집을 찾은 적이 있는데, 그때 본 그의 아내나 어린 남매가 아주 인상적이었다. 맵시 곱고 예절 바른 젊은 아낙도 그랬지만 귀공자처럼 차려입고 란도셀을 멘 남자아이와 당시로는 흔치 않던 유치원복을 입은 딸아이는 더욱 뒷골목 중간 보스에게는 어울리지 않았다. 속세에 남아 있는 질긴 인연이라면 그들을 가리키는 말일 듯싶었다.

"그럼 형수님과 아이들은 어떻게 되었습니까?"

명훈이 망설이다가 불쑥 물었다. 배석구가 쓸쓸하게 웃으며 받았다.

"예나 지금이나 '간다' 너 말귀 하나는 똑소리 나게 알아듣는구나. 하지만 그 인연도 이제 거진 다해 가는 모양이야."

배석구가 쓸쓸하게 웃으며 명훈의 옛 별명을 상기시켰다.

"인연이 다해 가다니요?"

"큰아이가 이번에 대학에 들어가. 지금 그 등록금을 전해 주러 집으로 가는 길이야. 그 녀석이 그만큼 머리 굵어지고 에미도 마흔 줄을 넘겼으니 이제는 이 고달픈 중생 놓아주어도 저희끼리 어떻게 살아갈 수 있겠지. 이 짓도 마지막이라 힘대로 모아 주고 나도 중다운 중이 되어 보려고 손 내밀 만한 곳은 모두 돌다 보니 여기까지 오게 됐다."

배석구는 그래 놓고 길게 담배를 빨더니 꽁초를 눈길 위에 던졌다. 그리고 잠시 자신의 얘기를 덮어 둔 채 명훈에 관해 묻기 시작했다.

"그래, 넌 어떻게 여기 오게 되었어? 왠지 팔자 좋게 수양이나 하러 온 것 같지는 않은데."

세상과 사람들에 대한 배석구의 남다른 눈썰미는 명훈이 떨어진 처지를 어느 정도 알아차리고 있는 듯했다. 오랜만의 만남이지만 명훈도 굳이 그에게 자신의 형편을 숨기고 싶은 마음은 없었다. 그 바람에 나머지 하산 길은 명훈의 신세타령과도 같은 지난 8년의 시고단한(매우 고단한) 이력이 되고 말았다.

"예전에 같이 지낼 때 내 마음 한구석에는 항상 널 이렇게 부려서는 안 되는데, 하는 기분이 있었다. 네게는 어딘가…… 길을 잘못 든 사람, 뭔가 잘못돼서 있지 않을 곳에 와 있는 사람 같은 느낌이 들었어. 그런데 이제 보니 그것도 아닌 것 같구나. 그것도 너의 인연이고 업장이었던가……."

다 듣고 난 배석구가 안됐다는 표정으로 명훈을 보며 그렇게 말했다. 헤어진 뒤의 가장 큰 변화라면 그의 표정이 옛날보다 풍부해진 점인 듯싶었다. 명훈도 공연히 울적해져서 한숨과 함께 받았다.

"한 집안이든 사람이든 쓰러지면 바닥을 짚고 일어나는 것이 가장 확실한 방법이라고 생각했습니다. 그래서 나는 밑바닥에 떨어지는 것을 겁내지 않았죠. 아니, 철들어서는 스스로 밑바닥을 찾아 내려간다는 기분으로 재기를 꿈꾸었습니다. 그러나 언제나 헛짚고 마는군요. 제가 짚는 바닥 밑에는 또 다른 바닥이 있어 그때마다 한 켜씩 더 가라앉는 것 같습니다. 도대체 어디까지 내려가야 더 내려갈 데가 없는 밑바닥이 될지……."

그때 배석구가 한곳을 가리키며 말했다.

"저기 저 보이는 길갓집, 주막 같은 거냐?"

"주막은 아니고 이런저런 잡화를 파는 시골 구멍가겝니다."

"그럼 소주 같은 것도 팔겠지. 버스가 언제 지나갈지 모르지만 저기서 곡차라도 한잔 나누고 가자."

배석구는 그렇게 결정해 놓고 변명처럼 덧붙였다.

"점심 공양 때 술을 청한 것은 추운 산길을 내려가는 데 도움이 될까 해서였다. 그런데 이제는 정말로 한잔하고 싶구나. 이 승복만 아니면 너와 함께 읍내로 나가 하룻저녁 퍼마시고 싶다만."

명훈도 마다할 기분이 아니어서 둘은 곧 길가 가겟집으로 들어갔다. 가장 빠른 버스는 봉화 쪽에서 나오는 것이었는데 알맞게도 그들에게 한 시간 정도의 여유를 허락했다.

그러나 들어갈 때의 생각과는 달리 난방도 안 되는 썰렁한 가게 마루방에 소주병을 까고 앉자 명훈은 갑자기 술 마실 기분이 싹 가셨다. 실제보다 몇 배나 화려하게 과장된 1950년대 말의 서울 뒷골목이 떠오르며 강소주 몇 잔으로는 풀릴 것 같지 않은 영락의 감정이 흥을 깨 버린 것이었다. 배석구도 승복이 못내 마음에 걸리는지 처음부터 술은 명훈에게만 권했다.

"그런데, 혹시 그때 그 애들하고는 연락이 있습니까? 아이구찌, 호다이, 도치, 깡철이, 모노, 그리고 또 누구더라…… 그때 형님 밑에만 한 서른 명 됐지요?"

내키지 않는 술잔을 받으면서 명훈이 물어보았다. 배석구가 어색한 웃음으로 얼버무렸다.

"경찰 불심검문 걱정하지 않고 나다니게 된 게 이제 겨우 3년이다. 거기다가 외진 절간만 돌았으니 옛날 애들과 연락이 있을 게 뭐냐? 그저 요즘 들어 만난 몇몇이 고작이다."

"모두 어떻게 지냅디까?"

"더러는 손 씻고 선량한 시민이 되기도 했지만, 아직 그 판에서 노는 애들이 더 많은 것 같더라. 골치 아픈 중생들이지……."

배석구는 되도록이면 그들의 구체적인 근황은 입에 올리기를 피했다. 그 세계에 미련이 있어선지, 그 미련을 털어 버리기 위해선지 얼른 가늠이 되지 않았다. 명훈이 별로 맘 내켜하지 않고 배석구마저 몸을 사리자 술은 뒷전으로 밀려나고 말았다. 소주 한 병도 비우기 전에 버스가 와 둘은 급한 작별을 해야 했다.

"여의치 않거든 내게로 와라. 어쩌면 길이 있을지도 모르겠다."

"그러죠. 형님, 안녕히 가십시오."

남은 외길

"여보, 일어나세요. 어서요."

영희가 깊이 잠들어 있는 억만을 깨웠다. 그러나 억만은 쉽게 잠에서 깨어나지 않았다. 잠결같이 무어라 웅얼거리면서 귀찮다는 듯 돌아누워 버렸다.

날은 이미 밝아 있었다. 가까운 비닐하우스를 보러 나가는지 시아버지가 헛기침과 함께 마루로 나오는 소리가 들렸다. 이어 신발 끄는 소리가 더욱 영희를 급하게 했다.

"어서 일어나라니까요. 일어나요!"

영희가 더욱 세차게 억만을 흔들었다. 그제야 억만이 부스스 눈을 뜨며 불만스레 말했다.

"왜 이래? 새벽부터. 남 잠도 못 자게……."

"아버님 일어나셨어요. 어서 일어나 나가 보세요. 아마 비닐하우스 보러 가시는 것 같은데……."

영희는 어린아이 달래듯 억만을 달랬다. 그러나 억만은 아직 단잠에서 끌려 나온 불만을 다 털어 내지 못하고 있었다.

"젊은 내가 새벽잠 없는 늙은이를 어떻게 다 따라 해? 이따가 들에나 따라 나가면 됐지. 그냥 좀 더 자게 해 줘."

그러면서 다시 내처 잘 기세였다. 영희는 그런 억만이 밉살스러웠으나 참고 차분하게 타일렀다.

"그러지 말고 귀찮더라도 좀 일어나세요. 일어나서 아버님 따라 나서세요. 벌써 저하고 한 약속 잊으셨어요? 무슨 일이 있어도 석 달 이내에 아버님의 신임을 회복한다는 약속 — 그게 곧 저뿐만 아니라 억만 씨 고생도 줄이는 길이에요."

그러자 억만도 마침내 자기를 포기한 듯 길게 기지개를 켰다. 그러나 몸을 일으키는 그의 얼굴은 결코 밝지 못했다.

"내 참, 이거야 원. 꼭 이래야 돼?"

"네, 적어도 며칠은요. 그러다가 아버님께서 그만두라 하실 때 자연스럽게 그만두면 돼요."

"아이고, 아버지가? 어림없는 소리 마. 얼씨구나, 잘됐다고 새벽부터 밤까지 소처럼 부리려 들걸."

"그건 또 그때 가서 수가 있어요. 우선은 일어나 제가 시키는 대로 하세요."

영희는 그렇게 해 억만이 옷을 걸치는 것을 보고서야 밖으로 나왔다. 그사이 시어머니도 부엌에 나와 있었다.

"어머님, 안녕히 주무셨어요?"

"일찍 일어나는 재주는 있구먼……."

시어머니가 인사를 받는 건지 빈정거리는 건지 알 수 없는 말로 그렇게 대답해 놓고 다른 데로 고개를 돌려 버렸다. 전날과 같은 무시의 태도였다. 영감탱이가 우기니까 집에 들이기는 했지만 너를 우리 식구로 여길 수는 없어 ―. 돌아서는 시어머니의 찬바람 도는 뒷모습이 그렇게 말하는 듯했다. 시집이라고 들어온 지 벌써 열흘째인데도 그랬다.

영희는 무안하고 맥이 쭈욱 빠졌지만 물러나지 않았다. 시어머니를 따라 부엌으로 들어가며 짐짓 상냥한 표정을 지어 물었다.

"어머니, 제가 뭐 거들 것 없어요?"

"없다. 코딱지만 한 부엌에 둘씩 셋씩 붙어 뭘 해?"

여전히 퉁명스럽기 그지없는 대꾸였다. 충분히 예측하고 또 각오한 일이었지만 영희는 다시 한 번 속으로 절망했다. 과연 내가 이 완강한 적의를 녹여 낼 수 있을까. 하지만 자신도 더 물러설 곳이 없다는 기분이 그 절망감을 억누르게 했다.

"그럼 마당이라도 쓸게요."

영희는 정말로 아무렇지도 않은 사람처럼 그렇게 말하고 마당의 빗자루를 집어 들었다. 장갑을 끼지 않아 대나무로 된 빗자루 대가 몹시 차게 느껴졌다.

잠에서 깨어나고도 한동안이나 꾸물거리던 억만은 영희가 마당을 거의 다 쓸었을 무렵에야 옷을 걸치고 마당으로 내려섰다. 마당을 쓰는 영희를 힐끗 보더니 억만은 이내 그녀의 당부가 생각난 듯 부엌을 향해 큰 소리로 외쳤다.

"어머니, 안녕히 주무셨어요?"

억지로 지어낸 쾌활함이라 듣기에 어색할 정도였다.

"세상에 별일도 다 있다. 니가 이 새벽에 웬일이냐? 벌써 사흘째나 내리."

시어머니는 아들에게도 퉁명스럽기 짝이 없었다. 그러나 억만은 잘 참아 냈다.

"아버님 벌써 비닐하우스에 나가셨잖아요? 일이야 잘하든 못하든 곁에서 거들기는 해야죠."

그래 놓고는 제법 넉살까지 부렸다.

"그리고 자고 싶어도 저 사람 때문에 잘 수가 있어야죠. 정말로 어머니 말릴 때 장가들지 않는 건데……."

그래도 아들이라 다른지 시어머니도 조금 풀어진 표정이 되었다.

"에이그, 저거 말이나 못하면……."

허옇게 눈은 흘겨도 영희를 대할 때 같은 찬바람은 돌지 않았다. 영희는 억만의 눈길이 자신에게 돌아오기를 기다렸다가 눈이 마주치자 간밤의 약속을 상기시키는 눈짓을 보냈다. 처음에는 멍한 눈길로 받던 억만이 겨우 기억해 냈다는 듯 부엌으로 다가갔다.

"그런데 어머니, 하우스 일 바쁘지 않아요? 저하고 같이 가서 아버님 돕지 않으시겠어요?"

"아침밥은 누가 짓고?"

시어머니가 눈길도 돌리지 않고 그렇게 대답했다. 억만이 한 발 가까이 다가가 한층 넉살스럽게 말했다.

"저 사람 있잖아요? 며느리 봤다 뭘 해요? 부엌데기로나 써먹지."

"나는 아직 며느리 본 적 없다. 그런데 부엌을 누구에게 맡겨?"

시어머니가 어림도 없다는 투로 받았다. 영희에게 맞대 놓고 하는 소리나 다름없었다. 억만도 그렇게 되자 머쓱해져 영희를 돌아보았다. 그런 억만에게 영희는 한 번 더 강한 눈짓을 보냈다.

"에이, 어머니. 또 왜 이러세요? 그러지 말고 부엌일은 이제 저 사람한테 맡기세요. 아버님도 허락하신 일인데……."

"일없어. 내 자식 못난 건 못난 거고, 며느리는 또 며느리야. 그래도 한 집안의 맏며느린데 근본도 없는 걸……. 느이 아부지가 덥석 받아들였으니 느이 아부지나 데리고 살라고 해라."

예전의 영희 같으면 그걸로 한바탕을 해도 크게 하고 짐을 쌌을 것이다. 그러나 지금은 아니었다. 오히려 더 냉정한 기분으로 사태를 바라보다가 속도 밸도 없는 여자처럼 억만을 말렸다.

"억만 씨 그만둬요. 어머님이 싫다시잖아요? 전 괜찮아요. 억만 씨나 어서 나가 보세요."

시어머니도 영희가 그렇게까지 나오자 약간은 서슬이 무뎌진 느낌이었다. 영희의 그 말에는 아무런 핀잔이나 퉁이 없었다. 그때 억만이 뜻밖의 순발력을 발휘했다.

"그래, 그럼 당신 나 따라와. 같이 가서 아버님이나 거들자."

억만이 어떤 계산을 하고 그런 제안을 했는지 모르지만 시어머니에게서 거둔 성과는 컸다. 갑자기 부엌에서 떨그럭거리던 소리가 뚝 그치더니 성난 목소리가 터져 나왔다.

"가긴 어딜 가? 동네 사람 다 보는데…… 그리고 느이 아버지한테 가선 또 무슨 요사를 떨려고?"

그때만 해도 영희는 눈치 없는 억만이 일을 그르친 줄 알았다. 그런데 그게 아니었다. 갑자기 부엌문 밖으로 나온 시어머니가 앞치마를 벗으며 못마땅한 어조로 영희에게 물었다.

"정말 밥이라도 제대로 할 줄 아는 거야?"

"어머님도, 참. 시켜나 주세요. 우렁이 각시처럼 해 놓을게요."

영희가 정말로 정다운 시어머니와 며느리 사이처럼 응석 기운까지 섞어 그렇게 대답했다. 스스로 낯이 달아오를 정도로 억지스러운 연출이었으나 효과는 그리 나쁘지 않았다. 시어머니가 여전히 눈은 허옇게 흘기면서도 벗어 든 앞치마를 영희에게 내밀며 말했다.

"부엌에 들려면 소금 단지가 어디 있는지는 알아야 할 거 아냐? 이리 와 봐라."

시집에 든 지 열흘 만에야 어렵게 부엌에 들게 된 영희는 낯설고 강한 적을 새로 만난 전사와도 같은 기분으로 조리에 들어갔다. 이미 안쳐 둔 밥에 시어머니가 주문하고 간 것은 시금칫국과 된장 뚝배기, 그리고 김장 김치에 시아버지가 좋아하는 조림 한 가지를 떠놓는 정도였다. 하지만 영희에게 그 아침의 부엌은 한 번 지면 모든 게 무너져 버리는 싸움터였다.

그 며칠 눈치로 시어머니에게 밥을 질게 하는 버릇이 있다는 것을 안 영희는 먼저 밥부터 손을 댔다. 밥은 영희도 많이 지어 본 것이라 자신 있었다. 밥솥을 열어 보니 쌀 밑에 안친 삶은 보리에 비해 물이 좀 많은 듯했다. 영희는 조심스럽게 물을 조금 덜어 내고 연탄 아궁이에 얹었다.

정작 시험대에 오른 것은 그쪽이란 기분으로 반찬에는 더욱 신경을 썼다. 처음 영희는 얼른 가까운 동네 반찬 가게라도 달려 나가 자신의 돈으로라도 시장을 봐 올까 했으나 곧 그만두기로 했다. 시어머니의 심술에 낭비로 비칠까 두려워진 까닭이었다. 대신 집 안에 있는 재료로 최선을 다해 볼 작정이었다.

그런데 신기하게도 그때 구석구석 도움이 된 것이 들을 때는 그토록 지겹던 어머니의 잔소리였다.

"파 하나 써는 것도 정성이라. 길이는 한 치를 넘는 법이 아이라."

"채나물 썰어 논 게 똑 손가락만 하다."

"시금치는 매(푹) 익하라(익혀라). 요새 영양, 영양 캐 싸미 서근서근하게 끓여 논 거사 대국 년도 못 먹을라."

"된장은 어디든 동 개(개어) 여라(넣어라). 국을 끓이든 동 찌지든 동 하마 장께(메주콩)이 둥둥 떠댕기믄 초군들 음식이라."

"음식 맛은 뭐든 동 지대(그 자리)에서따. 지(장아찌) 빼고는 쪼린 거든 볶은 거든 지 길대로(원래의 요리법대로) 뜨사볼(따뜻하게 만들) 궁리를 해라."

영희는 10년 저쪽에서 들려오는 어머니의 목소리에 뒤늦게 감동해 가며 정성을 다해 반찬을 만들었다. 부엌에 굴러다니는 무가 있어 무생채를 하나 보태고, 시아버지가 좋아한다는 멸치 볶음은 기름을 얇게 둘러 살짝 데웠다.

그러나 어머니에게서 들은 것 중에 가장 요긴했던 기억은 그 집의 식성, 특히 음식의 간을 알아맞히는 방법이었다. 언젠가 어머니에게 갓 시집간 새댁은 어린 시누이에게 국 맛을 보게 해 간을 맞춘다는 말을 들은 적이 있었다. 국이 끓을 무렵 영희는 마침 잠자리에서 일어나 세수를 하는 시누이를 부엌으로 불러 국의 간을 맞췄다. 국의 간으로 짐작해서는 영희네보다 좀 싱겁게 먹는 집 같았다. 영희는 그 짐작에 따라 다른 반찬들도 간을 맞췄다.

비닐하우스에 나갔던 시아버지와 시어머니는 그런 영희가 상을 올리기 알맞을 때에 돌아왔다. 영희는 전에 없이 막 끓어 따뜻한 음식만으로 된 상을 올리면서 어릴 적 어머니가 자신에게 강요하던 천덕(천덕꾸러기 노릇)을 자발적으로 활용해 보았다. 시집 식구들은 어린 시누이까지 모두 상에 차리고 자신의 밥은 남은 무생채 보시기와 된장 종지만을 반찬으로 바닥에 내려놓았다. 그것도 놀랄 만한 효과를 내었다.

"아니, 넌 왜 상에 밥을 올리지 않고……."

시아버지는 놀란 눈으로 그렇게 말했고 시어머니도 그걸 영희의 몸에 밴 천덕으로만 여기지는 않는 듯했다.

"어쩌다가 팔자가 그리 풀렸는지는 모르지만 본 배는 있는 집에서 자란 모양이더라."

나중에 듣기로는 그 완강하던 시어머니도 그 일을 두고는 억만에게 영희를 그렇게 평했다고 한다. 하지만 더 큰 성공은 식구들 모두가 영희의 반찬 솜씨를 인정해 준 것이었다.

"사람이 새로 들어오면 음식이 달라진다더니…… 그렇구나. 모두 집에 있던 것들인데 이렇게 달라질 수 있나."

시아버지는 시어머니의 눈치를 보아선지 그렇게 말하고 그쳤지만 시동생이나 시누이는 턱없이 음식 맛에 감탄을 하다가 끝내는 시어머니의 핀잔을 듣고서야 머쓱해져 입을 다물었다. 하지만 시어머니도 그 일 때문에 영희를 더 못마땅히 여기는 눈치는 아니었다. 뒷날로 미루어 보면 영희가 제 돈으로 집에 없는 재료를 사들여 떠벌이지 않은 것도 잘한 일 같았다.

시집 식구들이 아침 식사를 마치고 나간 뒤 영희는 다시 어려운 관문 하나를 통과했다는 기분으로 설거지에 들어갔다. 이 집 식구들은 나를 받아들이고 있다. 시어머니가 아직도 뻗대고 있지만 그것도 멀지 않았다. 그런 자신이 들면서 묘한 성취감까지 느꺼졌다. 그런데 참으로 알 수 없는 것은 그 성취감이 그리 낯설지 않게 느껴지는 일이었다. 그토록 애써 참고 힘들여서 이른 곳인데도 언젠가 한번 와 본 곳에 있는 것 같았다.

그게 언제 어디였을까 —. 영희는 아득한 기억을 되살리듯 그런 생각에 잠겼다. 옛날 어머니의 품을 벗어나기 전에 무슨 예언처럼 들은 미래라서 그랬을까. 그때 어머니가 영희에게 경계한 것은 모두가 '시집가거든'이란 가정 아래 이루어졌다. 시집가서 니 시어머니한테 그래라. 시집가서 니 시아버지한테 그래라. 시숙한테 그래라. 시누이한테 그래라.

실낱같이나마 돌내골 시절까지도 이어졌던 어머니의 기대가 실제의 경험처럼 느껴져 그럴 수도 있었다. 그때 어머니가 바라던 대로 몇 년 시골에 묻혀 있다가 중매로 시집을 갔다면 아마도 억만의 집과 비슷한 집으로 가게 되었을는지도 모른다. 하지만 생각에 이끌릴수록 그게 아니었다. 지금의 시아버지와 같은 시아버지, 그리고 억만과 비슷한 남편을 만나 산 적이 있는 것 같은 느낌이 그랬다.

이 무슨 기억의 억지일까, 무엇 때문일까. 영희는 거의 끝난 설거지를 멈춘 채 다시 한 번 기억을 더듬어 보았다. 그러자 갑자기 아득한 세월을 건너 홍 사장과 정섭이 나타나고 자신이 한때 경리 겸 급사로 일했던 그들의 고물상 같은 점포가 눈앞에 떠올라 왔다. 벌써 10년이 지났는가. 어딘가 그들이 자신에게 걸고 있는 기대의 모습이 어머니와 비슷해 질겁을 하고 떠난 사람들이었다.

그들을 떠날 때 훔쳐 나온 돈도 어쩌면 그들에게서 떠나기 위한 핑계였는지 모른다. 맞아, 그때 홍 사장이 시아버지가 되었으면 꼭 지금의 시아버지 같았을 것이다. 그의 기대대로 정섭과 결혼했더라면 조금 전과 비슷한 정경이 그때 벌써 연출되었을 것이다.

하지만 다시 생각해 보면 그때의 상황과 지금의 상황은 아무것도 닮은 게 없었다. 그때도 영희의 삶은 상처를 입은 뒤였지만 아직은 회복의 가능성이 남아 있었다. 아니, 그냥 말없이 홍 사장의 제의를 받아들이기만 했어도 그걸로 영희의 상처는 치유될 수 있었다. 거기 비해 지금은 모든 것이 달라졌다. 이제는 만신창이가 되어 마지막 반격의 교두보로 시집과 억만을 이용하고 있을 뿐이다. 그런데도 왜 홍 사장과 정섭이 이런 순간에 떠오르는 것인지 영희는 전혀 알 수가 없었다. 다만 얼굴 화끈하게 연상되는 것은 재작년에 있었던 정섭과의 뜻 아니한 해후(邂逅)였다.

술을 매개로 한 매음을 제공하는 자본주의적 제도로서의 요정은 그 이용자에게 대개 두 가지 의미를 지닌다. 그 하나는 전리(戰利)이고 다른 하나는 자기 소모(消耗)이다. 주어진 체제 속에서 승자들은 전리품으로 쾌락을 획득하고 패자들은 그곳에서 자신을 소비해 위자(慰藉)를 산다. 한쪽은 생산의 한 기제(機制)로 인정되는 반면 다른 한쪽은 대표적인 소비 행위로 간주된다.

하지만 영희가 긴 세월 그 요정에서 더 많이 목격한 것은 전리로서의 기능이었다. 당장은 무언가를 이기고 획득한 쪽의 잔치가 밤마다 요정에서 벌어지는 술자리의 일반적인 성격 같았다. 따라서 영희는 거칠고 감각적이긴 하지만 그들의 행태를 보면서 권력의 풍향(風向)과 경제적 비교 우위의 소재(所在)를 읽어 왔다.

20대 후반으로 접어들어 이제 더는 자신의 일그러지고 뒤틀린 삶을 정상적으로 회복할 길이 없으리라 단정되면서 영희가 특히 유의한 것은 경제적인 승자들의 행태였다. 그녀는 복수심과도 같은 조급함으로 거기서 어떤 효율적인 지름길을 찾았다. 그리하여 오래 가해자로만 인식되어 온 세상 모두의 삶과 자신의 삶이 매겨진 자리를 단번에 역전시키고 싶었다.

그런데 관찰이 진행되면서 그녀는 전리를 나누는 자리에도 뚜렷이 구분되는 두 종류가 있음을 알았다. 그 하나는 진정성(眞正性)이 인정되는 승리자들의 축제(祝祭)이고, 다른 하나는 진정성을 확보하지 못한 쪽의 유탕(遊蕩)이었다. 축제는 생산과 연관되어 있지만 유탕은 결국 자기 소모로 진행된다.

그날 영희가 얼굴마담으로 있는 요정에서 진행된 정섭의 술자리는 바로 그런 전형적인 축제였다. 송파 쪽에 냉동기(冷凍機) 생산 공장을 준공한 신흥 가전 제품 회사의 본사 상무와 간부들이 온다는 말을 들었을 때 영희는 큰 봉을 잡은 줄 알았다. 공장이라면 외자 도입(外資導入)을 떠올리고, 외자라면 절로 커미션과 고급 관리를 떠올리게 된 영희에게는 당연한 기대일 수도 있었다.

그런데 저녁 무렵이 되어 몰려온 사람들을 보니 벌써 기대와 달랐다. 간부라는 사람들이 전부 회사 마크가 찍힌 청색 점퍼 차림인 데다 태반이 기술직으로 보였다. 뒤이어 도착한 상무란 사람도 별 특색 없는 신사복 차림에 호기라고는 전혀 없어 보이는 사람이었다. 돈 냄새를 풍기는 사업가나 술판 키우는 재주 하나 유별난 브로커, 그리고 그들이 하늘같이 받들어 모시는 '영감님'은 눈을 씻고 찾아봐도 없었다.

"이 사람들 이거 실내 야유회하려고 모인 거 아냐?"

입빠른 아가씨가 그래도 호기 좋게 요정 문을 들어서는 그들을 보고 그렇게 빈정거릴 정도였다.

상을 주문하는 데도 그랬다. 업소에서 차려 주는 대로의 흥청거리는 술상이 아니라 사람이 몇 명이니까 어떤 술 몇 병에 어떤 안주 몇 접시 하는 식으로 규모를 따졌다. 아가씨도 넣어 주는 대로가 아니라 손님 두엇에 하나꼴로 끼어 앉아 술이나 따를 정도로 해 달라고 처음부터 머릿수를 정해 주었다.

그리 되면 자리에서 나올 팁도 불을 보듯 뻔해 아가씨들은 벌써부터 그 방에 들어가지 않으려고 서로들 눈치를 보았다. 하지만 영희는 그래도 찾아온 손님이고 워낙 규모가 커서 괄시할 수가 없었다. 달갑잖아 하는 아가씨들 몇을 달래 가며 자리라도 어울리게 해 줄 양으로 그 방으로 들어갔다.

그런데 좌상(座上) 격인 본사 상무 곁에 앉은 지 몇 분도 지나지 않아 긴장할 일이 생겼다. 바로 그 상무란 사람 때문이었다. 직함이 그런 데다 얼핏 보기에도 나이가 들어 보여 전혀 그런 예상을 하지 않았는데 가까이서 보니 틀림없이 정섭이었다. 영희가 처음 정섭을 만났을 때는 이미 신체의 성숙이 끝난 뒤라 10년 세월도 그의 외모를 크게 바꾸어 놓지는 못했다.

그때는 생김에서 하는 짓까지 하나하나가 못마땅하고 그래서 그의 은근한 순정이 징그럽게만 느껴졌는데, 그런 자리에서 다시 대하는 느낌은 전혀 달랐다. 마지막으로 자기가 한 일이 새삼 얼굴이 달아오를 만큼 부끄러워지는 한편 애틋한 사연으로 헤어진 철부지 시절의 연인을 다시 만난 듯 가슴 찌릿함마저 느껴지는 것이었다.

정섭은 처음에는 영희를 전혀 알아보지 못한 눈치였다. 그사이 무뚝뚝한 일꾼의 인상을 말끔히 씻어 내고 본사 간부로서의 위엄과 아울러 그런 자리에서 아랫사람들을 다룰 줄 아는 세련됨과 유연함을 보였다. 때맞춰 술잔을 돌리고 차례가 되면 최신 유행가로 분위기를 살려 가는 그를 보며 영희는 문득 자신이 사람을 잘못 본 게 아닌가 의심이 들었다.

그 바람에 영희는 원래의 계획보다 오래 그 자리에 눌러앉아 정섭을 살폈다. 술판이 무르익어 가면서 그의 근황이나 그가 상무로 있는 회사의 정보가 보다 풍성하게 쏟아져 나왔다. 직함이 상무일 뿐 그가 실제로 하는 일은 현장의 기술직이며, 그 부친인 사장은 궁상맞을 만큼 검소하고 치밀한 사람이라는 것 등, 들을수록 틀림없이 그 상무가 바로 정섭이고 그 사장은 옛날의 홍 사장임을 단정할 수 있었다.

영희가 고물상이나 다름없이 기억하고 있는 그 허름한 점포는 생각보다 오래 유지되었고 지금도 그 변형이 남아 있는 듯했다. 거기서 키운 자본과 기술 또한 영희의 생각보다 훨씬 실속 있었던 것 같았다. 그러다가 3년 전에야 자신들의 공장 설립에 들어갔는데 수천 평 부지는 벌써 10년 전에 마련해 둔 것인 데다 그 설립 과정 역시 홍 사장다운 신중함과 치밀함이 뒷받침되어 이제 그 어떤 기업체보다 내실 있게 준공된 걸 자축(自祝)하고 있었다.

새로 설립된 그 공장이 외자(外資)나 따먹기 위해 겉만 번지르르하게 지은 그 무렵의 공장들과 다르다는 것은 공장장 이하 직원들의 태도에서도 잘 드러났다. 그들은 진심으로 홍 사장과 정섭에게 승복하고 있었을 뿐만 아니라 그 공장에서 일하게 된 것을 다행스러우면서도 자랑으로 여기는 눈치였다. 그걸 보자 영희는 문득 10년 전의 어느 밤인가 홍 사장이 자신을 데리고 그려 보이던 청사진이 기억났다.

"장사, 물론 그것도 잘하면 얼만큼은 벌갔디. 길티만 닥쳐 오는 세상에서 정말로 큰돈은 못 만들어야. 나는 또 알디. 논밭이나 고깃배, 어장(漁場) 같은 걸루 다 큰 부자 행세하던 시절도 지나갔다는 걸. 광산이니 뭐니 하는 것도 금 노다지가 펑펑 쏟아지지 않는 담에야 한물갔디. 닥쳐 올 세상은 공장만이 진짜 큰 부자를 만들어 낼 거이야. 값싸고 질 좋은 물건을 강물처럼 쏟아 내는 공장…… 하기야 지금도 그 비슷한 공장과 돈쟁이들은 있다. 방직 공장, 설탕 공장, 밀가루 공장……. 겉보기엔 그럴듯해 뵈디. 길티만 기건 아니야. 좀 통 큰 장사치, 아니 질 나쁜 노름꾼들일 뿐이야. 야바위같이 장사해 번 돈으로 와이로(뇌물) 써서 원조로 들어온 원면(原綿)·원당(原糖)·통밀, 많이 빼돌리는 눔이 이기는 노름판이라고. 자본도 기술도 원료도 모두 정치에만 목을 매고 있고, 생산이란 것도 따지고 보면 조립이나 가공(加工)에 지나지 않아야. 그걸 상품이라고, 혼자 차고 앉았거나 몇몇이서 갈라 먹기로 나눠 개지고 있는 시장에 아무 경쟁 없이 퍼앵기는 거다. 것도 두 배 세 배 바가지로다가……

길티만 아니다. 그래서는 안 되다. 국회의원, 장관은 갈리고 정권도 바뀌지만 기업은 그렇게 갈려서는 되는 게 아니잖네? 그런데 기업이 정치에 목을 매 어떡하갔다는 거야? 기업가가 무슨 기생이간? 양갈보간? 기업하는 그놈들뿐만 아니라 나라 경제를 위해서도 기래서는 안 된다 이기야. 생각해 보라우. 정권 바뀌고 장관 갈린다고 기업이 망했다 흥했다 해서 쓰가서? 기업이 누구 혼자서 하는 거이야? 그 밑에서 밥 빌어먹는 숱한 일꾼하고 거기서 나온 물건 사다 쓰는 일반 국민 다 어쩌가서? 기업하는 눔들은 말할 것도 없고……. 나는 달라야. 진정한 생산, 진정한 산업을 하겠다 이기야.”

“기술도 내실 있게 차근차근 쌓아 가고 있다. 우리 부자 맨날 고물 냉장고 뜯어 놓고 뭐 하는지 아니? 뭣 때메 아무짝에도 쓸모 없는 폐품까지 받아다가 밤낮없이 뜯어 보고 꿰맞추는지 알간? 모두 기술을 내 것으로 익히기 위한 거다. 우리 정섭이 공업학교 보낸 것도 마찬가지야. 난들 왜 귀한 자식 좋은 대학 보내 편한 월급쟁이로 보내는 거 보기 싫갔네? 까짓 기술이야 최신 외국 기계 비싼 값으로 터억 사다 놓으면 모든 게 다 제대로 될 것 같디? 길티만 안 그래야. 기곌 부리는 건 사람이고, 길케 하자면 만들려고 하는 것부터 내 몸처럼 알아야 한다고. 기리고 까놓고 말하자면 이제 이 마당에서는 기술 하면 우리 부자 따라올 눔 하나도 없을걸. 벌써 작년부터 양코배기들까지 냉동기라믄 우리한테 수리를 부탁하니까니……."

옛날 그때처럼 그의 말을 구절구절 다 기억해 낸 것도 아니고 그 말 뒤에 숨은 진정한 산업화의 원리를 다 알아들은 것도 아니지만 영희는 속으로 중얼거렸다.

'사장님, 결국 뜻을 이루셨군요…….'

그러자 다시 가슴이 뭉클해 와 그 자리에 앉아 있기가 거북해졌다. 영희는 적당한 기회를 보아 살며시 몸을 일으켰다. 정섭임을 확인하고 그들 부자의 성공을 확인하자 자신을 감추고 싶은 마음이 더욱 간절해졌다.

영희는 정섭이 자신을 몰라볼 것이라고 의심 없이 믿었다. 실제로 목소리만 조심하면 10년 저쪽의 사람들은 거의 자신을 몰라보았다. 그때는 죽어 있던 콧날이 미간까지 오똑 서고 눈은 두 번의 수술을 거쳐 딴 사람의 눈같이 되었다. 까맣게 윤기 나던 단발머리는 잦은 고데와 파마로 붉고 푸슬푸슬해진 요정 마담의 얹은머리가 된 데다 얼굴에는 만만치 않은 10년 세월의 풍상이 더해졌으니 영희가 그렇게 믿는 것도 무리는 아니었다.

그런데 뜻밖의 일이 일어났다. 영희가 몸을 일으키자 곁의 사람과 이야기를 나누고 있던 정섭이 문득 얘기를 멈추고 영희를 쳐다보았다.

"잠깐, 진 마담이라 했던가요? 내 물어볼 말이 있는데……."

그 말에 가슴 철렁해하면서도 영희는 애써 내색 않고 자리에 도로 앉았다

"저에게요? 상무님이 제게 뭘 물어보시려고? 호호, 공연히 가슴 떨리는데요."

그런 영희의 목소리도 오래 습관이 된 가성(假聲)이었다. 정섭이 여전히 덤덤한 목소리로 말했다.

"물어봐도 될는지 모르겠지만 혹시 절 모르시겠습니까?"

"제가 상무님을요? 글쎄요. 오늘 처음 뵙는 것 같은데요."

영희는 더욱 쉰 목소리로 그렇게 시치미를 뗐다. 그러나 가슴속은 누가 알아들을까 민망스러울 만큼 쿵덕거리고 있었다. 정말 알수 없는 일은 정섭이 끝내 자신을 몰라봐 주기를 바라는 만큼이나 간절하게 그래도 알아봐주었으면 하는 마음이 드는 일이었다.

"그럼 성(姓)이 정말로 진(陳)입니까?"

"건 비밀인데요. 네, 좋아요. 아녜요."

"그럼 혹시 이영희 씨……?"

거기서 하마터면 영희는 자신을 드러낼 뻔했다. 그가 그토록 오래 자신을 기억해 주었다는 게 스스로도 이해하기 어려울 만큼 감동스러웠다. 하지만 그 감동만큼이나 느닷없는 자존심이 안간

힘을 다해 자신을 감추게 했다.

"건 아녜요. 저는 김인데요."

영희는 그 자리에 자신의 본명을 아는 아가씨들이 없는 걸 다행으로 여기며 그렇게 둘러대었다. 워낙 미소조차 잃지 않고 하는 부인이라 이번에는 정섭도 흔들리는 눈치였다.

"하긴 진 마담 같은 미인은 결코 아니었는데…… 왜 자꾸 이런 생각이 들지. 기껏해야 확실한 건 귀밑의 점 하나뿐인데."

그렇게 중얼거리며 고개를 기웃기웃했다. 그러나 귀밑의 점 하나, 란 말에 영희는 다시 묘한 감동을 느꼈다. 영희에게는 왼편 귀밑으로 점이 하나 있었다. 별로 크지 않아 남의 눈에 잘 띄지 않는 것인데 정섭이 뜻밖으로 그걸 기억하고 있었기 때문이다. 이 사람의 추억 속에 나는 무엇이 되어 있을까…….

영희가 갑자기 생긴 그런 궁금증에 자리를 뜨지 못하고 있는데, 곁에 있던 공장 간부 하나가 때맞추어 정섭에게 그걸 물어 주었다.

"그러고 보니 진 마담 귀밑에도 점이 하나 있네. 누굽니까? 상무님같이 무뚝뚝하신 분이 귀밑의 점까지 기억하실 정도로 그리워하는 분이. 여자 같은데……."

"그런 사람이 있습니다. 별것 아뇨."

직위에 따른 위엄을 지키려 함인지 정섭은 처음 그렇게 얼버무리려 했다. 그러나 두 번 세 번 조르듯 묻자 마지못한 듯 대답했다.

"옛날 우리가 청계천에서 중고품을 취급할 때 경리로 일하던 아가씨였소."

"그런 아가씨가 한둘이었겠습니까? 그런 아가씨들 귀밑의 점까지 다 기억하시려면 상무님 머리칼 다 세었겠습니다."

다른 사람이 알 수 없다는 듯 그렇게 거들었다. 갑자기 술기운이 오르는지 정섭의 얼굴이 드러나게 붉어지며 받았다.

"아버님이 며느릿감으로 탐을 내셨지. 그래서 나도 눈여겨보았을 뿐이오."

"그게 아닌 것 같은데요. 상무님이 좋아하셨으니까 사장님도 그리 마음 내신 것 아닙니까?"

다시 다른 사람이 그렇게 짓궂게 물어 놓고 덧붙였다.

"그런데 그 뒤 어떻게 되었어요?"

"달아나 버렸어요. 수금해 온 돈을 가지고."

정섭이 질문이 귀찮았는지 그렇게 솔직히 대답했다. 그 대답에 영희는 자신을 드러내지 않은 걸 다시 한 번 다행으로 여겼다.

"굴러 온 복을 내차고? 그럼 그거 도둑년 아냐?"

다시 누군가 그렇게 경박하게 받았다. 갑자기 정섭의 얼굴에 침중한 기운이 어렸다.

"그렇게 말할 것까지는 없고…… 실은 가난한 고학생이었는데 대학 등록금이 없었던 모양이오. 돈을 가져가도 용도와 갚겠다는 의사를 밝히는 쪽지를 남기고 떠났으니 기한 없는 차용이 된 셈이지. 하지만…… 어쩌면 아버지도 나도 그런 그 여자의 야심과 억척을 좋아했는지도 모르겠소. 허영이라고 나무라면서도 그 여자가 공부하는 걸 대견스럽게 여겼으니까. 미안해요, 진 마담. 내가 엉뚱한 곳에서 그 사람을 찾은 건지도 모르겠소."

영희가 진심으로 부끄러움을 느낀 것은 그때였다. 그리고 그 뒤로 영희에게 일어난 일련의 변화도 어쩌면 그 부끄러움과 함께 받은 충격에서 비롯되었을는지 모른다.

그 변화란 영희가 지금 온몸을 던져 시도하고 있는 받아치기를 말한다. 정섭이 보여 준 성취를 통해 이제는 모두 글러 버렸다는, 점차 의식 속에 고착(固着)되어 가는 실패의 단정을 씻어 내고 다시 한 번 세상을 상대로 싸워 볼 의욕이 생긴 것도 그때 이후였는지 모른다. 그래서 먼저 억만을 골라 10년을 몸담았던 질척한 밑바닥 삶과 작별하고 치열한 싸움과도 같은 나날로 시집에 자리 잡고 있는 것일 수도 있었다. 그게 정섭과 같은 사람들의 세계로 복귀하는 길이라고 굳게 믿으면서.

그런데 왜 이 아침에 그들 부자(父子)가 이토록 강렬한 인상으로 되살아나는 것일까. 내가 그들의 세계로 복귀하는 데 어느 정도 성공했다는 뜻일까. 설거지를 끝내고 마른 수건으로 손을 닦으면서 영희는 자신에게 유리하게만 그 느닷없는 연상을 해석해 보았다. 하지만 선뜻 그런 해석을 받아들이기에는 개운치 않은 데가 있었다. 아니, 오히려 그 순간 그들 부자는 더 멀어지고, 영희를 향한 미소는 갑자기 조소로 바뀌었다. 그러자 영희는 묘한 혼란에 빠졌다.

'그러면 이 길로는 아무리 가도 그들의 그 당당함과 자족스러움에는 이르지 못한다는 것인가. 궁극적으로 부(富)를 획득한다는 데는 그들이나 나나 다름이 없는데도, 왠지 그들의 세계로는 끝내 복귀하지 못할 것 같은 이 예감은 무엇 때문일까.'

영희는 제 방으로 돌아온 뒤에도 한동안 홀로 자문해 보았다. 그러나 끝내 그 까닭은 알 수가 없었다.

공업화·선진화란 이름으로 초기 자본주의와 후기 산업사회적 특성이 뒤얽혀 밀려들던 1960년대 말의 이 땅에서 하부구조(下部構造)에 속한 사람들이 자신을 상승시키는 길은 크게 두 가지로 나뉜다. 하나는 천민자본주의이고 다른 하나는 진정한 산업 정신이다.

다소 주관적이고 거칠게 이해되기는 해도 홍 사장이나 정섭이 지향하고 있는 것은 진정한 산업 정신이었다. 아직 공리(公利)나 후생(厚生)에 대한 특별한 강조는 없지만, 홍 사장은 틀림없이 다가오는 시대에서의 가장 효율적인 생존 양식을 체득한 사람이었고 정섭도 그걸 이어받았다. 그러나 영희는 그렇지가 못했다. 그녀에게는 그들처럼 절제된 삶에서 자란 근면과 절제도, 공존(共存)에 대한 이해나 윤리성에 대한 경외(敬畏)도 없었다. 이윤의 극대화(極大化)란 이름은 같지만 그걸 추구하는 것은 복수욕에 들뜬 벌거숭이 욕망에 지나지 않았다. 따라서 그녀가 무사히 그곳에서 교두보를 확보하고 상승의 길을 걷는다 하더라도 그 길은 남은 외길, 곧 천민자본주의뿐이었다. 어쩌면 그날 아침 영희가 빠

진 묘한 혼란은 그 두 길 사이의 아득한 거리감에서 온 것일는지
도 모른다.

되찾은 봄

"자, 그럼 지금부터 1969년도 신입생 상견례를 시작하겠습니다. 지방 방송은 일체 꺼 주셨으면 합니다."

조심스러운 탐색도 거의 끝나 제법 왁자해진 실내를 그런 사회자의 목소리가 진정시켰다. 낯설면서도 가슴 벅찬 분위기와 그동안 돈 몇 잔 술에 얼얼해진 머리로 좌중을 살피던 인철은 그 소리에 이끌려 사회자 쪽을 바라보았다. 학과 총대표인 4학년 선배였다.

그를 보자 인철은 다시 한 번 자신이 낯설고 새로운 세계에 편입되었음을 실감했다. 처음 보게 되었을 때부터 눈길을 끌던 그의 차림에서 느낀 부조화와 이질감 때문이었다.

그의 머리는 학생 같지 않게 깔끔하게 깎인 데다 포마드를 발라 단정하게 가르마 지어져 있었다. 그리고 목에는 눈부시게 흰 와이셔츠에 까만 넥타이까지 매어져 있었다. 거기까지만 보면 아무 흠 없는 신사였다. 그런데 그 아래로 내려가면 느낌은 사뭇 달라졌다. 그의 별로 크지 않은 체구를 둘둘 감고 있는 듯한 것은 검은 물 들인 미군용 바바리코트였다. 아마 공군 장교용인 듯한데 그것도 크기를 고를 여유가 없었던지 코트 끝자락이 거의 발목까지 내려와 허리띠를 졸라매면 엉치에 걸렸다. 그리고 그 아래는 또 목을 자른 군화로 언제나 정성 들여 닦아 머리 못지않게 반들거렸다. 그를 위에서부터 훑어보면 깔끔하고 단정한 신사로 시작해 변조한 구호품이나 미군 용품이 가장 경제적이면서도 멋이 되는 마지막 세대로 끝이 났다. 만약 아래서부터 훑어본다면 그 반대의 느낌을 줄 것이다.

거기다가 그런 묘한 이질감과 부조화는 그가 항시 들고 다니는 두 개의 소도구에도 이어졌다. 그의 오른손에는 당시의 대학생 일반과는 달리 책이 가득 든 가죽 가방이 들려 있었는데 그것은 누가 보아도 일제 때 것쯤으로 여겨질 만큼 낡고 닳은 것이었다. 그러나 왼손에 든 바이올린 케이스는 또 달랐다. 당시로는 귀한 악기였던 바이올린이 주는 서구적 이미지도 그랬지만 구두처럼 약을 발라 닦은 듯한 가죽 케이스의 반들거림은 오른손의 책가방과는 대조적으로 새로움과 낯섦을 강조했다.

그가 그런 차림으로 시장 거리를 걷는다면 사람들은 틀림없이 숨어 킥킥거리거나 수군거릴 것이다. 하지만 교정 안에서는 누구도 그를 별나게 보는 것 같지 않았고, 그 자신도 태연하기만 했다. 인철은 그를 볼 때마다 쓴웃음을 지으면서도 이게 대학이다, 하는 느낌을 아울러 가지곤 했다.

그날도 그 명물 가죽 가방과 바이올린 케이스는 나란히 그의 발치에 놓여 있었다. 그리고 따뜻한 실내인데도 그는 엉치에 걸린 바바리코트의 허리띠조차 풀지 않고 사회를 보고 있었는데 반듯한 이마에는 땀 한 방울 흐르지 않았다. 실은 그의 말투도 종잡을 수 없는 데가 있었다. 이전 순서인 회식(會食)을 시작할 때도 그랬다.

"먼저 회식을 시작하겠습니다. 여러분 각자 앞에는 쇠고기 1인분에다 막걸리 반 되 또는 소주 반 병이 선택으로 나오고 다시 냉면이 나올 것입니다. 막걸리는 여유가 있지만 불고기와 냉면은 여유가 없으니 각자의 정량(定量)에 유의하시면서 들어 주시기 바랍니다."

빈약한 과 경비를 반영하는 그 같은 부탁이면 얼마든지 농담 섞어 말할 수도 있는 일이었다. 그런데 정색을 하고 정중히 당부하는 게 오히려 웃음을 자아내는 식이었다.

그간에 주고받던 잡담들이 가라앉기를 기다렸다가 총대표가 다시 말했다.

"그러면 신입생들을 위하여 학과 교수님들 소개가 있겠습니다. 입학식 및 전체 신입생 환영회 때 일부 소개되신 바 있으십니다만 지극히 추상적이고 간략한 것이었습니다. 평생의 은사로 모실 분들인 만큼 이 자리가 여러분들이 그분들의 보다 인간적인 면모에 다가설 수 있는 자리가 되기를 빕니다."

여전히 냉정한 보고 같은 말투로 식순을 알린 총대표는 이어 같은 말투로 과에서 가장 원로인 교수를 소개했다.

"냉면에는 고춧가루 양념 다대기를 넣어도 좋고 안 넣어도 좋다는 게 해방 이후 일관된 지론(持論)이신 이한윤 교수를 소개합니다. 조혼으로 회혼식을 5년 앞두고 계시며 저희 학교에서는 교수로 25년 재직하셨고 지금은 명예교수로 '문학 개론'과 '현대 문학' 특강을 맡고 계십니다. 부업으로는 시와 수필을 하셨는데 「독서광」이라는 수필은 신입생 여러분도 고등학교 국어 교과서에서 읽었을 것입니다. 또 한때는 잡지도 편집하셨는데 대입용 국문학사에 나오는 《외국문학》이라는 1930년대의 동인지가 바로 그렇습니다."

사회적인 성취와 사적(私的)인 이력을 묘하게 뒤바꿔 놓은 소개였다. 사회자의 억양 없는 말투에도 불구하고 그것을 중요한 것과 사소한 것을 뒤바꿔 놓은 재치로 받아들인 신입생 몇이 킥킥거리고 웃었다. 그러나 인철은 야릇한 긴장으로 그 노교수를 바라보았다. 이미 국문학사 속에 편입된 인물을 가까이서 보는 국문과 신입생의 긴장이었다.

이래저래 예순을 훨씬 넘긴 듯한데도 주름 없는 이마와 하얗지만 숱 많은 머리칼이 자못 인상적이었다. 그러나 땀 때문인지 이상하게 번들거리는 넓적하고 못생긴 얼굴과 비만기 있는 몽땅한 몸매는 활자로 그 이름을 읽으면서 상상한 것과는 너무 달랐다. 거기다가 인사말도 은근히 실망스러웠다.

"에에 또, 내가 이한윤이다. 신입생에게 당부하는 말은 공부하겠다고 대학에 온 만큼 열심히 공부 잘하라는 것으로 작년과 같다. 그리고 냉면에 고춧가루를 넣어도 좋고 안 넣어도 좋다는 내 지론도 작년과 변함이 없다. 이상."

그런 자리에서 무슨 거창한 명강의를 기대한 것은 아니지만 그래도 무언가 심각하고 진지한 경구(警句) 한 구절쯤은 듣게 될 줄 믿었던 인철이었다. 그런데 농담 같지 않은 농담으로 인사말을 때우는 것이 왠지 못마땅했다.

"술과 여자와 담배를 모두 멀리한다 해서 삼불(三不)이란 아호를 가지신 임용준 교수님이십니다. 술과 담배는 즐기실 형편이 못 되고 여자는 즐기실 능력에 이상이 있다는 분석이 있으나 검증된 바는 없습니다. 소학교 2년 중퇴 후 순전히 독학으로 경성사범학교를 들어가셨고 우리 학교에서 교편을 잡으신 지 올해로 19년이 되시며 어학 쪽이십니다. 우리 과의 학과장님이시기도 한데 요즘은 소쉬르로 우리를 괴롭히는 취미가 생기시어 원성이 자자합니다. 내용이 지루해서 지은이의 이름까지 기억하지 못할 분이 많으시겠지만 고등학교 국어 교과서에서는 「말의 뜻과 소리」라는 제목으로 선생님의 논문 일부가 쉽게 풀이돼 실려 있습니다……."

사회자가 다시 한 중년 교수를 소개했다. 소개말대로 그 내용이 지루해서인지 지은이 이름은 기억하지 못했지만 그런 제목의 글을 고등학교 교과서에서 본 기억은 있었다. 그게 다시 인철을 기대로 긴장시켰으나 결과는 비슷했다. 이번에는 중등학교 교원 같은 고지식하고 지루한 훈시였다. 그래도 인철에게 약간의 인상을 남긴 것은 다섯 번째로 소개된 신임 교수였다.

"술에 취하시면 신발을 잊어버리시는 게 장기이신 고용환 교수님을 소개드립니다. 일설에는 술만 취하시면 발부터 마비되어 신발이 벗겨지는지 모르시게 되기 때문이라 하기도 하고, 다른 일설에는 신발을 비행 무기(飛行武器)로 활용하시는 바람에 그렇다는 말도 있습니다. 하지만 정작 당사자인 선생님께서는 한사코 확인을 거부하고 계십니다. 30대로는 처음으로 저희 대학에서 학위를 취득하신 분이시고 작년부터 전임으로 '현대 문학'을 강의하고 계십니다. 『문학개론』을 펴내시기도 했습니다."

그런 소개에 이어 일어난 30대 후반의 전임강사는 신예의 패기로 짧지만 인상 깊은 한 구절을 인철의 기억에 남겼다.

"신입생 여러분, 학문은 사랑입니다. 불 같은 사랑만이 학문을 평생의 일로 안고 갈 수 있게 해 줄 것입니다. 먼저 그 사랑부터 기르십시오."

다음 순서는 신입생들의 자기소개였다. 인철은 이제 남은 생애 동안 대학 동기 동창이란 이름으로 묶이게 될 서른 명의 자기소개를 주의 깊게 들었다. 짐작대로 대부분은 지방이든 서울이든 이른바 일류 고등학교에서 올라온 모범생들이었다. 특히 다섯 명이나 되는 여학생은 하나같이 반듯한 명문고 출신이었다.

하지만 정체 모를 동기들도 몇 있었다. 대개는 재수생으로 이름없는 지방 고등학교 출신들이었는데, 치기와 패기를 혼동한 자기소개가 공통점이었다. 인철은 그중에서도 두 사람을 눈여겨보았다. 한 사람은 육군을 만기 제대한 뒤 입학시험을 쳐 들어왔다는 나이 든 신입생이었고, 한 사람은 벌써 술에 취해 혀가 꼬부라진 삼수생이었다.

자기 차례가 왔을 때 인철은 되도록이면 평범하게 자신을 소개했다. 앞선 아이들의 치기 넘친 자기소개들이 그를 억눌러 준 덕분이었다. 그런데 갑자기 위쪽 교수님들의 자리 부근에서 왁자한 웃음과 함께 상급생 하나가 막걸리 한 사발을 들고 왔다.

"이인철 씨, 이 술 받아요. 임용준 교수께서 특별히 내린 술이야."

자기소개를 마치고 막 자리에 앉으려던 인철은 조금 어리둥절할 수밖에 없었다. 조금 전 교수 소개 때 전혀 술을 하지 못하는 것으로 들은 교수가 내린 술이었기 때문이다. 인철이 어리둥절해하는 까닭을 알아차린 그 상급생이 술잔을 내밀며 큰 소리로 말했다.

"놀랍기는 우리도 마찬가지요. 당신도 안 드시는 술을 신입생에게 이렇게 내리기는 처음이니까."

그때 그리 높지 않은 임용준 교수의 목소리가 몇 개의 테이블을 건너 인철의 귓전에 전해져 왔다.

"나처럼 먼 길을 돌아오느라고 애썼다는 뜻이다. 마실 수 있으면 마셔라."

그 말에 인철은 막걸리 한 사발을 단숨에 들이켰다. 그렇잖아도 옆자리에 술을 못 하는 친구가 앉고 맞은편에도 여학생이 하나 끼어 있어 평균치가 훨씬 넘게 마신 인철이었다. 거기다가 급하게 들이켠 막걸리 한 사발이 더해져 정말로 자신이 거기까지 걸어온 먼 길이 한순간 눈앞에 펼쳐지는 듯했다.

"지금부터 과가(科歌) 전수가 있겠습니다. 우리 과가는 「진주난봉가」입니다. 신입생 여러분은 선배들이 하는 노래를 듣고 빠른 시일 내에 습득하시기 바랍니다."

이어 무슨 주문처럼 느릿느릿하게 「진주난봉가」가 식당 안에 울려퍼졌다.

울도 담도 없는 집에
시집살이 3년 만에
시어머님 하시는 말씀
애야 아가 며늘아가
진주낭군 오시었으니
진주 남강 빨래 가라…….

얼얼해 오는 머리로 그 노랫소리를 들으면서 인철은 특히 입학 시험으로부터 발표 때까지의 마음 졸임과 합격의 감격, 그리고 대학교 등록을 전후한 우여곡절들을 까마득한 옛일처럼 감회 깊게 떠올렸다.

옥경이 전해 준 우울한 소식에도 불구하고 대입 시험이 있던 날 밤 끝내 감행된 밀양행은 그대로 한 작은 잔치 같았다. 먼저 그들 초등학교 동창생 여섯 명이 밀양으로 옮겨 간 교통편부터 유별났다. 벌써 얼큰해서 독서실로 찾아든 용기, 광이네 패거리와 기차로 내려가기로 하고 서울역에 이르렀을 때였다. 차표를 끊기 위해 돈을 거두려는데 광이가 유난히 객기를 부리며 말했다.

"야, 우리가 이렇게 몰리가(몰려서) 밀양 가는데 여섯 모두가 일일이 차표를 끊어야 되나?"

그러자 언제나 모범생인 봉수가 딴사람처럼 맞장구를 치고 나갔다.

"맞다. 우리도 그 도둑 기차 함 타 보자. 내 고등학교 때 서울로 유학 와가(와서) 이 길이 수십 번 서울 길 오르내리면서도 남은 잘만 타는 그눔의 도둑 기차 한 번 못 타 봤다. 이번에 우리 우째(어떻게) 함 해 보자."

그러자 인철이 더 거들 필요도 없이 나머지가 모두 한입으로 찬성했다. 오히려 일찍부터 떠돌며 그런 일에는 그들보다 좀 더 보고 들은 게 많은 인철이 난감해하며 반문했다.

"야 인마. 아니 너희들 모두, 턱없이 도둑 기차 어쩌고 떠드는데 그게 어떤 건지 알고나 하는 소리야? 아니, 하나도 아니고 여섯씩이나 무임승차를 하자고? 도대체 개찰구부터 어떻게 통과할 건데?"

"그거야 입장권 여섯 장만 사면 닥상이제(넉넉하지). 이 나라에 서 이찌방(일번: 제일) 간다는 국립대학 교복 입은 놈만도 둘이 끼 옜는데(끼었는데) 언놈이 우리가 떼거지로 몰리(몰려) 도둑 기차 탄 다꼬 의심할 끼고?"

광이가 그쯤은 안다는 듯 어른들에게서 들은 일본말 찌꺼기 를 섞어 가며 빈정대듯 받았다. 인철이 짐짓 걱정되는 척 물었다.

"기차 안에서 중간중간 하는 승무원 검표(檢票)는 어떻게 하 고? 서울서 밀양까지 아무래도 검표가 두 번은 있을 건데."

그 대답은 고등학교 때 뭔가 학교와 수틀리는 일이 있어 제법 건들거려 본 적이 있는 재걸이 고전적인 수법을 끌어 댔다.

"기차 앞 곱배(객차)에서 뒤로 실실 밀리다가 역이 되면 내렸다 가 다시 차표 검사가 끝난 앞 곱배로 옮기 타믄 되지. 변소간에 숨 어 차표 검사 피하기나."

"승무원 둘이 열차 앞뒤 쪽에서 한꺼번에 쳐 올라오면?"

"그라믄 여섯이 확 내렸다가 다음 차 타지 뭐. 승무원 글마들 그거 꼬나본들 우리 범 같은 여섯이 몰리댕기는데 저그가 우짤 끼고?"

"마침 기차가 역에 서서 모두가 내렸다 쳐도 다음 기차가 언제 오는데? 그리고 그게 빨라 삼십 분 안에 온다 해도 이 정월 찬 새 벽바람에 철길 가에서 어떻게 버텨 낼 거야?"

"그라믄 역사 밖으로 나가 어디 따시한 데 쉬다가 다시 입장권 끊지 뭐."

"되지 않은 소리 마. 도대체 밀양까지 며칠 걸려 갈 생각이야? 그리고 그 역에는 역무원도 없대?"

인철은 그렇게 그들의 입을 막다가 그동안 옮은 이상한 객기에 갑자기 마음이 바뀌어 오히려 그런 일에는 자신이 노련한 전문가라는 듯 나섰다.

"하지만 정히 돈을 내기 싫으면 무임승차는 나한테 맡겨. 기차표 한 장만 끊으면 너희 여섯 모두 일없이 밀양까지 가게 해 주지."

무임승차 얘기가 나오면서 떠올린 옛날의 길동무에게서 들은 비법 가운데 하나를 응용할 작정이었다. 벌써 3년이 넘었는가. 막막하기 그지없는 심경으로 부산에 내린 인철이 얼결에 그의 무임승차를 도와주게 된 박달근이란 이름의 길동무.

인철이 그렇게 자신 있게 앞장서자 남은 밀양까지 가는 길은 그대로 요란스러운 잔치의 시작이 되었다. 기실 인철이 응용해 보기로 한 무임승차 방법은 대학생인 네 명의 학생증을 담보로 하고 동승자의 차표를 빌려 검표를 넘기는 구차스러운 방법에 지나지 않았다. 열차의 중간쯤에 있는 객차 가운데 자리 잡고 입구 쪽을 살피고 있다가, 승무원이 들어와 검표를 시작하면 그들 중 다섯은 승무원과 반대편으로 빠지고, 기차표가 있는 하나만 남아 검표를 마친 뒤 옆자리 사람들에게서 기차표 다섯 장을 빌려 그들을 구해 내는 방식이었다.

그 밤 열차 안 검표는 영동에서 대전 사이, 그리고 청도에서 밀양 사이, 두 차례에 걸쳐 있었다. 하지만 검표를 거치는 동안 그들이 느껴야 했던 약간의 불안과 긴장은 그대로 그 무렵의 영화 포스터에서 말하는 '스릴과 서스펜스'가 되어 밀양까지 가는 여덟 시간 모두를 어린 시절의 무슨 신나는 모험같이 만들었다. 거기다가 무임승차로 절약한 차비를 아낌없이 풀어 마셔 댄 강생회(康生會) 맥주는 그 밀양행의 앞머리를 온통 술로 적셔 놓았다.

그러나 진짜 잔치는 그럭저럭 밀양에 도착해 삼랑진 쪽으로 내려간 기차 화통 쪽 플랫폼 끝에 내려서면서 시작되었다. 그들 여섯이 뒤도 돌아보지 않고 휘적휘적 걸어 역구내를 벗어나려 하자 역원 하나가 무어라고 소리치며 따라왔으나, 어울리지 않게도 용기와 봉수가 나서 야유와 협박 몇 마디로 간단히 따돌렸다. 무임승차의 혐의가 짙지만, 이른 아침 역사에서 멀리 떨어진 호젓한 철로가로 빠져나가는 우락부락한 청년 여섯을 그 역무원 혼자 뒤쫓기는 겁도 났을 것이다. 이어 역구내를 벗어나 천연스럽게 역전 광장을 지나면서 재걸이가 무슨 대단한 묘수나 찾은 사람처럼 말했다.

"우리 여섯이 아침부터 이래 삐딱하게 취해 몰래(몰려)가서는 누구 집으로 가도 좋은 소리 못 듣는다. 글타꼬 여까지 와서 이래 어중간하게 히일(흩어질) 수도 없고…… 우리 어디 가가(가서) 해장하미 술이나 한잔 더 걸치고 여관으로 가가 자자. 집에는 술 깬 뒤에 지지꿈(제각각) 가기로 하고. 인철이 절마는 내가 우리 집으로 데블꼬 가께."

그때 삼수를 하면서 집을 들락거려 밀양의 근황을 비교적 잘 알고 있던 광이가 재걸을 대신해 앞장섰다.

"보자. 오늘이 밀양 장날 아이가. 됐다, 그라믄 삼문동 소전(쇠 전)거리로 가자. 거다 가믄 해장국 집도 많고, 어룸한(엇비슷한) 대 로 색싯집도 몇 있다. 아직 식전이라 색시까지야 못 바래지만, 얼 큰한 선짓국에 해장술 한 잔은 어른들 눈치 안 보고 걸칠 수 있 을 끼라. 또 생각났다. 잠은 우리가 어릴 때 만날 쳐다보기만 하고 지내댕기든 송죽여관 거다 함(한 번)들어가 자 보자. 거 왜, 우리 4 학년 땐가 5학년 때 영화배우 김승호가 자고 갔다꼬 떠들썩했던 그 여관 말이라."

그래서 찾아간 쇠전거리는 기대 밖으로 그들의 잔치에 어울리 는 곳이었다. 장날이라 그런지 일찍 연 해장국 집이 여럿이었고, 그 가운데 한곳에서 해장술에 얼큰해졌을 때는 벌써 색시가 나앉 은 방석집 하나가 문을 열고 손님을 받았다. 누가 깃발을 잡았는 지 다시 예정에 없던 그 방석집까지 한 차례 들렀다가 나오니 벌 써 해가 종남산 위로 삐딱하게 기울고, 겨울 쇠전이지만 제법 어 우러지던 쇠전 장도 시들해져 있었다.

"낮술에 취해도 애비는 알아보자!"

방석집에서 분별없이 돌린 술로 다시 거나해진 그들은 누군가 의 시작으로 그런 장한 다짐을 구호처럼 앞세우며 송죽여관을 찾 아갔다. 그리고 억지를 써서 커다란 방 하나에 여섯 모두가 혼절 하듯 처박혔다가 일어나니 어느새 밤이 깊어 가고 있었다.

인철이 재걸을 따라가 그 집에서 하룻밤을 묵은 다음에도 여진(餘震)과도 같은 잔치는 이틀이나 더 이어졌다. 용기네 집에 하루, 광이네 집에 하루씩 더 묵으며 그전에는 들어갈 생각을 못 하던 다방이나 술집, 당구장 같은 곳을 돌아가며 시간을 보내고, 저녁에는 술판으로 끝을 맺는 잔치였다.

그러다가 아버지의 직장을 따라 집이 부산으로 옮겨 간 봉수와 웅길이가 떨어져 나가자 남은 그들 넷의 잔치는 그날로 문득 양상이 달라졌다. 재걸이네 집에 눌러앉은 채 용기와 광이까지 불러내 무엇을 찾아 나선 듯 읍내 거리 구석구석을 돌아보던 인철은 차츰 '영남루 가을 달[秋月], 무봉사 저녁 종[晚鐘], 사포에 내려앉는 기러기[落雁]……' 하며 읍내에서 가까운 순서대로 밀양 팔경(八景)을 더듬어 나갔다. 무슨 신이 뻗쳤는지 나중에는 시외버스를 타고 읍내에서 몇십 리 떨어진 예부터의 명소까지 돌아보았는데, 그때는 처음부터 그러려고 마음먹고 내려온 듯 먼 곳에서부터 가까운 곳으로 제법 규모 있게 짜인 도정(道程)을 따랐다. 재약산(載藥山) 사자평이나 시례(詩禮) 호박소, 삼랑진 만어사(萬魚寺), 부북 위양지(爲良池) 같이 자랄 때 이름만 들었던 곳을 인철이 찾아가 보게 된 것도 그때였다.

어릴 적부터의 친구 몇이 어울려 자신들이 나고 자란 땅의 명승지를 둘러보는 것이라 팔자 좋은 유람 같은 분위기가 전날 며칠의 잔치 기분을 이어가게 했다. 돌아오는 길 어귀 술집에서 한 잔씩 걸치는 막걸리도 묘한 유탕(遊蕩)의 감정을 자아냈다. 하지만 가만히 돌이켜 보면 조금은 난데없고 별난 겨울 나들이기도 했다. 그래도 그 며칠 인철은 별다른 느낌 없이 그렇게 바뀐 잔치로 밀양에서의 남은 날들을 채웠다.

아주 오랜 뒤에야 인철은 같은 색깔로만 떠오르는 그때 밀양에서의 날들을 앞뒤로 선연히 구별하고 그 계기가 된 듯싶은 일도 뚜렷이 짚어 낼 수 있었다. 부산으로 내려가는 봉수와 웅길이를 시외버스 역까지 바래 주고 명혜네 집을 돌아 난 강둑길을 걸을 때였을 것이다. 3년 전 여름방학 때와는 달리 이번에는 영남여객 댁을 들러봐야 하나 마나를 아직도 마음속으로 망설이고 있는 인철에게 광이가 불쑥 말했다.

"참, 내 그 말 안 하드나? 아직 안 했제? 그 뭐꼬, 명혜 그 가시나네 집, 인자는 여기 밀양에 없데이."

인철의 속마음을 헤아려 한 듯한 말이었으나 불쑥 그래 놓고 보니 저도 어색했던지 인철이 무어라 묻기도 전에 그 까닭을 일러 주었다.

"영남여객이 부산으로 내리가가(가서) 저그 큰집 되는 동부여객, 동부화물하고 합쳤다 카더라. 나중에 동부고속하고 동부운수로 묶어 그룹이 될 낀데, 명혜 아부지가 부회장이 된다 카든강. 우쨌든 그 둘 형제 동부그룹으로 묶어 놓으믄 부산서도 괄시 못 하는 재벌에 끼엘(낄) 수 있다 카지, 아매."

"동부고속? 부산까지 가는 경부고속도로는 아직 완공되지도 않았잖아? 그것도 길은 경주로 돌아 여기는 고속도로도 안 지나가는데, 장꾼들 실어 나르던 시골 고물 버스로 무슨 고속버스 회사는?"

"글치만 앞으로 세상은 고속도로 시대라 안 카나? 여객 버스도 정기 화물도 고속도로 안 타고는 안 되는 갑드라. 그러이 그 집 형제도 미리 대비하는 거겠제. 죽어도 고속도로는 안 된다꼬 공사판에 드러눕던 야당 글마들 함 봐라. 글마들도 요새는 입 꾹 다물고 안 있드나?"

그런데 그때 인철은 갑작스럽고도 기이한 변환(變幻)을 경험했다. 아직도 인철이 눈길을 채 거두어들이지 못하고 있는 영남여객댁 이층집으로부터 비롯된 것으로, 명혜네가 떠났다는 말을 듣는 순간 언제나 그 집 주변을 아지랑이처럼 떠돌던 애틋한 감상의 후광은 사라지고, 그 위에 아련히 드리워져 오히려 실제보다 더 눈부셨던 분홍 무지개도 씻은 듯 거두어졌다. 어린 날에는 삼엄하게까지 느껴지던 몇 그루 키 큰 활엽수 교목들은 한순간에 패잔한 늙은 기사처럼 조락을 드러냈으며, 강둑 쪽 담장을 따라 성벽처럼 당당하게 둘러쳐져 있던 상록수 수벽도 무장해제 당한 포로들처럼 낮고 초라하게 줄지어 웅크리고 있었다. 거기다가 언제나 몽환의 아지랑이 속에 떠오르던 그 집, 저녁놀이 질 때면 불꽃이 널름거리듯 붉게 빛나던 2층의 유리 창틀과 잘 손질된 함석으로 거북선의 철갑처럼 굳건해 보이던 지붕의 그 작은 성채는 이제 더는 노쇠를 감출 수 없게 된 늙은 게이샤 같은 일본식 목조건물로 천천히 가라앉고 있는 것처럼 보였다.

이어 그런 변환은 인근의 풍경들에 번져 눈에 들어오는 모든 것들로 파문처럼 퍼져 나갔다. 인철의 의식이 처음 밀양을 받아들일 때부터 떠나던 날까지 쌓여 간 기억의 과장과 왜곡, 떠나 있던 여러 해 동안 더해진 윤색과 변형은 마법에서 깨난 것처럼이나 지워지고, 있는 그대로의 밀양이 천천히 모습을 드러냈다. 그동안의 추상화와 관념화에서 벗어난 구체적 생존 공간으로서의 참모습을 드러내는 듯한 느낌이었다.

그날부터 인철이 밀양 거리를 새로운 눈길로 살피며 다시 돌아보게 된 것도 어쩌면 전날의 여흥이나 별난 유람의 기분이 아니라, 늦은 대로 이제라도 밀양의 참모습을 돌아보기 위한 나름의 탐험은 아니었던지. 거기다가 머지않은 발표를 앞둔 대학 입시의 당락 여부는 그 탐험에 이별의 의식을 앞둔 마지막 순례의 의미를 부여했는지도 모른다.

"어, 인철이 함 봐라. 절마 저거 참말로 명혜 그 가스나 억시기 좋아했던 갑네. 그 집 부산으로 이사 갔다는 소리 듣고 눈길까지 몽롱해지는구만은. 잘못하믄 떨어진 눈물에 발등 깨질라."

그렇게 놀리면서도 용기네 아이들도 그날부터 기꺼이 인철의 그 별난 겨울 유람에 따라나섰는데, 어쩌면 이제 막 성년의 문턱을 넘고 있는 그들도 머지않아 떠나야 할 밀양을 의식하고 있었던 것이나 아닌지.

이제 떠날 수 있다는 기분, 시험의 결과가 어떠하고 거기서 어떤 결단이 내려져 다시는 밀양에 돌아오지 못하게 되더라도 이별의 의식은 충분히 치렀다는 느낌에서였을까. 인철이 화들짝 놀라 듯 며칠 남지 않은 입시 발표일자를 떠올리고 서울로 돌아간 것은 밀양에서 그렇게 일주일을 보낸 뒤였다.

"다시 재수를 하는 일은 없을 겁니다. 나이로도 더 할 수 없구요. 또 후기 시험 준비 같은 것도 없습니다. 그렇게 한 단계 한 단계 내려서다 보면 그 끝이 어디가 될는지요. 연기된 신체검사나 받고 영장이 나오는 대로 입대했다가, 제대해 나와 다시 제 길을 찾아보지요. 게다가 운 좋게 대학 입시라도 합격하는 날이면 당장 등록금부터 책값까지 적잖은 돈이 필요할 겁니다. 그런데 가만히 앉아 날짜 가기만 기다리는 것은 미련한 짓 아니겠어요? 노가다 판에라도 나가 등록금을 보태는 게 옳을 것 같아 이렇게 돌아왔습니다."

독서실에서 보따리를 싸 영등포의 셋방으로 돌아온 인철이 그렇게 말하자, 옥경을 보내 엄중하게 당부할 때와는 달리 어머니는 별 나무람 없이 받아들였다.

"니 생각이 글타면 그래라. 하지마는 그 학교는 시험만 된다카믄 등록금 걱정은 안 해도 될래드라. 다 생각해 둔 게 있다. 떨어지믄 그때 일은 또 그때 생각하기로 하고, 이왕 돌아왔으이 그양 집에서 입학 때까지 쉬어라. 몇 년 객지 떠돌며 고생했으이 니한테 그만 권리는 있을따."

그렇게 담담하게 대답하고는 대낮인데도 방 한구석에 이부자리를 봐 주었다. 그리고 집던 버선을 계속해 집는 게 꼭 낮에 잠깐 외출했다가 피로해 돌아온 아들 대하듯 했다. 당연한 듯 이부자리에 들면서 보니 방 안은 석 달 전에 보았을 때와 크게 달라진 게 없었다. 옥경이 사태의 엄중함을 너무 과장한 것 같아 인철이 약간 빈정거리는 어조로 물었다.

"철거 나온다는 소리는 괜한 헛소문이었던가 보네요. 동네도 조용하기만 하고……."

"저어들도 사람인데 엄동에야 어예 사람을 길바닥으로 내쫓겠노? 거다가 들어 보이 서울 시에서도 영 마구잡이로 사람을 몰아 댈 작정은 아인 같드라. 뭔 대책을 세운다는데, 그게 뭔 동은 몰따마는……."

그런 어머니의 대답에는 자못 태평스러운 데가 있었다.

대입 시험 합격 발표는 그로부터 닷새 뒤에 있었다. 그날 인철은 스스로도 이상하게 느껴지리만치 평온한 심경으로 동네 전파상으로 가 라디오로 발표하는 대학 입시 합격자 명단을 들었다. 대학교와 대학과 학과에 이어 수험 번호와 이름을 읽어 주는 것인데, 인철은 학과의 합격자 명단의 중간쯤에서 자신의 수험 번호와 이름을 들었다. 그런데 그 무슨 기억의 요사(妖邪)일까, 돌아서서 집으로 돌아가는 골목으로 들어서려는데 갑자기 들은 것이 자신 없어졌다. 틀림없이 들었는데 수험 번호도 자신 없고, 이름도 기억에 애매했다.

그 바람에 별 준비 없이 집을 나온 인철은 그 길로 가까운 정류장으로 가서 버스에 올랐다. 학교 게시판에 기록된 수험 번호와 이름을 눈으로 읽어 확인하기 위함이었다. 한 시간 가까이 걸려 도착한 대학 본부 앞 큰 게시판에서 굵은 유성 펜으로 쓰인 자신의 수험 번호와 이름을 읽고서야 인철은 비로소 자신의 합격을 확인할 수 있었다. 아아, 나는 돌아왔다. 멀고 고달픈 길을 돌았으나 끝내는 여기까지 왔다…….

그 오후 교정을 나와 집으로 돌아올 때까지 몇 시간은 인철의 기억 속에 그리 많은 것이 남아 있지 않다. 취한 듯 어린 듯 종로 5가부터 영등포까지 걸었는데, 셋방으로 돌아왔을 때는 벌써 백열전구가 켜져 있었다. 실제로도 인철은 알 수 없는 갈증에 오는 도중 몇 군데에선가 술을 마실 곳이 눈에 띄면 있는 대로 주머니를 털어 술을 퍼마신 듯, 집으로 들어서는 골목길에서 이리저리 휘청거리다가 하마터면 담벼락에 얼굴을 갈아 붙일 뻔도 했다.

그런데 그날 일로 알 수 없기는 그런 인철에 못지않은 게 어머니였다. 부엌에서 늦은 저녁밥을 짓다가 비척이며 들어오는 인철을 보고 울상부터 짓는 옥경에 비해 어머니는 기이하리만치 태연했다. 버선 더미 속에 실밥을 뒤집어쓴 머리를 파묻고 재봉틀을 돌리다가 손길을 멈추고 한참이나 가만히 인철을 건너다보았다.

"왜 이래 늦었노? 아까 낮에 후매기리(轉轍機: 전철기) 옆 전파상에 안 갔드나?"

"거기서는 잘 안 들려 학교까지 갔다 오는 길입니다. 거기서 내 눈으로 발표를 보고 걸어 걸어 오다 보니……."

"술 마싰구나."

"예, 조금."

그러자 한 번 더 힐끔 인철의 얼굴을 살피다가 낯이 핼쑥해져서 있는 옥경을 가볍게 나무라듯 말했다.

"뭐 하노? 오빠 이부자리 얼른 피(펴) 조라. 자(재) 인제 참말로 쫌 자야 될따."

그래 놓고 다시 손재봉틀 바퀴를 돌리며 혼잣말처럼 말했다.

"그때사 하는 짓이 천상(천생) 저 아부지따. 잘된 일 가주고도 백지로 사람 놀래케 어맴(시어머니) 촉수(促壽)를 얼매나 시겠다 카디. 그만 자고 앞으로는 사람 일쿠(이렇게) 걱정씨겠지 마래이."

인철은 그날 정말로 깊이 잤다. 다음 날도 다음 날도. 그러고도 또 며칠은 더 잠은 안 와도 손가락 하나 까닥할 수 없는 무력감으로 누워 지냈는데 일찍이 경험에 없었던 일이었다. 그러다가 다시 닷새 만인가, 어머니가 아침부터 외출 채비를 하며 그날도 아침밥을 뜨는 둥 마는 둥 하고 다시 누운 인철에게 말했다.

"인제 그만 일라 세수하고 옷 갈아입어라. 내하고 가 볼 데가 있다."

"어머니하고? 어딜요?"

"등록금 거두러 가자. 권대현 씨와 장동길 의원이 대줄 게따."

권대현 씨는 인철도 여러 번 이름을 들은 적이 있는 아버지의 친구였다. 6·10 만세 사건으로 제일고보(경성고보)에서 퇴학당한 아버지가 제2고보(휘문고보)로 옮겨 갔을 때 만나 동경 유학까지 함께한 고향 인근 문중 출신이었다. 해방 전부터 교육계에 몸담아 좌우 격돌의 회오리를 피하고 교육감까지 지낸 뒤 4·19 뒤에 정계로 나와 고향 이웃 군에서 두 번째로 여당 의원을 지내고 있었다. 그러나 고향을 지역구로 하는 장동길 의원은 조금 뜻밖이었다. 자신의 대학 등록금을 대 줄 만큼 집안 간의 특별한 친분을 들은 적이 없기 때문이었다.

"장동길 의원요? 그분에게 어떻게 내 등록금을……?"

"그만한 부탁은 할 만한 사이따. 옛말이다마는 돼지막 사건 (10·1폭동에 관련된 지역사건: 돼지 움막에서 모의했다 하여 돼지막 사건이라 함) 나고 좌익으로 몰래 군대 장교로 피신할 때까지는 장 의원도 우리하고 잘 지냈디라. 5기라 카든강, 태릉 육사에 댕길 때 우리 집에 놀러 와서 제복하고 제모를 벗어 마루 기둥에 걸어 놓으믄 잠복 나온 사복형사도 집 안으로는 얼씬 안 했제. 너어 아부지보다는 여남은 살 어리고 장교로 임관되면서는 길도 서로 달라졌지만, 심지가 깊고 올곧은 사람이라. 전쟁 나고 너 아부지 저리 넘어간 뒤에도 우리 어려운 일 못 본 척하지는 않았니라. 군복 벗고 인심 얻어 국회의원이 돼서는 더욱."

듣느니 또 새로운 말이었다.

"하지만 어떻게 같은 대학 등록금을 두 사람에게나……."

"꼴 난 국립대학 등록금 얼매 한다꼬. 그래고 대학 가는 데 등록금만 가주고 되나. 책도 사고 교복도 맞촤야 하고…… 잔소리 말고 어서 털고 일나 따라온나."

그렇게 말하며 인철을 앞세우고 두 의원을 차례로 찾아간 어머니는 빌린 돈 받듯 등록금을 얻어 냈다. 그것도 도량이고 인품

일까, 그 두 국회의원도 인철이 오래 감동으로 기억할 만큼 선선히 돈을 내주며 인철에게 격려를 아끼지 않았다. 다만 권대현 씨는 오래된 추억담 한마디로 등록금 대 준 인심을 반은 잃어버렸다.

"너어 아부지는 수원 고농(高農: 고등 농림학교)에 떨어지고 내하고 동경 건너갔더라. 그 학교가 바로 너어 대학교 농과대학이라. 그런데 검정고시 나온 니가 그 대학 갔으니 반(半)분은 푼 셈이따."

인철에게 그렇게 덕담 삼아 한 말을 어머니는 돌아오는 길 내내 몇 번이나 곱씹으며 화를 냈다.

"제일고보에서 퇴학당하고 집행유예로 풀려나올 때까지 몇 달 살고 나와 제이고보로 옮긴다꼬 두서가 없어 그랬지, 영감쟁이 찔뚝(눈치, 짐작) 없구로 아 듣는데 그 말은 왜 하노? 뭐 듣기 좋은 소리라꼬."

그러나 어머니는 그 뒤로도 몇 번이나 시원스러운 일처리 솜씨와 몇 년 사이에 놀랍게 밝아진 도회적 눈썰미로 인철을 감탄하게 만들었다.

"마감 기다릴 거 없이 이걸로 등록금 마구코(막고) 책값하고 교재비도 내라. 빳지(학교 배지)도 받고, 돌아오는 길에는 지정 양복점 찾아가 교복도 맞추고."

며칠 뒤에 어머니는 그렇게 서둘러 등록을 마치게 하더니, 교복을 찾으러 가는 날에는 따로 돈 천 원까지 더 주며 말했다.

"오는 길에 신문사 드가(들러) 가정교사 광고도 내라. 입주(入住)라 카든강, 몸만 들어가면 되는 거기서 먹고 자고 하는 가정교사 말이따. 내 들으이 가정교사 광고는 《한국일보》에 내는 게 젤로 효과 있다 카드라. 그래서 연락이 오믄 어디든 동 자리 나는 대로 그 집에 들어가는 게라. 그래이 인제는 참말로 니가 이 집을 떠날 때가 됐다꼬."

그리고 며칠 뒤 거짓말같이 입주 가정교사 자리가 나자 싸 말 듯 인철을 내보냈다. 그 바람에 인철은 떼밀리듯 입학식도 안 치른 학교의 교복을 입고 신촌에 있는 어떤 새 양옥집에 입주 가정교사로 들어간 것인데, 그게 보름 전이었다.

자리가 무르익으면서 교수들이 하나둘 자리를 뜨고 사회자가 바뀌었다. 이른바 여흥의 시작이었다. 먼저 신입생들을 향해 술이 퍼부어졌다.

"신입생들 중에서 인재를 찾습니다. 인재를 찾습니다. 이 소주를 단숨에 들이켤 수 있는 인재……."

냉면 대접에 가득 부은 소주를 쳐들면서 사회자가 익살스럽게 말했다. 보기에는 엄청나지만 기실은 냉면 사발에 25도 진로 한 병을 부은 것에 지나지 않았다. 지방을 떠돌면서 40도가 넘는 소주도 마셔 보았고, 막노동판에서는 30도짜리 막소주도 맥주 컵으로 들이켜 본 적이 있는 인철이었다.

"제가 한번 마셔 보지요."

인철이 자원하고 나서는데 같이 일어나는 친구가 있었다. 보니 얼굴에 벌겋게 술이 오른 늙은 신입생이었다. 둘 앞으로 소주가 부어진 냉면 대접이 날라져 왔다. 인철은 알지 못할 오기로 숨소리 한번 흩뜨리지 않고 냉면 대접을 다 비웠다. 비슷한 시간에 술잔을 다 비운 늙은 신입생이 인철을 보고 싱긋 눈웃음을 보냈다. 두 사람이 힘들이지 않고 냉면 대접을 비우자 더 많은 인재가 지원하고 나섰다. 그리고 자리는 더욱 활기를 더해 갔다.

"인재를 찾습니다. 신입생 중에서 인재를 찾습니다. 노래로 이 자리를 화끈하게 달구어 놓으실 분⋯⋯."

사회자는 계속 인재를 찾아 댔다. 원래 노래에는 자신 없는 인철이었으나 이번에도 자원했다. 늙은 신입생이 제대병답게 음담패설 섞인 노래로 갈채를 받는 걸 보자 인철도 자신이 생긴 까닭이었다. 인철은 부산 시절 이도 저도 마땅찮을 때 이따금 따라 나가 보았던 공사판에서 배운 처량한 옛 군가를 목청껏 뽑았다.

아버지 어머니 안녕히 계세요.
까마귀 우는 곳에 저는 갑니다.
삼팔선을 돌파하여 태극기를 날리고
이 몸은 백골 되어 돌아오리다⋯⋯.

이어 한바탕 소란스러운 노래의 축제가 이어졌다. 사회자는 계속 인재를 찾았다. 노래 이외의 장기로 이 자리를 흥겹게 하실 분⋯⋯.

인철의 온전한 기억은 그 부름에 달려 나가 '배암'을 팔던 삼수생과 언제부터인가 불안하게 술자리를 할금거리다 자리를 뜨기 시작하는 여학생들로 끝이 났다. 그다음 마음에 들어하는 선배들이 2차를 옮겼다는 것은 기억하지만 그 상세한 전말은 알 수 없고, 마지막은 늙은 신입생과 삼수생 셋만 남아 어디론가 갔다는 것뿐이었다.

다음 날 인철이 눈을 뜬 것은 문화촌 근처에 새로 들어서는 주택 단지 한 모퉁이에 있는 여관에서였다. 창이 훤히 밝은 데다 타는 목과 쓰린 위로 잠에서 깨어났는데 곁에서 훌쩍거리는 소리가 들렸다.

"일어나셨소?"

인철이 깨어난 기척을 알아차렸는지 돌아보며 그렇게 묻고 있는 늙은 신입생의 손에는 여관의 물컵이 쥐어져 있었다.

"여기가 어딥니까?"

"문화촌 근처의 여관이오. 어제 통금 무렵 해서 여기 사는 친구 집에 신세 좀 질까 하고 찾아왔더니 그 친구가 하필이면 당직이라 그냥 여관에 든 거요. 친구 마누라만 혼자 있는 집에 술꾼들을 몰고 들어갈 수는 없잖소?"

그렇게 경과를 말한 늙은 신입생은 들고 있던 물컵을 훌쩍 비우더니 인철에게 내밀었다.

"한잔하시겠소?"

그러면서 머리맡의 4홉들이 소주병을 잡는 게 그동안 강소주로 해장을 하고 있었던 것 같았다. 인철도 술깨나 마셨지만 아직 그럴 경지에는 이르지 못하고 있었다. 물컵에 따라지는 소주의 차고 투명한 빛에 자신도 모르게 몸서리를 치며 방 한구석에 밀려나 있는 물주전자를 잡았다.

주전자를 반이나 비우고서야 제대로 자리를 잡는 시선을 맞춰 방 안을 둘러보니 벽 쪽에는 삼수생이 아직도 세상 모르고 곯아떨어져 있었다.

"지금 몇 십니까? 오늘 첫 강의가 2교시 아닌가요?"

"지금 서둘러도 그건 이미 틀렸고오…… 저 친구 깨기를 기다려 오후의 세 시간짜리 연강(連講)이나 건집시다."

늙은 신입생은 인철에게 권하려던 잔을 자신이 다시 홀짝거리면서 태평스럽게 말했다. 첫 강의를 빼먹게 되는 게 갑자기 인철의 마음에 걸렸다. 형식적인 개강은 사흘 전에 시작되었지만 대부분은 출석부 정리와 교재 소개로 끝난 터여서 본격적인 강의는 그날이 시작이었기 때문이다.

"그래도 본격적인 강의로는 첫 시간이 되는데……."

인철이 그걸 상기시키자 늙은 신입생이 쓸쓸히 웃었다.

"월남에서 목숨 걸고 번 돈으로 대학 온 놈도 이렇게 늠름하잖소? 아마 오늘 강의도 제대로 되기는 틀렸을 거요."

그래 놓고는 인철의 발을 가리키며 말했다.

"그보다 이 형은 먼저 신발부터 구해 신어야 할 텐데. 맨발의 아베베가 되지 않으려면."

"신발을?"

인철이 어리둥절해 묻자 그가 까닭을 일러 주었다.

"이리로 오는 택시 안에서 구두를 비행 무기로 썼잖소? 창문을 열고 마구 던졌단 말이오."

그러고 보니 발이 말이 아니었다. 양말은 신고 있었지만 양말 바닥이 흙투성이였다. 현대 문학 담당 고용환 교수의 주벽을 그대로 흉내 낸 듯해 멋쩍기 그지없었다.

인철이 가진 돈을 털어 겨우 백고무신 한 켤레를 사 신고 여관으로 돌아오니 삼수생도 깨어 있었다. 그도 어지간한 모주꾼인지 늙은 신입생을 거들어 남은 소주를 비우는 중이었다. 그렇게 되자 인철도 오기가 일어 그들이 주는 대로 몇 잔을 마셨다.

세 사람이 택시를 타고 학교에 도착했을 때는 열두 시가 넘어 있었다. 해장술에 다시 얼큰해져 교문을 들어서는데 맞은편에서 걸어 나오던 여학생 하나가 까딱 인사를 했다. 누군가 싶어 살펴보니 어제 삼수생 앞자리에 앉았던 앳된 여학생이었다. 그녀는 얼굴도 앳될 뿐만 아니라 키도 국민학교 상급생만큼이나 작았다. 그러나 병신스러운 난쟁이가 아니라 균형 있게 고루 작은, 그래서 작은 인형같이 예쁜 여학생이었다.

"그런데 쟤 말이야…… 초조(初潮)는 있었을까?"

그녀의 뒷모습을 보며 늙은 신입생이 혼잣말처럼 중얼거렸다. 그러자 삼수생이 닐름 받았다.

"나도 그런 의심을 해 봤는데 월경 할 나이는 틀림없이 넘은 것 같아요. 하지만 정말 궁금한 게 있어."

"그게 뭐요?"

"쟤 거기도 털이 났을까?"

"그거 정말로 궁금하네."

늙은 신입생이 손뼉을 치며 웃었다. 순결한 어린아이한테는 너무 외설스러운 농담 같아 썩 마음이 내키지는 않았지만 인철도 덩달아 맞장구를 쳤다.

"그거 연구해 볼 만한 과젠데."

그때 삼수생이 건들거리며 돌아섰다.

"노 형, 어디 가요?"

늙은 신입생이 그렇게 물었으나 삼수생은 대답도 없이 교문 쪽으로 비틀거리며 달려 나갔다. 늙은 신입생과 인철은 어리둥절해 그런 삼수생을 눈으로 뒤쫓았다.

교문 앞에서 그 여학생을 따라잡은 삼수생이 그녀를 부르는 소리가 멀리서도 들려왔다. 그녀가 걸음을 멈추고 빤히 삼수생을 돌아보았다. 다가간 삼수생이 그녀에게 낮은 목소리로 무얼 묻는 것 같았다. 잘못 알아들은 듯한 그녀가 더욱 빤히 쳐다보자 삼수생은 손가락질까지 하며 다시 한 번 물음을 반복했다. 그러자 여학생이 갑자기 얼굴을 두 손바닥으로 싸안더니 그대로 길바닥에 폭삭 주저앉았다.

"아니, 노 형. 도대체 쟤한테 무슨 짓을 한 거요?"

한동안 그런 여학생을 멍하니 바라보다가 건들건들 돌아온 삼수생에게 늙은 신입생이 물었다.

"나는 궁금한 건 못 참아. 그래서 본인에게 직접 물어봤지, 뭐."

"뭐야? 푸웃."

늙은 신입생이 그래 놓고 웃음을 참지 못하며 물었다.

"그런데 손가락질은 뭐요?"

"내가 물어도 얼른 알아듣지 못하길래 손가락으로 정확히 그곳을 가리켜 보인 겁니다."

삼수생은 전혀 웃음기 없는 얼굴로 건들거리며 그렇게 대답했다. 그 말을 들은 늙은 재수생은 그야말로 파안대소했다. 인철도 그때는 아무 거리낌 없이 따라 웃었다. 돌아서서 수군거릴 때는 외설스러운 느낌이 있었지만 삼수생이 일을 거기까지 벌여 놓고 나니 오히려 신선한 익살 같은 게 느껴졌다.

"안 되겠어. 이왕 낮술에 취한 거 그대로 뻗칩시다."

갑자기 무슨 치기가 발동했는지 늙은 신입생이 웃다 말고 그렇게 말하며 앞장서 교문 쪽으로 나갔다. 인철은 다시 그 여학생을 놀리러 가는 게 아닌가 했으나 그건 아니었다. 교문 밖 가까운 가게로 달려간 그는 주머니를 톡톡 털어 4홉들이 소주 세 병을 샀다.

"이거 한 병씩 감추쇼. 보나마나 처음 마셔 본 술에 낙태한 고양이 같은 얼굴로 등교했을 우리 모범생들을 해장시키려는 거요."

그리고 그들은 무슨 개선장군들처럼 교정을 가로질러 어린 동급생들을 찾았다. 예상대로 동급생들은 대부분 다음 강의가 있는 건물 근처의 풀밭에 도시락을 펼쳐 놓고 점심을 먹고 있었다. 순한 양 떼를 덮치듯 그들을 덮친 세 사람은 거기 있는 여남은 명의 동급생들에게 잔이 없어 도시락 뚜껑으로 나누어 마셔야 하는 소주를 떠안겼다. 모두 전날 마신 술이 있어서인지 4홉들이 세 병을 나누었는데도 곧 얼굴들이 벌게졌다.

일탈과 도취의 분위기는 강한 전염력을 가지고 있다. 멀쩡하게 등교해 오전 강의까지 들은 동급생들이지만 전날의 폭음에 이은 낮술로 어지간히 돌아 있는 그들 세 사람의 분위기에 쉽게 휩쓸려 들어왔다. 거기서 바로 술집으로 옮기자는 소리들이 나왔으나 오히려 늙은 신입생이 그들을 말렸다.

"집단으로 강의를 빠지면 수강 거부 같은 걸로 말썽이 날 수도 있으니까, 우리 차라리 휴강을 유도합시다. 마침 다음 시간이 '문학 개론'이니 한번 시도해 볼 만하기도 하고. 여러분은 그저 우리가 제안할 때 열심히 동조나 해 주쇼."

그리고 시간이 되기를 기다려 그들을 이끌고 다음 강의가 있는 강의실로 갔다.

이한윤 교수는 수업 시작 시간보다 오 분이나 늦어 강의실로 들어왔다. 나이가 있어선지 간밤 일찍 자리에서 떴지만 숙취의 기색이 역력했다. 교양 과정이라 60명이 넘는 수강생들의 출석을 확인하는 태도에도 억지로 시간을 끄는 듯한 데가 있었다. 이한윤 교수가 출석부를 덮는 걸 보고 늙은 신입생이 일어나 물었다.

"선생님, 냉면에는 고춧가루를 넣어도 좋고 안 넣어도 좋다는 지론에는 아직 변함이 없으십니까?"

영문을 모르는 다른 학과 수강생들이 그 엉뚱한 질문에 와르르 웃음을 터뜨렸다. 그러나 이한윤 교수는 아무런 표정 없이 대꾸했다.

"그런데 그걸 수업 시간에 왜 묻나?"

이번에는 삼수생이 일어났다.

"개강 첫 주 수업은 해도 좋고 안 해도 좋은 거 아닙니까?"

그러자 처음부터 동조하기로 약속되어 있는 동급생들이 왁자하게 거들었다.

"냉면에는 고춧가루를 넣어도 좋고 안 넣어도 좋고."

"개강 첫 주 수업은 해도 좋고 안 해도 좋고."

그런 분위기는 멀쩡한 다른 학과 수강생들에게도 재빨리 전염되었다.

"좋습니다. 휴강합시다아."

그런 수강생들을 보던 노교수의 얼굴이 갑자기 엄해졌다.

"요놈들, 아직 작취미성(昨醉未醒)에 홍몽천지구나. 내 수업 시간에 감히 야료를 부리다니. 이태 전 불문과 아이들이 이런 짓 하다가 전원 유급한 거 알아, 몰라?"

그렇게 일갈을 해 놓고는 빙긋 웃으며 출석부와 교재를 싸 들었다.

"좋다. 오늘은 휴강이다."

교두보에서

"네가 들어오고부터는 우리 집 밥상이 달라진 것 같구나. 잘 먹었다."

늘 그랬듯 달게 밥그릇을 비운 시아버지가 영희를 보고 그렇게 말했다. 아무런 억양 없는 목소리였지만 과묵한 농부의 표현으로는 더할 나위 없는 칭찬이었다. 그 말에 상머리에 앉았던 시어머니의 눈길이 실쭉해졌다.

"아지노모도(화학조미료)하고 설탕 범벅에다 기름, 마늘 안 아껴 이 맛 못 낼 사람 어딨어? 새애기, 너 양념 좀 아껴라. 당장 입에 달다고 음식 사치 부리기 시작하면 끝이 없다. 이러다가 다음에는 삼시 세 끼 고기 타령 나오겠다."

시어머니의 그 같은 핀잔에 영희는 찔끔했다. 시아버지가 칭찬

한 음식 솜씨의 비결은 옛날 집을 뛰쳐나오기 전 어머니로부터 받은 혹독한 단련에 힘입은 바 컸다. 그러나 시어머니의 말대로 많은 부분 미원과 설탕, 참기름 따위 양념을 아끼지 않는 데 있는 것도 사실이었다. 그걸 들키지 않으려고 푹푹 줄어드는 양념 단지를 제 돈 들여 몰래 벌충해 놓았지만 시어머니의 눈은 속일 수가 없었다. 그런데 시동생이 다시 구원자로 나섰다.

"에이, 어머니도. 요새 세상이 어떤 세상인데 양념 아껴 음식 맛버려요? 이제 그럴 때는 지나갔다고요."

"맞아요, 엄마. 삼시 세 끼 고기는 몰라도 우리 이제 양념 가지고 인색 떨지 말아요."

시누이도 시동생을 거들고 나섰다. 영희는 시동생이 진심으로 고마웠다. 시누이가 영희 편을 들고 나선 데는 그럴 만한 이유가 있었다. 영희가 어렵게 그 집으로 들어왔을 때 가장 견디기 힘들었던 것은 바로 그 어린 시누이의 차가운 눈길이었다. 영희는 그 눈길을 녹이기 위해 먼저 그녀의 약점을 살폈다. 오래갈 것도 없이 그 약점은 곧 짚여 왔다. 바로 집과 농사일로부터 벗어나고 싶어 하는 그녀의 갈망이었다. 그녀는 국민학교를 졸업하고 벌써 네 해째 궂은 농사일을 거들며 집 안에 붙들려 있었다. 영희는 먼저 시어머니부터 설득했다.

"어머니, 요즘 세상은 여자라도 배워야 해요. 아가씨 저대로 그냥 두어서는 제대로 시집 보내기 어려워요."

"걔가 왜 배우는 게 없어. 집안일 배우고 농사 거들고…… 여자가 그거면 됐지 배우기는 뭘 더 배우냐?"

"아녜요, 어머니. 그래 봤자 농사꾼이나 만나 살면 모를까, 다른데 가서 큰 도움 되겠어요?"

"농사꾼이 어때서? 그래, 너는 많이 배워 무슨 큰 수 났냐?"

그때까지만 해도 영희 말이면 무엇이든 바로 듣지 않는 시어머니가 그렇게 삐딱하게 나왔다. 예전 같으면 거기서 벌써 욱하고 치미는 성깔을 이기지 못했을 영희였다. 그러나 애써 속을 삭이며 더욱 부드럽게 말했다.

"농사꾼이 어때서가 아니라 앞으로 그런 농사꾼이 많지 않을 거란 말이에요. 특히 아가씨의 결혼 상대로는요. 우리 마을만 해도 농사짓는 총각이 이제 얼마나 돼요? 그렇다고 아가씨를 일부러 시골로 시집보내시겠어요?"

아무래도 딸의 일에는 어머니가 더 자상하게 마련이다. 시어머니도 영희가 거기까지 말하자 더는 어깃장을 놓지 않았다.

"그럼 너는 진숙이를 어떻게 했으면 좋겠니?"

"학교를 보낼 수 있으면 가장 낫겠지만 그건 이미 늦은 것 같고…… 기술 학원에라도 보내는 게 어때요?"

"기술 학원? 무슨 기술을 배우는데?"

"미용 기술도 있고 요꼬 편물 있고, 양재도 있고, 타자와 부기도 있고."

"그런 걸 배워 뭘 하는데?"

"미장원도 차릴 수 있고, 양장점이나 편물점도 차리고, 경리로 취직도 하고…… 길은 아주 많아요."

"진숙이 개가 정말 그런 일을 배울 수 있을까? 공연히 집 밖으로 내돌렸다가 기술 배운답시고 헛바람만 나 아이 버리는 거 아닐까?"

"그건 걱정하지 마세요. 그건 시골에서 가출해 아무도 돌봐 주는 이가 없을 때나 그렇죠. 하지만 아가씨야 같은 서울에 있는 집에서 통학하고 엄하신 아버님에 범 같은 오빠가 둘이나 있는데 무슨 일이 있겠어요? 오히려 위험하기는 마음에도 없는 농사일이나 거들며 집에 처박혀 있는 일이에요."

시누이가 집에 처박혀 지내는 것을 못 견뎌 하고 있다는 걸 누구보다 잘 아는 시어머니였다. 이제는 완연히 의논조가 되어 받았다.

"네 말을 듣고 보니 그게 옳은 것도 같다만 네 시아버지가 걱정이구나. 그 냥반이 워낙 엄해 놔서. 여자하고 사기그릇은 밖으로 내돌리면 안 된다는 게 그 냥반의 철석 같은 믿음이니……."

그렇게 되면 일은 거지반 된 것이나 다름없었다. 지난번 말죽거리 배 밭을 지켜 낸 공로와 시집에 들어온 뒤 두 달 가까운 힘든 연출로 엄하고 고지식한 시아버지도 영희의 말이라면 대개는 들어주었다. 힘은 들었지만 마침내 시아버지를 설득시켜 시누이가 처음으로 양재 학원에 나가게 된 날 그녀는 눈물까지 똑똑 흘리며 영희에게 감사했다.

"언니, 고마워요. 이 은혜 정말 잊지 않겠어요."

하지만 시동생은 영장을 받아 놓고 있어서 영희가 당장은 어떻게 도우려야 도울 수가 없었다. 기껏해야 틈틈이 용돈이나 쥐어 주는 정도였는데, 어찌 된 셈인지 영희가 들어오던 날부터 수호역(守護役)을 자처하고 있었다. 이제 입대가 열흘밖에 남지 않았으니 오늘 나가면 쇠꼬리라도 하나 사 와 보신이나 시켜 주어야겠구나.

시어머니도 시누이까지 영희를 편들고 나서자 더는 심술을 부리지 않았다.

딸의 밝고 즐거워하는 얼굴이 상기시킨 것이 있는 데다 그날은 그녀 자신도 영희에게 적잖은 신세를 지고 있었기 때문이다.

시어머니는 그날 동네 아낙들과 창경원 벚꽃 놀이를 앞두고 있었다. 인색한 남편에게는 그 놀이에 끼는 허락조차 받아 내기 힘들었는데, 며느리는 마을에서도 몇 사람 입어 보지 못한 최신 유행의 반짝이 비단으로 한복 한 벌을 나들이옷으로 마련해 준 일이 그랬다. 이제 아침상만 물리면 그걸 차려입고 마을 사람들 앞에 보란 듯이 나설 수 있게 되었다는 게 벌써 가슴 설레 올 지경이었다. 강칠복이 마누라라고 언제나 다 해진 무명 쪼가리만 걸치고 다니는 건 아니여…….

"하기야 우리가 먹는 거 걱정할 처지는 아니다마는 그래도 조심해야 한다."

시어머니가 그렇게 물러나자 영희도 선선히 승복했다.

"예, 알았어요. 조심하겠습니다, 어머니."

만약 그 자리에 억만이만 갖춰 앉아 있었다면 단란하기 그지없는 일가의 아침상이었을 것이다. 억만은 전날의 외출에서 아직 돌아오지 않고 있었다. 영희는 그 일 때문에 밤새 속을 끓였지만 나머지 식구들에게는 조금도 내색하지 않았다.

시누이는 학원으로 가고, 시어머니는 스스로 황홀해하며 비단옷을 휘감고 벚꽃 놀이를 떠나고, 입대를 코앞에 둔 시동생도 무슨 일인가로 시내에 나가 그날은 영희와 시아버지만 집에 남게 되었다. 못마땅한 표정 속에 흐뭇함을 감춘 채 그들을 배웅한 시아버지와 비닐하우스로 나갈 채비를 할 때까지도 집 안은 평온하기 그지없었다. 그런데 갑자기 작은 풍파가 닥쳐왔다.

"계세요? 여기가 강칠복 씨 댁입니까?"

대문께에서 누군가 부르는 사람이 있어 영희가 나가 보니 요란하게 화장을 한 중년 여자가 시아버지를 찾고 있었다. 화장과 차림만 보아도 한눈에 어떤 종류의 직업에 몸담고 있는지 짐작이 가는 여자였다.

"맞는데…… 무슨 일이십니까?"

"맞게 찾았구면. 그런데 새댁은 누구세요?"

"이 집 큰며느리인데요."

영희는 그녀가 자신을 전혀 알아보지 못하고 새댁이라고 불러주는 데 야릇한 기쁨을 느꼈다.

"그럼 강억만의 부인……?"

차림새 요란한 아주머니가 그렇게 되묻다가 무엇 때문인지 말끝을 흐렸다.

그때 채비를 마치고 뒤따라 나오던 시아버지가 둘을 번갈아 바라보며 물었다.

"무슨 일이냐? 누굴 찾아왔는데?"

그 무렵 영희는 일생에서 가장 긴장된 삶을 이어 가고 있었다. 아침부터 저녁까지 오관을 예민하게 열어 놓고 자신과 관계된 일이면 무엇이든 세밀하게 수용하고 분석하고 반응했다. 들릴 듯 말 듯한 시어머니의 혀 차는 소리나, 시아버지가 내뿜는 담배 연기의 형태도 그녀에게는 놓칠 수 없는 관찰의 대상이었다.

세상을 향한 반격을 결의하면서 영희는 처절한 전사가 된 심경으로 삶을 관리했다. 이제 그녀는 개발 예정지의 땅이라는 무한한 잠재력을 가진 강칠복 씨의 집에 그 아들 강억만이라는 적응 불능자(適應不能者)를 인질로 삼아 교두보로 확보했다. 교두보(橋頭堡)란 전진을 위한 근거가 되기도 하지만 더 물러날 곳이 없는 진지란 뜻도 있다. 따라서 그런 그녀에게는 막다른 골목에 몰린 한 마리 외로운 짐승의 그것과 같은 관찰에서의 놀라운 예리함과 반응에서의 눈부신 순발력이 있었다.

그날도 그랬다. 술집 마담임에 분명한 그 아주머니의 흐린 말끝과 시아버지의 물음 사이에 있는 몇십 초 동안에 그 상황에 대한 분석을 끝낸 그녀는 눈부신 순발력으로 그다음 상황을 장악했다.

"아, 네. 절 찾아오신 분이에요."

영희는 그렇게 답해 놓고 그 아주머니를 향해 애원하듯 눈을 깜박였다. 그녀도 오랫동안 술장사를 해 온 여자답게 눈치 하나는 빨라서 영문도 모르면서 영희에게 맞장구를 쳐 주었다.

"네, 이 새댁에게 볼일이 좀 있어서……."

그 말에 영희는 고맙다는 깜박임을 보내 놓고 생글거리며 시아 버지에게로 돌아섰다.

"아버님, 먼저 하우스에 가 계세요. 곧 뒤따라갈게요. 십 분이 면 돼요."

순박한 농부인 강칠복 씨도 그 아주머니의 차림에서 마뜩하지 못한 느낌을 받은 듯했다. 그러나 아끼는 며느리의 생글거림이 그 런 느낌을 지워 평소처럼 표정 없는 얼굴로 받았다.

"알았다. 그 씨갑(씨앗) 잊지 마라."

그러고는 먼저 비닐하우스로 나갔다. 그가 골목을 돌아 사라 지기를 기다렸다가 영희가 그 아주머니에게 가볍게 고개를 숙여 보였다.

"고맙습니다. 저를 도와주셔서……."

"그런데 새댁, 내가 어떻게 온 줄 알고 그런 거야?"

그제야 그 아주머니가 궁금하다는 눈길로 물었다.

"억만 씨 술값 때문에 오신 거 아녜요?"

"아니, 새댁이 그걸 어떻게 알았어? 아무리 제 색시지만 그게 무슨 자랑거리라고 집에 와 떠벌렸을 리도 없고……."

이번에는 좀 놀랍다는 눈치로 그녀가 반문했다. 정직이 최선의 정책이라는 게 양키들의 헛말은 아니야, 영희는 그런 기분으로 숨 김없이 털어놓았다.

"실은 저도 물장사 일이라면 좀 알아요. 백운장에서 시작해서……."

"호오, 그래? 하기야 어딘가 눈에 익다 싶더니."

그러는 그녀는 말투뿐만 아니라 표정까지도 다분히 우호적이 되었다. 그러다가 이내 걱정스러운 투로 보탰다.

"그런데 하필 그런 망나니를……."

"그 바닥에서 환갑 진갑 다 보내고 그래도 어떻게 물장사 팔자 면하고 살아 볼까 이 집에 터를 잡았어요."

"하지만……."

이제 그녀는 동정하는 눈길이 되어 영희를 보며 말끝을 흐렸다.

"알아요. 그런데 밀린 술값이 얼마나 되죠?"

"좀 많아. 백만 원이 넘어."

억만이 이것저것 다 정리하고 집에 들어앉은 지 겨우 석 달이 었다. 자주 술을 마시고 더러 외박까지 해도 이삼 년 몸에 밴 버릇이려니 해서 오히려 감싸고 돌았는데 그새 저질러도 엄청나게 저지른 셈이었다.

"아니, 그렇게나 많이? 무슨 술을 어떻게 마셨길래 두어 달도 안 돼 백만 원이 넘는 빚을 져요? 술 마시고 온 날 다 합쳐도 보름이 안 되는데……."

"술값뿐이 아니야. 빌려 간 것도 있고……."

거기서 다시 그녀는 말끝을 흐렸다. 무언가 좋지 않은 진상을 밝혀야 할 때의 그런 망설임이었다.

"빌려 갔다고요? 외상으로 술 먹으면 됐지, 또 무슨 돈을 빌려요?"

"우리끼리니까 말해 주는데…… 색시도 거기서 환갑 진갑 다 났다면서 몰라? 남자들 술 먹으면 그냥 술로 끝내?"

말하자면 화대(花代)까지 빌려 간 모양이었다. 예상을 벗어나도 너무 많이 벗어난 일이라 저도 모르게 영희의 목소리가 높아졌다.

"하지만 그런 사람 무얼 믿고…… 전부터 드나들던 사람도 아닐 텐데……."

"강남 배추 장사한테 술 안 팔면 누구한테 팔아? 거기다가 여기 이렇게 땅문서까지 맡겨 두고 마시는데."

그러면서 그녀는 핸드백을 뒤적여 등기 권리증을 꺼내 보였다. 압구정동에 있는 논이었다. 그 등기 권리증이 새로 발급된 것임을 알아본 순간 영희의 입에서는 걷잡을 수 없는 욕설이 터져 나왔다.

"이 병신 새끼, 이 새끼가 정말……."

자신이 쥐어 준 칼에 자신이 베인 꼴이 났다는 데서 온 분노였다. 그러나 그 순간에도 거의 본능처럼 되어 버린 영희의 상황 분석은 계속되고 있었다. 이 일이 내게 미칠 영향은 어떤 것인가.

"하지만 까짓 종이쪽지 무얼 믿고…… 그거야 등기소에 가서 몇천 원만 주면 새로 떼는데."

아직 상황 분석이 끝나지 않아 몰아세우는 말투로 그렇게 말하자 상대방의 우호적인 분위기도 끝이 났다. 적지 않은 돈이 걸린 일이라 상대방도 본능적인 방어 자세를 드러냈다.

"아무렴 차용증서 노릇도 못 하겠어? 이보다 더 확실한 차용증서가 어딨어? 색시도 잘 알면서."

그때 비로소 영희의 상황 분석이 끝났다. 수습이 어렵겠지만 이것도 앞날에 힘이 될 수 있다. 이 한심한 인간을 내게 묶어 두는. 그리고 이 여자를 건드려서는 안 된다. 이 일을 쉽게 수습하기 위해서는 이 여자의 도움이 꼭 필요하다. 그런 결론이 내려지자 영희의 목소리는 이내 달라졌다.

"미안해요, 언니. 언니를 원망하는 게 아니고…… 하도 기가 막혀서."

영희는 그렇게 사죄해 놓고 갑자기 넋두리처럼 말했다.

"겨우 화류계 팔자 면하고 사람 대접 받으며 살아 볼까 했는데, 이 인간이, 이 몹쓸 인간이, 날 다시 그리로 내몰고 말겠네……."

그러자 상대도 다시 동정하는 눈길로 돌아갔다. 그걸 알아본 영희가 넋두리의 강도를 한층 높였다.

"언니, 아까 보셨죠? 시아버님께서 절 얼마나 아끼시는지. 피눈물을 삼키면서 겨우 이 집에 자리 잡아 가나 했는데…… 지가 그러면 난 어떡해? 아무리 며느리가 입의 혀같이 논다 해도 아들 쫓아내고 며느리만 데리고 사는 시집 봤어요? 한평생 땅만 파고 산 사람한테 그 땅문서 잡히고 술 마신 아들 놈이 용서가 되겠어요?"

모질게 살아 모질어진 것같이 보이지만 정 많고 눈물 많은 것도 물장사 세계의 특성이다. 아주머니는 영희의 넋두리에 이내 눈

시울이 불그레해졌다.

"그러게 아무리 급해도 될성부른 가지를 골라 앉아야지."

술집 마담이 그러면서 혀까지 끌끌 차는 걸 보고 영희가 이번에는 매달리듯 부탁했다.

"언니, 우리 전에 만난 인연은 없지만 가여운 후배 하나 살려주는 셈치고 절 좀 도와줘요, 네? 은혜 결코 잊지 않겠어요."

"내가 어떻게 하면 자넬 돕는데?"

약간 경계의 빛을 보이면서도 할 수 있는 건 다 해 주겠다는 듯 마담이 물었다.

"고마워요, 언니. 먼저 이 일이 시아버님 귀에 들어가지 않게 해 줘요. 돈은 제가 어떻게 해 볼게요. 한꺼번에 다 갚지는 못하지만 떼어먹는 일은 없을 거예요."

"그래도 너무 늦으면 안 되는데…… 빌려 간 돈에는 급전도 있단 말이야. 하긴 나도 심했지. 큰 봉 물었다는 심사로다……."

"저도 그 바닥 알 만큼은 아니까 언니 곤란하게는 만들지 않을게요. 그리고……."

"그리고?"

"지금 그 사람 어딨어요? 엊저녁에 나가 아직 안 들어왔어요. 언니는 알고 계시죠? 그 사람 어딨는지."

그러자 특유의 직업의식이 발동했는지 마담의 얼굴에 곤란하다는 표정이 떠올랐다.

"남의 일을 봐주려면 삼년상까지 차려 주랬다고, 이왕 절 도와

주시는 거 끝까지 좀 돌봐 주세요. 그 사람 지금 어딨죠?"

"그래도 그건……."

"언니, 이건 제 인생이 걸린 일이에요. 그리고 그 사람 있는 곳 알려 주셔도 언니 장사에 지장 있게는 하지 않을게요. 저도 이 세상 대꾸보꾸(오르막내리막, 울퉁불퉁) 겪어 볼 만큼 겪은 년이에요. 그 인간하고 같이 붙어 자는 애 잡아 족치겠다는 게 아니라 남은 인생 함께할 제 남편, 이 기회에 좀 길들이려는 거예요."

"나도 정확히는 몰라. 어제저녁에 우리 이 양하고 함께 나갔는데, 우리 집에서 외박 나갔다면 대개 뻔하지. 가까운 데는 여관이 그뿐이니까. 하지만 지금이 하마 열 신데 아직 있을까."

"그 인간 성질, 나 잘 알아요. 계집하고라면 낮 한 시고 두 시고 여관에서 쫓아낼 때까지 붙어 있는 게 그 인간이라고요. 어디예요? 언니 업소하고 그 여관 좀 알려 주세요."

영희는 그래 놓고 얼른 속주머니에서 반격 작전의 군자금으로 항시 준비하고 있는 돈을 있는 대로 털었다.

"여기 10만 원 있어요. 적지만 우선 받아 두세요. 그리고 나머지도 절반은 사흘 안으로 해 드릴게요."

그러자 다시 마음이 열리는지 마담이 머뭇거리면서도 영희가 알기 원하는 곳을 말해 주었다. 술집도 동네도 영희에게는 낯설었다. 억만이 제 딴은 영희의 추적을 따돌린다고 낯선 곳에 새로운 거래처를 만든 듯했다.

"고마워요, 언니. 아무리 화류계가 의리 빼면 시체라지만 이 은혜 정말 잊지 않을게요."

"하지만 내가 말해 줬다는 거 알게 하지 마. 그런 거 소문나면 이 장사도 못 해 먹는 수가 있어."

마담은 그렇게 다짐까지 받고서야 겨우 얼굴을 폈다. 하긴 그녀도 반드시 손해 보는 거래를 한 것은 아니었다. 어쩌면 추심 여부가 불확실한 채권을 확실한 것으로 바꾼 게 오히려 득일지도 모르는 일이었다.

마담을 보낸 영희는 뛰듯이 시아버지가 있는 비닐하우스로 돌아갔다. 강칠복 씨는 아직 일을 시작하지 않고 비닐하우스 모퉁이에서 담배를 피우고 있었다.

"무슨 일이더냐? 억만이 그놈 일이지?"

강칠복 씨도 짐작이 간다는 듯 그렇게 물어 왔다. 영희는 잠깐 망설이다가 필요한 만큼의 정직을 방책으로 골랐다.

"네, 술값도 없이 술을 마시고 잡혀 있는가 봐요."

"저런 저 쳐 죽일 놈. 장가간 지 며칠 됐다고. 내 이놈을 그냥……."

금세 얼굴이 시뻘게진 강칠복 씨가 주먹을 부르쥐고 나섰다. 영희가 가벼운 한숨과 함께 시아버지를 말렸다.

"아버님, 너무 역정 내지 마세요. 그이도 답답하니까 그러는 거겠죠."

"답답하기는 뭐가 답답해? 장사한다고 펄럭거리고 다니며 2백만 원 넘는 돈을 저질렀으면 됐지 얼마나 더 털어먹어야 한에 찬다는 거야. 하라는 일은 않고. 이건 자식 놈이 아니라 웬수야, 웬

수. 그래, 그 술집이 어디야? 술값은 얼마나 되고?"

"아버님은 모르는 척하고 계세요. 제가 가서 데려올게요."

"벌써 눈이 뒤집힌 놈을 네가 가서 어떻게 데려와?"

"저도 조금은 그 사람을 알아요. 천성은 순한 사람이에요. 이번만은 제게 맡겨 주세요. 정히 안 되면 그때 아버님께서 나서셔도 늦지 않아요."

영희는 영락없이 가여운 며느리가 되어 눈물까지 글썽거리며 시아버지를 말렸다. 금세 떨치고 일어날 것 같던 강칠복 씨도 그렇게 간곡히 말리자 분기를 조금 삭였다.

"알았다. 하지만 술값은 못 대 줘. 제 놈이야 영창을 가든 말든……."

"그건 제가 알아서 어떻게 처리해 볼게요. 이번만은 모른 척해 주세요."

영희는 그렇게 시아버지를 달래 놓고 집으로 돌아와 외출 채비를 했다. 이번에도 세심한 연출이 들어간 차림이었다. 집에서 허드레로 입는 월남치마와 수수한 스웨터에 굽이 없는 비닐 구두로 누가 보아도 여염집의 수더분한 아낙 같은 차림을 했다. 억만이 끼고 자고 있을 술집 아가씨와 최대한의 변별을 염두에 둔 연출이었다.

마담이 가르쳐 준 여관을 찾기는 어렵지 않았다. 천호동 변두리의 아직 허허벌판이나 다름없는 큰길가에 덩그렇게 지어 놓은 여관이었다. 머리를 쓴다고 가명을 적었는지 숙박인 명부에서 억만의 이름을 찾을 수는 없었으나 그가 든 방을 찾기는 그리 어렵지 않았다. 열두 시 가까운 그 시각에 사람이 들어 있는 방은 몇 안 됐는데, 그나마 그때까지 남녀가 함께 있는 방은 둘뿐이었다.

영희는 먼저 2층에 있는 방문을 두드렸다.

"누구요?"

아직 술기가 있는 남자의 목소리가 안에서 물어 왔다. 억만의 목소리가 아니었다. 영희는 얼른 둘러댔다.

"네, 조바(여관이나 여인숙에서 잔심부름하는 사람) 아줌마예요. 청소 좀 하려고요."

"알았시다. 곧 나갈 테니 너무 몰아대지 마슈."

남자의 그런 퉁명스러운 대답을 뒤로하고 영희는 얼른 층계를 올라갔다.

"누구세요?"

영희가 거의 확신에 차 방문을 두드리자 이번에는 젊은 여자의 목소리가 받았다. 어딘가 반가워하는 듯한 음색이 있었다. 영희는 대꾸 없이 다시 문을 두드렸다. 그러자 남자의 짜증 섞인 목소리가 젊은 여자를 대신했다.

"누구야? 시간 넘으면 차지(요금) 물면 될 거 아냐?"

틀림없이 억만의 목소리였다. 그제야 영희가 조용히 말했다.

"문 좀 열어 주세요. 강억만 씨 찾아왔어요."

그 말에 잠시 방 안이 조용해졌다. 그러다가 갑자기 황급하고 분주한 움직임의 기척이 한동안 문 너머로 전해져 오더니 이윽고 억만의 떨리는 목소리가 가까이서 들렸다.

"누, 누구요?"

"저예요, 억만 씨. 문 좀 열어 주세요."

영희는 스스로 생각하기에도 신통할 만큼 차분한 목소리로 대꾸했다.

깊은 정보다는 필요에 따른 결혼이었지만 명색 남편이 다른 여자와 함께 있는데 아무런 감정이 없을 리 없었다. 그러나 영희는 애써 침착을 가장했다.

"다, 당신이 어, 어떻게 여길……."

이윽고 반쯤은 얼이 빠진 것 같은 억만이 말을 더듬거리며 물었다.

"어서 문이나 여세요."

영희는 목소리를 더욱 차고 차분하게 가라앉혀 말했다.

"그, 그러지 뭐."

억만도 더는 별수가 없다는 듯 문을 열었다. 방 안은 영희가 예상한 광경 그대로였다. 맥주병 몇 개와 마른안주 접시가 어지럽게 흩어진 방 한구석에는 황급히 개어 놓은 이불이 있었고, 그 곁에는 역시 황급히 옷을 걸친 듯한 젊은 아가씨가 질린 얼굴로 서 있었다. 겁먹은 눈길이나 화장이 지워져도 얼굴이 지저분하지 않은 것이 술집에 나온 지 오래되지는 않은 아가씨 같았다.

"저, 아가씨, 자리 좀 비켜 주시겠어요?"

영희는 절로 그 아가씨의 머리께로 뻗어지는 두 손을 억지로 등뒤에 붙인 채 예절 바르게 말했다. 그게 오히려 겁나는지 아가씨가 몸까지 부르르 떨며 영희를 바라보다가 겨우 말뜻을 알아듣고 황급하게 방을 나갔다.

영희의 차분한 태도나 예절 바른 말투에 더욱 질려 하기는 억만도 마찬가지였다. 평소 억만이 영희를 겁내 온 것은 오히려 그녀의 거세고 억척스러운 성격 쪽이었다. 영희는 그런 억만의 반응을 모르는 체 여전히 침착한 자세를 흩뜨리지 않았다.

"당신 정말로 왜 이러세요? 저 죽는 꼴 보시려고 이래요?"

영희가 한 발 다가들며 호소하듯 그렇게 말하자 억만은 한 팔을 들어 막는 시늉을 했다. 아마도 그는 영희의 차분함을 더 격렬한 공격을 준비하고 있는 것으로 지레짐작한 것 같았다. 그러나 아무런 공격의 징후가 보이지 않자 조금 마음이 놓이는지 느닷없이 변명조가 되었다.

"오, 오해하지 마. 어제 내가 너무 심하게 마신 거 같아. 정말로 누가 여기 데려다 준지도 모르고 잤다고. 아까 그 아가씨는 아침에 내가 어떻게 되었나 보러 온 거고……."

뻔한 거짓말이었다. 그러나 남자들이란 그보다 더한 현장에서 들켜도 잡아떼게 마련이라는 것 또한 영희는 알고 있었고, 그녀 자신 역시 그런 남자의 외박 상대가 되어 실제로 경험해 본 적도 있었다.

"좋아요. 남자가 바람 한 번 피운 것 정도는 이해할 수 있어요. 저도 과거가 깨끗한 년이 못 되고…… 하지만 어쩌실 거예요? 앞으로 어떡하시려고 이러세요?"

영희는 목구멍까지 치미는 욕설을 억지로 삼키며 목소리를 더욱 차분하게 해 호소하듯 물었다. 억만은 영희의 그 같은 반응이 못 미더우면서도 당황스러운 모양이었다. 끊임없이 돌출적인 공격에 대비하는 한편 제법 남편의 권위를 내세워 설득 조로 나오기도 했다.

"어찌하긴 어찌해? 뭐, 내가 집을 나오기라도 했어? 집안 살림을 말아먹었어? 어쩌다 친구들 만나 술 한잔 먹고 하룻밤 외박한 거 가지고 너무 심각하게 나오지 말라고."

그러는 억만의 천연덕스러운 얼굴을 보며 영희는 이 새끼 따귀를 한 대 후려 버릴까, 하는 충동이 일었으나 다시 꾹꾹 눌러 참았다. 아직은 아니다. 내가 좀 더 자리를 잡은 뒤에……. 하지만 그렇게 참아야 하는 자신이 갑자기 처량해지면서 영희의 다음 연기를 훨씬 수월하게 해 주었다. 문득 치솟는 눈물에 목소리까지 울먹이면서 영희가 그런 억만에게 매달렸다.

"여보, 제가 불쌍하지도 않으세요? 6·25 때 부모 잃고 갖은 고생 다하다가 겨우 당신 만나 새 출발하려는데, 이러시면 어떡해요? 전 누굴 믿고 사냔 말이에요. 절 기어이 그 지긋지긋한 화류계로 다시 내몰아야겠어요?"

영희가 그렇게 신파 조로 매달리자 억만은 더욱 뻣뻣해졌다.

"내가 뭘 어쨌다고 그래? 남자가 술 한잔 먹은 걸 가지고……."

역시 이런 새낀 처음부터 호되게 몰아쳐야 되는 건데……. 그런 기분과 함께 다시 욕설이 목까지 치밀었으나 영희는 울먹임을 계속했다.

"세상 사람 다 속여도 절 속일 생각일랑 마세요. 아까 천호동 능라도집 아줌마가 다녀갔단 말이에요. 그리고 얘기 죄다 들었어요."

"뭐? 그 연대장 년이? 그럼 여길 알고 찾아온 것도 그년의 고자질 때문이겠네. 그년 그거 술장사 걷어 말 작정이야 뭐야?"

억만은 제법 성까지 내며 목소리를 높였다. 일반 사람들이라면 연대장이라는 마담의 별명이 뜻하는 바를 잘 알아듣지 못했을 것이다. 그러나 영희는 그 한마디로 아침에 다녀간 술집 마담의 과거를 대강 짐작했다. 젊을 때는 주로 전방 술집을 돌았고 그녀가 일생 상대한 남자는 과장해서 연대 병력인 3천 명이 넘는다. — 언젠가 전방만 돌다 예편했다는 만년 중령 출신 건설업자에게서 들은 농담이 떠올랐다. 영희는 그 와중에도 유난히 요란스럽던 그녀의 옷차림을 떠올리고 야릇한 모멸감을 느꼈다. 같은 화류계라도 서울의 고급 요정을 돈 자신과는 비교조차 안 되는 미천한 출신의 그녀에게 동정을 구하고 도움을 빈 일이 새삼 한심하게 느껴졌다. 그게 다시 울화로 치밀었으나 영희는 거의 초인적인 인내로 억눌렀다.

"그 아줌마 나무라지 마세요. 제가 울며 불며 애원해 들어준 것뿐이니까. 그보다는 그 많은 빚 다 어쩌실 작정이에요? 그 아줌마가 아버님께 땅문서…… 디밀고 돈 내놓으라고 덤비면 당신 성할 것 같아요? 그리고 저는 또 어떻게 돼요. 이제 와서 우리 부부 다시 길바닥에 나앉아야겠어요? 당신 꼭 늙은 색시 기둥서방 노릇 한번 해 보고 싶어 그러세요?"

"당신 무슨 소리를 그렇게 해? 아무렴 내가 까짓 돈 백만 원 처리 못 할 거 같아? 걱정 마. 일남이 걔 알지? 요즘 잘나간다고. 일간 몇백 봐주기로 했어. 나도 다시 장사 시작해 봐야지. 맨날 꼰대 밑에서 되지도 않는 농사에 매달려 빌빌거리고 있을 수도 없잖아? 술값이야 그때 얼마간 떼 주고 나머지는 장사하면서 슬슬 갚아도 되는 거라고. 사실 그 술값도 나 혼자 마신 거 아냐. 사업 자금 빌리기 위한 교제 술이었다고. 두고 봐. 이제 장사 시작하면 그 몇 배로 벌어들일 테니……."

영희가 약하게 나오면 나올수록 억만은 기가 살아 이제는 뻔한 허풍까지 쳐 댔다. 이 새끼 이거 정말……. 영희는 그런 소리가 튀어나올까 봐 입술을 지그시 깨물었다. 그도 그럴 것이 일남이라는 친구라면 영희도 잘 알고 있었다. 억만과 같은 중학교를 나왔고 비슷한 시기에 비슷한 자금 규모로 청과물 중간상으로 시작했으나 억만과는 달리 적잖은 재미를 보는 눈치였다. 그러나 술집에 오면 언제나 봉은 억만이었고 그는 아가씨들 팁 한 번 제대로 주는 법이 없었다. 몇백만 원은커녕 몇백 원도 그냥은 빌려 주지 않을 친구였다. 그러나 이번에도 영희는 자신의 감정을 죽을힘을 다해 억눌렀다.

"일남 씨가요? 정말 의리 있는 친구네요. 하긴 저도 당신이 아무 생각 없이 그랬다고 보지는 않았지만……."

"틀림없어. 이번 봄 장사 끝나면 한번 봐주겠댔어."

그래, 그럼 이 새꺄, 이제 그 되잖은 허풍에 코 한번 꿰어 봐라, 영희는 그런 심경으로 억만의 말에 넘어가 주는 척했다.

"알겠어요. 근데 모레까지 절반이라도 갚지 않으면 바로 땅문서 가지고 아버님께 덤비겠다는데 어쩌죠? 일남 씨에게 우선 얼마만이라도 빌릴 수 없겠어요? 어차피 빌려 줄 거라면 그래도 상관없을 텐데."

다급한 김에 되는 대로 허풍을 치던 억만도 영희가 그렇게 나오자 당황하는 기색을 드러냈다.

"그, 그건 좀 곤란한데…… 명색 사업 자금인데 술 빚부터 갚자고…… 그, 그럴 수는 없지."

"그럼 어떡해요? 당장 발등에 떨어진 불인데."

영희는 네가 어떻게 나오는가 보자는 심경으로, 그러나 정말로 걱정스러운 표정을 지으면서 물었다. 그제야 급한 김에 허풍으로 둘러대던 억만도 막막한 모양이었다. 한동안 쥐어짤 것도 없는 머리를 쥐어짜는 체하다가 멀뚱히 영희를 건네보며 말했다.

"당신이 좀 어떻게 해 보지 않을래? 당신 친구들 많잖아? 거 왜 혜라라고 자기 업소까지 가진 여자도 있다면서."

'안 그래도 걜 찾아갈 작정이었다, 이 병신아. 하지만 그전에 좀 더 네 코를 단단히 꿰어야겠다.'

"그런 애들일수록 돈에는 짜다고요. 더구나 그 아줌마 입 막으려면 적어도 50만 원은 있어야 하는데, 그런 큰돈을 옛정 하나로

다 척척 헤아려 내놓겠어요? 자신 없어요."

"이젠 옛날의 이영희가 아니잖아? 강남 땅 부자 강칠복 씨 만며 느린데, 정말 없다면 모를까. 그리고, 정 안 되면 내 등기 권리증 하나 더 만들어 줄게. 그걸로 어떻게 해 봐."

'좋은 거 하나 배웠다고 조자룡이 헌 창 쓰듯 하는구나. 좋다, 이 병신아. 내 한 번 속아 주지. 아니 열 번이라도 속아 주지. 대신 일생을 내게 코 꿰어 살며 그 벌을 받아라.'

"그럴 필요까지는 없어요. 제가 어떻게 해 볼게요. 대신 빨리 갚아 주셔야 해요. 안 그러면 나 정말 어려워져요."

"걱정 마, 한 달 안으로 갚아 줄게. 내가 누구야?"

'누구긴 누구야. 얼빠진 봉이지. 네 주제에 갚긴 뭘 갚아.'

하지만 영희는 끝까지 현숙한 아내로 그 일을 매듭지었다.

"알겠어요. 그럼 전 혜라에게 들렀다 갈 테니 당신 먼저 집으로 돌아가세요. 방 안에서 빈둥거리지 말고 바로 하우스로 가 아버님 거들어 드리란 말이에요. 아버님이 뭐라고 하시더라도 대들지 말고……."

그러자 무딘 억만도 조금은 감동이 되는지 진지한 얼굴이 되어 말했다.

"고마워, 이 못난 놈을 이해해 줘서. 그래, 당신 시키는 대로 할게. 아버님이 몽둥이찜질을 해도 가만히 있을 테니 걱정 말고 다녀와."

그러고는 제법 힘찬 포옹까지 해 주었다.

영희가 종로에 있는 혜라네 카페에 도착한 것은 오후 두 시를 넘긴 뒤였다.

술집을 열기에 너무 이른 시간이지만 혜라는 카페에 나와 있었다. 허드렛일 돕는 어린 계집애와 함께 가게 안팎을 거울처럼 반들거리게 쓸고 닦는 중이었다. 그런 악착스러움이 술집 아가씨 출신으로는 드물게 그녀를 서른도 안 돼 종로 대로변의 스무 평 가까운 카페 여주인으로 만들어 주었는지도 모를 일이었다.

"웬일이냐? 강남 알부잣집 맏며느님이 이 험한 곳에 다 행차하시고."

비꼬는 듯한 그녀의 말투는 여전했다. 그러나 영희는 이미 그런 말투에 개의치 않았다. 모니카의 소개로 처음 만난 뒤로 벌써 6년이었다. 처음에는 서로 맞는 데라고는 전혀 없는 사이였으나 창현의 배신 이후 그녀는 영희에게 이 세상에서 가장 가까운 친구가 되어 있었다.

어쩌면 영희가 도회의 밑바닥에서 흐물흐물 녹아 스러지지 않고 다시 세상에 반격을 시도하게 용기를 불어넣어 준 것도 혜라였다. 그녀는 한편으로는 매섭게 관리된 자신의 삶으로, 다른 한편으로는 체험으로 보완된 나름의 철학으로 영희를 자극했다. 어떤 의미에서 그녀는 그 뒤 영희의 삶을 이끈 천민자본주의적 이데올로기의 제공자라 할 수도 있었다.

"말 마라. 그래도 한세상 보자니 당장이 영 죽을 맛이다."

영희는 별로 감출 기분도 아니어서 느낌대로 털어놓았다. 혜라는 여전히 하던 일을 멈추지 않은 채 물었다.

"왜, 무슨 일이야?"

"그 병신이 이제 몇 달 됐다고 벌써 또 한 건 저질렀다."

"니네 신랑이? 무슨 일인데?"

그제야 혜라는 닦고 있던 장식용 도자기 인형을 탁자 위에 놓으면서 정색을 했다.

"나한테 배운 재주로 백만 원도 넘게 저질러 놨어."

"너에게 배운 재주?"

"아버님 몰래 재발급받은 등기 권리증을 잡히고 술에 계집에 흥청망청한 거야."

"너 땅장사는?"

"아직 시작도 못 해 봤어. 여의도로 갈까 하다 광주 대단지 쪽이 나을 것 같다는 말이 있어 이리저리 재고 있는데 그 인간이 먼저 일을 저지른 거야."

"그 사람은 무시하고 네 계획대로 밀고 나가면 되잖아?"

"그게 안 되니까 그러지. 내 밑천 너도 알다시피 다 끌어모아 봐야 얼마나 되니? 그것도 시집 들어가는 데 태반이 잘리고 지금은 몇십만 원 안 돼. 마침 시아버님이 압구정동 자투리땅 판돈 2백이 있어 그걸 놀리고 있는데 그 인간이 일을 저지른 거야. 세상에 술집 마담이 땅문서 들고 집으로 쳐들어왔더라고. 그걸 잡히고 외상술도 마시고 돈도 빌려 쓴 모양이야. 잘못하면 둘 다 쫓겨나게 됐어."

"그럼 어쩔 거야? 보기엔 뭔가 생각이 있어 날 찾아온 것 같은데."

"급히 50만 원만 만들어 줘. 그걸로 술집 마담 입부터 막아야겠어. 내가 가진 돈으로도 그 정도는 막을 수 있지만, 그러면 땅장사 시작할 때 아버님께 내보일 밑천이 없어져."

그러자 혜라는 잠깐 무언가를 계산하는 표정이 되었다. 이윽고 계산이 섰는지 그녀가 담담하게 물었다.

"네다바이(돈이나 가짜 귀중품으로 속여 가로채기)를 쳐도 미끼 되는 돈은 있어야겠지. 그런데 언제까지 필요해?"

"마담에게 사흘 뒤로 약속했어. 그건 내 돈으로 막는다 해도 열흘 안으로는 내 손에 돈이 돌아와 있어야 해. 정 사장은 벌써부터 여의도에 좋은 물건 봐 둔 게 있다고 성화인데 내가 광주 쪽 살펴보고 결정한다고 미뤘지. 하지만 이 인간 때문에 서둘러야겠어. 시아버님께 점수 따 놨을 때 일을 벌여 놓는 게 좋을 것 같아. 자칫하다간 이 인간하고 같이 쫓겨날 판이라니까."

"알았어. 그렇지만……."

혜라가 잠시 말을 멈추고 머뭇거렸다.

"그렇지만 뭔데?"

"그냥 돈놀이는 하고 싶지 않아. 또 우리 사이가 그런 사이도 아니고."

"그럼 어떻게 했으면 좋겠어?"

"나도 투자를 하고 싶어지네. 왠지 너한테 걸고 싶어져. 돈을 만

들어 줄 테니 더도 말고 두 배로만 만들어 돌려줘. 단, 너무 오래 끌어서는 안 돼."

"망할 기집애. 욕심은……. 알았어. 하지만 망하면 한 푼도 없는 거다."

"이 윤혜라 이래도 원금 잘릴 곳에 함부로 돈 지르지는 않아. 내 돈이 그런 돈도 아니고."

그 시절로 보아서는 남이 들었으면 무서운 여자들이란 말을 할 만도 했다.

그러나 그날 저녁 무렵 집으로 돌아온 영희는 다시 그 누구보다도 착한 며느리요, 아내요, 형수였다. 시내 정육점에서 주머니를 툭툭 털어 쇠꼬리 한 개와 사골을 싸 들고 돌아와 마루에 부려 놓자 그새 창경원 벚꽃 놀이에서 돌아와 있던 시어머니가 영문도 모르고 반색을 했다.

"이게 뭐냐?"

"아, 네. 도련님 군대 가기 전에 보신 좀 시켜 드리려고요. 푸줏간 하는 친구가 있어 싸게 얻었어요."

희미한 옛사랑의 그림자

수업이 있는 날 오전이어서 그런지 도서관은 한산했다. 다분히 조작된 혐의가 드는 열정에서 빠져나온 인철은 책에서 눈길을 떼고 창밖을 내다보았다. 어느새 5월의 신록이 교정을 덮고 있었다.

오늘 강의는 뭐였더라. 인철은 약간은 쓸쓸한 기분으로 그 시각 자신이 들어가 있어야 할 강의실을 떠올려 보았다. 화요일 오전이면 '언어학 개론' 세 시간 연강이었다. 그러자 이번에는 불안과 울적함이 그 자신을 돌아보게 했다.

인문계 신입생의 첫 학기는 개론의 홍수에 빠져 흘러가게 마련이었다. 인철이 따야 할 학점의 태반도 이런저런 개론에 할애되어 있었다. 그런데 그토록 애써 들어온 대학을 따분하다 못해 불만스럽게 만든 것이 바로 그 개론이었다.

제도 교육에서 벗어나 지내는 동안의 남독(濫讀)은, 특히 지난 3년의 체계 없는 책 읽기와 그것에 바탕한 나름의 사유는 자신도 모르는 사이에 인철을 심한 절름발이 인문 지식인으로 만들어 놓았다. 체계와 정확성을 요구하는 과학을 경원(敬遠)하는 만큼이나 산만함과 모호함을 추상화로 얼버무릴 수 있는, 문학에의 지나친 기울어짐이 만들어 낸 특성이었다. 따라서 어떤 개론은 그동안 형성된 자기류의 고집과 선입견 때문에 동의보다는 불만이 더 많았고, 어떤 개론은 그 과학적 지향 때문에 수용 자체가 힘들었다. 철학 개론과 문학 개론이 전자의 예라면 언어학 개론은 후자의 예였다.

언어학 개론이 그 과학 지향성으로 인철을 질리게 한 것은 특히 그 앞머리에서 다루어지는 음운론 때문이었다. 임용준 교수는 철저한 언어학자답게 총론의 문학적 췌사(贅辭)는 단 한 시간으로 뛰어넘고 바로 음운론으로 들어갔는데, 인철의 혼란은 그때부터 시작되었다. 우리 자음 ㄱ의 발음이 영어 알파벳 대·소문자로 예닐곱이나 표기될 만큼 많다는 따위 구체적인 지식도 그랬거니와 그 분석의 세밀함과 정확성도 수치와 도식에 버금가는 무게로 머릿속을 짓눌러 왔다.

그래도 처음 얼마간 인철은 힘들게 자신을 그 새로운 지식에 적응시키려고 애썼다. 힘들게 들어온 대학이고 거의 여지 없이 선택한 전공이었다. 그런데 그 전공에는 언어학이 필수이고, 이 대학은 오히려 언어학 쪽의 비교 우위로 타 대학 국문과와 변별하는 것을 자랑으로 삼고 있다…….

하지만 두 달이 지나면서 인철의 인내는 끝나고 말았다. 길을 잘못 들었다는 생각과 함께 그 강의실이 지겨운 것이 되어 가기 시작했다. 거기다가 오래 혼자 읽고 익히는 과정에서 생긴 특이한 지식 수용 방식도 인철을 강의실에서 멀어지게 했다. 이를테면 음성보다는 문자가 훨씬 명확하고 효율적으로 수용되며, 집단 속에 있을 때보다 혼자 있을 때 지적 흡수력이 몇 배나 커지는 것 따위가 그랬다.

따라서 5월에 접어들면서부터 인철은 강의실보다 도서관에 앉아 있는 시간이 훨씬 많아졌다. 모든 개론은 거기서 학점을 취득할 정도로만 교재를 읽어 치우고 나머지는 새로운 지적 탐사에 빠져드는 것이었다. 역시 개론 수준이었지만 비교적 앞에서 말한 두 가지 난점에서 벗어나는 분야들이었다. 정치학, 사회학, 논리학, 미학 따위가 그랬다. 하지만 그러면서도 마음속으로는 은근한 불안이 없는 것은 아니었다. 나는 결국 이 대학에서도 하나의 국외자(局外者) 혹은 나그네로 주변을 맴돌다 떠나게 되는 것은 아닌가…….

"이인철 씨, 역시 여기 계셨네요."

인철이 이제는 불안을 넘어 울적함까지 느끼며 자신을 돌아보고 있는데 누군가 다가와 나직이 말했다. 고개를 돌리지 않아도 누구인지 알 만했다. 무슨 일인가로 입학과 동시에 휴학했다가 그해 다시 복학했다는 같은 과 여학생이었다.

인철이 그 여학생을 처음 본 것은 한 달 전에 송추에서 가졌던 학년 야유회 때였다. 신입생 환영회 때 보지 못한 여학생이 둘이나 더 있어 궁금히 여기는데, 그런 데 밝은 삼수생이 설명해 주었다.

"저쪽에 나이 들어 보이는 애 있지? 쟤는 작년 학번이라더라. 보기에도 뭔가 사연이 있을 성싶지? 입학만 하고 휴학을 했다나. 그리고 그 옆에 있는 새침데기는 우리하고 동긴데 신입생 환영회 때 나오지 않은 모양이야."

신입생 환영회 때 인철은 솔직히 여학생들에게 실망했다. 이제는 몽롱해진 명혜의 환상뿐, 소년 시절이 삭막하게 지나가게 된 것을 자신이 또래 집단으로부터 소외된 탓으로 여겨 온 인철은 그 방면으로도 대학에 적지 않은 기대를 걸고 있었다. 이제야말로 신분에 주눅 들어하지 않고 사귈 수 있는 여자애들을 만나게 되었다 ─ . 그런 기분으로 여학생들을 둘러보았으나 아직 고등학생 티를 벗지 못한 단발머리 서넛이 앉아 있을 뿐이었다.

그런데 그날 새롭게 나타난 둘은 그런 단발머리들과는 사뭇 달랐다. 하나는 차림부터가 '여왕'이라는 이미지를 단번에 떠올리게 할 만큼 화사하고 우아한 데다 얼굴조차 눈에 띄게 예뻤다. 앉는 것도 자연스럽게 그네들 가운데가 되어 언제나 좌우에 한둘을 거느리고 있다는 인상을 주었다. 그에 비해 다른 하나는 차분한 성숙미로 나머지와 확연히 구분되었다. 기껏해야 한 해 빠른데, 몇 살이나 터울 지는 언니 혹은 정 많은 조교처럼 한 발 물러서서 나머지를 돌보고 있다는 느낌을 주었다.

사람을 바라보는 눈길도 둘 사이에는 묘한 대비를 느낄 수 있었다. '여왕'은 사람을 압도하듯 똑바로 마주 보거나 아예 보지 않고 다른 곳을 응시했다. 내가 선택한 사람 외에는 관심 없어, 라고 말하는 듯한 눈길이었다. 그에 비해 '언니'는 사람을 정면으로 바라보는 일은 없었지만 끊임없이 살피고 있다는 인상이었다. 마치 야유회에 나온 모두를 보살피러 나온 듯, 사람들에게 일어난 일을 모두 파악하고 있는 듯했다.

인철에게 더 강렬한 호기심을 일으킨 것은 당연히 여왕 쪽이었다. 인철은 처음 그녀와 눈길이 마주쳤을 때 그 옛날의 분홍 무지개를 떠올릴 만큼 가슴 뭉클한 감동을 느꼈다. 여성적인 아름다움이 주는 감동이었다. 하지만 작긴 해도 특별한 접촉이 있었던 것은 언니 쪽이었다. 그날도 서둘러 비운 술잔에 일찍 취해 계곡 바위를 베고 잠든 인철이 해 질 녘 해서 눈을 떴을 때 머리 밑에는 풀단을 손수건으로 묶은 베개가 고여져 있었다.

"시골에서 들었는데 바위를 베고 자면 입이 삐뚤어진대요."

인철이 일어나자 언니가 자연스럽게 풀단에서 손수건을 풀면서 말했다. 하지만 인철은 한동안 그런 그녀의 친절이 특별히 자신만을 향한 것이라고는 생각하지 않았다. 그녀의 끊임없이 살피는 눈길은 모두를 향한 것이라고 본 까닭이었다.

그런데 시간이 지날수록 인철은 유난스레 자신에게로 모아지는 듯한 그녀의 눈길을 느끼기 시작했다. 절반밖에 들어가지 않는 강의실이지만 거기서 이따금씩 누군가 자신을 보고 있는 듯한 느낌이 들어 돌아보면 어김없이 그녀의 가벼운 눈웃음과 마주쳤다. 도서관에서도 그랬다. 한참 책에 열중해 있다가도 왠지 이상한 기분이 들어 주위를 살피면 멀지 않은 곳에서 가만히 눈을 내리까는 그녀를 찾아볼 수 있었다.

어쩌면 그날도 인철의 책 읽기를 중단시킨 것은 그런 느닷없는 자기 성찰이 아니라 언제부터인가 그를 바라보고 있던 그녀의 눈길이었는지도 모를 일이었다. 인철에게는 그 같은 그녀의 살핌이 썩 불쾌한 것은 아니지만 특별한 흥미를 일으키지도 못했다.

"역시, 라고 하는 것은 내가 여기 있을 거라고 짐작하고 있었다는 뜻 같은데요?"

인철이 추궁하는 기색을 내비치지 않으려고 애쓰며 그렇게 받자 그녀가 가볍게 웃었다.

"강의 시간에 들어오지 않은 걸 보고 짐작했어요. 왜 강의를 듣지 않죠?"

"제게는 듣는 것이 읽는 것보다 영 비효율적이어서요."

인철은 그렇게 얼버무렸다. 그녀는 아직 인철이 마음속에 품고 있는 보다 큰 이유를 밝힐 만큼 가까운 사람이 아니었다. 그러나 그녀는 그것마저도 오랫동안 인철의 속을 들여다보고 있던 사람처럼 알아맞혔다.

"실은 강의 내용이 마음에 들지 않으신 거죠? 나는 그런 걸 배우러 여기 오지는 않았다는 기분……."

"그걸 어떻게 아십니까?"

무슨 부끄러운 일을 들킨 사람처럼 인철이 조금 당황하며 물었다.

"저도 작년에는 그랬으니까요. 비록 한 달밖에 강의를 듣지는 않았지만……."

"그래요?"

"해마다 많은 신입생에게 일어나는 일이에요. 흔히 국문과라면 대개는 문학을 연상하며 지원하죠. 그런데 유난히 어학 쪽을 강조하는 이 학교에 들어오면 모두가 얼마간은 황당한 기분이 되는가 봐요."

"나는 나만 그런 줄 알고…… 오늘 한결 위로가 되는 말을 들었습니다."

"하지만 첫 학기부터 강의를 빠지고 도서관에서 저 좋아하는 책이나 읽는 간 큰 신입생은 흔치 않을걸요. 그런데 '철학 개론'은 또 왜 안 들으시죠?"

다시 그녀가 인철을 주의 깊게 살피고 있음을 드러내는 물음이었다. 거듭 자신이 관찰되고 있음을 느끼자 인철의 기분은 까닭 모르게 서먹해졌다.

"그야 뭐, 교재로 학점만 따면 되니까……."

"그런데 그게 그렇지 않을 것 같은데요. 담당 김인규 교수님은 벌써 여섯 시간째 플라톤만 강의하고 있어요. 선배들 말을 들어보니까 이번 학기는 플라톤으로 끝장을 볼 모양인데요."

인철이 마지막으로 들은 것은 프로타고라스까지의 교재를 따라가는 지루한 그리스 철학사였다. 그런데 듣기를 그만둔 때부터 강의 내용이 바뀌어 버린 모양이었다. 조금은 당황할 만한 일이었다. 그녀가 보충 설명을 해 주었다.

"그 교수님 철학 개론이 언제나 그렇대요. 통상 그리스 철학사로 끝장을 보게 되는데, 그것도 강의 시간의 태반은 그해 선택된 한 사람에게만 할애된대요. 작년에는 아리스토텔레스였다지, 아마."

그래 놓고 그녀는 마치 지나가는 길이었다는 듯 걸음을 옮겼다. 그녀가 손짓하는 쪽을 보니 저만치 마주 손을 들어 답을 하는 남학생이 보였다. 그게 모처럼 열리려던 인철의 마음을 다시 닫아걸게 만들었다. 그럼, 그렇지. 너는 세상의 모든 사람을, 특히 모든 남자를 관리해야 하는 여자야…….

그런데 그날 오후에 인철은 다시 한 번 그녀와 어울리게 되었다. 뒷날 생각해 보니 그녀의 고의적인 유도였던 듯도 하지만 계기는 어디까지나 자연스러웠다. 네 시쯤인가 교양 선택으로 듣는 프랑스어가 끝나고 강의실을 나오는데 그녀가 뒤따라와 불러 세웠다.

"인철 씨, 이제부터 뭐 하실 거예요? 다시 도서관?"

"여섯 시까지만 시간을 죽이다가 아르바이트 집으로 돌아가야죠. 그때는 애들이 다 돌아오니까."

그게 사실 그 무렵 인철의 일과였다. 그가 가정교사로 입주한 집은 국민학교 6학년과 중학교 3학년 남매가 있었는데 일곱 시까지는 돌아가야 했다.

그리고 열두 시까지 실제적인 공부가 되든 말든 그 두 아이를 잡고 씨름하는 게 숙식 외에 잡비로 한 달에 5천 원을 받는 가정교사에게 요구되는 봉사였다.

"그 시간 제게 좀 빌려 주실 수 없으세요? 대신 한턱 단단히 낼게요."

"시간을 어떻게 빌려 드리면 됩니까? 무슨 일인데요?"

"실은……."

인철이 그녀에게서 어색해하는 표정을 본 것은 그때가 처음이었다. 하지만 그것도 잠깐이었다. 그녀는 이내 평소의 자연스러움을 회복하여 스스럼없이 말했다.

"저하고 문병 좀 가자고요."

"문병? 누구 문병을?"

"제 아버지요."

그 말에 인철은 갑자기 야릇한 기분이 들었다. 아직도 인철은 사람을 만나는 데 도회적으로 세련되어 있지 못했다. 특히 남자가 여자의 부모를 만난다는 것은 구혼의 의사를 표시할 때뿐인 것쯤으로 알고 있었다.

"제가 정숙 씨 아, 아버님을?"

"너무 이상하게 생각할 건 없어요. 아버지가 신장염으로 입원하셨는데 이제 많이 나아지자 심심하신가 봐요. 제 남자 친구를

보고 싶다고 하셨거든요. 그런데 아무래도 마땅한 사람이 없어
서."

남자 친구란 말도 듣기는 들어 왔지만 인철의 감정에는 낯선 것
이었다. 그에게 이성간의 우정이란 연애의 전 단계에 지나지 않았
다. 따라서 마땅히 데려갈 사람이 없다는 게 그녀의 예사 아닌 호
의 표시로 들리기도 하지만, 한편으로는 여럿 있다는 걸 전제로
하는 말 같아서 인철의 결벽을 건드렸다.

"나 같은 떠돌이 지각생 말고 좋은 친구들 많이 있잖소?"

인철이 갑자기 퉁명스러워져 그렇게 말하자 그녀도 정색을 했다.

"실은 그 애들 중에 하나를 데려갈까 했는데…… 일류 고등학
교를 나온 모범생들 말이에요. 아무래도 아버님이 지루해하실 것
같아서……."

하지만 뒷날까지도 인철은 그날 자신이 무엇 때문에 그 병실까
지 따라갔는지 명확히 설명할 수가 없었다. 틀림없이 어떤 끌림은
있었지만 뒷날의 감정과 이어지는 것은 결코 아니었다.

살이가 넉넉한지 그녀의 아버지는 큰 병실을 혼자 쓰고 있었다.
환자복을 입고 있어도 병자 같지 않게 건장해 뵈는 중년이었는데
더 인상적인 것은 몸에 밴 듯한 서구적 교양이었다. 인철이 어색해
할 틈도 없이 자연스럽게 대화로 끌어들이는 품이 꼭 서구 소설
속의 기품 있는 노신사 같았다.

특히 그가 인철을 마음 편하게 해 준 것은 전혀 성(性)을 의식

하지 않는 듯한 태도였다. 딸의 이성 친구에게 가지는 아버지로서의 의구 혹은 속된 관심은 전혀 드러내지 않고 그저 한 인간으로서의 성숙만을 저울질하고 있는 듯한 게 인철의 긴장을 풀어 주었다. 그날 인철이 쉽게 자신의 외롭고 고달팠던 삶을 그들 부녀에게 드러내 보일 수 있었던 것도 어쩌면 그런 화술(話術)에 말려든 까닭이었는지 모른다.

하지만 아무리 잘 관리된다 해도 그런 만남은 시간이 길어지면 결국은 지루하거나 어색해지게 마련이다. 그런데 그녀의 아버지는 그것조차도 알아서 조정했다. 한 삼십 분이나 얘기를 나눴을까, 갑자기 그가 딸을 향해 정중하게 말했다.

"이제는 쉬고 싶다. 혼자 있게 해 주겠니?"

그리고 침대 머리맡에서 지갑을 꺼내더니 천 원짜리 몇 장을 세지 않고 집어 주며 말했다.

"가다가 저 친구하고 저녁이나 먹어라. 일간 퇴원한 뒤에 다시 한 번 보자."

그런데 그 무렵부터 인철의 주의를 끈 것이 하나 있었다. 아무리 입원 중이라 하더라도 그 나이의 병자에게 당연히 있어야 할 가정적인 보살핌이 없다는 점이었다. 병실 어디에도 주부가 붙어 있거나 들락거리며 보살핀 흔적은 없고 딸과의 대화에서도 집안일이나 아내의 안부를 묻는 말이 없었다.

"그건 어머니가 아버지의 사업을 대신 도맡아 하고 계신 때문이에요."

병원을 나오면서 인철이 그런 의문을 표시하자 그녀는 간단하게 잘라 말했다.

"그래도 다른 가족은 있지 않겠어요? 정숙 씨 말고는 누구도 드나드는 사람이 없는 것 같은 느낌이 들어서……."

인철이 그렇게 덧붙이자 그녀의 얼굴이 평소 같지 않게 어두워졌다.

"없어요, 이 아버지에겐."

"이 아버지?"

그러자 그녀가 갑자기 걸음을 멈추고 인철을 빠안히 쳐다보며 물었다.

"인철 씨, 오늘 저녁 꼭 일곱 시까지 집으로 돌아가야 해요?"

"그건 아니지만…… 중학교 3학년 아이 중간고사가 그저께 끝났으니까요. 그래도 사모님께 여쭤 봐야겠는데요."

인철이 얼떨떨해 대답했다. 그러자 그녀가 왠지 간절하게 들리는 목소리로 말했다.

"그럼 어서 전화해 봐요."

"왜죠?"

"아버지한테 받은 것도 있고, 오늘 저녁은 제가 한턱 낼게요."

그리고 아직 해가 지기도 전에 그녀가 인철을 데려간 곳은 경양식을 겸하는 비어홀이었다.

난생 처음 보는 사치한 실내장식에 서먹해 있는 인철을 대신해 그녀는 간단한 식사 주문을 했다. 인철로서는 먹어 본 적이 없는 메뉴들이었다. 이어 그녀는 그 무렵 들어 조금씩 대중화되고는 있어도 인철에게는 역시 엄청나게 사치한 것으로 여겨지는 생맥주를 시켰다.

"인철 씨, 도스토옙스키 좋아하세요?"

첫 잔을 받아 든 그녀가 한 모금 꼴깍 들이켜더니 인철을 가만히 바라보며 물었다.

"좋아하는 것이 아니라 숭배합니다. 그의 작품 가운데 어떤 것은 내가 오늘 밤 그걸 쓸 수 있다면 내일 아침 죽어도 유한이 없다 싶을 만큼."

갑작스러운 물음이긴 하지만 인철은 머뭇거리지 않고 도스토옙스키에 대한 자신의 감정을 밝혔다. 그러자 그녀가 무슨 뜻인지 모를 고갯짓을 한동안 까닥이더니 가벼운 한숨과 함께 말했다.

"전 그의 문학을 깊이 이해하지는 못하지만 한 가지 꼭 마음에 드는 것이 있어요."

"그게 뭡니까?"

"사람과 사람이 만나는 방식. 거기서는 낯선 사람들이 아무런 필연성 없이 만났는데도 허심탄회하게 자신을 털어놓고 있어요. 건드리고 싶지 않은 영혼의 상처나 들키고 싶지 않은 끔찍한 치부를 처음 만난 사람에게 거침없이 드러내는 거죠. 심지어는 자신의 딸이 몸을 판 얘기까지도……."

"그건 도스토옙스키 문학의 정제되지 못한 측면이라고 폄하하는 사람들도 있던데요. 우연성의 남발이니, 작위적 설정이니 해서……."

"하지만 저는 그게 우연성의 남발도 아니고 작위적 설정도 아
닌 것같이 느껴져요. 오히려 실제의 인간관계와 많이 닮았다는 느
낌까지 드는데요. 인철 씨는 그런 기분 안 드세요? 이따금씩 그가
누구인지 모르기 때문에 더 진솔하게 자신의 상처와 치부를 드러
내 보일 수 있다는 기분……."

"글쎄요……."

"상처 없는 영혼이 어디 있으랴. 그러면 상대도 허심하게 자신
의 상처를 드러내고, 그리하여 황량한 벌판에서 우연히 마주친 두
마리 상처받은 짐승처럼 서로의 상처를 핥아 주게 되는 광경……
진실되면서 아름답지 않아요?"

그래 놓고는 술잔을 쳐들며 쾌활한 목소리로 말했다.

"자, 들어요. 듣자니 과(科) 상견례 때는 술로 꽤나 악명을 높이
셨다던데."

그 말에 인철은 무슨 암시에 걸린 사람처럼 자신 앞에 있는 생
맥주 잔을 단숨에 비웠다. 그러나 가슴은 갑작스러운 감동으로
쿵쿵거리며 뛰고 있었다.

'나는 정말로 대학에 왔구나……. 나는 지금껏 한 번도 너처럼
말할 수 있는 또래의 여자아이와 만난 적이 없다……'

그때 정숙이 혼잣말처럼 가만히 중얼거렸다.

"우리도 그들처럼 될 수 없을까?"

"벌써 어느 정도는 그렇게 된 것 같은데요. 나는 오늘 영문도 모

르고 정숙 씨 아버님을 만났소. 집이나 가족들로부터 소외된, 아마도 정숙 씨의 상처 같은…… 하지만 그 상처를 핥아 줄 수 있을지는 잘 모르겠소."

술보다는 돌연스럽게 벌어진 특이한 상황에 취해 인철이 그렇게 받았다. 갑자기 그녀의 눈이 반짝하더니 쏘아붙이듯 말했다.

"야, 이인철. 너는 누구에게나 그런 촌티 나는 어른 흉내를 내니? 뭐뭐 했소, 뭐뭐 한 거요…… 무슨 말투가 그래? 꼭 시골 아저씨들 같잖아. 그러지 말고 우리 말부터 트자. 그래야 허심이고 탄회고 뭐가 되지."

여느 때 같았으면 인철은 아마도 그녀의 그런 당돌함을 용서하기 어려웠을 것이다. 그러나 한번 마음이 열린 뒤라서 그런지 그날은 별로 거슬리지 않았다.

"좋지. 환갑 전이면 다 갑장이지 뭐. 그래, 들고 있기 무거운데 콱 놓아 버려. 말 놓으라고."

인철이 조금 과장된 기분으로 그렇게 말하자 그녀가 다시 잔을 들어 남은 것을 다 마시더니 그새 상기된 얼굴로 말했다.

"좋아. 그럼 시작하지. 너 좀 전에 그 아버지가 내 상처일지도 모른다고 했지? 맞아, 그런 적 있었어. 그러나 지금은 아냐."

"그런데 왜 우리 아버지가 아니고 '이' 아버지거나 '그' 아버지냐?"

"난 아버지가 둘이거든. 네가 본 그 아버지하고 대전에 있는, 아빠라고 부르는 아버지, 해서 둘이라고."

"너를 다른 아이들보다 서너 살은 더 많아 보이게 한 이유가 그거였어?"

"하지만 칙칙한 상상은 하지 마. 비극은 있어도 불륜은 없어. 그 비극 얘기를 해 줄까?"

"네가 나를 여기 데려온 것이 그것 때문 아니었어?"

"하긴…… 그래 내 얘기할게. 나는 작년 이맘때까지 세상에서 아빠 엄마만큼 금실 좋고 행복한 부부는 이 세상에서는 없을 거라고 생각했어. 나는 또 아빠만큼 나를 사랑하는 아버지도 이 세상에는 없을 거라고 생각했어. 그런데 작년 4월에 네가 본 그 아버지가 나타났어. 전부터 내 주위를 맴돌다가 내가 대학에 입학한 걸 보고 나타난 거야. 나는 처음 그 아버지를 믿을 수가 없었어. 아니, 세상에 도대체 그런 일이 있을 수가 없다고 믿었지."

"도대체 무슨 일인데?"

"이야기는 다시 그 숱한 고약한 통속극의 배경이 되는 6·25로 돌아가. 한 쌍의 축복받은 연인이 있었지. 둘 다 유복한 집에서 자라 좋은 교육을 받은 선남선녀였대. 별 어려움 없이 양가의 동의를 얻어 약혼을 하고 결혼 날짜를 잡았어. 그런데 결혼을 며칠 앞두고 6·25가 터진 거야. 남자는 골수 우익인 집안의 명을 받들어 전선으로 가면서 가장 친한 친구에게 약혼녀를 부탁했대. 그 친구는 처음에는 공연한 부탁으로 들었대. 왜냐하면 남자의 집도 여자의 집도 모두 번듯해 자신이 그녀를 돌볼 일이 없을 것 같았기 때문이래. 하지만 전쟁 앞에 그런 게 무슨 소용이야? 오히려 방금 북한군이 물밀듯이 쳐내려오는데 자식을 전쟁터로 몰아넣은 집이니 오죽하겠어? 어쨌든 밀고 밀리고 하는 통에 두 집이 다 결딴나고 1·4 후퇴 무렵에는 정말로 그 약혼녀 하나만 의지가지없이 남게 되고 말았대. 그것도 임신으로 배를 채독같이 해 가지고."

"말이 씨가 된 모양이네."

어쩌면 다음 전개를 짐작할 수 있을 것 같다는 느낌이 들면서도 그 때문에 오히려 커지는 야릇한 궁금함을 인철은 그렇게 나타냈다. 그녀가 잠깐 말을 멈추고 인철을 뜻 없이 바라보다 다시 이었다.

"그런 셈이야. 마침 서울에 있던 친구는 그런 친구의 약혼녀를 부축해 피난길에 올랐지. 약혼녀는 어렵게 오른 남행 열차 지붕에서 진통을 시작했고, 그 친구는 손수 그 아이를 받았어. 딸이었는데, 그게 바로 나래. 그 친구는 난산으로 늘어진 친구의 약혼녀와 갓난 핏덩이를 무사히 보호해 부산으로 내려갔고……."

"그분이 바로 대전에 계신다는 네 아빠겠구나."

"그래, 우리 아빠야. 아빠는 서울로 돌아온 뒤에도 줄곧 우리 모녀를 돌봐 주었대. 그런데 전선에서 나쁜 소식이 왔어. 장교로 현지 임관된 그 아버지가 전투 중에 실종된 거야. 휴전되기 얼마 전이었다나 봐. 그리고 휴전이 되어 포로 교환이 있어도 돌아오지 않았어."

"그래서 네 어머니와 아빠란 사람이 결혼하게 되었구나."

거기까지만 해도 인철은 특별히 비극적이란 느낌을 받지 못했다. 흔한 얘기로 떠돌아다니는 6·25 후일담 중에 하나를 듣고 있다는 기분에 건성으로 얘기를 끌어가고 있었다. 그때 그녀가 조금 뒤틀린 미소와 함께 얘기를 이어 갔다.

"이제는 그 비극적인 약혼자 얘기를 해야겠지? 그는 동부전선의 어느 치열한 고지 쟁탈전에서 중공군의 포로가 되었대. 곧 북한군에게 넘겨졌는데 장교 신분이 불리할까 봐 사병 때의 군번을 대고 이름 한자를 바꾼 게 혼선을 일으켰다나. 어쨌든 포로 교환에서 밀리고 밀리다가 어떻게 분류되었는지 시베리아로 끌려가게 되었대. 그리고 거기서 몇 해를 고생하다가 가까스로 일본으로 탈출했는데 그게 1958년도래. 그는 되도록이면 빨리 이 나라로 돌아오려고 애를 썼지만 그때만 해도 그게 쉽지 않았다더군. 그러다가 이듬해 어떤 사람으로부터 약혼녀가 다른 사람과 결혼해 산다는 말을 듣고 거기 주저앉고 말았다는 거야."

"이제 비극다운 서사 구조로 발전하는군. 우리나라에는 언제 돌아오신 거야?"

"한일회담으로 국교가 열리고도 몇 해 지나서래. 일본에서 건설 노동자로 일한 경험과 그동안 악착스레 모은 돈을 고스란히 싸 들고 돌아온 그는 작은 건설 회사를 차려 키워 가는 한편, 옛 약혼녀와 딸을 찾기 시작했어. 그런데 찾고 보니 옛 약혼녀는 한때 가장 친했던 친구와 결혼해 살고 있고 딸은 그들의 아이가 되어 세상 모르고 행복하게 자라고 있는 거야."

"완전히 『이녹 아든』이군."

"그래도 한국판은 끝이 좀 달라. 그는 조용히 사라졌지만 딸까지 끝내 잊지는 못했어. 딸에게 충격을 주지 않기 위해 기다리다가 딸이 대학에 들어간 걸 보고서야 그 앞에 나타났지. 그게 바로 작년 4월이야. 그런데 그는 대학 입학과 성년식을 동일하게 보고 딸 앞에 나타났지만 딸은 그렇지가 못했어. 생각해 봐. 부모의 기대에 취해 학교와 집만을 오가며 열아홉이 된 대학 1년생에게 갑자기 나타난 친아버지란 게 어떤 의미를 가질지를."

그리고 그녀는 아직도 남은 아픔이 있는지 이맛살을 살포시 찌푸렸다. 그때 식사가 날라져 왔다. 정숙이 시킨 '비후까스'(비프 스테이크)였다. 종업원이 음식을 차리는 동안 빈 잔을 만지작거리며 말을 끊고 있던 그녀가 잠시 화제를 바꾸었다.

"나는 왠지 먹을 생각이 안 나네. 생맥주나 한 잔 더 시킬까 봐. 너는?"

그녀의 그 같은 물음에 인철도 특별히 꾸민다는 기분 없이 대답했다.

"나도 식사는 별로야. 네 얘기도 입맛을 돋워 주는 건 못 되지만 이 요리도 별로 좋지 않은 기억이 있어서. 하지만 안주로 하기는 괜찮겠지. 이걸 안주 삼아 생맥주나 몇 잔 더 하지 뭐. 나는 아예 두 잔 더 시켜."

"하긴 라스콜리니코프와 멜라마리도프(『죄와 벌』에 나오는 소피아의 아버지)도 처음 만날 때 어느 한쪽인가 취해 있었지 아마. 이봐요, 여기."

그녀는 그렇게 다시 술을 청해 놓고야 이전의 화제로 돌아갔다.

"아까 어디까지 얘기했지? 그래, 맞아. 어느 날 갑자기 나타난 친아버지란 존재가 열아홉 소녀에게 어떤 의미를 가질까였지. 사람들은 흔히 핏줄의 정이란 걸 앞세울 테지만 내겐 그렇지가 못했어. 무언가 불결하고 칙칙한 내막이 감춰져 있을 것 같고, 그 불결함과 칙칙함이 이내 내 삶에도 옮아 올 것 같은 불안이 일었어."

"그 아버지가 그간의 경위를 다 말해 주었을 거 아냐? 내가 듣기에는 어느 분을 탓할 수도 없을 것 같은데."

"물론 말해 주었지. 하지만 나는 그렇지가 못했어. 나를 괴롭힌 것은 엄마와 아빠가 결혼한 연도야. 호적상 그들이 결혼한 것은 1951년으로 되어 있었거든. 나중에 알고 보니 전쟁이 끝난 뒤에 호적을 정리하면서 나를 위해 혼인신고를 소급해 한 거라더군. 실제 결혼은 휴전 이듬해래. 동생의 나이로 보아도 그쯤 될 거야. 내 손아래 동생과 나는 다섯 살 터울이거든. 그렇지만 그걸 믿는다 쳐도 그들의 부정이나 배신에 대한 의심은 쉽게 지워지지 않았어. 그들을 용서할 수 있나 없나를 놓고 많이 고민했지. 휴전 이듬해라 해도 최종 포로 교환은 이루어지지 않았던 때였으니까."

"하지만 두 분은 네 친아버지가 실종된 것으로 통보 받고 있었잖아? 내가 알기로 전쟁 실종은 법률적으로도 다른 실종에 비해 신고 기간이 짧은 것 같던데."

"이건 법률적 판단의 문제가 아니라 내가 엄마 아빠라고 믿고 사랑해 온 사람들의 품성 문제야. 아니, 인간성의 깊이 모를 심연

과도 연관되지. 나는 그때까지도 사람과 사람의 관계란, 특히 남자와 여자의 관계란 한 번 맺어지면 죽음으로밖에 풀 수 없는 것으로 알았거든. 사랑은 이 세상에서 단 한 번뿐이고, 성은 그 사랑과 따로 떼어 낼 수 없는 것으로 단단히 믿고 있었거든."

그녀가 성이란 말을 거침없이 말하는 것에 인철은 상당한 충격을 받았다. 하지만 되바라짐이나 타락의 어두운 여운을 동반한 것이 아니라 지성과 성숙을 암시하는 신선한 충격이었다.

"그럼 이제는 그런 걸 믿지 않아?"

"믿지 않아. 그래야 엄마 아빠를 용서할 수 있으니까."

"그래서 용서한 거야?"

"꼭 그런 건 아니야. 판단 유보라 할까. 나는 어른들에게는 우리가 모르는 그들의 진실이 따로 있을 거라고 가정하고 열아홉의 나이 뒤로 숨어 버렸지. 그리고 다시 엄마 아빠의 사랑스러운 딸로 돌아가는 데 꼭 여섯 달이 걸렸어."

"그게 1년 휴학의 사유였어? 그런데 그 아버지는 어떻게 정리했지?"

"처음에는 정액 몇 방울의 의미로 축소하려 했지. 엄마 아빠와 화해를 하게 되면서 다시는 그 아버지를 안 만날 생각까지 했어. 하지만 잘 안 되더라. 이상한 끌림 같은 게 있었어. 그 정액이 실은 내 생명의 근원이며 거기에 실려 전해진 유전자가 나를 결정하고 있다는 따위 생물학적 지식과는 무관한……. 그래서 계속 만나다 보니 이번에는 타성이란 게 생기더라. 이제는 그냥 또 하나의 아버지야. 엄마 아빠 외에 감춰진 후견인인 동시에 후한 용돈 공급원이기도 하고."

　그녀가 아무렇지 않은 표정으로 말한 정액이란 말이 다시 인철에게 큰 충격을 주었다. 하지만 그 또한 부정적인 의미의 충격은 아니었다. 그날 인철이 그야말로 허심탄회해져 가문의 역사와 아버지와 자신의 어둡고 괴로웠던 지난날을 그녀에게 털어놓을 수 있었던 것도 어쩌면 그런 충격에 대한 인철 나름의 반응이었는지 모른다.

　그런데 그녀의 얘기가 끝나고 차례가 된 인철이 아버지를 얼치기 혁명가로 한껏 희화화하고 있을 때였다. 무슨 큰 장식처럼 카운터 곁에 놓여 있는 일제 텔레비전에서 흘러나오는 가락이 이상하게 인철의 가슴을 후벼 왔다. 얘기를 멈추고 화면을 보니 멕시코 풍의 차양 넓은 모자를 쓰고 판초를 두른 세 사람이 기타를 치며 노래를 부르고 있었다. 모두 콧수염을 기른 중년 남자들이었다.

　아직 국산이 제대로 생산되지 않던 시절이라 텔레비전이 귀했을 뿐만 아니라 그 방영 시간이 대개 아이들을 가르치는 시간과 겹쳐 있어 인철은 텔레비전과 친숙하지 않았다. 무슨 특별한 시합이나 큰 사건이 있을 때 그걸 비치한 다방 같은 데서 어쩌다 보게 되는 정도였다. 그런데 그날은 거기서 흘러나오는 장중하면서도 구성진 가락이 하던 얘기조차 멈추고 텔레비전 화면을 응시하게 만들었다. 가사를 원어로 부르고 있어 그 내용을 알 길은 없었지만 인철은 그게 만가(輓歌) 같은 게 아닐까 짐작했다.

"저 사람들 좋아해?"

갑자기 말을 멈춘 인철이 텔레비전 화면에 눈길을 주고 있음을 알아차린 그녀가 힐끗 뒤를 돌아본 다음에 물었다. 인철이 멋쩍게 대답했다.

"아니, 모르는 사람들이야. 너는 누군지 알아?"

"나도 잘은 몰라. 요즘 미국에서 인기 있는 그룹이래. 모두 멕시칸인데 마흔이 넘었다나 봐."

"저 노래는?"

"저게 그들의 히트곡이라면 아마도 「희미한 옛사랑의 그림자」일 거야. 하지만 나도 잘은 몰라."

"희미한 옛사랑의 그림자……."

"아주 시적인 제목이지?"

그런데 그때부터 무언가 인철의 가슴 깊은 곳을 쿡쿡 찔러 오는 아픔이 있었다. 노래는 곧 끝나고 화면은 다시 남진과 나훈아의 지어낸 미소로 가득 차 둘은 하던 얘기로 되돌아갔다. 하지만 인철의 열정은 갑자기 사그라져 대화의 주도권은 이내 그녀에게로 넘겨졌다.

그날 인철은 합쳐서 일곱 잔, 그녀는 석 잔의 생맥주를 마시고 열 시 가까워서야 자리에서 일어났다. 이야기의 열정은 까닭 모르게 사그라지고 말았지만 꽤나 풋풋하고 감동적인 밤이었다.

"지금 입주해 있는 동네가 어디야?"

계산을 치르고 비어홀을 나오면서 그녀가 물었다.

"성북동."

"그럼 나하고 반대쪽에 가깝네, 나는 필동인데."

"그래도 바래다줄 수는 있을 것 같은데, 바래다주어도 될까?"

"그러다 가정교사 쫓겨나는 것 아니야?"

그녀는 그러면서도 인철이 바래다주는 걸 마다하지 않았다. 그녀가 기거하는 곳은 가톨릭 재단이 운영하는 여학생 기숙사였다. 부모가 다 독실한 가톨릭 신자여서 그런 혜택을 받는 듯하지만 주거 환경으로 미루어 봐서는 부모의 재력도 어느 정도는 뒷받침되어야 입사할 수 있는 기숙사 같았다.

"실은 열 시까지가 귀가 시간인데 좀 늦었어. 이만 돌아가."

그녀는 붉은 벽돌로 지은 이층집 앞에서 자연스럽게 손을 내밀며 그렇게 말했다. 얼결에 그 손을 마주 잡은 인철은 하마터면 두 팔을 부르르 떨 뻔했다. 이상하리만치 차게 느껴지는 그녀의 손에선 강한 전류와도 같은 흐름이 뻗어 오는 것 같았다. 어떤 의미에서 그녀의 손은 태어나 처음 잡아 보는 여자의 손이었다.

인철의 그 같은 반응은 아무런 생각 없이 손을 내민 그녀에게도 전해졌음이 분명했다. 서둘러 손을 빼는 인철을 보고 웃으려던 그녀가 갑자기 정색을 하며 말했다.

"비어홀에서 말이야…… 그 아버지 얘기할 때 내가 믿지 않게 됐다고 한 거 있지? 실은 말이야, 아직도 믿고 싶어."

그러고는 얼른 돌아서서 철제 대문 안으로 사라져 버렸다. 그게 뭐였더라? 갑자기 오르는 술로 얼얼해진 채 인철은 기억을 더듬어

보았다. 사랑은 이 세상에서 단 한 번뿐이라는 것……까지가 겨우 떠올랐다. 그러자 야릇한 열기가 인철의 온몸을 사르듯 감고 지나 갔다. 어쩌면 나는 지금 사랑을 시작하고 있는지도 모른다…….

하지만 그 순간 다시 인철의 가슴 깊은 곳을 찔러 오는 아픔이 있었다. 비어홀에서보다 훨씬 날카롭고 강한 아픔이었다. 인철은 가만히 가슴을 움켜잡으면서도 그게 어디서 온 것인가를 알 수가 없었다. 그러다가 가정교사로 있는 집으로 접어드는 호젓한 골목 어귀에 이르러서야 「희미한 옛사랑의 그림자」 가락과 함께 오랜 세 월 저편에 머물러 있는 명혜의 얼굴을 아련히 떠올렸다.

그런데 인철이 가정교사로 입주해 있는 집에 돌아오니 뜻밖의 일이 기다리고 있었다. 열한 시가 넘은 데다 술기운이 있어 식모 가 열어 주는 대로 제 방으로 돌아가 자려는데 문밖에서 슬리퍼 끄는 소리가 들렸다.

"선생님, 자요?"

주인집 사모님이었다. 그때까지도 명혜의 환상에 젖어 옷도 입 은 채로 이부자리에 기대앉아 있던 인철이 놀라 문을 열었다.

"아뇨, 아직."

"그럼 안방으로 좀 건너오지 않겠어요? 실은 바깥양반이 초저 녁부터 선생님을 기다리고 있는데."

그 목소리가 무거워 인철은 까닭 모르게 불길한 예감으로 몸 을 일으켰다.

밤이 늦었는데도 주인아저씨는 정장에 가까운 옷차림이었다. 그게 다시 무슨 심각한 사태를 암시해 인철은 절로 움츠러들었다. 잠옷 차림이 아닌 그와 정식으로 대면하기는 석 달 전의 입주 날 이후 처음이었다.

"거기 앉지. 여보, 여기 차라도 한 잔 내와요."

정중하기는 해도 목소리 역시 무겁게 가라앉은 듯 느껴졌다. 인철이 쭈뼛거리며 윗목에 앉자 그가 헛기침과 함께 허두를 떼었다.

"이거, 참. 어디서부터 얘기 하나……. 그래, 학생 전에 무슨 일 있었어?"

"네?"

"말하자면 사상운동 같은 거. 좌익……."

그 순간 인철은 가슴이 섬뜩했다. 하지만 거의 본능적으로 강한 부인의 뜻을 드러냈다.

"아뇨. 그런데 그걸 왜 물으십니까?

"실은 말일세. 오늘 경찰이 회사엘 다녀갔네. 자네의 최근 동향을 묻는데 특히 사상 쪽을 꼬치꼬치 캐묻는 거야. 그런데 집에 돌아오니 집사람한테도 형사가 다녀간 모양이더군. 묻는 것도 비슷했다는 거야."

그는 인철이 정확히 그 부서와 직위를 모르는 고위직 공무원이었는데 어떤 이유에선지 늘 자신의 직장을 회사라 불렀다. 인철은 그의 말을 듣자 온몸에서 맥이 쭈욱 빠졌다. 드디어 내게도 왔구나…….

"아아, 그거요."

인철은 짐짓 대수롭지 않다는 표정을 지으며 말을 길게 끌었다. 그러나 주인아저씨의 쏘아보듯 살피는 눈길이 얼른 뒤를 이었다.

"아마 아버지 때문일 겁니다. 실은 아버지가 6·25 때 행방불명이 되셔서."

"그건 아닌 것 같은데. 그 방면에서 일하지는 않지만 나도 조금은 알지. 단순히 아버지가 행불이라는 이유만으로 이제 겨우 대학 1학년인 아들이 정기적인 동향 파악이 필요한 요시찰인(要視察人)이 되지는 않아."

주인이 다분히 의심쩍다는 눈으로 인철을 살피며 그렇게 받았다. 뒷날에는 그 정도만 들어도 인철은 일어나 짐을 쌌다. 그러나 그때만 해도 처음 당하는 일이라 강하게 반발했다.

"그렇다면 바로 말씀드리겠습니다. 실은 아버님은 월북하셨습니다. 하지만 저로서는 너무 억울합니다. 그때 저는 겨우 세 살이었고 아버님의 얼굴조차 기억하지 못합니다. 그런 저를 단지 그 아버지의 아들이란 이유만으로 이렇게 타고난 죄인 취급해도 되는 겁니까?"

"나도 그건 불합리하다고 봐. 틀림없이 연좌제란 적대 세력에 대한 효율적인 통제 수단이 되지 못하는 왕조 시대의 유물이야. 하지만 이해하려 들면 이해할 수 없는 것도 아니지."

"도대체 그걸 어떻게 이해한단 말입니까?"

"내가 보기엔 자네 아버지는 아직 간첩 활동이 가능한 나이야. 만약에 그가 남파된다면 어디를 가장 먼저 찾겠나? 아무리 당(黨)에서 금지한다 해도 가족을 찾아보는 게 어쩔 수 없는 사람의 정일 거야. 거기다가 드물게는 바로 가족이나 친지들에게서 활동 근거를 마련하기도 하지. 잘 알다시피 남북이 첨예하게 대치하고 있는 이런 상황에서 방첩 활동은 체제 수호의 제일선이야. 그들이 학생이나 가족들에게서 눈길을 떼지 않는 것은 자네들을 의심해서가 아니라 바로 효율적인 방첩 활동을 위해서야."

"거창 양민 학살의 전술적 배경과 비슷한 논리군요. 고기가 놀물을 없애 버린다……. 하지만 그 상대방이 당하는 고통과 피해는 생각해 보지 않으셨습니까? 당장도 보십시오. 지난 석 달 저는 꽤나 성실한 가정교사였고, 우리 관계도 단순한 고용·피고용을 넘어서는 우호적인 것이었습니다. 하지만 이제 경찰이 휘젓고 간 다음은 달라지겠지요. 왠지 제가 수상쩍고 데리고 있기가 찜찜하실 겁니다. 저는 처음 당하는 일이지만 형님이 이런 일로 직장을 그만두거나 사람들에게 의심을 받는 일은 여러 번 보았으니까요."

그러자 주인아저씨가 하기 거북한 그 말을 잘 꺼내 주었다는 듯 받았다.

"실은 내가 학생을 부른 게 바로 그 때문이야. 학생의 고충은 충분히 이해하지만 내 집에 데리고 있기는 곤란해졌어. 대단치는 않아도 나랏일을 보고 있는 자리라…… 학생을 내보내야 하는 내 고충도 이해해 주기를 바라네. 달리 가정교사 자리를 찾아보게. 되도록이면 개인 사업을 하거나 문화 관계에 종사하는 사람이면 경찰이 와도 나처럼 민감하게 반응하지는 않을 걸세."

그로부터 10여 년 뒤 이 땅에서 연좌제가 폐지될 때까지 인철이 가지게 되는 모든 직장, 머무르게 되는 모든 곳에서 두 달마다 한 번은 되풀이되는 경찰의 방문은 그렇게 시작되었다. 새로 시작한 대학 생활에 취해 인철이 잊고 있었던 것은 명혜만이 아니었다. 어둡고, 되살리고 싶지 않은 것이긴 하지만 그 또한 잊고 있었던 '희미한 옛사랑의 그림자'일 수 있었다.

(10권에 계속)

邊境

변경 9

신판 1쇄 인쇄 2021년 9월 17일
신판 1쇄 발행 2021년 9월 25일

지은이 이문열

발행인 양원석
편집장 최두은 **디자인** 김유진 **영업마케팅** 양정길, 강효경, 정다은, 김보미, 구채원

펴낸 곳 ㈜알에이치코리아
주소 서울시 금천구 가산디지털2로 53, 20층 (가산동, 한라시그마밸리)
편집문의 02-6443-8844 **도서문의** 02-6443-8800
홈페이지 http://rhk.co.kr
등록 2004년 1월 15일 제2-3726호

ISBN 978-89-255-7974-0 04810
    978-89-255-7978-8 (세트)